120, RUE DE LA GARE

POCKET CLASSIQUES

collection dirigée par Claude AZIZA

LÉO MALET

120, RUE DE LA GARE

Préface, notes et « Les clés de l'œuvre »
par Claude AZIZA

FLEUVE NOIR

© Éditions Fleuve Noir, 1996
© 2001, Pocket, pour la préface, les commentaires
et « Les clés de l'œuvre »

ISBN : 2-266-11128-0

SOMMAIRE

* Pour approfondir votre lecture, *Au fil du texte* vous propose une sélection commentée :
• de morceaux « classiques » devenus incontournables, signalés par ➹ (droit au but)
• d'extraits représentatifs de l'œuvre, signalés par ☞ (en flânant).

PRÉFACE

La soif de savoir, le désir de restaurer l'ordre d'un univers momentanément perturbé par un crime donnent naissance au personnage du détective ou de ses figures de rechange. Projection d'un lecteur devenu sagace, même s'il reste désabusé, incorrompu, même s'il demeure sans illusions sur l'impossible réforme du genre humain. Projection idéalisée mais toujours parfaitement efficace dont l'origine se trouve dans l'éternelle lutte du bien et du mal, que les institutions modernes ont codifiée – en gros depuis le début du XIXᵉ siècle – en donnant au détective ou à ses avatars – policier, magistrat, journaliste – le pouvoir et, parfois, le devoir, de découvrir et les moyens d'agir.

Le modèle du détective est double, comme il se doit pour l'Occident, à la fois biblique et grec. Il est déjà présent dès la *Genèse* où Joseph interprète les songes du Pharaon et, peut-être, encore plus dans *Le Livre des Rois* (*I Rois*, 3, 16-28) quand Salomon, par une ruse psychologique, oblige la fausse mère à se démasquer. Cette sagesse « orientale », on la retrouve, sortie cette fois des *Mille et Une Nuits*, dans le *Zadig* de Voltaire où le héros apprend à ses dépens que ses dons de déduction et d'observation lui ont fait parfois proférer des vérités qui ne sont pas toujours bonnes à dire. Simenon s'en est-il souvenu, lui qui, dans *La Première Enquête de Maigret* (1948), termine son récit de la façon suivante : « La leçon qu'il (i.e. Maigret) reçut ce jour-là, sur un ton paternel, ne figurait pas dans les manuels de police scientifique.

– Vous comprenez ? Faire le moins de dégâts possible. À quoi cela aurait-il servi ?

– À la vérité.

– Quelle vérité ? »

Ce qui nous ramène, après l'Ancien Testament, au Nouveau : « Qu'est-ce que la vérité ? » fait-on dire d'un ton désabusé à Ponce Pilate...

Le détective sait bien que le vrai a plusieurs visages et qu'il n'est pas bon parfois, pour l'ordre du monde ou, tout simplement, pour la paix de son âme, d'en montrer toutes les facettes. On en voudra pour preuve, en se tournant vers la Grèce, la tragique histoire d'Œdipe. Un comportement héroïque mais surtout sagace – la réponse à l'énigme – l'a conduit sur le trône de Thèbes mais bientôt sa principale tâche sera – avec l'aide du devin aveugle Tirésias – de trouver un meurtrier qui n'est autre que lui-même. Il faudra la sagacité inspirée de Tirésias, dont la cécité imposée par les dieux a favorisé une vision claire de la vie intérieure, dans les ténèbres des songes et de l'inconscient, il faudra donc cette sagacité pour produire au-dehors le secret « aveuglant » d'Œdipe : le meurtre de son père.

L'intelligence, la puissance de concentration, l'imagination aussi vont désormais être l'apanage des premiers détectives de la littérature. C'est Dupin, d'abord, le héros de trois nouvelles d'Edgar Poe. La première, *Double Assassinat dans la rue Morgue*, parue en avril 1841 (et très vite traduite en France, dès 1846), est considérée comme le premier véritable récit policier de la littérature. Il n'est pas inintéressant que le héros n'en soit pas un enquêteur officiel mais « privé ». De l'autre côté de la barricade, si l'on admet du moins que souvent s'opposent ces deux types de défenseurs de la loi, Vidocq, bagnard devenu chef de police, va engendrer quelques créatures de fictions. Dont la plus célèbre se nomme Vautrin, omniprésent dans trois romans de Balzac (*Le Père Goriot, Illusions perdues, Splendeurs et misères des courtisanes*) ou encore Corentin qu'on retrouve chez le même écrivain (*Les Chouans, Une ténébreuse affaire*). C'est aussi le Javert des *Misérables* de Victor Hugo. De façon plus lointaine, au fil des romans populaires, on retrouve cette figure double dans le prince Rodolphe des *Mystères de Paris* d'Eugène Sue ou dans Rocambole, héros de la série homonyme de Ponson du Terrail. Un peu plus tard apparaîtra, chez Émile Gaboriau, le personnage du père Lecoq.

Mais il faudra attendre la fin du XIXᵉ siècle pour voir naître le premier véritable détective privé patenté de l'histoire, Sherlock Holmes. Génial et original, fascinant et irritant, mélomane et opiomane, le héros d'Arthur Conan Doyle dénoue en compagnie du bon Dr Watson les énigmes les plus embrouillées, rendant ridicule l'inspecteur Lestrade représentant la police « officielle ». Dans la foulée du détective londonien vont naître, entre le début du XXᵉ siècle et les années 1930, des détectives qui sont, avant tout, des intellectuels faisant fonctionner leurs « petites cellules grises ». Il s'agit, le plus souvent, de démasquer l'auteur d'un meurtre, perpétré, la plupart du temps, dans l'atmosphère feutrée d'un manoir, la cabine luxueuse d'un paquebot ou le compartiment d'un train pour riches voyageurs. On se réunit entre gens du monde pour la *murder party* et souvent l'assassin est là. Dans ce genre excellent Agatha Christie, qui impose Hercule Poirot, l'homme *aux petites cellules grises* et la malicieuse Miss Marple, charmante vieille fille anglaise à la clairvoyance étonnante ; D. Sayers et son lord Peter, l'aristocrate amateur ; Ellery Queen dont le héros homonyme a une logique rigoureuse et sans appel. S. S. Van Dine popularise Philo Vance et ses théories sur le meurtre ; S. A. Steeman, M. Wens au légendaire sang-froid ; R. Stout, Nero Wolfe, obèse amateur d'orchidées. À vous de jouer, semblent dire tous ces auteurs, puisque vous avez en main les données du problème.

À ces amateurs d'énigmes se joignent d'autres personnages dont le but premier n'est pas de défendre la loi mais plutôt de la contourner, voire de la violer. Ce sont les « gentlemen cambrioleurs » qui doivent pourtant parfois faire office de détectives, puisqu'ils sont en face d'énigmes à résoudre. Le maître en est Arsène Lupin, créé par Maurice Leblanc à l'orée du XXᵉ siècle. C'est un sympathique aventurier, amateur d'art et d'émotions fortes. Parmi ses disciples citons le plus connu d'entre eux, Simon Templar, dit le Saint, créé par Leslie Charteris.

Contemporain d'Arsène Lupin, Rouletabille, créé par Gaston Leroux. Reporter, détective à ses heures, semi-professionnel, en matière sinon de crime, du moins de faits divers. Il s'est rendu célèbre, dès sa première enquête, en perçant *Le Mystère de la chambre jaune*, premier récit d'une longue série qu'on nommera : le meurtre en chambre close. Adaptée en bande dessinée, la formule fera recette auprès des adolescents avec le personnage de Tintin, petit bonhomme que rien n'arrête.

Puis vint, d'Amérique, Dashiell Hammet. Véritable créateur du genre, il immortalise Sam Spade, un cynique, un blasé, que les scrupules n'encombrent pas mais qui est fatigué de son « sale boulot », dans les coulisses d'une société américaine corrompue. Suivront Philip Marlowe de R. Chandler, Slim Callaghan de P. Cheney, Perry Mason, un avocat, de E. Stanley Gardner, Lew Harper de R. MacDonald, Toby Peters de S. Kaminsky et bien d'autres encore qu'il serait vain d'énumérer.

Ces dernières années ont vu émerger deux autres

types de détectives. D'abord les détectives femmes. S. Grafton, A. Perry, A. Cross, S. Scopettone ont créé les personnes de Kinsey Milhore, Charlotte Ellison, Kate Fausler, Laurene Loretto. Plus intéressants, peut-être, sont les détectives de l'Histoire. Comment s'étonner, en effet, que l'Histoire soit devenue le terrain de chasse d'enquêteurs qui, sans avoir le statut de policier ou de détective, n'hésitent pas, pour la bonne cause, à affronter des anachronismes qui ne rebutent point les lecteurs ? Le piquant des situations, la tentation fort vive de plaquer sur des choses antiques des institutions nouvelles, ont amené certains à retrouver dans l'Histoire des héros dont les fonctions peuvent avoir une certaine ressemblance avec celles de détective.

Que l'on soit juge, scribe, avocat, ecclésiastique, on devient apte à démêler les fils d'affaires qui ressemblent, de près ou de loin, à des affaires criminelles. Comme dans le cas du célèbre juge Ti, héros des romans de Robert Van Gulik. Ce juge chinois du VIIe siècle a réellement existé et son « découvreur », sinologue renommé, a eu l'idée de réécrire ou de compléter, comme l'on voudra, les aventures policières de son héros. Tout comme l'a fait Bruce Alexander pour sir John Fielding, magistrat qui exerce sa charge à Londres dans les années 1770-1780 et qui a la particularité d'être aveugle. Comme Tirésias, il n'en est que plus clair-voyant. Comme eux, l'avocat Marcus Aper a une petite place dans l'histoire, chez Tacite. Il exerce, grâce à Anne de Leseleuc, son activité dans la Rome du Ier siècle. Son compatriote Marcus Falco, inventé par Lindsey Davis, est, lui, totalement imaginaire. Ainsi tout au long des siècles depuis l'Égypte de Toutankhamon avec le scribe Huy (Anton Gill) jusqu'à la France de la Régence avec Florent Bonnevy (D. Muller), en passant par le Moyen Âge anglais avec le célèbre Frère Cadfael (Ellis Peters), le détective exerce ses talents au service du bien et contre un mal aux formes nombreuses et variées.

Et la France, dans tout cela ? Certes, face à Sherlock Holmes elle a envoyé Lupin et Rouletabille. Certes, elle a eu, elle aussi, ses détectives de l'intellect, mais elle s'est retrouvée au début des années 1940 – guerre oblige – privée et coupée du monde anglo-saxon, de son cinéma, de sa musique et de sa littérature. Ce n'est qu'après la guerre que les Français ont découvert, grâce notamment à Boris Vian, le jazz, la science-fiction, *Autant en emporte le vent*, Hammett, Chandler et Cheney. Pourtant, en 1942, naquit un héros d'une radicale étrangeté (on allait dire, parodiant Freud, d'une inquiétante...), d'une abrupte nouveauté, un homme de son temps dans la France de l'époque. Et quelle triste époque !

Nestor Burma, voilà un nom qui « claque ». Laissons ici son créateur, Léo Malet, raconter sa naissance [1].

> « Le premier volume des *Exploits du Dr Fu Manchu* s'ouvre sur le Dr Petrie, au travail sous la lampe, seul dans son cabinet d'un faubourg de Londres, nimbé de brouillard et plongé dans le sommeil et le silence. Soudain, on sonne à la porte. Le docteur va ouvrir. Un homme bien charpenté, engoncé dans un pardessus, se tient sur le palier. "Smith !" s'exclame Petrie. "Nayland Smith, de Burma !" [...]
>
> Aussi, lorsque je décidai d'écrire une série de récits comportant un personnage central, ce personnage avait déjà un nom : Burma. Et comme Smith, je le voyais apparaître dans le silence nocturne. Un homme de nuit, tant soit peu onirique. Il fallait le doter d'un prénom. Sans hésiter, mon choix se porta sur Nestor (j'ignore pourquoi). Nestor Burma. Cela claquait et faisait un tantinet baraque foraine. [...]
>
> Physiquement, je n'ai jamais su très bien décrire Nestor Burma. Est-il grand ? petit ? maigre ? rondouillard ? Dans mon esprit, il change de forme. Aussi imprécis que son domicile. Le flou des personnages de

1. Voir le récit complet dans le dossier historique et littéraire, pp. 343-345.

rêves. Au début, pensant au cinéma (les auteurs de romans policiers pensent beaucoup au cinéma), je le voyais sous l'aspect de Charles Vanel. Dernièrement, je me suis dit que Roger Nicolas ou Félix Marten feraient parfaitement l'affaire. Entre-temps, René Dary à l'écran, et Daniel Sorano à la télévision, lui ont prêté carrure, visage et désinvolture. Mais tous mes amis prétendent que Nestor Burma, c'est moi, les lunettes en moins. C'est flatteur et, si mes lectrices le veulent bien, nous nous en tiendrons là pour le moment. »

Et, pour faire comme Léo Malet, nous nous en tiendrons pour l'instant à cet aveu, paru dans le nº 132 de la revue *Mystère-Magazine*, en janvier 1959. On retrouvera plus loin Burma et son créateur à travers leurs œuvres respectives. Qu'il suffise donc ici de savoir qu'en novembre 1943, dans le nº 5 d'une série policière nommée « Le Labyrinthe », aux éditions SEPE, paraît un roman écrit l'année précédente, qui devait se nommer *L'Homme qui mourut au stalag* et qui finalement, au terme de péripéties qui en retardèrent la parution, eut pour titre *120, rue de la Gare*. Première aventure d'un personnage qui reparaîtra dans 30 romans et 5 nouvelles. Malet n'en était pas à son coup d'essai dans le roman noir. Il venait d'écrire, en 1941, la première aventure d'un journaliste américain (qui en aura d'autres) : *Johnny Metal*. Il a pris le pseudonyme de Herding. C'est un succès qui pousse Malet à écrire, sous le pseudonyme cette fois de Léo Latimer, *La Mort de Jim Lincking*. Cette deuxième aventure de Johnny Metal paraît en mars 1942. Mais Malet ne se complaît guère dans le décor inventé d'une Amérique où il n'a jamais mis les pieds. Il veut signer de son vrai nom un récit contemporain qui se passe dans le Paris de l'Occupation. Récit où il mettra une part de son expérience (il a été libéré d'un camp de prisonniers de guerre au printemps de 1941) et un peu du passé de l'anarchiste qu'il fut d'abord avant de rejoindre les rangs des surréalistes. « Il y avait aussi autre chose, ajoute-t-il : le côté "artistique" de l'Occupation. » Pour remplacer ce fameux brouillard indispensable à l'ambiance des romans policiers anglo-saxons, il a trouvé « le black-out de l'Occupation ». « Ce noir absolu, écrit-il, voilà un décor dans lequel pouvait se dérouler un roman poli-cier, plutôt qu'en plein soleil. Je me suis décidé à uti-liser ce décor et j'ai écrit *L'Homme qui mourut au stalag,* premier titre de *120, rue de la Gare.* »

Le livre sort donc en novembre 1943. Divine sur-prise : 10 000 exemplaires partent dans la première semaine. La presse est excellente. « On n'avait, se sou-vient Malet, paraît-il jamais rien vu de ce genre, c'était tout à fait nouveau. Cela, rappelons-le, se passait en 1943. C'était un style "Série Noire" avant la "Série Noire". Les Lemmy Caution et Cie, personne ne connaissait, en tout cas pas moi. Et j'ignorais l'exis-tence de *Black Mask*, cette école américaine du roman policier. »

Le succès est tel qu'on décide d'en faire un film (il ne sera tourné qu'après la Libération) et, surtout, il incite Malet à poursuivre les aventures de son héros. Mais ceci est une autre histoire. Saluons, pour l'instant, la première apparition de Nestor Burma, « l'homme qui met le mystère knock-out ». Et peut-être aussi le lec-teur...

120, RUE DE LA GARE

À mes camarades des chaudières du Stalag X B et plus particulièrement à Robert Desmond.

ALLEMAGNE

Annoncer et introduire des gens était une fonction convenant comme un gant à Baptiste Cormier, lequel, outre son prénom caractéristique, avait d'indéniables allures de larbin.

Toutefois, depuis sa dernière place, il avait perdu pas mal de sa correction et pour l'instant, adossé au chambranle de la porte, les yeux au plafond, il se taquinait mélancoliquement une incisive à l'aide d'une vieille allumette. Il s'interrompit soudain dans sa corvée de nettoyage.

– *Achtung*[1] *!* cria-t-il, en rectifiant la position.

Les conversations cessèrent. Dans un bruit de bancs et de godillots, nous nous levâmes et claquâmes des talons. Le chef de la Aufnahme venait prendre son poste.

– Je vous en prie... repos, dit-il en français, avec un fort accent.

Il porta la main à sa visière et s'assit à son bureau, ou plutôt à sa table. Nous l'imitâmes et reprîmes nos conversations. Nous disposions encore de quinze

1. « Attention ! »

bonnes minutes avant de commencer notre travail
d'immatriculation.

Au bout d'un moment, employé à classer divers
papiers, le chef se leva et portant un sifflet à ses lèvres,
en tira un son strident. C'était l'annonce qu'il avait
quelque chose à nous communiquer. Nous nous tûmes
et nous tournâmes vers lui pour l'écouter.

Quelques instants il parla en allemand, puis il se
rassit et l'interprète traduisit.

Le chef nous faisait, selon son habitude, les recom-
mandations ordinaires touchant notre travail. En outre,
il nous remerciait pour l'effort que nous avions fourni
la veille en enregistrant un grand nombre de nos camarades. Il espérait que la tâche se poursuivrait à ce
rythme et qu'ainsi, demain au plus tard, nous pourrions
en avoir terminé. Pour notre peine, il allait nous faire
octroyer un paquet de tabac par homme.

Des « *danke chen*[1] » malhabiles et quelques rires
étouffés accueillirent cette manifestation d'humour
tranquille qui consistait à nous gratifier du tabac confis-
qué la veille, à la fouille, aux gars que nous allions
immatriculer. L'interprète fit un signe. Cormier
délaissa ses dents et ouvrit la porte.

– Les vingt premiers, dit-il.

De la masse d'hommes rangés le long de la baraque,
un groupe se détacha et vint vers nous dans un roulement de godillots cloutés. Le travail commença.

J'occupais un bout de table. Mon rôle consistait à
demander à chacun de nos camarades arrivés l'avant-
veille de France un wagon de renseignements, à noircir
avec cela une feuille volante qui, passant par les neuf
schreiber de la table, aboutissait, en même temps que
son titulaire, à la fiche finale sur laquelle le K.G.F.
apposait l'empreinte de son index. C'était un jeune
Belge qui remplissait les fiches définitives. Son travail

1. « Merci bien. »

était sinon plus compliqué que le mien, en tout cas plus long. À un moment il me demanda de ralentir ; il était submergé.

Je me levai, allai prévenir Cormier de ne plus envoyer personne se faire immatriculer à notre table et sortis me dégourdir les jambes sur le terrain gras.

On était en juillet. Il faisait bon. Un soleil tiède caressait le paysage aride. Il soufflait un doux vent du sud. Sur son mirador, la sentinelle allait et venait. Le canon de son arme brillait sous le soleil.

Au bout d'un instant, je regagnai ma table, tirant avec satisfaction sur la pipe que je venais d'allumer. Le Belge était désembouteillé. Nous pouvions repartir.

Avec mon couteau, je taillai soigneusement le crayon à l'aniline fourni par la *Schreibstube* [1], puis j'attirai à moi une fiche blanche.

— Au premier de ces messieurs, dis-je, sans lever la tête. Ton nom ?

— Je ne sais pas.

Cela fut dit d'une voix sourde.

Assez étonné, j'examinai l'homme qui venait de me faire cette réponse imprévue.

Grand, le visage maigre mais énergique, il devait avoir plus de quarante ans. Sa calvitie frontale et sa barbe hirsute lui donnaient une curieuse allure. Une vilaine cicatrice lui barrait la joue gauche. Comme un idiot, il triturait son calot entre ses mains, qu'il avait remarquablement fines. Il promenait sur nos personnes des yeux de chien battu. Les revers de sa capote s'ornaient de l'écusson rouge et noir du 6e Génie.

— Comment... tu ne sais pas ?

— Non... Je ne sais pas.

— Et tes papiers ?

Il eut un geste vague.

— Perdus ?

1. L'administration.

– Peut-être... Je ne sais pas.

– As-tu des copains ?

Il marqua une brève hésitation, ses mâchoires se contractèrent.

– Je... je ne sais pas.

À ce moment, un petit bonhomme à tête de voyou qui, tout en attendant son tour à une table voisine, ne perdait pas un mot de cette étrange conversation, vint vers moi.

– C'est un dur, dit-il en se penchant. (Il avait la voix éraillée des pégriots[1] et parlait en tordant la bouche, sans doute pour faire « méchant ».) Oui, un mariolle. Ça fait plus d'un mois qu'il fait le dingo. Une combine comme une autre pour se faire réformer et libérer, comme de juste.

– Tu le connais ?

– Comme ça. J'ai été « fait » avec lui.

– Où cela ?

– À Château-du-Loir. Je suis du 6ᵉ Génie.

– Lui aussi, sans doute, remarquai-je en désignant l'écusson.

– Ne te fie pas à ça. C'est une capote qu'on lui a donnée à Arvoures...

– Sais-tu son nom ?

– Nous, on l'appelait La Globule... mais son vrai nom, je ne l'ai jamais su. Il n'avait même pas un journal dans sa poche. Lorsque je l'ai vu pour la première fois, nous étions déjà prisonniers. Je vais t'expliquer. Nous étions une dizaine dans un petit bois. Un copain, envoyé en reconnaissance, venait de nous avertir d'avoir à faire gaffe. Les Allemands rôdaient aux alentours. Bref et fin finale, on a été faits comme des rats. Encadrés par les Feldgrau nous nous acheminions bien sagement vers une ferme où pas mal des nôtres étaient déjà captifs, lorsque nos sentinelles nous firent stopper près d'un

_____
1. Hommes de la pègre.

autre petit bois. Un type, la gueule ensanglantée, essayait de traverser le chemin en rampant... C'était La Globule... Il avait tellement mal aux ripatons[1] – il se les était roussis quelque part – qu'il ne pouvait plus s'appuyer dessus... Et il roulait des calots[2], je ne te dis que ça... Et il était sapé...

Il se mit à rire en accentuant la torsion de sa bouche.

– Drôle de travail, continua-t-il. Il donnait l'impression d'avoir voulu échapper aux Allemands en s'habillant en civil. Mais à moitié, car le principal manquait : le falzar et le veston. Il s'était contenté de mettre ce qu'il avait, c'est-à-dire une chemise et une cravate. Une vraie chemise et une vraie cravate de civil. Et il se baladait là-dedans avec son uniforme par-dessus. Je te dis : un vrai branque... ou un mec rudement fortiche. Toujours est-il qu'il ne pouvait mettre un pas devant l'autre. Nos gardiens ont choisi les deux plus costauds parmi nous et leur ont collé le type à porter... Et ainsi nous sommes arrivés à la ferme et plus tard au camp en question... Après s'être fait soigner les pieds qu'il avait drôlement en compote, et la blessure du visage, il est resté avec nous et nous n'avons jamais rien eu à lui reprocher. Il était doux, poli et nous racontait qu'il ne se souvenait plus de rien anté... anté... Bon Dieu, un drôle de mot...

– Antérieurement ?

– C'est ça... Antérieurement... Oui, il ne se souvenait plus de rien antérieurement à sa capture. Comment trouves-tu le bouillon ? Enfin... chacun sa chance...

– Ce n'est pas un homme du 6e Génie ?

– Non. Je te dis, la capote lui a été donnée au camp d'Arvoures. Entre parenthèses, dans cet endroit nous étions nombreux de ce régiment... Eh bien, pas un d'entre nous ne connaissait ce gars-là...

1. Pieds.
2. Il roulait ses yeux.

Il eut un clin d'œil complice.

– Je le répète, c'est un dur. C'est Bébert qui te le dit et Bébert s'y connaît.

– Comment se fait-il que, dans un tel état de santé, il soit arrivé jusqu'ici ?

Bébert poussa un « Ah !... » formidable et prolongé, laissant entendre que je lui en demandais trop.

Je me levai, insérai ma main sous le bras de l'homme qui ne savait plus son nom. J'avais du mal à le prendre pour un simulateur. Le chef de la Aufnahme écouta attentivement l'exposé de l'interprète, puis il promena son œil monoclé sur le malheureux amnésique.

– Qu'on le mette en observation à l'hôpital, ordonna-t-il. Les docteurs diront si cet homme veut se jouer de nous.

J'entraînai l'homme vers ma table où je remplis sa fiche rose. Ce ne fut pas long. C'était la plus succincte de toutes « X... Krank. *Amnésie.* » Mais l'homme était désormais pourvu d'un état civil. À défaut de nom, il avait un matricule. Pour tous, il était le 60 202.

Les pieds enfoncés dans le terrain caoutchouteux je fumais ma pipe en rêvassant, adossé à la baraque 10-A.

Coupée en son mitan par les rails cahoteux et posés de guingois de la ligne Decauville, l'allée centrale du camp étalait devant moi sa longue perspective. En évitant les flaques d'eau boueuse, des groupes déambulaient. Sur les seuils des baraques, accotés au chambranle des portes ou assis sur les marches, les K.G.F., mains passées au ceinturon ou au plus profond des poches, fumaient en devisant. Du linge, agité par le vent, séchait aux fenêtres. De la profondeur d'une baraque, parvenaient les sons plaintifs d'un harmonica. Sous le soleil joyeux de ce dimanche matin, on eût dit une ville de chercheurs d'or.

Le docteur qui avait assumé la garde de nuit sortit de l'infirmerie. C'était la relève. Accompagné d'une sentinelle débonnaire, il allait regagner le *Lazarett* situé à deux kilomètres du camp. C'était un excellent chirurgien, d'après ses confrères. Comme docteur, et pour cette raison, de l'avis de tous, c'était un tocard. Arrivé à ma hauteur, il s'immobilisa.

— Mon nom est Hubert Dorcières, se présenta-t-il comme s'il se fût trouvé dans un salon du noble faubourg. Sauf erreur, le vôtre est Burma. Vous avez, il y a un peu plus d'un an, tiré ma sœur d'une situation délicate... Je puis dire que vous lui avez rendu l'honneur... Vous en souvenez-vous ?

Je m'en souvenais très bien. Je savais aussi qu'ayant été plusieurs fois « consultant » depuis mon arrivée au stalag, j'avais eu l'occasion d'être examiné par ce toubib et qu'il s'était contenté de me prescrire les pilules traditionnelles, sans daigner s'apercevoir que nous étions de vieilles connaissances. Mon nom figurait pourtant en toutes lettres sur le cahier de visites.

De mon côté, je l'avais plus ou moins reconnu, lors de notre première entrevue. À la barbe près. Lors de l'affaire de chantage dont avait été victime sa sœur, il était rasé. Je lui en fis la remarque, par politesse, histoire d'avoir l'air de m'intéresser à lui. Le diable seul pouvait savoir à quel point je m'en contre-moquais.

— Petite fantaisie de prisonnier, dit-il, souriant et se caressant le collier. (Puis, baissant exagérément la voix, pour simuler un air profondément conspiratif :) Comment se fait-il qu'un habile détective dans votre genre ne se soit pas encore évadé ?

Je répondis que je n'avais pas bénéficié de vacances depuis longtemps et que, pour moi, cette captivité en tenait lieu. Je ne voyais pas pourquoi je les abrégerais de moi-même. En outre, ma santé délicate s'accommodait fort bien du grand air. Et puis, entre nous, n'étais-je pas là spécialement pour dépister, avec mon flair du

tonnerre, les tireurs au flanc ? Et, etc., etc. De fil en
aiguille, je lui dis que j'étais chômeur depuis l'avant-
veille. La Aufnahme était temporairement terminée et
nous ne reprendrions pas nos crayons avant trois semaines. Ne pourrait-il pas me procurer un emploi au *Lazarett* ? Je pouvais faire l'infirmier.

Il me regarda, comme il devait, dans le civil, regarder les domestiques qui venaient proposer leurs services et cela ne me plut guère. Enfin, il laissa échapper
de ses lèvres minces une kyrielle de : « Oui, oui, oui »,
et m'invita à le venir voir le lendemain à la *Revier*.

Nous nous serrâmes la main.

Je cognai ma pipe contre les marches de bois. À la
place des cendres que je venais de disperser sur les
maigres bouquets de bruyère, je mis le produit polonais qu'on nous vendait à la cantine sous le nom de
tabac. C'était une espèce de dynamite à ébranler les
estomacs, très suffisante pour enfumer le paysage et
répandre alentour une odeur poussiéreuse, agréablement âcre.

Poli comme un sou neuf, le docteur Hubert Dorcières pouvait faire illusion, mais pour ce qui était de rendre service, mieux valait repasser.

Il fit traîner l'affaire en longueur – s'il s'en occupa
jamais – et s'il n'avait dépendu que de lui, je serais
parti en *Kommando*. Je ne dis pas que j'aurais été plus
mal, mais j'avais un faible pour les barbelés et sous le
soleil couchant les miradors avaient une sacrée allure
qui satisfaisait ma soif d'esthétique spéciale.

Heureusement, j'avais un ami dans la place. Paul
Desiles. Toubib aussi, petit, blond et frisé, une sympathique bouille carrée. En un tournemain il me trouva
une planque à l'hôpital. Là, j'eus plusieurs fois l'occasion de voir le matricule 60 202.

Son état était toujours aussi déconcertant, et de l'avis de la Faculté (franco-allemande), ce n'était nullement un simulateur. Incurable, il fut décidé qu'il ferait partie du prochain convoi de rapatriables. En attendant, il passait ses journées assis à la limite du camp, à vingt mètres des chevaux de frise, le menton dans ses mains fines et le regard plus perdu que jamais.

À diverses reprises, j'essayai d'avoir avec lui une conversation qui ne fût pas trop décousue. Ce fut peine inutile. Une fois, cependant, il me regarda avec un certain intérêt et me dit :

– Où puis-je vous avoir vu ?

– Je m'appelle Nestor Burma, dis-je, frémissant de tout mon être à l'idée d'élucider le mystère de la personnalité de ce malheureux. Dans le civil, je suis détective privé...

– Nestor Burma, répéta-t-il d'une voix changée.

– Oui. Nestor Burma. Avant la guerre, je dirigeais l'Agence Fiat Lux...

– Nestor Burma.

Il pâlit, comme s'il fournissait un effort considérable, sa balafre se fit plus nette, puis il eut un geste profondément las.

– Non... cela ne me rappelle rien, souffla-t-il, avec un accent douloureux.

Il alluma sa cigarette d'une main tremblante et s'en fut en traînant les pieds se reposer près du grillage face au mirador et au petit bois.

*
**

Les jours, les semaines, les mois passèrent. Quelques grands blessés avaient déjà pris le chemin de la France. Le 60 202 jouait de malchance. Son numéro qui, primitivement, figurait sur la liste des départs, avait été omis au dernier moment, par un bureaucrate négligent et l'amnésique était condamné à promener, durant encore de longues semaines, sa détresse dans les allées ratissées du *Lazarett*.

Novembre était venu et le travail ne manquait pas. Un jour, une voix grasseyante s'exclama, à la vue du 60 202 :

— Tiens, il n'est pas encore retourné au pays, La Globule ? Pour un mariolle, ça la foutait plutôt mal.

L'homme qui parlait ainsi revenait de *Kommando*. Blessé à la main, il était de petite taille, avait une tête caractéristique de voyou et ne pouvait pas prononcer un mot sans tordre la bouche.

— Eh bien ! Bébert, comment va ? dis-je.

— Ça pourrait aller mieux, grogna-t-il, en montrant son pansement. Je n'ai plus que deux doigts et j'ai manqué y laisser la poigne entière. Enfin...

Ce n'était pas un type cafardeux. Il ricana, avec une nouvelle torsion de bouche, véritablement extraordinaire :

— ... Espérons qu'avec ça, c'est la fuite assurée... et je n'aurai pas eu besoin de faire le branque comme cézigue...

Quelques jours plus tard, il fut réformé, en effet, et revint en France, en même temps que moi, par le convoi de sanitaires de décembre, convoi de 1 200 malades parmi lesquels on eût dû compter l'amnésique si, lorsque nous quittâmes le stalag il n'avait reposé avec son secret, depuis déjà dix jours, près du petit bois de sapins, dans la lande sablonneuse, balayée par le vent marin.

*
**

Un soir... j'étais absent. Le service m'avait envoyé, avec trois autres infirmiers, chercher les K.G.F. malades dans un *Kommando* éloigné... Lorsque nous rentrâmes, on m'apprit qu'il avait été brusquement terrassé par une vilaine fièvre. Dorcières, Desiles et les autres se déclarèrent impuissants à déceler le mal.

Une semaine entre la vie et la mort, puis, un vendredi, alors que le vent hurlait dans les fils électriques et qu'une méchante pluie martelait lugubrement les toits de zinc des baraques, il était passé, subitement, pour ainsi dire.

J'étais de service dans la salle. À part le sabbat extérieur, tout était calme. Les malades reposaient doucement.

— Burma, avait-il appelé, d'un accent déchirant et triomphant à la fois.

J'avais tressailli, comprenant, au ton, que ce nom était prononcé par quelqu'un qui, enfin, savait ce qu'il disait. En dépit du règlement, j'avais immédiatement fait la lumière partout et m'étais rapidement approché. Les yeux de l'amnésique reflétaient une lueur d'intelligence que je ne leur avais jamais connue. Dans un souffle, l'homme avait dit :

— Dites à Hélène... 120, rue de la Gare...

Il était retombé sur sa paillasse, le front baigné de sueur, les dents claquantes, exsangue, plus blanc que le drap sur lequel il reposait.

— Paris ? avais-je demandé.

Son regard s'était alors chargé d'une flamme plus vive. Sans répondre, il avait esquissé un signe affirmatif. Il était mort aussitôt après.

J'étais resté perplexe un bon bout de temps. Enfin, je m'aperçus de la présence de Bébert à mes côtés. Il était là depuis le début... mais tout cela avait été si court.

— Pauvre vieux, dit le voyou. Et moi qui le prenais pour un chiqueur.

Alors, s'était produit un curieux phénomène. La sentimentalité bébête de l'escarpe m'avait débarrassé de la mienne. Subitement, je ne fus plus le *Kriegsgefangen,* sur lequel les barbelés pesaient au point de lui

enlever toute originalité, mais Nestor Burma, le vrai,
le directeur de l'Agence Fiat Lux, Dynamite Burma.

Heureux d'avoir retrouvé ma vieille peau, je commençai les opérations. Dans le bureau désert du major,
je m'étais procuré un tampon d'encre et, revenu auprès
du mort, j'avais soigneusement recueilli ses empreintes
digitales, sous les yeux stupéfaits de Bébert.

– T'es dégoûtant, avait-il craché, méprisant. T'as
tout d'un flic.

Je m'étais esclaffé, sans rien dire. Puis, j'avais éteint.
En écoutant la pluie, je m'étais pris à rêver, songeant
qu'il ne serait pas inutile de demander au prêtre chargé
de ce service la photo de ce mystérieux malade, histoire
de compléter son dossier.

PREMIÈRE PARTIE

LYON

CHAPITRE PREMIER

LA MORT DE BOB COLOMER

La lueur bleue de la lampe en veilleuse projetait sa clarté diffuse sur les K.G.F. somnolents.

Oscillant et vacillant, au travers des villes et villages plongés dans le sommeil, le train aveugle, les rideaux sombres de la défense passive tirés sur ses portières, courait et grondait dans la nuit noire, éveillant les échos au passage des ponts métalliques, la cheminée de sa locomotive crachant ses étincelles sur la blancheur ouatée des ballasts.

Depuis midi, heure à laquelle nous avions quitté Constance, nous roulions à travers la Suisse neigeuse.

J'occupais un compartiment de wagon de première classe avec cinq autres libérés. Quatre dormaient plus ou moins, la tête ballottante sur la poitrine. Le cinquième, mon vis-à-vis, un rouquin du nom d'Édouard, fumait silencieusement.

Sur la tablette latérale que nous avions dressée, parmi des croûtons de pain, reliefs des nombreux casse-croûte dont nous avions ponctué le voyage, deux paquets de tabac étaient disposés, dans lesquels je puisais indifféremment.

Nous filions à bonne allure vers Neuchâtel, dernier arrêt avant la frontière.

*
**

Une musique militaire, qui me parut éclater dans
notre compartiment, me tira de ma torpeur. Quatre de
mes compagnons s'agitaient aux portières du couloir.
Édouard bâillait. Le train roulait toujours, mais lentement. Il y eut de la fumée, de la vapeur, des chuinte-
ments et des cris. Un cahot me réveilla à moitié.
J'essayai de quitter la banquette : un second cahot me
précipita sur le rouquin, à qui j'administrai un joli coup
de tête, et me rendit la plénitude de mes esprits. Le
wagon ne bougeait plus.

L'immense gare sentait bon le charbon. Sur le quai,
dans l'assistance assez nombreuse, des jeunes femmes
de la Croix-Rouge allaient et venaient vivement. Sous
un éclairage chiche, je vis miroiter les baïonnettes d'un
piquet de soldats nous présentant les armes. Un peu
plus loin, la fanfare jouait *La Marseillaise.*

Nous étions à Lyon, ma montre disait deux heures
et j'avais la bouche pâteuse. Le tabac de Zurich, le
chocolat, les saucisses et le café au lait de Neuchâtel,
le mousseux de Bellegarde et les fruits d'un peu partout
constituaient un puzzle alimentaire qui ne pourrait trouver sa solution que hors de mon estomac.

– Bébé, l'arrêt est de combien, ici ?

Une aimable demoiselle, au nez un peu trop pointu
pour mon goût, inscrivait sur un bloc les adresses que
les libérés, pressés de donner de bonnes nouvelles aux
leurs, lui communiquaient.

– Une heure, répondit-elle.

Édouard alluma une nouvelle cigarette.

– Je connais Perrache comme ma poche, fit-il avec
un clin d'œil.

Je le vis descendre sur le quai et se perdre vers la
consigne.

Ce rouquin était un fameux débrouillard. Il revint
une demi-heure plus tard avec deux litres de vin dans

les poches de sa capote. Ce n'étaient pas les poteaux qui lui manquaient dans le coin, m'assura-t-il.

Le vin n'était pas mauvais. Je lui trouvais bien un arrière-goût, sensiblement égal à celui du fameux tabac polonais, mais cela tenait peut-être à ce que j'avais perdu l'habitude de boire autre chose que de la tisane. Seulement, avec le mousseux de Bellegarde, cela commençait à bien faire et nous nous sentîmes une tendresse exagérée pour l'élément féminin qui peuplait le quai.

Grande et élancée, nu-tête, enveloppée dans un trench-coat écru [1], dans les poches duquel elle enfonçait ses mains, elle paraissait étrangement seule au milieu de cette foule, sans doute perdue dans un songe intérieur. Elle se tenait debout, dans l'encoignure du kiosque à journaux, sous le bec de gaz clignotant. Son visage pâle et rêveur, d'un ovale régulier, était troublant. Ses yeux clairs, comme lavés par les larmes, reflétaient une indicible nostalgie. Le vent aigre de décembre se jouait dans sa chevelure.

Elle pouvait avoir vingt ans et représentait admirablement le type même de ces femmes mystérieuses que l'on ne rencontre que dans les gares, fantasmes nocturnes visibles seulement pour l'esprit fatigué du voyageur et qui disparaissent avec la nuit qui les enfanta.

Le rouquin et moi la remarquâmes en même temps.

– Bon sang, la belle fille ! siffla admirativement mon compagnon.

Il ricana :

– C'est idiot, hein ? Il me semble l'avoir déjà vue quelque part...

Ce n'était pas tellement idiot. Je ressentais la même impression bizarre. Cette fille ne m'était pas totalement inconnue.

---

1. Qui a conservé sa texture naturelle.

Voir *Au fil du texte,* p. 234.

Les sourcils froncés, le front ridé sous des cheveux qui n'avaient pas été visités par un peigne depuis quatre jours, Édouard réfléchissait intensément. Soudain, il m'enfonça son coude dans le thorax. Ses yeux pétillaient de joie.

– J'ai trouvé, s'exclama-t-il. Je savais bien que j'avais vu cette femme quelque part. Au ciné, parbleu. Tu ne la reconnais pas ? C'est une star, Michèle Hogan [1]...

Évidemment, la solitaire fille au trench-coat offrait certaine ressemblance avec l'interprète de *Tempête*. Ce n'était sûrement pas elle ; cela expliquait toutefois qu'un instant j'eusse cru l'avoir déjà rencontrée.

– Je vais lui demander un autographe, fit Édouard, qui ne doutait de rien. Elle ne peut pas refuser cela à un prisonnier...

Il enfila le couloir et s'apprêtait à descendre. Le chef de wagon l'en empêcha. Le train repartait.

Alors, je vis déboucher sur le quai un personnage que j'aurais reconnu entre mille. Il avait une casquette claire de sportif, un pardessus en poil de chameau et il marchait vite, comme s'il eût foncé sur un obstacle, une épaule en avant. Indéniablement, c'était là Robert Colomer, mon Bob de l'Agence Fiat Lux, selon le diminutif qu'il avait récolté dans les bars des Champs-Élysées.

J'abaissai vivement la vitre et me mis à hurler, en gesticulant :

– Colo... Hé ! Colo...

Il tourna vers moi son visage légèrement patibulaire.

Il ne parut pas me voir ou me reconnaître. Avais-je donc tant changé ?

– Bob, repris-je. Colomer... Tu ne remets plus les copains ?... Burma... Nestor Burma... qui revient de villégiature...

---

1. Il faut reconnaître ici Michèle Morgan, célèbre à l'époque.

Il était auprès d'une dame de la Croix-Rouge. Il lâcha un retentissant juron et la bouscula.

– Burma... Burma, haleta-t-il. C'est inespéré... Descendez, bon sang, descendez... j'ai trouvé quelque chose de formidable...

Le train s'était ébranlé. Aux portières, les libérés agitaient leurs coiffures. La gare retentissait de mille bruits qui furent tous couverts par une tonitruante *Marseillaise*. Colomer avait sauté sur le marchepied, cramponné des deux mains à la fenêtre. Soudain, son visage se crispa, comme sous l'effet d'une intolérable douleur.

– Patron, hurla-t-il. Patron... 120, rue de la Gare...

Il lâcha prise et roula sur le quai.

Je bondis à l'extrémité du wagon, écartai d'un coup de poing le chef qui me barrait la route, ouvris la portière et sautai. La portière se referma, retenant un pan de ma capote. Je vis le moment que j'allais passer sous les roues. Tout le corps me fit mal. Je fus traîné. J'entendis comme dans un rêve des cris de femmes affolées. Un soldat du piquet d'honneur se précipita et à l'aide de sa baïonnette me libéra en fendant le drap. Je restai immobile, les yeux vers la voûte métallique de la gare noire de suie, incapable de me relever.

– Il est soûl, sapristi, grogna un homme en uniforme.

J'étais au centre d'un cercle bourdonnant. Je le parcourus du regard, dans la mesure où cette inspection m'était possible, non que je fusse à la recherche de quiconque, mais pour m'assurer que mes yeux voyaient encore sainement, qu'ils n'avaient pas, tout à l'heure, été le jouet d'une illusion.

Car, lorsque Colomer s'était écroulé face contre terre, j'avais nettement vu le dos de son pardessus déchiré par la mitraille... et juste en face, dans l'encoignure du kiosque à journaux, une étrange fille en trench-coat, serrant dans sa main dégantée quelque chose d'acier bruni qui scintillait sous la faible lueur du bec de gaz clignotant.

CHAPITRE II

CONVERSATION NOCTURNE

Sans avoir entièrement conscience de ce qui m'arrivait, je compris qu'on me plaçait sur une civière, qu'on m'engouffrait dans une ambulance dont l'odeur d'essence de basse qualité et d'iodoforme me donna la nausée.

À l'hôpital, je fus bientôt allongé dans un lit relativement blanc. Le toubib qui vint m'examiner était rose, gras et jovial. Il me traita d'ivrogne (le fait est que mon haleine empestait le vin), émit quelques plaisanteries saugrenues sur les prisonniers et me rassura quant à la gravité de mes contusions. Quelques massages, il n'y paraîtrait plus et je pourrais, si le cœur m'en disait, recommencer mes acrobaties. Il me dit encore que je devais une fière chandelle au soldat du piquet d'honneur. Je n'en doutais pas.

On me pansa. L'infirmière qui fit le pansement n'était ni jeune ni belle. Je sais que ce sont celles-là les meilleures, mais puisque mon état n'était pas alarmant on aurait pu m'accorder le bénéfice d'un prix de beauté.

Enfin... je laissai tomber. Tout le monde se retira et je me retrouvai dans la pénombre. Quoique passablement endolori, je dédaignai les pilules calmantes qu'on

avait laissées à ma disposition sur la table de nuit. Je
voulais réfléchir.

Je n'eus pas le loisir de le faire longtemps. J'entendis dans le lointain une horloge publique sonner quatre
heures et peu après l'infirmière revint. Elle était accom-
pagnée d'un homme poussant un chariot... Ils me char-
gèrent sur ce véhicule.

J'entrepris un désagréable voyage le long de couloirs
déserts et lugubrement éclairés. Je battis des paupières
comme un hibou lorsque nous débouchâmes dans une
pièce fastueusement illuminée.

Mon état ne nécessitait pas une intervention chirurgicale. Pourquoi m'amenait-on dans la salle d'opération ? En soulevant légèrement la tête, je compris.

Le toubib était là, mais pas seul. Deux hommes, uni-
formément vêtus d'imperméables beiges et de chapeaux mous gris de fer, l'accompagnaient. On aurait
juré deux frères. C'étaient, en effet, de drôles de
frangins.

— Comment allez-vous ? fit le plus couperosé des
deux, en s'approchant.

Rasé de près, l'allure dégagée, il ne manquait pas
d'une certaine distinction, que ne troublaient ni sa
fâcheuse inflammation faciale ni sa gabardine réglementaire, sous laquelle j'entrevis un habit de soirée.
Cet homme devait appartenir à la brigade des Jeux ou
avait été interrompu au milieu d'obligations mondaines.

— Le docteur m'autorise à vous poser quelques questions. Vous sentez-vous en état de me répondre ?

Quelle amabilité ! Je faillis en perdre connaissance
de saisissement. Oui, il pouvait y aller.

— On a descendu un type à Perrache, tout à l'heure,
commença-t-il. Celui qui était accroché à votre portière. Inutile de vous demander si vous le connaissiez,
n'est-ce pas ? Nous avons trouvé sur lui sa carte de
l'Agence Fiat Lux et en venant ici, interroger, à tout
hasard, l'ex-prisonnier qui avait malencontreusement

sauté du train, j'ai appris que vous étiez Nestor Burma, le directeur de cette agence. C'est bien cela ?

— Exactement. Nous sommes presque collègues.

— Hum... Oui. Mon nom est Bernier. Commissaire Armand Bernier.

— Enchanté. Vous savez le mien. Bob est mort ?

— Bob ?... Ah ! oui, Colomer ? Oui. Il était farci de projectiles de .32. Que vous disait-il, à la portière ?

— Rien de particulier. Qu'il était content de me revoir.

— Vous aviez rendez-vous ? Il était informé de votre retour, veux-je dire ? De votre passage à Lyon ?

— Mais bien sûr, voyons, ricanai-je. Les autorités de mon stalag m'avaient permis de lui câbler la bonne nouvelle.

— Ne plaisantons pas, monsieur Burma. J'essaie de venger votre employé, comprenez-vous ?

— Collaborateur.

— Quoi ? Ah ! oui... si vous voulez. Alors, vous vous êtes rencontrés par hasard ?

— Oui. Tout à fait fortuitement. Je l'ai remarqué sur le quai et l'ai appelé. Du diable si je m'attendais à le trouver là, sur le coup de deux heures du matin. Il a mis un sacré moment à me reconnaître. J'ai dû grossir. Enfin, tout joyeux de me revoir, il a sauté sur le marchepied. La gare était plutôt bruyante. Je n'ai pas entendu de détonation. Mais j'ai remarqué sur son visage cette expression de surprise et d'incrédulité qui ne trompe pas. Enfin, tandis qu'il roulait sur le ciment, j'ai observé que son élégant pardessus était tout déchiré, dans le dos...

— Vous avez une idée ?

— Aucune. Je ne comprends rien à cette histoire, commissaire. Je rentre de captivité et...

— Bien sûr, bien sûr. Quand aviez-vous vu votre collaborateur pour la dernière fois ?

— À la déclaration de guerre. J'ai fermé l'agence et

« ai rejoint ». Colomer a dû continuer à s'occuper de quelques petites affaires, à titre personnel.

— Il n'a pas été mobilisé ?

— Non. Réformé. Pas très costaud. Quelque chose qui clochait du côté des poumons...

— Vous êtes resté en rapport avec lui ?

— Une carte de temps à autre. Puis, j'ai été fait prisonnier.

— S'intéressait-il à la politique ?

— C'est-à-dire qu'il ne s'occupait pas de politique jusqu'à septembre 39.

— Mais depuis ?

— Depuis, je ne sais pas. Mais ça m'étonnerait.

— Était-il riche ?

— Ne me faites pas rigoler, voulez-vous ?

— Fauché ?

— Oui. Il y a quelques années, il avait réussi à mettre quelques billets de côté. Il les a placés... et son banquier a levé le pied. Depuis, il dépensait tout son gain au fur et à mesure, vivant au jour le jour.

— Nous avons trouvé sur lui plusieurs milliers de francs. Billets neufs pour la plupart...

— Cela ne m'en dit pas plus qu'à vous, observai-je.

Le commissaire Bernier eut un compréhensif hochement de tête.

— Pourquoi avez-vous sauté du train ? demanda-t-il, doucement.

Je me mis à rire.

— Voilà la première question idiote que vous posez, dis-je.

— Répondez toujours, fit-il, sans se fâcher.

— Cela m'a porté un coup de voir mon assistant se faire assaisonner sous mes yeux... Comme cadeau de bienvenue, c'était un peu trop gratiné... J'ai voulu savoir de quoi il retournait...

— Et... ?

— ... Et je me suis cassé la margoulette.

– Vous aviez remarqué quelque chose d'insolite ?

– Rien du tout.

– Vous n'avez pas vu la flamme des coups de feu ?

– Je n'ai rien entendu et rien vu. Tout s'est passé si rapidement. Je ne pourrais même pas vous dire à quel endroit de la gare nous étions lorsque c'est arrivé. Le train était en marche... Une difficulté de plus pour déterminer l'angle de tir, ajoutai-je, sans avoir l'air d'y toucher.

– Oh !... Nous sommes déjà fixés sur ce point, dit-il d'un ton neutre. Le tireur devait se trouver près du kiosque à journaux qui est à côté de la lampisterie. C'est miracle que personne d'autre n'ait été atteint... Un type remarquablement adroit, si vous voulez mon avis.

– Alors, cela exclut l'hypothèse que ce soit en me visant que l'assassin ait tué Colomer.

– En vous visant ? Diantre, je n'avais pas songé à cela...

– Continuez à ne pas y songer, l'encourageai-je. J'essaie seulement de faire travailler mes méninges. Il ne faut rien négliger et pas mal d'individus m'en veulent. Toutefois, ils ne sont pas assez fortiches pour avoir su à l'avance la date de ma libération.

– C'est juste. Néanmoins, votre réflexion m'ouvre de nouveaux horizons. Robert Colomer était moins votre employé que votre collaborateur ?

– Oui. Nous menions toujours nos enquêtes de concert... Les deux faisaient la paire, comme on dit.

– Si un criminel, que vous avez fait coffrer dans le temps, avait décidé de se venger...

Je mentis :

– C'est dans le domaine du possible, dis-je d'un air inspiré.

Le commissaire jeta un regard vers le docteur qui donnait des signes d'impatience.

– Je vous ai tenu suffisamment de temps sur la sellette, monsieur Burma, dit-il. Ce ne sera plus très long désormais. J'aurais besoin des noms des criminels les plus dangereux, ne reculant pas devant un meurtre, de la perte desquels vous vous soyez, ces dernières années, fait l'artisan.

Je répondis à cette phrase ampoulée que ma santé, après les événements de Perrache, ne me permettait pas pour l'instant de soumettre mon cerveau à un pareil travail de prospection. Mais s'il me laissait quelques heures de répit...

— Mais comment donc ! s'écria-t-il, cordial. Tout ce que vous voudrez. Je ne puis pas exiger l'impossible. Je vous remercie de l'effort que vous avez fourni.

— Je crains de n'avoir pas été d'une utilité extraordinaire, dis-je, en souriant. J'ai passé ces sept derniers mois entre Brême et Hambourg. J'ai beau avoir un flair incontestable, il m'était impossible de deviner ce que faisait mon collaborateur à plusieurs centaines de kilomètres.

Il me souhaita un prompt rétablissement, me serra la main, ensuite celle du docteur qui, ayant perdu pas mal de sa jovialité, grogna une salutation indistincte et il disparut, flanqué de son acolyte muet.

Je quittai avec soulagement la lumière crue de la salle d'opération et réintégrai ma couchette primitive où l'infirmière laide me borda. J'avalai une pilule sédative et m'endormis.

CHAPITRE III

LES CURIEUSES LECTURES
DE COLOMER

Le lendemain, après la visite, et le docteur jugeant mon état satisfaisant, je fus muté et expédié dans un hôpital complémentaire qui se tenait de l'autre côté de la rue. Dans ce lieu, allaient et venaient, au milieu de la plus complète indiscipline, quelques libérés plus ou moins amochés, attendant leur départ pour leurs foyers respectifs. Je fus massé par une espèce de gorille, recoulé dans des draps froids et pourvu d'une infirmière de la même promotion sex-appeal que sa collègue de l'hôpital d'en face.

J'écrivis quatre lettres et une carte interzone que je fis porter immédiatement à la poste par cette brave femme qui, en dépit de son physique ingrat, était l'amabilité même. Le train que j'avais abandonné si dramatiquement devait déposer sa cargaison de libérés à Montpellier, Sète, Béziers et Castelnaudary. Ma correspondance était adressée à Édouard, aux hôpitaux militaires de chacune de ces villes. Je le priais de m'expédier le plus rapidement possible la valise que j'avais laissée dans le filet de notre compartiment. La carte interzone était pour ma concierge.

À midi, lorsque mon voisin de lit s'apprêta à faire

un chapeau de gendarme de son journal, je lui demandai – en criant, car il était sourd – de me passer cette
feuille.

Les événements sanglants qui avaient salué mon
retour y étaient succinctement relatés, au bas de la dernière page, en « ultime seconde ».

TRAGÉDIE EN GARE DE PERRACHE
lus-je :

*Cette nuit, alors qu'un train de rapatriés sanitaires
en provenance d'Allemagne quittait notre gare, pour
se diriger vers le Midi où nos compatriotes vont se
remettre des privations de la captivité, un sieur Robert
Colomer, 35 ans, Parisien replié demeurant à Lyon,
40, rue de la Monnaie, a été abattu à coups de revolver,
alors qu'il était en conversation avec un ex-prisonnier.*

*La victime, que l'on devait identifier par la suite
comme un agent de la firme de police privée Fiat Lux,
du célèbre Dynamite Burma, est morte sur le coup.*

*L'examen du contenu de ses poches n'a fourni aucun
indice susceptible d'aiguiller les investigations sur une
piste quelconque.*

*Une rafle, organisée immédiatement par les forces
de police présentes sur les lieux, n'a donné qu'un résultat décevant : l'arrestation d'un agitateur politique,
bien connu des services spéciaux et qui fera l'objet de
poursuites pour infraction à un arrêté de résidence forcée. Cet individu était dépourvu d'arme.*

*Par ailleurs, aucun revolver n'a été découvert ni sur
le théâtre du crime, ni aux alentours de la gare.*

Ajoutons que...

Ce dernier paragraphe était consacré à mon accident,
que le reporter déplorait d'un style ému. Mon nom
n'était pas cité.

Après midi, le commissaire Bernier fit irruption dans

la salle au moment précis où je commençais à trouver le temps long. Il était accompagné de son satellite peu loquace qui prit quelques notes sans desserrer les dents.

Bernier m'apportait un jeu de photos de Colomer pour une plus complète identification. Je satisfis à son désir. Ensuite, je lui communiquai trois noms. Ceux de Jean Figaret, Joseph Villebrun et Désiré Mailloche, dit Dédé l'Hyène de Pigalle. C'étaient des apaches [1] coriaces que Bob et moi avions largement contribué à envoyer en cabane. Sauf erreur ou complication, Villebrun, le pilleur de banques, devait être sorti de la centrale de Nîmes en octobre dernier.

Le commissaire me remercia. Je lui dis encore que j'avais lu un journal, que j'avais constaté avec plaisir que je n'avais pas la vedette et que, encore que cette discrétion soit imputable à l'extrême rapidité avec laquelle avait dû être composé l'article avant le « bouclage » du journal, j'espérais qu'elle continuerait ; je voulais du repos. Il m'assura que s'il ne dépendait que de lui, je serais absolument ignoré.

Là-dessus, les deux policiers me quittèrent. Mon voisin de lit, s'il était sourd, n'était pas aveugle. Il me demanda avec sollicitude ce que me voulaient les poulets. Je répondis que j'avais coupé un huissier en morceaux, que cela m'avait donné mal au crâne, qu'un tas d'autres ennuis s'ensuivirent, mais Greta Garbo me tirerait de là.

Fournies à tue-tête, ces explications s'entendirent dans la totalité de la salle. Le sourd ne fut pas le seul à me contempler avec des yeux ronds, légèrement inquiets, et l'avis général fut que, sur certains, la captivité avait un drôle d'effet.

Je gagnai, à être ainsi suspecté d'insanité, une tranquillité complète. On ne m'adressa plus un mot. J'en profitai, puisque j'étais au chapitre cinéma, pour repor-

1. Des bandits.

ter mes pensées vers Michèle Hogan... Pas la vraie ;
l'autre, la fausse... Celle qui serrait un automatique noir
dans sa main blanche, lorsque Colomer s'était écroulé...

Était-il du calibre .32 ?

Comme un imbécile, je me posai cette question, à
laquelle je ne pouvais pour l'instant apporter la moindre réponse, jusqu'à l'arrivée des journaux du soir.

La gazette que me passa l'infirmière m'apprit qu'on
avait perquisitionné sans résultat au domicile de Colomer. Pas plus ses costumes que sa malle, bourrée de
romans policiers, n'avaient fourni d'indices.

Je gardai le lit deux jours. Le troisième, j'étais
d'aplomb et Mae West [1], elle-même, ne m'aurait pas
intimidé.

Je m'en fus dans un bureau mal chauffé, où deux
dactylos blondes, sous la surveillance débonnaire d'un
binoclard, se livraient à des essais comparatifs de rouges à lèvres nouvelle fabrication, demander la permission de sortir en ville.

Ma nourrice était native de Lyon... je voulais visiter
le berceau de cette brave femme, surtout aujourd'hui
qu'il faisait beau, enfin, qu'il y avait un peu moins de
brouillard, voulais-je dire, etc.

Ils n'étaient pas contrariants, dans ce bureau.
J'obtins sans difficulté le droit d'aller traîner mes godillots dans la capitale rhodanienne.

Mon uniforme, qui avait déjà beaucoup souffert de
la guerre et de la captivité, avait reçu le coup de grâce
lors de mon accident. Il avait été remplacé par le complet de démobilisé qui, à quelque dix centimètres près,
semblait avoir été fait sur mesure.

Ainsi fagoté, je m'en fus vers la place Bellecour.

---

1. Célèbre vedette de cinéma américaine.

Ma nourrice n'était pas lyonnaise, pour l'excellente raison que je n'avais pas de nourrice, et je n'avais nul besoin de me familiariser avec la ville, la connaissant amplement pour y avoir, à vingt, vingt-deux ans, traîné la savate et la dèche [1].

Je revis avec attendrissement l'avenue de la République, puis les petits passages, à la hauteur de la statue de Carnot, dont l'un avec son célèbre Guignol. C'était dans un coin quelconque de ce lacis de rues couvertes que se tenait jadis un petit cabaret d'où j'avais été ignominieusement chassé, parce qu'il me manquait les quelques francs du porto-flip que j'avais avalé.

En tirant sur ma pipe, je cherchai ce bistrot... s'il existait encore.

J'eus une veine inquiétante. D'abord je vis, à l'étalage d'un kiosque à journaux, que *Le Crépuscule* était replié à Lyon. J'en achetai un exemplaire pour voir si Marc Covet avait suivi son canard. Oui. La signature de mon ami s'étalait au bas d'un article vaseux, bien dans sa manière, en deuxième page. Ensuite, je trouvai le café. Il n'avait pas changé de nom, il n'avait pas changé de décor, il n'avait pas changé de patron. Avait-il seulement changé de poussière ? Elle paraissait d'époque. Enfin, j'aperçus au bar, juché sur un haut tabouret, disputant avec un autre journaliste un tournoi de poker dice, Marc Covet lui-même, avec son nez rouge et ses yeux aqueux.

Je lui posai la main sur l'épaule. Il se retourna, laissant échapper une exclamation. Avant qu'il fût revenu de sa surprise, je lui dis, d'un air entendu :

— Et alors, on ne reconnaît plus ce vieux Pierre ?

— Pie... Pierre ! dit-il. Ah ! oui... Pierre Kiroul ?

Il s'esclaffa.

— Pierre Kiroul, c'est ça, approuvai-je.

----

1. La misère.

Il jeta les dés dans le cornet et posa le tout sur le comptoir.

– J'abandonne, dit-il à son partenaire. J'ai à parler du pays avec ce vieux copain. Considérez-vous comme gagnant.

Il me prit le bras et m'entraîna vers le fond de la salle. Nous prîmes place à une table écartée.

– Qu'est-ce qu'on boit ? fit-il.

– Un jus de fruits, dis-je.

– Et moi un demi.

Lorsqu'un garçon nonchalant (non, ce n'était pas celui qui, plusieurs années auparavant, m'avait expulsé) nous eut apporté les consommations, le reporter désigna mon ananas de son index tendu.

– Il semble que la mort de Colo vous ait porté un sacré coup...

– C'est parce qu'il n'y a plus d'oxy, répondis-je. Mais, vous avez raison, cela m'a fichu un coup. Vous savez que c'était à moi qu'il parlait quand on l'a descendu.

Il frappa sur la table et jura.

– Et c'est vous qui...

– Oui, c'est encore moi. Je répétais un numéro de cirque. Seulement, je vous demanderai de garder ces renseignements pour vous.

– Évidemment. Vous ne pensez peut-être pas que je vais les communiquer à un concurrent.

– Ne jouez pas au ballot, Marc. Je veux dire que personne, pas plus les types de *Paris-Soir* que ceux du *Crépu*, ne doivent avoir connaissance de cela, qui est strictement entre nous. Vous comprenez ?... Plus tard, on verra...

Son stylo lui démangeait visiblement. Toutefois, il me promit, d'assez bonne grâce, de n'y point toucher. Ce point réglé, j'enchaînai :

– Vous avez vu Colomer, ces derniers temps ?

– De temps à autre.

— De quoi s'occupait-il ?

— Je n'en sais rien. Il n'avait pas l'air riche.

— Il vous a tapé ?

— Non. Mais il demeurait...

— ... Rue de la Monnaie, je sais. Ce n'est pas situé dans un quartier reluisant, mais cela ne veut rien dire. Continuait-il son métier de détective ?

— Je vous dis que je n'en sais rien. Nous nous connaissions peu et, en six mois, nous nous sommes peut-être vus quatre fois en tout.

— Vous ne pouvez me fournir aucun renseignement sur ses fréquentations ?

— Aucun. Je l'ai toujours vu seul.

— Pas de femme ?

— De... Tiens, c'est marrant. Non, pas de femme. Mais, à propos de femme...

— Quoi donc ?

— Vous connaissiez votre assistant mieux que moi. Il n'était pas un peu timbré ?

— Qu'est-ce qui vous fait supposer cela ?

— Il est venu me trouver au journal, il y a peu. Il voulait que je lui fournisse la liste plus ou moins complète des écrivains qui se sont intéressés au marquis de Sade [1], le catalogue des œuvres de ce libertin et encore un tas d'autres trucs, comme une biographie. J'ignorais que Sade eût écrit quoi que ce fût. Ne me regardez donc pas comme cela, Burma. Je ne suis pas le seul dans ce cas. La culture...

— Ça va, ça va. Vous me parlerez de culture un autre jour. Vous lui avez fourni ce qu'il désirait ?

— Oui. Après lui avoir demandé en rigolant ce qu'il comptait faire de tout ça, il me répondit qu'il en avait

---

1. Écrivain français (1740-1814), emprisonné à la Bastille pour une conduite et des écrits jugés licencieux. Il va jouer ici un certain rôle puisque le chiffre de 120 fait référence à l'un de ses romans, *Les 120 Journées de Sodome (1782-1785)*.

besoin pour effectuer des recherches à la bibliothèque. Cela m'a fait rigoler de plus belle...

– Je n'en doute pas. Et alors ?

– J'ai demandé le tuyau au critique littéraire. Il m'a dit que mon copain... Il appuyait drôlement en disant : « Votre copain », le critique, il se figurait que c'était moi qui avais besoin de tout ce bazar... Enfin qu'il ne trouverait pas les œuvres de Sade à la bibliothèque, qui est dépourvue d'enfer [1], mais qu'il consulterait avec profit trois ou quatre bouquins qu'il me désigna. Depuis, je passe pour un drôle de pistolet aux yeux des dactylos ; car, vous pensez bien, le critique n'a rien eu de plus pressé que...

– Épargnez-moi un discours sur votre réputation, coupai-je. Elle a toujours été douteuse et ce n'est pas cet incident qui la ternira davantage. Vous souvenez-vous des titres de ces bouquins ?

– Comment, Nestor, vous aussi ?

– Vous souvenez-vous des titres de ces bouquins ? répétai-je.

– Non. Je...

– Écoutez, Marc. À la fin de tout cela, il y aura un mirobolant article pour vous. Mais il faut m'aider. Et les titres et noms d'auteurs de ces bouquins peuvent m'être utiles. Alors...

– Ma réputation est foutue, grimaça-t-il, en faisant le simulacre de se trouver mal. Vous voulez que je retourne voir le critique ?

– Oui. Je vous reverrai ce soir. Tâchez de m'avoir cela.

– Comme vous voudrez... Du moment que vous m'accorderez la primeur de la révélation finale... Mais

---

1. On appelle « Enfer » dans une bibliothèque le rayon où sont cachés, à l'abri des regards du public, les ouvrages considérés comme licencieux.

vous êtes sûr que la captivité ne vous a pas dérangé le cerveau ? ricana-t-il.

— Entièrement sûr. Encore que ce ne soit pas l'avis de tout le monde.

Je frappai dans mes mains pour attirer le garçon.

— La même chose, dis-je.

Quand ce fut fait, je plongeai mon regard dans les yeux de Marc Covet.

— Vous vous souvenez d'Hélène Chatelain ? demandai-je.

— Votre dactylo-secrétaire-collaboratrice-agente, etc. ?

— Oui. Qu'est-elle devenue ?

— Eh bien ! après votre départ aux armées, je lui avais procuré une place à Lectout, les concurrents de l'Argus. Je croyais que vous le saviez ?

— Je le savais, mais depuis ?

— Elle y est toujours. L'exode les a menés jusqu'à Marseille, mais ils sont retournés à Paris.

— Vous n'avez jamais vu Hélène par ici ?

— Jamais. Pourquoi ?

— Pour rien. Maintenant, allons chez vous. Nous sommes à peu près de la même taille. Je voudrais vous emprunter un costume. J'en ai plein le dos, du kaki.

Je réglai l'addition et nous sortîmes. Il faisait froid, le brouillard était pénétrant et nous marchions d'un bon pas. Aussi Covet grogna-t-il lorsque je m'arrêtai pile devant une papeterie pour contempler un tourniquet de cartes postales.

Sans tenir compte de ses protestations, j'entrai. J'en ressortis avec la meilleure photo de Michèle Hogan.

— Belle fille, hein ! dis-je, en découpant avec la paire de petits ciseaux qui ne me quitte jamais la partie de la carte mentionnant le nom de l'artiste. Qu'est-elle devenue, dans cette tourmente ?

— Hollywood, grommela-t-il. Vous vous intéressez à elle ? C'est sans doute votre maîtresse ?

— Non. Ma fille.

Dans la chambre du reporter, régnait un désordre savamment organisé, si j'ose dire. Marc y plongea et me tendit un complet à carreaux qui me plut mais que je refusai. Je jetai finalement mon dévolu sur un costume gris, terne à souhait, qui, lorsque je l'eus endossé, me prêta des allures de ponctuel employé de bureau.

— Donnez-moi un manteau ou une gabardine, dis-je en me dandinant devant la glace. Je n'ai pas besoin de chapeau. Mon béret suffit.

— Vraiment ? Alors ce sera tout ? s'enquit-il. Je puis encore vous prêter mon rasoir, vous cirer les souliers, vous passer mes cartes d'alimentation[1] et l'adresse de ma petite amie.

— Ce sera pour une autre fois, dis-je. À ce soir. Ayez-moi le tuyau sur les bouquins sadistes.

1. Les restrictions imposées par la guerre avaient nécessité des tickets ou des cartes d'alimentation qui permettaient de se procurer la plupart des denrées.

CHAPITRE IV

LE FANTÔME DE JO TOUR EIFFEL

Le 40, rue de la Monnaie était occupé par un hôtel de troisième ordre (chambres au mois et à la journée), mais propre, tenu par une espèce d'ancien boxeur qui fumait sa pipe auprès d'un maigre feu en écoutant d'un air sceptique les doléances d'un Arabe qui sollicitait vraisemblablement un délai de paiement.

Le Nord-Africain éclipsé, je me présentai comme un parent de Colomer qui avait éprouvé beaucoup de chagrin de sa mort brusque et inexplicable. La guerre nous avait séparés, j'arrivais juste à Lyon quand... Et ainsi de suite, un boniment cousu main, ponctué de reniflements aux bons endroits.

L'hôtelier en crut ce qu'il voulut. Il se lança dans un panégyrique du défunt. Un jeune homme aimable, propre et correct, qui payait régulièrement. Pas comme ces sacrés sidis, nom d'un chien.

— Un détective ? Peut-être, puisque les journaux l'ont écrit. En tout cas, il n'en avait pas l'air. Il cachait bien son jeu. Après tout, cela fait partie du métier. Ha, ha, ha !

Il se mit à rire et se tut soudain, ayant conscience de l'indécence de son hilarité devant un parent éploré.

— Et sa fiancée ? L'avez-vous vue récemment ?

– Sa fiancée ? Il était fiancé ?

– À une bien brave fille qui va devenir folle en apprenant cela... si elle ne le sait déjà. Elle habitait Marseille, mais elle a quitté cette ville depuis quelque temps. Je croyais qu'elle avait rejoint Robert. Tenez, voici sa photo. Vous ne l'avez jamais vue ?

– Jamais... Bigre, c'est une belle fille !

– Je vous crois. Pauvre Robert.

Je parlai de sa sœur. Elle était venue le voir dernièrement, hein ? Non ? Alors, je devais confondre. C'est son autre frère qu'elle avait visité. Oh, oui, c'était une nombreuse famille. Je posai encore quelques questions dénuées d'intérêt. Les réponses furent d'un calibre identique et je n'appris rien. Depuis le... la... l'événement (*sanglot*), aucun courrier n'était arrivé ? Non, monsieur. M. Colomer recevait peu de correspondance. Une carte interzone, par-ci, par-là, de ses parents.

Je quittai l'hôtelier et traversai la Saône. Au palais de justice, je demandai le commissaire Bernier. Il était justement là. Il me reçut dans un bureau sombre.

– Bonjour, dit-il gaiement. Eh bien ! vous voilà sur pied ? Comment va ? Fichtre, vous êtes rupin. Je vous serre la main mollement, parce que je ne voudrais pas vous disloquer.

– Vous pouvez y aller, rétorquai-je. Je suis complètement remis. Le bonhomme est solide. Où en êtes-vous de l'affaire ?

Il m'avança une chaise boiteuse (celle qui devait servir pour les interrogatoires difficiles), m'offrit une gauloise que je refusai (je préfère ma pipe) et alluma sa cigarette et ma bouffarde à l'aide d'un briquet miteux.

– Je puis être franc avec vous, hein ? déclara-t-il ensuite, comme s'il me supposait assez naïf pour le croire. Eh bien, on nage. Je m'excuse de ne pas vous avoir tenu au courant, mais le boulot ne manque pas. Votre collaborateur était diablement secret. Nous n'avons pas découvert grand-chose sur son compte.

Quant au pilleur de banques, Villebrun, il est bien sorti de Nîmes à peu près à la date que vous avez indiquée, mais on a perdu sa trace. Toutefois, nous avons repéré ici même la présence d'un de ses anciens complices. Mais ce n'est pas lui qui a descendu Colomer. Il a un alibi.

— Oh ! les alibis...

— Celui-là tient. Quelque dix heures avant le crime, il a été arrêté en flagrant délit de vol à la tire.

— Vous m'en direz tant.

— Bien entendu, nous l'avons interrogé. Il prétend n'avoir plus entendu parler de son chef depuis sa condamnation. On vérifie.

Il jeta son mégot vers le poêle.

— À propos, fit-il, après une pause, nous savons ce que votre Colomer allait faire à la gare, lorsqu'il lui est arrivé malheur.

— Ah !...

— Il s'apprêtait à filer en zone occupée.

— À filer ? Quel curieux vocabulaire ?... Pour filer, comme vous dites, il n'y a que...

— Je maintiens le mot, m'interrompit-il. C'est le seul qui convienne. Tout nous prouve que son voyage était précipité. La peur, peut-être ? Il n'a pas informé son logeur de son départ, il n'avait pas de bagages... Vous ne lui avez pas vu de valise ?

— Non, en effet.

— Donc, pas de bagages ; il était dépourvu de laissez-passer et son portefeuille était bien garni. Lors de notre première entrevue, je vous ai dit qu'il contenait plusieurs milliers de francs... Exactement neuf mille... La crise des logements, qui sévit avec une particulière acuité dans cette ville depuis l'afflux des « repliés », avait contraint Colomer à élire domicile dans un hôtel de troisième ordre, situé dans une rue un peu spéciale où il n'était peut-être pas très indiqué de se promener avec de grosses sommes. Aussi avait-il déposé cet argent dans le coffre d'une personnalité qui, dès qu'elle a eu connaissance du drame, s'est fait connaître. Il s'agit de maître Montbrison...

— Vous voulez parler de l'avocat ? Maître Julien Montbrison ?

— Lui-même. Vous le connaissez ?

— Un peu. Mais j'ignorais qu'il fût à Lyon.

— Vous faites un fichu détective, rigola-t-il. Il est à Lyon depuis plusieurs années.

— Mon métier ne consiste pas à suivre les avocats dans leurs déplacements, ripostai-je. Pourriez-vous me communiquer son adresse ?

— Volontiers.

Il feuilleta des dépositions.

— 26, rue Alfred-Jarry [1], annonça-t-il.

— Merci. Je me sens un peu seul, dans cette ville. Je ferai un saut chez lui. J'espère qu'il a toujours une bonne cave ?

— Vous m'en demandez trop, monsieur Burma, lança-t-il, d'un ton genre « incorruptible offensé ».

— Excusez-moi, ricanai-je. Vous disiez donc ?

— Quoi donc ?

— La déposition de maître Montbrison...

— Ah ! oui... Eh bien, elle est assez instructive... Cet avocat nous a appris que votre Bob était venu le voir la nuit où il devait se faire assassiner et qu'il avait retiré son argent. À onze heures.

— Drôle d'heure pour retirer des fonds.

— Justement. Cela prouve la hâte de Colomer et son besoin d'argent immédiat. Pour franchir rapidement la ligne, je vous le démontrerai tout à l'heure. Maître Montbrison était à une soirée. Lorsqu'il est rentré, Colomer l'attendait. Auparavant, la victime avait fait — nous nous en sommes assurés — la tournée de tous

---

1. Écrivain français (1873-1907), auteur d'*Ubu roi* (1896), pièce que Malet affectionne particulièrement.

les endroits où il était susceptible de trouver l'avocat.
Tous les endroits, sauf le bon, bien entendu, comme
toujours. De guerre lasse, il l'attendait chez lui. D'après
maître Montbrison, il avait l'air très agité. Aux quelques questions posées par l'avocat, qui s'inquiétait de
sa nervosité, il n'a pas répondu. Il s'est borné à réclamer son dépôt, jusqu'au dernier centime, sans aucune
explication. Pas parlé de voyage, rien. N'empêche qu'il
avait bien l'intention de quitter Lyon. Je dirai même,
eu égard à son comportement, de fuir cette ville. Un
danger, dont il n'avait eu connaissance que tard dans
l'après-midi (sa première visite au domicile de maître
Montbrison se situe vers sept heures), le menaçait. Et
non seulement fuir cette ville, mais cette zone. Voici
pourquoi il a récupéré son dépôt : il était destiné à financer le passage en fraude de la ligne. Sortant de votre
stalag, vous ne le savez peut-être pas, mais il faut pas
mal de fric pour cette opération. Suppositions, direz-
vous ? Non. La preuve de cette intention, nous l'avons
découverte dans la doublure de son pardessus où elle
avait glissé par une poche percée. Elle est constituée
par deux billets « aller » pour le hameau Saint-Deniaud,
un petit bled pas loin de Paray-le-Monial. On l'appelle
aussi La Passoire. Inutile de vous expliquer pourquoi.

— Compris. Vous dites : deux billets ?
— Oui. Cela vous suggère quelque chose ?
— Non, mais c'est bizarre.
— Détrompez-vous. Les deux billets, dont l'un seulement est poinçonné, ont été achetés à quelques minutes d'intervalle. Il est probable que Colomer a glissé le
premier billet dans la poche dont il ignorait la défec-
tuosité – le trou est très petit et mal placé – avant de
se diriger vers l'accès aux quais. Une fois là, il l'a
cherché vainement. Concluant qu'il l'avait perdu – et
cette éventualité ne lui parut pas extraordinaire, vu son
état de nervosité – il est retourné au guichet s'en procurer un second qu'il n'a lâché des doigts qu'après

poinçonnage, pour le mettre dans cette même poche où il est allé rejoindre son frère. C'est la seule explication... à moins que vous ne soyez tenté de croire qu'il avait un compagnon de voyage et que c'est ce dernier qui a fait le coup ?

— Bien improbable. Si Bob avait aussi peur que vous le dites, il n'aurait pas projeté de s'enfuir avec la cause de sa terreur. En tout cas, il n'eût pas poussé l'obligeance et la jobardise jusqu'à payer la place de son assassin. Bien entendu, vous avez relevé les empreintes ?

— Oui. Ce sont celles de Colomer.

— En résumé, ces diverses constatations vous avancent-elles ?

— Il ne faut rien négliger, dit-il sentencieusement, en guise de réponse.

— Très juste. En vertu de cet excellent principe, me permettez-vous de jeter un coup d'œil sur les divers papiers dont Colomer était porteur ? Plus que vous, j'étais familiarisé avec lui et...

— ... Et il est possible qu'un objet, fort peu instructif pour moi, vous fournisse un indice ?

— Exactement.

Le commissaire se leva, décrocha le téléphone intérieur et lança un ordre bref. Après avoir raccroché :

— Quelle impression vous a faite votre collaborateur au cours de votre rapide entrevue ? demanda-t-il, *ex abrupto*[1].

— Il n'était pas précisément affolé, mais, maintenant que j'y réfléchis, il avait l'air bizarre. Comme s'il avait peur, en effet. Et que ma présence lui eût apporté un certain soulagement.

— Que vous a-t-il dit ?

— Qu'il était content de me revoir. C'est tout. Vous avez raison, commissaire. Peut-être n'était-ce pas la

---

1. « D'emblée ».

simple satisfaction de me voir libéré qui le faisait parler ainsi.

On frappa à la porte. C'était un policier en uniforme qui apportait le contenu des poches de mon ex-agent.

Je passai rapidement sur ses pièces d'identité, sa carte de l'agence, ses titres de rationnement et un tas de paperasses sans intérêt. Nulle part, je ne vis la moindre allusion au 120, rue de la Gare. J'examinai les deux billets de chemin de fer. Un seul était perforé. Il y avait quelques cartes interzones, provenant toutes des parents de Bob. Ils n'avaient pas abandonné la banlieue parisienne et ils se plaignaient de la dureté des temps, en une orthographe incertaine :

« Eureusement, disait la dernière en date, que ton père a trouvez du travail come garedien de nuit à la société anonime (*sic*) de distribution deaux. Nous alon tout bien... » Etc.

Ces épîtres me firent penser qu'il me faudrait faire à ces vieux une visite de condoléances, lors de mon retour à Paris. Fichue opération.

Je notai l'adresse : Villa Les Iris, rue Raoul-Ubac, Châtillon.

— Vous avez trouvé quelque chose ? interrogea Bernier, les yeux luisants.

Je lui dis pourquoi j'inscrivais ce renseignement. Sa lueur oculaire s'éteignit.

— C'est comme cela, gronda-t-il, en posant le doigt sur une dizaine de feuillets jaunis. Cela nous servirait peut-être si le type n'était pas mort.

— Colomer ?

— Non. Le type dont il est question là-dedans. Ce sont des coupures de journaux. Elles ont trait à Georges Parry, l'international, le célèbre voleur de perles. Vous savez bien... Jo Tour Eiffel.

Si je savais. J'avais eu l'honneur de tendre à Parry (qui, tout féru de rébus, devinettes, mots croisés, calembours, jeux de mots et autres amusettes enfantines,

apposait en guise de signature une tour Eiffel au bas
de ses lettres) un traquenard dans lequel il m'avait fait
le vif plaisir de choir, tout adroit qu'il fût. Mais cet
élégant et cultivé gangster, spécialisé dans le vol des
perles et le cambriolage des bijouteries, n'avait pas
moisi en prison. À un système de vol remarquable, il
joignait la faculté particulière de passer au travers des
murs. L'Administration pénitentiaire de France ne pouvait être taxée de négligence. Partout ailleurs, que ce
fût à Londres, Berlin, Vienne ou New York, Jo Tour
Eiffel s'était semblablement évadé. C'était un as, dans
sa partie. Il était mort en Angleterre, au début de 1938.
Son corps, à demi mangé par les crabes, avait été découvert sur une plage de Cornouailles où, sous un faux
nom et entre deux pirateries, il s'octroyait des vacances. Il s'était noyé en se baignant. Les bijoutiers respi-
rèrent et les polices du monde entier également.

Quel besoin avait eu Colomer de se documenter sur
ces vieilles affaires ? Je lus minutieusement ces articles, parus à l'époque dans la presse locale.

— Cela vous ouvre des horizons ? demanda le commissaire, tandis que je repliais les feuillets.

— Aucun. En tout cas, ce n'est pas Jo Tour Eiffel le
coupable, répondis-je, en tapotant la photographie du
gangster dont s'ornait une des coupures.

— Hé ! hé ! hé ! sait-on jamais ? sourit-il. Dans une
ville à spirites, théosophes[1] et autres marchands de
calembredaines[2] comme Lyon, l'intervention d'un fantôme serait-elle si extraordinaire ?

Il commençait à se faire tard. J'abandonnai la chaise
grinçante.

— Avant de venir vous voir, je suis passé rue de la

---

1. Adeptes de la théosophie, nom donné à un ensemble de doctrines mystiques qui tentent de connaître Dieu par l'approfondisse-
ment de la vie intérieure.
2. Sottises.

Monnaie, dis-je. Histoire de renifler l'atmosphère. Je n'ai rien découvert de spécial et j'aurais pu vous cacher cette démarche sans importance, si je n'étais à peu près sûr que l'hôtelier vous en informera. Ne vous emballez donc pas sur une fausse piste. Je me suis donné comme un parent de Bob et j'ai parlé à tort et à travers de sa fiancée, de sa sœur, de sa tante, de la rougeole qu'il avait eue tout petit, etc. Sans résultat appréciable, comme je vous le disais. Le patron parle beaucoup pour ne rien dire et, au demeurant, il m'a donné l'impression de ne pas savoir grand-chose...

– Je vous remercie, articula le commissaire, en me reconduisant. Mieux vaut ne pas se faire de cachotteries entre nous.

J'opinai gravement. N'empêche qu'en descendant l'escalier humide je fus pris d'une douce envie de rigoler.

CHAPITRE V

DES RENSEIGNEMENTS
SUR COLOMER

Après avoir demandé à trois autochtones, heurtés dans le brouillard, la situation de la rue Alfred-Jarry par rapport à la place Bellecour, je m'en fus vers le domicile de l'avocat en réfléchissant.

Colomer avait éprouvé le besoin précipité de gagner la capitale. Pour ce faire, il n'avait pas hésité à tenter de franchir frauduleusement la ligne de démarcation. Il avait acheté deux billets pour Saint-Machinchouette. Pourquoi ? Vraisemblablement parce que la personne qui devait l'accompagner se trouvait déjà dans la gare, venant d'ailleurs, par exemple. Quelle était cette personne ? La fille au trench-coat ? L'assassin ? Si j'en croyais le témoignage de mes yeux, l'assassin et la jeune fille ne faisaient qu'une seule et même personne. Évidemment, j'avais bien dit à Bernier qu'il me paraissait improbable que Colomer eût payé la place de son meurtrier, mais cela faisait partie de notre fameuse politique de « franchise » mutuelle. Autrement dit, balivernes et compagnie.

Mon objection à l'achat d'un billet pour le compagnon assassin aurait tenu si Colomer avait été conforme au portrait que m'en traçait le commissaire. Mais

Colomer était-il affolé ? Je ne l'avais vu que quelques secondes, évidemment, mais je pouvais répondre avec certitude : non. Il était surexcité, certes, mais sans la moindre trace de peur. Et lorsqu'il s'était senti frappé, sa physionomie n'avait exprimé que le plus douloureux étonnement. Il ne s'attendait pas à ce coup-là.

Quoi qu'il en fût, le but du voyage était le 120, rue de la Gare ; une adresse paraissant constituer le mot d'une énigme et que déjà, dans des circonstances également dramatiques, un homme m'avait murmurée : l'amnésique du stalag. Quel rapport existait-il entre ces deux hommes ? Et quel rapport entre la rue de la Gare (Paris, 19e) et la rue de la Monnaie, de Lyon, toutes deux fréquentées par des Arabes ?

À ce point de mes cogitations, j'écrasai les pieds d'un promeneur. Ne voulant pas lui avoir infligé inutilement cette douleur, je lui demandai la rue Alfred-Jarry. Il me répondit que j'étais dedans.

Le numéro 26 avait bonne mine. Son locataire du rez-de-chaussée ne le cédait en rien à la façade de l'immeuble, je pus m'en convaincre aisément lorsqu'un larbin taciturne et d'aspect maladif m'eut introduit dans un vaste bureau où un homme m'attendait, la cigarette aux lèvres.

Maître Julien Montbrison ne paraissait pas souffrir outre mesure des restrictions. Il était rond et jovial, tel que je l'avais connu à Paris, plusieurs années auparavant. Une rondeur sympathique, exempte de toute vulgarité. Il était, en dépit de sa corpulence, élégant et possédait une certaine classe. La seule faute de discernement était visible à ses doigts. Il adorait les charger de bagues, comme un rasta, et le choix de ces bijoux dénotait un indiscutable mauvais goût. Aujourd'hui, par exemple, il arborait une chevalière d'or, sertie de trois brillants dont l'un, mal assorti aux deux autres, faisait de cette bague de prix un article de bazar. C'était là péché véniel, qui n'ôtait rien de son talent à cet homme.

Il était adroit, rusé, d'une éloquence cynique et (nous avions vidé plusieurs verres ensemble) un agréable compagnon.

À mon entrée, il ferma le livre qu'il lisait – une belle édition des *Œuvres* d'Edgar Poe – et vint vers moi avec un charmant sourire, sa main grasse tendue.

– Burma ! s'écria-t-il. Que voilà donc une belle surprise ! Que faites-vous dans nos murs ?

Je le lui dis, tandis qu'il débarrassait un fauteuil de quelques monumentaux livres de droit. Je m'assis et, à son invitation, parlai de la captivité. Généralement, vos interlocuteurs s'en foutent, mais ils croient poli de faire semblant de compatir à vos souffrances, comme ils disent. Après avoir sacrifié au goût du jour et émis de désespérants lieux communs, j'en vins à ce qui m'intéressait.

– Sapristi ! s'exclama-t-il. Je connaissais la mort de Colomer, mais j'ignorais que vous ayez été témoin de son assassinat. Comme retour à la vie civile...

Il écrasa sa cigarette dans le cendrier.

– Oui, c'est plutôt moche, concédai-je.

Il me tendit un luxueux étui en or.

– Prenez ça, offrit-il. Vous n'en trouverez nulle part ailleurs. Ce sont des Philip Morris. J'en ai une petite réserve.

– C'est en effet une marque rarissime, mais... Excusez-moi, je ne suis pas amateur... je préfère ma pipe...

– Ah ! cette vieille bouffarde... Comme vous voudrez...

Il alluma ma pipe et sa cigarette.

– Pour en revenir à Colomer, dit-il, en exhalant un odorant nuage de fumée, le brillant détective a-t-il une idée ?

– Aucune. Je reviens de trop loin. Mais la police s'imagine que mon assistant a été victime d'une vengeance... Politique ou autre. Et votre déposition confirmerait ce point de vue.

– Ah ! vous êtes au courant ?

– Plus ou moins. Je sais qu'il est venu ici quelques heures à peine avant de se faire descendre.

– Oui. Pour retirer de l'argent qu'il m'avait confié...

– Un instant... D'où provenait cet argent ? J'ai ouï parler de huit ou neuf mille francs. C'est une grosse somme... Je veux dire une grosse somme pour Colomer qui n'était pas économe.

– Je l'ignore absolument.

– Merci. Continuez.

– Je l'ai trouvé, en rentrant ici, dans ce fauteuil, m'attendant. Mon valet ignorait où je dînais... savait toutefois que je serais de retour vers onze heures et lui avait permis de m'attendre. Son attitude était assez inquiétante... Avez-vous déjà vu des êtres en proie à une peur abjecte, Burma ?

– Oui.

– Moi aussi. Les condamnés, par exemple, le dernier matin... Eh bien, toutes proportions gardées, Colomer donnait de pareils signes de terreur. Au point que je lui ai demandé s'il était souffrant et que...

Il parut hésiter.

– Quelque chose que j'ai caché au commissaire et que je peux confier à vous... J'ai cru qu'il avait besoin de tout son avoir pour acheter de la drogue.

– Neuf mille francs de drogue ! m'exclamai-je. Le prendriez-vous pour Cyrano ? C'est invraisemblable. Et puis, cela ne tient pas debout. Colomer ne s'adonnait à aucun stupéfiant.

Il leva vers moi sa main gauche, comme s'il réglait la circulation.

– Je ne suis pas médecin pour juger sur la mine. Mais ne prenez pas la mouche, Burma. Vous me rappelez par trop Colomer. Car, lui aussi, dès que je fis allusion à cela, s'emporta et nous échangeâmes d'assez vives paroles. Je les regrette maintenant, mais... *mektoub*[1]. Piqué au vif, je lui rendis des comptes, sans plus

1. « C'était écrit. »

m'inquiéter de lui. Il m'a laissé une étrange impression de peur et de désarroi. Pauvre bougre... Je ne croyais pas apprendre sa mort – et quelle mort ! – par les journaux, le surlendemain... Évidemment, mon idée sur la drogue était erronée. Alors, quelle hypothèse nous reste-t-il devant sa conduite étrange de cette nuit-là, son besoin d'argent pour fuir et sa terreur manifeste ? La crainte d'une vengeance ?

– Et quel genre de vengeance ? Professionnelle, politique ou... ou passionnelle ?

Julien Montbrison agrémenta ses lèvres du sourire charmant que lui seul possédait.

– Nous pouvons écarter d'emblée le drame passionnel, dit-il. Je ne lui connaissais aucune liaison... à ce point dangereuse.

– Et... de liaisons moins dangereuses ?

– Pas davantage. Quant à la politique, je suis persuadé qu'il suivait mon exemple : il ne s'en occupait pas.

– Je vous crois sans peine. Ce n'étaient pas des préoccupations de cet ordre qui l'empêchaient de dormir... et je ne vois pas pourquoi la guerre – et ce qui s'ensuivit – l'aurait fait changer de conduite.

– Vengeance professionnelle, alors ?

– C'est ce que n'est pas loin de croire le commissaire Bernier. Il a déjà découvert un ex-complice d'un coriace pilleur de banques que Bob et moi avions fait condamner. Je me demande ce que vaut cette piste.

– Ce gangster est-il si dangereux ?

– Ce n'est pas une petite fille. Mais de là à terroriser un gaillard comme Colomer... Franchement, Montbrison, Colomer vous a-t-il donné l'impression d'avoir une frousse bleue ?

Mon expression fit sourire l'avocat.

– Une frousse bleue, peut-être pas. D'ailleurs, je suis amblyope [1]. Mais croyez-moi, quelle qu'en fût la

---

1. Personne atteinte d'un affaiblissement de la vue.

couleur, elle était réelle. Évidemment, il n'en était pas
atteint au point de chercher refuge sous les meubles...
Mais vous-même, à la gare...

— Je n'ai rien remarqué de particulier.

— Que vous a-t-il dit ?

— Rien. Il n'a pas eu le temps. Le train démarrait.
Il a sauté sur le marchepied. Il s'est écroulé aussitôt.

— Rien, chez lui, n'exprimait la crainte ? demanda
pensivement l'avocat, en martyrisant sa cigarette.

— Rien.

— Alors, excusez-moi, je reviens à mon idée de toxique. Supposons que Colomer, pour une raison ou pour
une autre, ait besoin de quitter rapidement Lyon. Il me
rend visite pour récupérer son argent. Son extraordinaire
état de nervosité, son trouble, que je prends pour de la
frayeur, peuvent n'avoir aucun rapport avec ce voyage,
mais être simplement la conséquence d'un manque prolongé de drogue. Le fameux « état de besoin ». Sorti de
chez moi, il se procure son poison et l'absorbe. Lorsque,
trois heures plus tard, vous le rencontrez à Perrache, il
est frais et dispos. Que pensez-vous de ce raisonnement ?

— Il se tient... à une objection près. J'ai quitté Colomer au début de la guerre. Il n'était pas intoxiqué. Il
se peut qu'il ait changé depuis... Je n'en sais rien. Mais
vous, vous l'avez fréquenté récemment. Avait-il
l'aspect d'un toxicomaniaque ?

— Je ne suis pas médecin, répéta-t-il. Voyez-vous,
Burma, il n'y aura que le résultat de l'autopsie pour
nous éclairer. Le connaissez-vous ?

— Non. Bernier ne m'a pas soufflé mot du rapport
du médecin légiste. Ce silence peut s'interpréter de
deux façons : ou il n'y avait rien à m'en dire ou il y
en avait trop. Bon sang, ce commissaire et la franchise,
cela fait deux...

Montbrison alluma une nouvelle cigarette et se mit
à rire.

– Vous a-t-il parlé d'Antoine Chevry et d'Edmond Lolhé ?

– Qu'est-ce que c'est que ces deux-là ?

– Des amis... ou plutôt des connaissances de Colomer. Oh ! rien de très important... Ils sont quand même mentionnés dans ma déposition...

– Il ne m'a rien dit. Mais ne l'imitez pas. Je suppose que vous étiez assez souvent en contact avec Bob pour me donner quelques précisions sur son genre de vie ?

– Certainement. Quoiqu'il y ait peu à en dire. Vous savez mieux que quiconque combien votre collaborateur était réservé. À vrai dire, je crois qu'à part moi, il ne fréquentait personne d'autre. Sauf ces deux jeunes gens que je lui avais présentés comme aides éventuels au moment où il avait l'intention de monter une agence de renseignements. L'argent déposé ici était destiné à financer cette entreprise... qui est restée à l'état de projet.

– Ah ! Rappelez-moi les noms de ces jeunes gens, voulez-vous ?

– Antoine Chevry et Edmond Lolhé.

Je notai sur mon calepin et pointai vers l'avocat un menton interrogateur. Il secoua la tête.

– J'ignore leurs adresses. Lolhé est parti au Maroc et je n'ai reçu de lui qu'une carte expédiée de Marseille ; Chevry, après avoir suffisamment goûté à la vache enragée, est retourné sagement chez ses parents voir si on ne tuait pas le veau gras. C'est quelque part sur la Côte, du diable si je me souviens du patelin.

– Si un jour vous pouvez faire suivre ces noms de ceux d'une rue et d'une ville, pensez à moi.

– Bien sûr. Mais ça ne sera pas de sitôt et je doute fort que cela vous aide. Ils connaissaient Colomer par mon intermédiaire... autant dire qu'ils en savent encore moins que moi.

– Bernier les fait rechercher ?

– Sans doute. Cela fait partie de la routine, n'est-ce pas ? S'il leur met la main dessus, ils ne pourront lui fournir que des renseignements sans importance. Une cigarette ?... Ah ! c'est vrai, vous n'aimez pas cela.

— Merci tout de même. Hum... Bonimenter comme cela donne soif. Si je me souviens bien, dans le temps vous aviez une bonne cave...

— Sacré Burma ! s'écria-t-il. Voilà la question la plus importante que vous vouliez me poser, hein ! vieux renard ? Hélas ! croyez-vous que je l'aurais attendue pour aligner les verres ? Je n'ai plus rien. J'ai négligé de prendre autant de précautions pour mes spiritueux que pour mon tabac favori. Mais qu'à cela ne tienne. Je n'ai rien de spécial à faire ici. Je vous invite à boire un ersatz dans un café chauffé par les consommateurs.

— Je ne pourrai vous accorder que peu de temps, dis-je en quittant mon fauteuil. J'ai rendez-vous avec un journaliste...

— Où cela ?

— Dans un petit cabaret sympathique du passage de... Oublié le nom. C'est près du Guignol.

— Y a-t-il indiscrétion à vous accompagner ?

— Nullement. Si vous voulez bien oublier que je m'appelle Nestor Burma.

Il leva les sourcils.

— Ah ! ah ! fit-il. Très excitant. Je vous suis. Nous parlerons du bon vieux temps.

Avant de partir, il laissa des instructions à son larbin. Celui-ci lui remit une convocation apportée par un agent cycliste. Il la glissa dans sa poche et me rejoignit.

Marc Covet m'attendait dans la tiédeur du *Bar du Passage*, appréciant en silence les qualités d'un apéritif synthétique.

— Avez-vous les renseignements ? attaquai-je sans préambule.

— Vous êtes poursuivi par la police ? répondit-il. Bonjour, monsieur. Asseyez-vous et prenez ce qu'il y aura de plus fort en alcool. Non, je n'ai pas vos renseignements. Le critique littéraire s'est absenté. Il a une copine de l'autre côté de la ligne et comme il bénéficie d'un laissez-passer permanent... Il sera là demain. J'ai cru pouvoir attendre et ne pas poser ces questions à un autre... Si un type doit être au courant de mes apparentes turpitudes [1], autant que ce soit toujours le même, n'est-ce pas ? Ce n'est pas à un jour près ?

— Non, ce n'est pas à un jour près.

Là-dessus, je procédai à des présentations tardives et nous prîmes place. Nous bûmes trois apéritifs (chacun sa tournée) auprès desquels l'eau d'Évian faisait figure d'explosif.

— Dînons ensemble, proposai-je, écœuré. Vous fournirez les tickets et moi l'argent.

— Accepté, dit Marc. Je connais un restaurant pépère.

Nous allâmes dans un endroit peuplé de journalistes, parisiens et locaux. Ces jeunes gens étaient reconnaissables à leurs vêtements clairs, aux stylos qui dépassaient de leurs pochettes et à la façon particulière qu'ils avaient de désigner par leur nom de baptême, comme s'il se fût agi de garçons de café, les ex-députés et les artistes. Certains saluèrent l'avocat, mais personne ne reconnut en moi le directeur de l'Agence Fiat Lux et pas une fois je n'entendis une allusion au crime de Perrache. À quelques amis, Marc me présenta sous le burlesque pseudonyme de Pierre Kiroul, auquel il paraissait tenir. Il posait des jalons pour le jour de la révélation finale et de l'article sensationnel.

Au cours du repas, je m'interrompis subitement dans la mastication d'un bifteck illégal et qui, pour cette raison sans doute, était dur. Une idée m'était venue.

— Marc... Votre critique littéraire a un laissez-passer permanent, m'avez-vous dit ? Et vous ?

— Oui, à la première question ; non, à la seconde.

_____

1. Actions honteuses (le mot est souvent pris, comme ici, ironiquement).

C'est dommage, ironisa-t-il, car il ne fait aucun doute que vous m'auriez demandé un nouveau service, n'est-ce pas ?

— Exactement. J'ai un message urgent à faire parvenir à Paris. Les cartes interzones mettent des siècles. Si vous aviez pu passer la ligne cette nuit, vous auriez envoyé ma lettre du premier bled venu. Et vous, Montbrison ? Pas de messager, parmi vos relations ?

— Non, fit l'avocat. Je dois aller à Paris dans quelques jours. À cet effet, j'ai sollicité un laissez-passer... (il sortit de sa poche le pli apporté par le cycliste)... et je suis convoqué au commissariat. J'obtiendrai cette pièce mais trop tard pour vous proposer mes services.

Marc posa sa fourchette et me prit la main.

— J'ai mieux que cela, dit-il, répondant à ma suggestion. Voyez-vous le dîneur en veston marron, là-bas, celui qui a conservé son chapeau sur la tête ? Il part cette nuit pour Paris, il y sera à sept heures, demain matin... Hé ! Arthur, appela-t-il. Viens ici, que je te présente un vieux copain...

Le journaliste au chapeau avait terminé son repas. Il vint à notre table et, les présentations terminées (monsieur Pierre Kiroul – maître Montbrison – monsieur Arthur Berger – ... chanté), demanda ce que nous offrions. Dix minutes plus tard, mis au courant de ce que j'attendais de lui, il acceptait sa mission.

Sur une feuille de papier pelure, j'adressai à Florimond Faroux, mon informateur à la P.J., un policier que j'avais tiré jadis d'une situation délicate et qui m'en était reconnaissant, des considérations originales sur la pluie et le beau temps. Traduites, mes gloses météorologiques signifiaient qu'une surveillance du 120, rue de la Gare, et un rapport sur ses habitants m'aideraient beaucoup. Il était prié de faire parvenir la réponse à Marc Covet, rédacteur au *Crépu*.

— Ce n'est pas très compromettant, rigola Arthur,

lorsqu'il eut, à ma demande, pris connaissance de l'épître.

– Non. Et c'est pour un poulet. Cela offre toutes garanties.

– Tu parles.

– Envoyez par pneu, suggérai-je.

– D'accord. Si le train ne déraille pas, cela sera chez votre type demain matin. Qu'est-ce que vous offrez ?

Il avait fini son verre et bu ce qui restait dans celui de Marc. Nous demandâmes une bouteille de bourgogne. C'était du vulgaire aramon[1], mais il était buvable. Nous en prîmes une autre, une autre encore... Nous étions tous très gais. Au milieu de mon ivresse, je pensais avec attendrissement à ma lettre. Entre les mains d'un pareil type, elle était foutue. Il allait louper son train, c'était couru... Et s'il ne le loupait pas, il oublierait ma lettre dans sa poche... Ah ! qu'il était de bon conseil, ce Marc Covet, et que ses copains étaient donc d'un drôle de gabarit !

Ainsi ruminant et sérieux comme un pape, j'observais M. Arthur Berger nous narrer, d'une voix épaisse, les plus réussis de ses exploits journalistiques. Il avait une curieuse façon de dévisager Montbrison. Il ne le quittait pour ainsi dire pas du regard, le toisant par-dessus son verre lorsqu'il buvait et inclinant la tête, d'un air grotesquement agressif, comme s'il regardait par-dessus des lunettes imaginaires, lorsqu'il parlait.

Soudain, au milieu d'une période bien balancée sur je ne sais plus quoi, il s'arrêta court et nous confia qu'il était un type extraordinaire.

– Oui, répéta-t-il en s'adressant à l'avocat, un type extraordinaire. Et je vais vous le prouver tout de suite. Comment va votre blessure ?

– Ma... ma blessure ?

Montbrison était dans le même triste état que son

---

1. Vin qui provient d'un cépage du Languedoc.

interlocuteur. Il conservait son sourire racé, mais roulait des yeux vagues.

M. Arthur Berger renifla bruyamment et le menaça d'un index tremblotant. Et il entama un discours.

Il ressortait de celui-ci qu'il avait rencontré Montbrison pendant la guerre, en juin 40, à Combettes, un bled perdu, mais où cela chauffait dur et où lui, Arthur Berger, se trouvait en qualité de correspondant de guerre pour le compte de... (Ici, tel hebdomadaire et petite digression pour nous faire comprendre que le directeur de cet organe n'attachait pas ses rédacteurs avec des saucisses.) Montbrison était blessé. C'était pas vrai ? L'avocat convint que c'était vrai. Une légère blessure à la main ? Exact. Sur ce, M. Arthur Berger entonna son propre éloge. Un type extraordinaire, qu'il était. Montbrison le félicita pour sa mémoire étonnante. Ne voulant pas être en reste d'amabilité, le journaliste congratula l'avocat de son esprit de décision. Ah ! en voilà un qui n'avait pas été long à se frusquer en civil pour ne pas être fait prisonnier. Lui, Arthur Berger, qui était pourtant passablement débrouillard, n'avait trouvé ce qu'il lui fallait que le lendemain. Et ainsi de suite. Un vrai discours.

Je proposai d'arroser cette rencontre. Cet incident m'avait rasséréné. Un type doué d'une telle mémoire ne pouvait pas me jouer le tour d'oublier ce dont je l'avais chargé. Et puisque nous étions sur le chapitre des prisonniers ou de ceux qui avaient failli l'être, je racontai quelques histoires.

À dix heures et demie, M. Arthur Berger nous quitta. Il était ivre, mais ne perdait pas le nord.

– N'oubliez pas mon pneu, recommandai-je.

– Votre poulet [1] aura son poulet [1], ricana-t-il.

Trente minutes plus tard, le patron du restaurant ne put éviter de jeter à la rue d'aussi bons clients.

---

1. Jeu de mots sur deux sens du mot « poulet » : policier (dans une langue familière) et lettre (dans le langage du théâtre classique).

– C'est l'heure, s'excusa-t-il.

Dehors, nous faillîmes nous battre.

Débordants d'amour pour les prisonniers libérés, le journaliste et le cher maître voulaient à toute force m'offrir l'hospitalité. Je dis : non et fus plus ferme dans ma résolution que sur mes jambes. Je voulais regagner l'hôpital. Ce n'était pas une raison, parce que j'avais obtenu une permission, pour que je découche. L'heure à laquelle j'aurais dû rentrer était passée depuis longtemps, évidemment mais...

– Alors, je vous accompagne, insista Montbrison.

– Et moi... et moi aussi, balbutia Marc. La marche nous fera du bien.

Ils me lâchèrent à dix mètres du bâtiment à croix rouge.

Là, je me fis passer un savon par un olibrius qui me contesta le droit de m'habiller en civil et m'avertit que, pour ma prochaine permission, je pourrais repasser. Étant suffisamment ingambe pour sauter le mur, je me contentai de ricaner insolemment.

Sur mon lit, je trouvai une lettre et une valise dont la vue me rendit une partie de mes esprits. Ces deux objets avaient un expéditeur commun : Édouard. Il était à Castelnaudary, utilisait quatre pages pour me dire que sa santé était bonne, qu'il espérait que la présente me trouverait de même et qu'il m'envoyait mon bien.

J'ouvris la valise.

On m'avait dérobé deux paquets de tabac, ainsi qu'une paire de chaussettes et un caleçon, mais, d'une poche secrète, inviolée, préparée au camp en prévision de la fouille, je tirai d'une main incertaine ce pourquoi j'avais tant désiré récupérer mon bagage : les empreintes digitales et la photo de l'amnésique du stalag.

Je mis ces deux documents en sûreté, dans la poche de ma chemise. Ensuite, je me coulai dans les draps froids, allumai une pipe et essayai présomptueusement de réfléchir.

CHAPITRE VI

FAUSSE ADRESSE

Au bout d'un instant, je m'aperçus que le lit de mon voisin remuait. De dessous, émergea Greta Garbo [1]. Elle vint à moi, comme pour me parler, s'immobilisa soudain, son regard dirigé vers la porte. Celle-ci s'ouvrit lentement, livrant passage à la fille au trench-coat, toujours en possession de son automatique. Je bondis du lit, sautai sur la fille et la désarmai. Il était temps. Du lit numéro 120, inoccupé la veille, un malade surgissait. Il était entièrement vêtu et tenait à la main une mallette de bijoutier. C'était Jo Tour Eiffel. Sous la menace de mon revolver, il ouvrit sa sacoche pour en extraire un magnifique collier de perles qu'il passa au cou de l'artiste suédoise. Cette opération menée à bien, je tirai. Il s'écroula en jurant et, une fois au sol, se métamorphosa. Ce n'était pas l'escroc, mais Bob Colomer. Sur ces entrefaites, un monôme de journalistes envahit la salle, qui n'était d'ailleurs plus une salle d'hôpital mais un restaurant. J'aperçus Marc Covet et Arthur Berger, tous deux manifestement ivres. Je m'apprêtais à les rejoindre, lorsque le commissaire Bernier m'en empêcha. Il ne fallait pas mélanger les torchons et les ser-

1. Célèbre vedette de cinéma de l'époque.

viettes, me dit-il. Désormais, des cloisons étanches sépareraient les professions. Les reporters d'un côté, les détectives privés de l'autre. À haute voix, je me traitai d'idiot.

– Les permissions ne vous réussissent guère, me gronda doucement l'infirmière. Vous êtes tout agité. Buvez cette tisane. Après, cela ira mieux.

J'ouvris les yeux. Un jour sale pénétrait dans la pièce. Ma pipe avait roulé au sol, répandant une traînée cendreuse sur le drap. J'avais la gueule de bois. Je bus la tisane sans rien dire.

Je me rasai. Les douches fonctionnaient ; j'en pris une. Ça allait beaucoup mieux. Ensuite, dédaignant le bureau où l'on délivrait les titres de permission, j'allai rôder près des cuisines. En un clin d'œil, je fus dehors.

Un bar m'accueillit. Je consultai l'annuaire et dressai une liste de cinq noms.

Il était trop tôt pour commencer mes démarches. Je tuai le temps en fumant quelques pipes le long des quais. Il faisait froid, mais c'était supportable. Lorsque j'entendis sonner dix heures, je me mis au travail.

Je visitai d'abord un certain Pascal, demeurant rue de Créqui, au fond d'une cour obscure. L'individu qui me reçut et qui s'intitulait « secrétaire », avait tout du gorille. En dépit de l'instruction obligatoire, je le soupçonnai fort de ne savoir ni lire ni écrire. Il commença par me parler de rendez-vous. Rien qu'à la façon dont ce fut dit, l'aspect du « secrétaire » aidant, je fus fixé sur la qualité de cette officine. Je n'insistai pas, déclarai que je téléphonerais et sortis. M. Pascal devait pratiquer le chantage. Cela ne faisait pas mon affaire. Je rayai son nom de la liste.

Je vis encore trois autres policiers privés, ou soidisant tels, qui ne me plurent pas davantage. L'un avait

l'air trop malin, l'autre pas assez, le troisième était
gâteux.

L'après-midi était avancé, lorsque je découvris, dans
une rue coquette, voisine de la Tête-d'Or, le *right man*,
celui par qui j'aurais dû commencer et qui, bien
entendu, était le dernier de la liste.

C'était un nommé Gérard Lafalaise, enthousiaste et
juvénile, qui me convint tout de suite. Les locaux dans
lesquels il élaborait ses savantes déductions étaient
nets ; sa secrétaire était agréable et me rappela la
mienne propre, Hélène Chatelain.

– Je m'appelle Nestor Burma, dis-je. Vous avez
sans doute appris par les journaux qu'un de mes collaborateurs du nom de Colomer a été assassiné en gare
de Perrache.

– Mais... mais certainement, bafouilla-t-il.

– Voici ce que j'attends de vous, continuai-je, après
lui avoir laissé le temps de se remettre de sa surprise.
Il ne serait pas impossible que Colomer qui eut, un
moment, l'idée d'organiser un bureau similaire à la
firme de Paris, se soit abouché avec des employés
d'agences locales. De toute manière, mon malheureux
agent qui, de l'avis des témoignages, menait une vie
retirée (cela n'a rien d'extraordinaire, il était peu liant),
a pu essayer d'entrer en rapport avec des détectives
lyonnais. Je compte sur vous pour me fixer sur ce point.
Je ne crois pas qu'il ait jamais vu quelqu'un de votre
agence, car l'honnêteté dont vous faites montre (il
s'inclina, flatté) vous eût amené à en informer la police,
mais il se pourrait fort qu'il soit entré en relations avec
certains de vos collègues.

– Je ferai mon possible pour vous être agréable,
m'assura Gérard Lafalaise. Ce n'est pas tous les jours
que l'on a Dynamite Burma comme client.

– Autre chose, dis-je. Votre métier exige que vous
soyez physionomiste. Connaissez-vous cette jeune

fille ? L'avez-vous rencontrée, une seule fois ? Elle est remarquable.

Ses yeux quittèrent le portrait que je lui tendais. Il me dévisagea avec ambiguïté.

— Très remarquable, en effet, dit-il, avec une pointe de sécheresse. Mais je ne comprends pas cette plaisanterie. Vous me montrez là la photo de Michèle Hogan.

— Oui. Je recherche une personne qui ressemble étrangement à cette actrice. À défaut de la photo de l'original, j'ai pris celle-ci. C'est toujours mieux que rien. Alors ?

— Non, répondit-il, détendu. Si j'avais jamais rencontré quelqu'un qui ressemblât à cette artiste, vous pensez bien que je m'en souviendrais...

— Votre secrétaire ? Un de vos agents ?

— On peut voir.

Il sonna la dactylo. Avait-elle jamais remarqué, au cours de ses déplacements en ville, une jeune fille ressemblant à s'y méprendre à Michèle Hogan ?

— Non, dit-elle, en rendant la photo. Le fils de ma crémière ressemblait à Fernandel, mais...

— C'est bon, coupa mon jeune confrère. Lorsque Paul, Victor et Prosper rentreront, posez-leur la question, si je ne suis pas là.

Après avoir donné mes instructions et discuté des honoraires, je pris congé. La nuit était venue et avec elle s'était épaissie la brume. L'éclairage urbain, déjà atténué par un camouflage de demi-défense passive, s'efforçait de la percer sans succès. Je passai le pont de la Boucle en frissonnant, faisant résonner son tablier de fer sous mes souliers cloutés. On n'y voyait pas à deux mètres. Précipiter quelqu'un dans le Rhône eût été un jeu. De l'autre côté du pont, je pris place dans un tramway cahotant, grinçant et peuplé d'usagers moroses.

Après un tel voyage, l'atmosphère ouatée du *Bar du*

Passage fut la bienvenue. Je m'installai près du poêle. Peu après, Marc Covet arriva.

— Le critique littéraire m'a conseillé de bonnes douches froides, dit-il.

— Ce digne homme est donc revenu ? Et cette bibliographie ?

— La voici.

Il me tendit un papier.

— Ce sont exactement les mêmes livres qu'il vous avait indiqués pour Colomer ?

— Exactement les mêmes.

Je pliai la feuille et l'envoyai rejoindre les autres documents.

Marc ôta son pardessus, l'accrocha à la patère, s'assit, commanda une consommation et se frotta frileusement les mains. Soudain, il se frappa le front.

— Ah ! s'écria-t-il. J'oubliais que je faisais fonction de boîte aux lettres. J'ai reçu cela pour vous. C'est apparemment de votre copain le poulet. Il a fait vite.

— S'il n'avait pas de combine, ce serait à désespérer. Mais c'est quand même ahurissant qu'il ait été si rapide. Refuserait-il de m'aider ?

J'ouvris le télégramme de Faroux.

Il n'existe pas de 120, rue de la Gare, disait-il.

CHAPITRE VII

LE PONT DE LA BOUCLE

Cette nuit-là, je ne rentrai pas à l'hôpital.

Après un repas hâtivement expédié, je demandai l'hospitalité à Marc. Le journaliste comprit que ça n'allait pas fort et ne se permit aucune critique. Tout au plus soupira-t-il plus profondément qu'il n'y avait lieu en retirant deux couvertures de son lit pour me les donner.

J'étais en difficulté avec mon godillot gauche (le dernier à enlever) et le lacet me resta dans la main, lorsqu'on frappa à la porte. La voix chantante du portier prévint à travers l'huis qu'on réclamait M. Covet au téléphone.

Marc descendit en bougonnant, pour remonter presque aussitôt.

– C'est pour vous, évidemment, dit-il. Le type attend.

Je regardai l'heure. Il était minuit. Gérard Lafalaise avait fait vite.

– Allô, dis-je. C'est moi.

– Allô ! Monsieur Burma ? Ici Lafalaise. Il faut que nous nous voyions tout de suite. J'ai du nouveau.

– Félicitations. Vous êtes un rapide. Allez-y.

– Pas au téléphone. Le mieux est que vous veniez.

– Chez vous ? À la Tête-d'Or ?

– À la Tête-d'Or, oui. Mais pas chez moi. Je ne vous téléphone pas de mon bureau. Je suis chez un ami (il ricana) que je ne peux pas quitter... un ami qui aimerait vous parler de vedettes de l'écran...

– Fichtre... Très bien. Où dois-je me rendre ?

Il me fournit les explications. C'était assez compliqué. Il proposa d'envoyer quelqu'un à ma rencontre sur le pont de la Boucle. J'acquiesçai.

– Que diriez-vous d'une petite balade au parc ? dis-je à Covet en me rechaussant. Donnez-moi un lacet.

– Une... Par ce temps-là ? Voici le lacet.

– Merci... N'oubliez jamais que je possède les éléments d'un article époustouflant.

– Quel rapport ?

– Étroit.

– Alors, je risque la mort. Mais je vais mettre de grosses godasses ferrées. Je redoute le froid aux pieds.

– Et un béret, suggérai-je. Quelque chose dans le genre du mien. On peut s'en couvrir les oreilles ; c'est très pratique. Cela manque d'élégance, mais nous n'allons pas à un rendez-vous galant... encore qu'une jolie femme soit dans le coup.

– À propos, inutile de vous demander des explications sur le but de cette promenade nocturne, n'est-ce pas ?

Je m'esclaffai.

– Absolument inutile, vieux.

– Satané patelin, grogna-t-il, une fois dehors. Vivement Paris.

Il émit encore quelques remarques au sujet des patrouilles que nous étions susceptibles de rencontrer. Je ne répondis pas et il se tut. D'ailleurs, dans une certaine mesure, le brouillard opaque obligeait à garder la bouche fermée. Nous accomplîmes le reste du trajet en silence.

Un peu avant le pont de la Boucle, le lacet de Marc ∞
me joua un sale tour. Il se rompit. Je le réparai, permettant à mon compagnon de prendre une légère avance.

Sauf le grondement du fleuve impétueux et, sur le pont, le bruit sec des talons de fer de Marc Covet, la ville était étrangement silencieuse. Tout dormait. Tout était calme. Le roulement lointain d'un train me parvint, rassurant. Au même instant, un appel angoissé troua le silence et la brume.

L'esprit en éveil, j'attendais ce cri. Je bondis, lui faisant écho, pour me situer et inviter Marc à en faire autant.

Vers le centre de l'ouvrage d'art, sous la lueur jaunâtre d'un dérisoire feu de position, le journaliste était aux prises avec un individu qui s'efforçait de le jeter par-dessus bord.

En me voyant surgir à ses côtés, l'homme ne perdit pas le nord. Il assena un coup formidable au reporter et l'envoya au tapis pour le compte. Alors, il me fit face. Je l'agrippai et nous roulâmes l'un sur l'autre. Un instant, il eut le dessus. J'étais empêtré dans mes vêtements d'hiver et lui était en veston. Je fis un violent effort pour me dégager et nous nous retrouvâmes debout, tels deux tragiques danseurs. Visiblement, l'apache essayait de me faire subir le sort qu'il n'avait pu infliger à mon ami.

Il fallait en finir. Je réunis mes forces et donnai un suprême coup. L'agresseur desserra son étreinte et s'accota au parapet étincelant d'humidité. Je lui plongeai mon genou dans le ventre et le redressai d'un uppercut. Ses pieds manquèrent m'atteindre en pleine face. Je jurai comme cela ne m'était pas arrivé de longtemps.

Je courus à Marc. Il se redressait péniblement, se frictionnant le menton.

∞Voir *Au fil du texte,* p. 236.

– Où est ce boxeur ? fit-il.

– J'ai mal calculé mon coup, répondis-je. J'ai frappé trop fort... la barre d'appui était grasse. Il a basculé.

– Il a... Vous voulez dire que...

Il montra le Rhône qui grondait à dix mètres au-dessous de nous.

– Oui, dis-je.

– Bon Dieu !

– Vous vous apitoierez une autre fois. Pour l'instant, allons à votre canard. J'ai besoin de téléphoner et je veux le faire sans chinoiseries, sans avoir à montrer mes papiers, remplir une fiche et donner le signalement de ma grand-mère.

– C'est une idée. D'autant meilleure que j'ai besoin d'un tonique et que je connais un placard où il y a du cognac.

En cours de route, il me demanda :

– Bien entendu, vous saviez ce qui allait nous arriver ?

– Je m'en doutais.

– Et vous m'avez laissé chausser des godillots aussi bruyants que les vôtres ? Et mettre un béret comme le vôtre ? En un mot, adopter votre silhouette ?

– Oui.

– Et vous m'avez fait passer devant.

– Oui.

– Et si j'étais tombé dans la flotte ?

– Vous ne pouviez pas. J'étais là. J'attendais votre appel.

– Si vous étiez arrivé trop tard ? Si je n'avais pas eu le temps de crier ? Si vous aviez glissé ? Si vous...

– J'aurais toujours tenu votre agresseur. Moi dans le jus et vous avec ce type, cela n'aurait servi de rien. Vous n'auriez pas su quelles questions lui poser. Tandis que moi le tenant...

– ... Et moi en train de voguer vers Valence...

– Je vous aurais vengé.

– Vous êtes vraiment un chic type, ricana-t-il, amèrement.

Une pause, puis :

– Que vous sachiez ou non quelles questions lui poser, c'est un peu tard, siffla-t-il.

Il paraissait triompher.

– C'est en effet un sale coup, concédai-je. Mais j'espère me rattraper. Le tout est de faire vite.

Au *Crépuscule* replié, trois reporters jouaient aux cartes dans une salle de rédaction enfumée, encombrée et silencieuse. Ils saluèrent Marc et ne nous prêtèrent plus aucune attention.

Tandis que mon compagnon forçait le placard aux spiritueux, je me précipitai sur le téléphone et demandai le bureau de Gérard Lafalaise. Personne ne répondit. Je ne m'en étonnai pas.

Je fis une incursion dans l'annuaire et téléphonai à tous les abonnés du nom de Lafalaise. Ils étaient relativement nombreux. Pas mal d'entre eux, indignés d'être dérangés en plein sommeil, m'envoyèrent au diable. Enfin, un nommé Hector Lafalaise me dit être l'oncle de celui que je cherchais. Je le conjurai de me révéler le numéro privé de son neveu. Après quelques résistances, il consentit à me satisfaire.

– Buvez ça, assassin, me dit Marc.

C'était du cognac, dans un verre à moutarde, bien propre, si l'on peut dire, à enthousiasmer un détective. Il était couvert d'empreintes.

Je bus l'alcool et demandai le numéro privé. Quelqu'un dit : « Allô », d'une voix ensommeillée. C'était un larbin. M. Gérard, me dit-il, n'était pas là.

– Affaire extrêmement importante, tonnai-je. Où puis-je trouver votre maître ?

Il fallut parlementer un bout de temps, rendre ma voix tantôt persuasive, tantôt menaçante. Enfin, j'obtins le renseignement. Le détective privé était à une surprise-partie de la comtesse de Gasset. Le larbin ajouta l'adresse de cette aristocrate.

— Encore besoin de vous, dis-je à Marc. Cette fois, nous allons dans le monde.

Nous retournâmes dans le brouillard. Chemin faisant, le journaliste me donna des détails sur la comtesse. C'était une petite écervelée. Rien dans sa conduite ne prêtait à suspicion.

La surprise-partie avait lieu dans un bel appartement du sixième étage d'un building proche des Brotteaux. Une servante de comédie nous introduisit dans un vestibule parfumé. Un bruit de conversations et de rires nous parvenait, ainsi que les sons d'une musique syncopée.

Une porte s'ouvrit et Gérard Lafalaise vint vers moi, la main tendue. Un étonnement non simulé se lisait sur ses traits.

— Eh bien ! s'exclama-t-il, pour une surprise-partie c'est une surprise-partie. Du diable si je m'attendais à recevoir votre visite ici.

— Notre métier est truffé d'imprévus, dis-je. Quant aux surprises-parties, c'en est incontestablement la soirée. Je sors d'une, qui était donnée au pont de la Boucle, du haut duquel un de mes admirateurs voulait me précipiter.

— Vous !...

Il était pétrifié.

— Trouvons un endroit discret, suggérai-je.

Quand ce fut fait, je le mis au courant.

— Nous étions convenus d'employer nos prénoms au cours de nos conversations éventuelles, ce que le type ignorait. Aussi, ai-je tout de suite eu la puce à l'oreille.

— Et votre agresseur ?

— Il n'aura pas chaud, cet été. Il est au frigo. Maintenant, je vous proposerai de mettre votre manteau et de me suivre.

— Où cela ?

— Je n'en sais rien. Je veux dire que c'est vous qui

avez l'adresse du lieu où je veux me rendre. Chez votre
charmante secrétaire dont j'ignore même le nom.

– Louise Brel. Mais je ne comprends pas.

– Elle m'a paru trop sotte, cet après-midi, pour que
ce soit naturel. Souvenez-vous : lorsque vous lui avez
parlé de Michèle Hogan, elle a tenté de nous faire un
discours sur Fernandel, comme s'il y avait un rapport.
La vérité est qu'elle nous aurait aussi bien parlé du
pape pour cacher son trouble. Elle connaît la fille que
je recherche et, pour une raison ou pour une autre, mon
activité la gêne. Ce soir, sans perdre de temps, elle a
essayé d'y mettre un terme en me dépêchant un tueur.
Par les notes que vous avez prises et dont elle pouvait
avoir facilement connaissance, elle a su où me trouver
en cas d'urgence.

– C'est inimaginable, fit-il, incrédule, en secouant
la tête. Je ne suis qu'un petit détective de province et...
hum... il est peut-être osé de poser pareille question à
Dynamite Burma, mais... mais êtes-vous sûr de ne point
faire erreur ? Est-ce Louise qui vous a téléphoné ?

– Non. Elle a laissé tout faire au type... même le
plongeon non prévu au programme... du moins non
prévu avec cet acteur.

– C'est incroyable, dit-il sourdement. Vous vous
trompez certainement, Burma, ajouta-t-il avec force.

– Le meilleur moyen de s'en convaincre est d'aller
trouver l'oiselle, m'impatientai-je. Si vous restez là à
me faire part jusqu'à l'aube des raisons que vous aviez
de lui accorder votre confiance, elle risque fort de se
débiner. Vous êtes prêt ?

– Oui. C'est incroyable, répéta-t-il. Un verre de
rhum avant de partir ?

– Non. Un quart de litre.

CHAPITRE VIII

LOUISE BREL

Quoique dépeignée, Mlle Louise Brel était charmante. Le déshabillé opale dont elle s'était enveloppée lui seyait à ravir. Ses pieds nus, aux ongles peints, s'enfonçaient dans la fourrure de la descente de lit. C'était, comme on dit, un beau brin de fille. Mais s'il m'était donné de contempler encore un aussi séduisant tableau, ce n'était guère sa faute.

Lorsque Lafalaise avait sonné à cette coquette maison de banlieue et s'était nommé, elle avait étouffé une exclamation de surprise et, après avoir fait un tas de chichis, avait ouvert en tremblant.

Elle avait failli refermer à la vue du trio que nous formions dans la pénombre du couloir. J'arborais ma binette des grandes circonstances et le moins qu'on en puisse dire est qu'elle n'est pas particulièrement engageante.

Maintenant, elle se tenait devant nous, dans sa chambre minuscule et propre, si confortablement féminine, ne réalisant pas la situation. Ses yeux interrogateurs, bouffis de sommeil, allaient de l'un à l'autre des visiteurs nocturnes sans comprendre. Une légère inquiétude soulevait sa poitrine.

J'enfonçai la main dans la poche de mon pardessus et fis prendre à ma pipe l'apparence d'un pétard.

— Habillez-vous, dis-je autoritairement. Prenez vos papiers d'identité et suivez-nous. Vous avez à fournir au commissaire Bernier quelques détails sur une agression dont je viens d'être l'objet de la part d'un de vos complices...

Elle me dévisagea, ébahie. Enfin, elle eut recours à son patron qui, visiblement gêné, lui lançait à la dérobée des regards apitoyés.

— J'ai essayé de faire comprendre à M. Burma qu'il faisait erreur, dit-il, d'un ton protecteur. Il serait étonnant que vous fussiez une criminelle. Il vous accuse de lui avoir tendu un traquenard. C'est... c'est... Écoutez, Louise, ne restez pas là, sans rien dire. Défendez-vous.

— Me défendre de quoi et de qui ? fit-elle. Je ne sais pas de quoi ce monsieur m'accuse. Un traquenard ? Je ne lui ai jamais tendu de traquenard. Je...

— Connaissez-vous cette jeune fille ? coupai-je, en lui mettant sous les yeux le portrait de la vedette.

— Oui. C'est Michèle Hogan.

— Merci, ricanai-je. Je l'ignorais. Connaissez-vous quelqu'un qui lui ressemble ? Attention : nous avons déjà posé la question, cet après-midi.

— Je me le rappelle.

— Vous ne m'avez pas répondu. Connaissez-vous quelqu'un qui ressemble à cette actrice ?

— Non.

J'approchai mon visage plus près du sien.

— Connaissez-vous quelqu'un qui ressemble à cette actrice ?

— Non.

Je lui pris les poignets, et les serrai fortement.

— Vous mentez.

— Non, dit-elle. Lâchez-moi. Vous me faites mal.

Elle recula, heurta le lit, s'y assit lourdement.

– À mon tour de dire non. Je vous lâcherai lorsque vous serez devenue raisonnable, bébé. Connaiss...

Je fus interrompu par Gérard Lafalaise. Il posa sa main sur mon bras, me regarda au plus profond des yeux. Sa figure s'était contractée ; je lui voyais pour la première fois une expression d'agressivité.

– Monsieur Burma, souffla-t-il d'un accent de reproche, monsieur Burma, cessez immédiatement cette odieuse comédie. J'ai eu grand tort d'ajouter foi à vos extravagantes suspicions. Le renom dont vous jouissez en est-il peut-être la cause. En tout cas, je ne m'y prêterai pas plus longtemps. Et sincèrement, je vous dis que je regrette de vous avoir amené jusqu'ici. Je vous prie de cesser sur-le-champ de molester cette jeune fille, dont je me porte garant. De pareilles méthodes sont indignes et...

– Taisez-vous. On a voulu me balancer dans le Rhône, monsieur Lafalaise. Il n'y a que cela qui compte pour moi. Mais, discours pour discours, je veux bien faire droit à votre requête et lâcher un instant les frêles poignets de cet ange de pureté. Les lâcher un instant, histoire de vous faire entrevoir à quel genre de méthodes est dû le succès de Dynamite Burma.

Ce disant, mon poing partit et l'atteignit en plein menton. Il alla au sol, rejoindre son chapeau. Je lançai une écharpe à Covet.

– Attachez-le, dis-je. Cette pièce est trop petite pour que nous lui permettions de faire de grands gestes. Et mettez-lui un bouchon ; il voudra peut-être chanter en se réveillant et je n'aime pas son répertoire.

– Nous irons au bagne ensemble, Nestor, soupira-t-il.

Mais il s'exécuta.

La rapidité de la scène n'avait pas permis à Louise Brel de tenter de fuir. Elle était toujours sur le lit défait, l'esprit ailleurs, semblait-il.

Je m'approchai. Elle me repoussa et me menaça, si

nous ne déguerpissions pas, de crier pour attirer la
police. Cela m'amusa.

– La police ? ricanai-je. Mais ne vous ai-je pas invi-
tée tout d'abord à me suivre au palais où le commissaire
Bernier serait heureux de vous entendre ? La police ?...
Mais je ne la crains pas, petite fille. (C'était faux.
L'arrivée d'un flic m'eût embarrassé.) Si quelqu'un ici
doit la redouter, c'est vous. Vous, qui soutenez ne pas
connaître une certaine jeune fille, alors que c'est faux ;
vous, qui ne voulant pas que je poursuive mes recherches relativement à cette personne – et vous allez
m'expliquer pourquoi – m'avez fait attaquer cette nuit
par un homme de main, alors que je courais à un faux
rendez-vous... à un piège. Ce rendez-vous m'avait été
fixé par téléphone. Or, une personne seulement à Lyon
connaissait mon numéro d'appel. Votre patron. Une
deuxième pouvait facilement se procurer le renseignement : vous, en votre qualité de secrétaire. Votre patron,
je ne l'ai jamais soupçonné. Lorsque je l'ai questionné,
cet après-midi, il m'a répondu franchement. Votre cas
est différent. Vous avez dit « non », assez rapidement,
je dois le reconnaître... pas assez toutefois pour que ma
méfiance ne soit éveillée et, comble de maladresse,
pour dissimuler votre trouble et fignoler, vous avez
voulu nous raconter une histoire idiote... une histoire
qui ne cadrait malheureusement pas avec votre physionomie. Vous n'avez pas l'air sot, permettez-moi ce
compliment. Aussi, lorsqu'un bonhomme, sur le pont
de la Boucle, m'a pris par la taille avec l'intention de
m'envoyer élucider les mystères des profondeurs flu-
viales, il ne m'a pas fallu vingt-quatre heures pour faire
le tour des suspects...

Je sortis ma pipe, ma blague et remis le tout dans
ma poche en grognant. Je n'avais plus de tabac.

– Alors ? poursuivis-je. Voulez-vous toujours appeler la police ? Les agents en uniforme ont l'esprit lent.
Ne vaut-il pas mieux voir un commissaire ? Bernier,

par exemple. Celui qui enquête sur l'assassinat de Colomer.

Tout en prononçant ces mots, je la surveillais attentivement. J'en fus pour mes frais. Elle m'avait écouté avec un étonnement croissant. Elle ne bougea pas. Soudain :

— C'est donc cela, dit-elle d'une voix changée.

Elle se prit la tête à deux mains, se renversa sur le lit et pleura doucement.

— Si c'est un truc pour gagner du temps, fis-je sèchement, ça ne prend pas.

Elle renifla et d'une voix mouillée :

— On a voulu... vous... vous jeter dans le Rhône ?

— Vous ne le saviez pas, peut-être ?

— Non... je ne le savais pas.

— Évidemment. Pas plus que vous ne connaissez une fille ressemblant à Michèle Hogan...

— Si... J'en connais une.

— Enfin. Son nom ? Son adresse ?

— Je l'ignore.

— Cela recommence.

— Je vous dis la vérité. Pourquoi ne me croyez-vous pas ? Oh ! bien sûr, je comprends votre état d'esprit... Si vous avez manqué être jeté dans le fleuve...

— Par votre faute.

— Oui, par ma faute... mais je ne suis pas coupable.

— De demi-aveu en demi-aveu, nous finirons par tout savoir. Prenez votre temps, je ne suis pas pressé. Quel lien existe-t-il entre cette fille et vous ? Pourquoi...

— Je vous en prie... Ne me posez plus de questions, voulez-vous ? implora-t-elle, avec lassitude. Je vais tout vous dire.

— Entendu. Mentez modérément.

— Je ne mentirai pas.

Elle renifla, se moucha, sécha ses larmes.

— Je connaissais cette jeune fille, à la beauté si

étrange, pour l'avoir vue plusieurs fois en compagnie de Paul, dit-elle. Je la soupçonnais d'être sa maîtresse...

– Qui est Paul ?

– Paul Carhaix. Un employé de l'agence.

– Ah ! ah ! Comment est-il ?

Elle me fournit un signalement qui correspondait à celui de mon agresseur, pour autant que la rapidité de la lutte et l'endroit où elle avait eu lieu m'avaient permis de l'examiner.

– Lorsque cet après-midi vous m'avez demandé si je connaissais un sosie de Michèle Hogan, je remarquai que vous paraissiez y attacher une certaine importance. Comme je vous savais être le célèbre Nestor Burma, je me dis qu'un danger menaçait peut-être l'amie de Paul et qu'avant de faire quoi que ce soit, mieux valait l'en informer. Je vous répondis donc négativement et comme je mens très mal, je crus trahir un certain trouble. Mon habileté à le dissimuler fut plutôt faible et il ne vous a pas échappé...

Elle me regarda, quasi admirativement.

– Il n'y a pas à dire, vous avez l'œil.

– Que voulez-vous ? fis-je, enjoué. Je suis Burma, l'homme qui a mis le mystère knock-out.

– À propos de knock-out, remarqua Covet, votre victime s'éveille.

Le paquet formé par Gérard Lafalaise s'agitait en effet dans son coin.

– Enlevez-lui son bâillon.

Le journaliste obéit.

– Et vous pouvez aussi m'ôter ces liens, grogna le jeune détective. Je suis réveillé, comme vous dites, depuis un moment et je n'ai rien perdu du début de la confession de Mlle Brel. Je reconnais que j'ai eu tort de ne pas vous croire aveuglément, Burma. Vous avez davantage d'expérience et de jugeote que moi. Excusez-moi d'avoir failli, par mon intervention intempestive...

– Vous voulez sans doute que je vous recolle le bâillon ? Chapitre des excuses. Je regrette d'avoir été forcé de vous envoyer au tapis, mais je n'avais pas le choix des moyens. Maintenant, asseyez-vous tranquillement dans un coin et ne bougez plus. Mlle Brel n'a pas terminé l'histoire de Blanche-Neige et du grand méchant loup. Allez-y, l'encourageai-je, en me tournant vers elle.

– Voulez-vous avoir l'obligeance de brancher le radiateur électrique ? pria-t-elle. Je n'ai pas très chaud.

Effectivement, elle frissonnait sous son léger déshabillé. Le journaliste à tout faire, qui depuis un moment se frottait frileusement les mains, ne se fit pas répéter l'invite.

– Lorsque Paul est rentré au bureau, ce soir, continua Mlle Brel, – vous étiez déjà parti, monsieur Lafalaise –, je l'ai mis au courant de ce qui se tramait contre son amie. Vous comprenez, à ce moment-là, je ne pouvais pas croire que cette jeune fille à l'air si doux fût coupable d'une mauvaise action. Quant à Paul, il m'avait toujours fait l'effet d'un honnête homme. Mais d'après ce que vous me dites, je crains qu'il ne me soit nécessaire de réviser cette opinion.

– Je le crains, en effet. Mais ne vous perdez pas en digressions. Que lui avez-vous dit au juste ?

– Que Nestor Burma avait visité le patron et que tous deux paraissaient rechercher cette jeune fille. Que cela me semblait une erreur monstrueuse de l'impliquer dans je ne sais quelle affaire criminelle et qu'elle devait être victime d'une machination. Il m'a remerciée d'avoir menti, me déclara avec chaleur que cette jeune fille était en effet au-dessus de tout reproche et qu'il allait lui-même de ce pas demander des explications à Nestor Burma. Savais-je son adresse ? J'étais trop engagée pour reculer. Je lui dis que vous aviez laissé votre numéro de téléphone, ou le numéro d'un de vos amis. Il me promit la discrétion la plus grande et je le lui communiquai, monsieur Burma, sans penser à mal et sans imaginer les... les conséquences... tragiques de ma conduite. Et maintenant...

Un court sanglot la secoua.

— Rassurez-vous, dis-je. Je ne suis pas mort. Le nom de ce joli sosie ?

— Je l'ignore.

— Bien vrai ?

— Oui, monsieur Burma.

— Au cours de la conversation que vous avez tenue avec Carhaix à son sujet, rien ne lui a échappé ? Même pas son prénom ?

— Non. Même pas son prénom.

— Et au cours de vos précédentes rencontres ? Ne vous l'a-t-il pas présentée ?

— N... on. Je passais sur l'autre trottoir.

— Ah ! Vous êtes sûre qu'il n'a pas prononcé son nom ce soir ?

— Absolument sûre.

— C'était sa maîtresse ?

— Je... je le crois.

— Vous n'en êtes pas certaine ?

— Non.

— Je vous remercie.

Je me tournai vers le détective lyonnais.

— Alors, monsieur Lafalaise, comprenez-vous ? Votre employé Paul Carhaix avait un motif puissant pour m'empêcher de m'occuper des affaires de sa jeune protégée, qui n'est pas sa maîtresse (il ne se laisse pas aller à prononcer même son prénom, ce qui, dans le feu de la discussion, eût été normal), mais une connaissance ou quelqu'un l'employant à votre insu. Muni du renseignement communiqué par Mlle Brel, il me téléphone en imitant votre voix du mieux qu'il peut. Il m'assure tenir quelqu'un susceptible de me renseigner sur la fille que je recherche, me donne rendez-vous dans un endroit impossible à trouver pour un homme

peu familiarisé avec Lyon et propose d'envoyer quelqu'un à ma rencontre... Pour plus de sûreté, dit cet
humoriste. Et il m'attaque sur le pont de la Boucle.

— Qu'est-il devenu ? fit Louise Brel.

— Vous aimez cet homme ? dis-je, sans répondre à
sa question.

— Il a été mon amant. Puis, il a cessé de m'aimer,
mais, moi je l'aime encore. Et c'est pour cela que je
n'ai pas voulu reconnaître celle que je supposais ma
rivale dans le portrait que vous m'en fîtes. C'est pour
cela encore que je l'ai averti. Je n'aurais pas voulu qu'il
souffrît, même indirectement. Qu'est-il devenu ?

— Tâchez de l'oublier, dis-je. Vous ne le reverrez
plus. Il a fui. Il n'était pas digne de votre amour.

CHAPITRE IX

PERQUISITION

Nous reprîmes la voiture. Gérard Lafalaise bénéficiait d'un permis de circulation automobile. C'était une veine, par cette nuit de pérégrinations.

— Allons chez ce fameux Paul, dis-je. J'ai fait erreur en croyant que votre secrétaire était l'âme du complot. Je ne regrette que plus vivement de ne pouvoir ressusciter mon agresseur. Enfin, peut-être l'examen de son repaire fera-t-il germer une idée de génie dans mon crâne.

— Vous... vous n'avertissez pas la police ? hasarda timidement Lafalaise.

Il avait fait simultanément l'expérience de mon intuition et de mes... méthodes.

— Plus tard, plus tard. Auparavant, nous nous concerterons, d'ailleurs. Je ne voudrais pas que vous en disiez plus long que je jugerai bon d'en dire moi-même.

— Bien sûr, dit-il, enchanté d'être mon complice.

Il s'autorisa de cela pour, au bout d'un instant de silence, me questionner encore :

— Dites-moi... hum... pourquoi recherchez-vous ce sosie d'actrice ?

– Parce que je l'ai rencontré un soir dans l'autobus qui me croisait et que j'en ai le béguin.

Marc ôta sa cigarette de la bouche pour donner libre cours à son hilarité.

– Eh bien ! dit-il au détective, êtes-vous satisfait ? Ne vous souvenez-vous plus de la réponse d'il n'y a qu'un instant au sujet de la police ? Cet homme est la franchise incarnée... Le jour où vous surprendrez Burma en train de s'épancher, télégraphiez-moi que j'assiste à la séance. Cela fera l'objet d'une « spéciale ». Il m'a dit à moi que c'était sa fille, enlevée par les bohémiens le lendemain de sa première communion.

– C'était *aussi* un mensonge, dis-je en souriant.

À ce moment, nous fûmes stoppés par une patrouille. Gérard Lafalaise exhiba une carte spéciale, apparemment délivrée par une huile, car le policier ne s'inquiéta pas autrement, salua et nous laissa repartir. Il se contenta de nous faire respectueusement remarquer que nos phares étaient un peu trop lumineux. Ce n'était pas qu'on fût tellement sévère, question de défense passive, dans cette zone où le black-out n'était pas rigoureux, mais enfin il ne fallait pas exagérer. Surtout que la semaine précédente la région avait été survolée par des avions de nationalité inconnue. Lafalaise embraya sans tenir aucun compte de l'observation. Je bénis le hasard qui m'avait fait porter mon choix sur un personnage ayant le bras si long.

La demie de trois heures sonnait quelque part lorsque nous atteignîmes le logis du défunt assassin.

C'était, au second étage d'une maison sans concierge, un petit logement de deux pièces, donnant sur la rue. La porte cochère étant ouverte – encore un heureux hasard – nous pénétrâmes dans l'immeuble sans difficulté. Pour accéder à l'appartement, je fis appel aux talents spéciaux de Marc Covet. Avec une épingle à cheveux, il crochèterait la chambre forte de la Banque de France.

– À vous l'honneur, dit-il en s'effaçant.

Je le traitai de clown et entrai.

Nous fîmes la lumière, ce qui nous permit de constater que M. Paul Carhaix n'usait pas de lampes de moins de 150 watts. C'était un homme qui aimait y voir clair.

– Je vous conseille de conserver vos gants, avertis-je mes compagnons. Tôt ou tard, la police visitera ces lieux. Il est inutile de lui fournir un contingent anormal d'empreintes digitales.

Ces précautions prises, nous procédâmes à une inspection minutieuse de l'appartement.

– Que cherchons-nous plus particulièrement ? s'enquit Lafalaise.

– Un nom féminin et, si possible, l'adresse de celle qui le porte.

Nous fouillâmes les tiroirs, les livres bon marché qui se battaient en duel sur une étagère et le bloc de correspondance et les enveloppes qui, avec un encrier, un porte-plume et un cendrier réclame débordant de bouts d'allumettes, voisinaient sur une planchette tenant lieu de table à écrire. Tout cela, sans succès. M. Paul Carhaix était un homme d'ordre qui ne laissait rien à la traîne.

– On jurerait qu'on a procédé récemment à un nettoyage, remarqua Covet.

– Oui, Marc. L'homme n'avait sans doute pas l'intention de revenir, une fois son coup fait. Mais est-ce une conduite rationnelle ?

– Non, évidemment. Mais un criminel et un fou, c'est tout un.

J'ouvris la garde-robe. Elle contenait deux chapeaux, trois pantalons, un veston, deux pardessus et une gabardine.

– Combien votre employé possédait-il de pardessus, monsieur Lafalaise ?

– Je ne lui en ai jamais connu que deux, dit-il. Un gris foncé et... Eh bien ! ces deux-là, parbleu.

— Il était en veston, lorsqu'il m'a attaqué. Pour être
plus à l'aise. Je présume que s'il avait projeté de fuir
après le meurtre, il aurait au moins emporté un pardessus qu'il aurait déposé quelque part avant la bagarre.
Or, il semble qu'il n'en soit rien. Nous ne sommes pas
précisément à une saison où l'on peut se passer d'un
pareil vêtement. D'autre part, en acheter un neuf me
paraît hasardeux. Je débarque du stalag, mais j'ai
entendu parler de bons d'achat pour les textiles.

— Le génial Burma est en train de nager, susurra
Marc. Me permet-il de l'éclairer de mes faibles lumières ? Votre agresseur a tout rangé ici et fait disparaître
les papiers compromettants – s'il y en avait – avant de
combiner le guet-apens et avec l'intention de prendre
le large s'il arrivait à ses fins. Mais rien ne l'empêchait,
une fois son coup accompli, de revenir ici se vêtir
décemment, attraper sa valise et disparaître.

— En effet, approuva Lafalaise.

— C'est possible, dis-je.

Seulement, il y avait dans le fond de la garde-robe
une valise qui n'était pas en état d'être saisie en toute
hâte. Néanmoins, je ne fis aucune observation.

Nous explorâmes la valise et les poches de tous les
vêtements. Elles ne recelaient même pas un ticket de
tramway.

— Nous pouvons filer, dis-je. (Je n'étais ni tout à fait
satisfait, ni tout à fait déçu.) Rester plus longtemps ne
nous avancerait pas.

À ce moment, Marc poussa un cri de triomphe. Il
venait de découvrir dans la cuisine, sous de vieux journaux, au fond d'un bahut, à côté d'innombrables fioles
ayant contenu du combustible inodore pour briquets,
une paire de chaussures. Dans un des souliers, un
revolver.

Je m'emparai de l'arme avec précaution. Elle était
d'une marque étrangère, à fonctionnement automatique
et de calibre .32. Son canon affectait une forme bizarre.

Je ne pus me rendre compte si on s'en était servi récemment.

Le journaliste me montra l'endroit exact où il l'avait découverte. Comme cachette, on pouvait espérer mieux.

Je décrétai cette trouvaille peu intéressante et priai Marc de la remettre en place. Ceci fait, je donnai le signal du départ.

Gérard Lafalaise nous reconduisit à l'hôtel du reporter. Avant de le quitter, je lui fis réciter sa leçon afin qu'il ne s'écartât pas de la version que j'étais disposé à servir au commissaire Bernier ; lui fis promettre de garder le silence sur les événements de la nuit et de faire comprendre à Louise Brel qu'elle eût à tenir sa langue. Il promit et partit.

— Charmante soirée, dit Marc en se déshabillant. Une agression... dont j'ai manqué faire les frais ; un type dans le jus ; l'interrogatoire au troisième degré d'une appétissante blondinette ; la mise knock-out et le garrottage d'un de vos alliés ; l'entrée par effraction dans le logement d'un assassin décédé et fouille dudit. Avec vous, on ne s'embête pas.

Je restai sans répondre, mâchonnant le tuyau de ma pipe éteinte. Il continua à monologuer.

— Pour me rendre utile, je dégotte dans un soulier la clé de l'autre monde... oubliée là par l'homme qui a si bien nettoyé son logement avant de partir en expédition. Voilà qui pourra peut-être nous fournir un indice, n'est-il pas vrai ? C'est compter sans le célèbre Burma. « Laisse donc ce joujou en place, dit cet homme de génie. C'est sans importance... »

Il fredonna *J'ai ma combine* [1], puis :

— Je pense à cette Louise Je-ne-sais-plus-quoi. Comme vous l'avez secouée... Elle n'est pas mal, cette fille. Elle a de très jolis yeux. Malheureusement, elle

---

1. Célèbre chanson de la fin des années 1930.

est faite pour être employée d'une agence de détectives comme vous pour présider aux destinées d'une société de tempérance. Elle fait trop de sentiment... et elle dirige la foudre sur la tête de Sherlock Holmes[1]. Ah ! ce n'est pas Hélène Chatelain qui se conduirait comme cela...

— Qu'en savez-vous ?

— Bon Dieu, vous n'êtes donc pas muet ? Ma conversation vous intéresse ?

— Les secrétaires de détectives se valent toutes.

— Oh !... mais... Hélène...

Il me regarda avec sollicitude.

— Quelque chose ne va pas, hein ? Je vois ce que c'est. Vous tirez comme un malheureux sur votre pipe vide. Plus de tabac ?

Il désigna son veston jeté sur une chaise.

— Prenez une cigarette.

— Non. Je n'aime que la pipe.

— Décortiquez une Gauloise et fourrez-la dans votre fourneau.

— Non.

— Alors, un peu de rhum ? J'ai un fond de...

— Foutez-moi la paix et continuez à faire vous-même les demandes et les réponses.

— Avec vous, c'est le meilleur parti à prendre, soupira-t-il. Il est cinq heures. Vous devriez vous allonger.

— Non. Si vous le permettez, je vais réfléchir un peu. Dans une heure, j'irai prendre l'air.

— Comme vous voudrez. Mais ne tournez pas ainsi en rond. Vous me donnez mal au cœur.

---

1. Détective créé par Arthur Conan Doyle et dont Nestor Burma se veut le modèle contraire.

CHAPITRE X

RUE DE LYON

Avant d'aller présenter au commissaire ma version des faits, je désirais m'entretenir avec Julien Montbrison. Cet avocat n'avait pas usurpé sa réputation. C'était une lumière juridique qui, dans un cas aussi épineux, pouvait être de bon conseil. À sept heures, j'actionnai la sonnette du rez-de-chaussée de la rue Alfred-Jarry.

Le larbin, d'aspect plus souffreteux que jamais, fit un tas de simagrées. Monsieur était encore au lit ; ce n'était guère une heure convenable, etc. Enfin, il consentit à m'annoncer.

Il revint avec une réponse favorable (ce dont je n'avais jamais douté) et me pria d'attendre dans le bureau.

Je tuai le temps en parcourant distraitement du regard les illustrations de Dominguez pour les contes de Poe, ensuite en jouant avec le contenu d'un cendrier. Lorsque le grassouillet avocat me rejoignit, j'en étais à ma troisième opération : je me tournais les pouces.

Il s'était donné un coup de peigne hâtif et avait revêtu une robe de chambre de prix dans les poches de laquelle il enfouissait frileusement ses mains. Il avait l'air embarrassé du type surpris dans son sommeil. Il me tendit une main étincelante. Il devait dormir avec ses fameuses bagues.

— Quel événement me vaut le plaisir de votre visite matinale ?... Si matinale..., ajouta-t-il, avec un accent de reproche et en lorgnant la pendule.

— Je m'excuse de vous tirer du lit, dis-je. Mais j'ai besoin de vos conseils. D'ici une demi-heure, j'aurai une conversation avec le commissaire Bernier. Au cours de cette conversation, je lui avouerai avoir, cette nuit, basculé un homme dans le Rhône.

Il sursauta et en laissa tomber la cigarette qu'il avait allumée dès le saut du lit.

— Rien ne m'étonne de la part de Nestor Burma, dit-il ensuite. Mais tout de même... Quelle est cette histoire ?

Je lui dis que j'avais chargé un détective de fouiller le passé lyonnais de Colomer... Dans la mesure du possible, bien entendu... Que cet imbécile avait dû parler à tort et à travers, que c'était parvenu aux oreilles d'un complice de l'assassin, sinon de l'assassin lui-même, qu'il m'avait tendu une embuscade, mais que, étant moins décati qu'il n'y paraissait, je m'étais défait de l'apache... qui avait plongé à ma place.

— Parfait, dit-il, en souriant faiblement. Au moins, vous, vous avez trouvé un ersatz[1] de café-crème qui vaut son pesant de matières grasses. Comme petit déjeuner, cela se pose un peu là. Mais trêve de plaisanteries. Félicitations d'abord pour avoir échappé à cet attentat... et ensuite, en quoi puis-je vous être utile ?

— En me fournissant pas mal de tuyaux... qui sont de votre ressort. Je me demande comment le commissaire Bernier va prendre ce récit. Certes, il me connaît, mais de réputation seulement... et la réputation d'un détective privé... hum...

---

1. Produit qui, en période de pénurie, en remplace un autre devenu rare.

– En effet. Mais... tenez-vous à mettre ce policier au courant ?

– C'est indispensable. Voyez-vous, l'affaire de Bob et la mienne sont liées. Et je veux que mon assistant soit vengé.

– Si votre agresseur et l'assassin de Perrache sont une seule et même personne, il n'y a plus grand-chose à faire. Les poissons tiendront lieu de jurés... et le jugement est exécuté avant d'être rendu.

– C'est possible, mais ma détermination est prise. Si ce fonctionnaire se mettait en tête je ne sais quoi, s'il avait des doutes touchant la légitime défense, si, en un mot, des difficultés surgissaient, vous pourriez les aplanir, n'est-ce pas ?

– Mais certainement.

Il alluma une nouvelle cigarette et nous arrêtâmes une sorte de plan de campagne. Je souhaitai ne pas avoir à m'en servir.

Je repoussai mon fauteuil.

– Dois-je vous accompagner chez ces messieurs ? proposa Montbrison.

– Êtes-vous fou ? Que penseraient-ils en me voyant déjà pourvu d'un défenseur ? Pour le coup, ils me passeraient les menottes.

Il rit et n'insista pas. Je promis de le tenir au courant et m'en fus. J'avais du temps devant moi. J'écrivis trois cartes interzones dans un bureau de poste voisin. Ensuite, j'achetai un morceau de pain et le mangeai dans un bar, arrosé d'un café fortement sacchariné. Dans un tabac, je fis l'acquisition d'un paquet de gris et bourrai ma pipe en me dirigeant vers les locaux de la police. Le commissaire Bernier ne cacha pas son étonnement de me voir de si bonne heure.

– Vous avez l'assassin sur vous ? dit-il. Bon sang, où êtes-vous allé chercher ces yeux de lapin russe ?

Les siens étaient cernés, mais je m'abstins poliment de le lui faire remarquer.

– En faisant la nouba avec mon infirmière. Et si vous la connaissiez... Autant avoir des yeux de lapin russe que des yeux de poisson mort.

– Oh ! certainement. C'est tout ce que vous avez à me dire ?

– Oui. J'ai réfléchi à cette repartie toute la nuit. C'est rigolo, hein ?

– Rigolo ? Vous voulez dire que c'est marrant. Positivement marrant. Et avec cela, vous avez l'air franc d'un âne qui recule. Ne me faites pas languir.

– Je passais sur le pont de la Boucle, cette nuit, lorsqu'un type m'a ceinturé, avec l'intention bien nette de m'envoyer dans la flotte. Il était costaud, mais malgré ma captivité, je le suis plus que lui. Nous avons eu une conversation animée à l'issue de laquelle il est parti à la nage. Je crois qu'il s'entraîne pour disputer la Coupe de Noël.

La couperose du commissaire vira au violet. Il ouvrit la bouche, ferma le poing et commença à faire danser tout ce que supportait son bureau. C'était assez curieux : à chaque coup de poing correspondait un juron. Il en dévida ainsi un chapelet. Lorsqu'il s'apaisa, j'y allai de mon boniment.

Il l'écouta silencieusement, changeant encore deux ou trois fois de couleur, au cours de son déroulement et ne parut pas mettre une seule de mes paroles en doute. Cela marchait mieux que je n'aurais cru. C'était parfait.

– Cela vous apprendra à vous adresser à des détectives privés, gouailla-t-il, lorsque j'eus terminé. Ce sont...

Il s'arrêta court.

– N'oubliez pas que j'en suis un, fis-je doucement.

– Ouais. Je m'en suis souvenu subitement.

Il me demanda des détails. Je les lui fournis de bonne grâce. C'est-à-dire que je passai une foule de choses sous silence. Il n'avait nul besoin de connaître les préoccupations sentimentales de Mlle Brel et notre visite domiciliaire nocturne chez Paul Carhaix.

Le commissaire Bernier fronça les sourcils.

— Et ce détective ? C'est un homme sûr ? Ce ne serait pas lui qui aurait fait le coup ?

— J'ai vu Lafalaise tout à l'heure. Il n'avait pas l'air de sortir de l'eau...

— Ce n'est pas ce que je voulais dire. Il pourrait être l'instigateur.

— Rien à glaner de ce côté-là, commissaire, dis-je avec la plus grande fermeté. Absolument rien. C'est simplement un imbécile qui a la langue trop longue, quoiqu'il ne veuille pas en convenir. La fierté de me compter au nombre de ses clients lui a fait perdre la notion de ses responsabilités.

— Hum... Il ne faut rien négliger... Je ferai surveiller cet oiseau...

Il sauta sur le téléphone et l'accapara un bon quart d'heure. Il hurla ses ordres aux quatre coins de la maison. La brigade fluviale et celle des garnis, notamment, étaient l'objet de tous ses soins. Quand il délaissa l'appareil, il ruisselait.

— Ce soir... demain au plus tard, nous aurons votre homme, dit-il. On draguera s'il le faut, mais je veux voir ce type de près. Il n'a pas dû aller très loin. On le fouillera, on trouvera son adresse, on perquisitionnera chez lui... Quel idiot de vous avoir attaqué... Évidemment, il... lui ou son inspirateur... a eu peur que vous découvriez tout. Enfin, voilà une affaire qui se développe et se termine comme toutes les autres. On nage pendant plusieurs jours et, subitement, une gaffe est commise qui résout le problème en moins de deux.

Il vendrait encore la peau de l'ours, si je ne l'avais interrompu.

— Que dit le rapport d'autopsie ? demandai-je.

— Ha, ha, ha ! s'esclaffa-t-il. Attendez qu'on ait repêché le bonhomme...

– Je parle de l'affaire Colomer.

Il redevint sérieux.

– Je ne vous l'ai pas fait lire ? Il n'est plus ici. Rien de particulier. Pistolet automatique, projectiles calibre .32. Votre assistant en avait six dans le dos. Le saviez-vous ? À propos...

– Oui.

– Votre assaillant était-il français ?

– Et sa grand-mère faisait-elle du vélo ? Excusez-moi, mais j'ai omis de le lui demander.

– Vous auriez pu vous en apercevoir. Généralement quand on se bagarre, on s'engueule aussi. Pas d'accent ?

– Pas remarqué. Pourquoi ?

– Pour rien. Ces étrangers...

Il se mit à noyer le poisson dans un discours xénophobe.

Je l'interrompis une nouvelle fois :

– Aucune idée au sujet de la provenance des neuf billets dont Colomer était porteur ?

– Aucune idée. Maître Montbrison n'en sait là-dessus pas plus que nous. L'importance de cette somme vous tracasse ?

– Oui. Bob n'a jamais pu économiser autant... en admettant même qu'il en eût l'envie.

– Mon cher monsieur Burma, fit le commissaire, protecteur, nous vivons à une curieuse époque... Je connais à Lyon d'ex-traîne-savates qui sont maintenant des roule-carrosses... C'est une image...

– La recette ?

– Marché noir. Qu'en dites-vous ?

– Rien.

Je me levai, laissai des indications pour me joindre au cas où il y aurait du nouveau, promis au commissaire de lui réserver une de mes prochaines soirées pour organiser un petit poker (un jeu qu'il paraissait affectionner) et me retirai.

La bibliothèque proche me vit monter son glacial ◆◼
escalier de marbre. Tout en consultant la bibliographie
fournie la veille par Marc Covet, je poussai la porte de
la silencieuse salle de lecture. Un fonctionnaire à l'œil
torve me délivra les volumes demandés. Je débutai par
le bon.

Les Origines du roman noir en France, par Maurice
Ache, s'ouvrirent d'elles-mêmes à la page voulue. Un
papier y avait été oublié par le précédent lecteur. Le
cœur bondissant, je reconnus l'écriture de Colomer.

En venant du Lyon, lus-je, *après avoir rencontré le
divin et infernal marquis*[1]*, c'est le livre, le plus prodi-
jieux de son œuvre.*

Je constatai que Bob, qui écrivait *du* pour *de* et *pro-
dijieux pour prodigieux,* avait hérité l'orthographe
parentale. Je connaissais ce défaut. Pour l'heure, il
authentiquait ce griffonnage.

Robert Colomer était venu chercher, dans les œuvres
consacrées au divin marquis, la solution de cette devi-
nette. Et il l'avait trouvée. Et dans son émotion, il en
avait laissé le texte dans ce bouquin.

Il l'avait trouvée.

Un ongle, que j'imaginais fébrile et triomphant,
avait, en marge, souligné une phrase :

*... Sans équivalent dans aucune littérature, précé-
dant de quatre années la publication du premier roman
d'Ann Radcliffe et de onze années celle du fameux
Moine de Lewis, cet OUVRAGE PRODIGIEUX...*

Il s'agissait des *120 Journées*[2].

120... Le numéro d'un immeuble.

De quelle rue ? De la Gare ?

Non, pas de la Gare. Le télégramme de Florimond

1. Voir la note 1 de la page 46. Sade, en réalité, était comte mais
on le connaît sous l'appellation du « Divin Marquis ».
2. *Idem.*

◼◆Voir *Au fil du texte,* p. 235.

Faroux était formel. Il n'existe pas de 120, rue de la Gare. Alors ?

Je repris le cryptogramme.

– ... *En venant de Lyon...*

Les mots Gare et Lyon dansaient dans mon esprit. Mon inconscient les accouplait. Et soudain, je me demandai sérieusement s'il s'agissait de la rue de la Gare ou de la rue de (la Gare de) Lyon.

Alors, abstraction faite de la mystérieuse obstination apportée par les deux mourants à prononcer une formule secrète plutôt qu'un renseignement positif, une lumière se faisait jour.

La rue de Lyon... Je connaissais quelqu'un demeurant rue de Lyon. Quelqu'un dont je prévoyais depuis mon retour qu'il me faudrait, un jour, m'occuper. Cette personne ne demeurait pas au 120, mais au 60, la moitié de 120 comme par hasard. (Ce qui m'incita à diviser en deux le nombre 120 fut la dualité de la personnalité du marquis qui était à la fois divin *et* infernal, c'est-à-dire, si l'on s'en tenait à une interprétation primaire, bon et mauvais, moitié l'un, moitié l'autre, *moitié moitié.*)

Ce raisonnement n'était pas aussi gratuit qu'il y paraît au premier abord. Il correspondait au besoin latent que j'éprouvais de trouver dans ce puzzle une place pour mon ex-secrétaire Hélène Chatelain, sur les faits et gestes de qui j'avais posé quelques questions à Marc Covet et qu'à tort ou à raison je supposais mêlée sinon à la mort de Colomer, du moins au mystère dans l'engrenage duquel mon assistant avait trouvé sa fin dramatique.

Car je ne pouvais oublier que si deux hommes, en trépassant, avaient prononcé la même énigmatique adresse, l'un, le premier, l'amnésique du stalag, l'avait fait précéder d'un prénom féminin : Hélène.

Certes, mon ex-secrétaire ne pouvait prétendre à l'exclusivité de ce prénom et je dois à la vérité de dire que, pas un instant, l'idée que ma collaboratrice pût connaître le matricule 60 202 ne m'avait effleuré après la bouleversante mort de celui-ci. Mais depuis, il y avait eu le meurtre de Colomer... Colomer qui connaissait et Hélène et le 120, rue de la Gare. Toutes ces rencontres étaient pour le moins curieuses et justifiaient mon interprétation 120, rue de la Gare égale 60, rue de Lyon, laquelle n'était ni gratuite ni trop subtile, mais la plus économique, celle qui corroborait le mieux les soupçons que je nourrissais.

Assez ému, j'abandonnai mes études sadistes, sans omettre de m'approprier le papier oublié par Colomer. Dans un café, je rédigeai une nouvelle lettre pour Florimond Faroux. Elle partit dans le courant de l'après-midi, grâce à un de ces providentiels journalistes qui n'arrêtaient pas de faire le va-et-vient. Toujours en code, elle disait :

Reçu télégramme. Merci. Surveillez et prenez en filature mon ex-secrétaire Hélène Chatelain demeurant 60, rue de Lyon.

CHAPITRE XI

L'ASSASSIN

Vers midi, je poussai une pointe jusqu'à l'hôpital. Personne ne parut avoir remarqué mon absence irrégulière. L'infirmière, qui ne pouvait pas ne pas s'en être aperçue, me rencontrant dans la cour, n'y fit aucune allusion. Elle se borna à me souhaiter le bonjour...

Je sortis de l'hôpital aussi aisément que j'y étais rentré. Un pâle soleil avait succédé au brouillard de ces derniers jours. Je gagnai les quais.

Sous les yeux des badauds, les gars de la brigade fluviale sondaient le Rhône. Leurs efforts ne paraissaient pas encore couronnés de succès. J'aperçus de loin, sur une petite barque, un imperméable et un chapeau mou gris de fer habités par un personnage couperosé qui, de temps en temps, aboyait un ordre. Il avait l'air rageur. Je me tâtai un instant sur la conduite à tenir, puis je descendis sur la berge.

Je m'apprêtais témérairement à héler le commissaire, lorsqu'un agent en tenue bondit d'un poste-vigie, se précipita dans une barque et rama vers le... canot amiral. J'entendis les éclats d'une brève conversation sans en comprendre un mot. Les deux embarcations quittèrent le milieu du fleuve et accostèrent à quelques pas de l'endroit où j'étais.

– Ah ! vous voilà, s'écria Bernier, en me reconnaissant. Vous tombez à pic. On vient de m'aviser que le grappin a pris un type à La Mulatière. Il n'a pas de pardessus, mais ce n'est pas un clochard. Il doit s'agir de votre bonhomme. Venez avec moi pour l'identifier.

Il donna quelques instructions à ses subordonnés, fit rallier le port à toute l'escadre et nous nous engouffrâmes dans la voiture de police. Une seconde automobile qui contenait les fonctionnaires de l'identité, photographes, toubib et tout le tremblement, démarra derrière nous. Nous enfilâmes les quais à vive allure.

En cours de route, le commissaire me confia avoir abandonné l'hypothèse selon laquelle Colomer, trafiquant lui-même, serait tombé victime d'une vengeance de gangsters du marché noir.

– Vous avez fait, en effet, allusion à quelque chose de ce genre, dis-je. Qu'est-ce qui vous y avait incité ?

– La somme de neuf mille francs trouvée sur cet homme – que vous nous disiez vivant au jour le jour. Mais il y a peu – quelques heures à peine – nous avons eu toutes explications désirables. Après votre visite, une personnalité lyonnaise, qui rentre de voyage, est venue se mettre à notre disposition. Il y a quelques mois, elle a chargé Colomer d'une enquête délicate dont il s'est brillamment tiré. C'étaient ses honoraires. Il avait exigé beaucoup, ayant besoin de fonds pour monter une agence. Nous voici arrivés.

Nous fûmes accueillis par le policier muet, celui qui accompagnait Bernier lors de sa visite à l'hôpital. Depuis, il avait dû retrouver sa langue, car il nous dit :

– Voulez-vous me suivre ? Nous avons déposé le corps à la station.

Le mort était allongé sur une planche de sapin. C'était un homme jeune, bien découplé, revêtu d'un costume de bonne coupe, pour autant que son séjour dans l'eau permettait d'en juger. Ses cheveux collaient à son front. Son visage offrait l'aspect caractéristique des morts par submersion.

Tandis que les employés de l'identité judiciaire le photographiaient sous tous les angles, relevaient ses empreintes et que le docteur s'apprêtait à l'examiner sommairement, le commissaire me dit :

– Vous reconnaissez votre assaillant ?

– Il a un peu changé depuis hier, répondis-je, mais c'est incontestablement lui.

– L'aviez-vous déjà vu ?

– Pas avant qu'il ne s'intéressât à moi.

En chantonnant, le photographe prévint qu'il avait fini. Il rangea ses ustensiles et céda la place au docteur.

Nous regardâmes en silence l'homme de l'art procéder à son examen. Le commissaire gardait au coin des lèvres son mégot éteint. Quant à moi, je fumais pipe sur pipe. Enfin, le docteur se redressa. Cause de la mort, durée du séjour dans l'eau, etc., il ne nous apprit rien de sensationnel.

– Une forte ecchymose au menton, dit-il. Un maître coup de poing vraisemblablement.

Le policier se tourna vers moi.

– Sans doute votre œuvre ? fit-il.

– Sans doute.

Le docteur me toisa, papillota des yeux, mais ne dit rien. Il boucla sa trousse et s'en fut.

– Qu'on me fouille ce client, ordonna alors le commissaire.

Un de ses hommes s'avança, avec répugnance, et dès qu'il eut porté la main sur les habits du mort commença à maugréer. C'était bougrement froid, remarqua-t-il, avec une rare originalité. Successivement, il sortit des poches du cadavre : un paquet de cigarettes entamé, un mouchoir, une paire de gants, un portefeuille, un porte-monnaie, un crayon, un stylo, une montre, un briquet, un tube de pierres Auer et un trousseau de clefs. Tout cela, sauf le métal, en assez triste état, bien entendu.

Bernier s'empara du portefeuille et l'ouvrit. Il contenait un livret militaire au nom de Paul Carhaix, des prospectus de publicité d'un médecin spécial, une quittance de loyer, quatre billets de cent francs et...

— Je n'ai peut-être pas tout à fait perdu mon temps en faisant surveiller votre Lafalaise, siffla-t-il. Voyez un peu où travaillait votre agresseur.

Il brandit la carte professionnelle de Carhaix.

— Pas étonnant qu'il fût si bien renseigné, dis-je.

— Tu parles. Surtout si c'est son patron qui lui a glissé le tuyau...

— Cela m'étonnerait, fis-je en secouant la tête.

Il haussa les épaules.

— C'est égal, ricana-t-il, depuis quelques jours on fait une rude consommation de policiers privés. À votre place, je ferais gaffe.

— Mais je fais gaffe, répliquai-je. Et c'est grâce à ma vigilance que ce Paul Carhaix est ici.

Après avoir noté l'adresse inscrite sur la quittance de loyer, il rangea le portefeuille qui ne contenait rien d'autre.

— Allons visiter son domicile, dit-il. Une de ces clefs doit nous ouvrir sa porte. Si le cœur vous en dit...

Le cœur ne m'en disait pas, mais décliner une pareille offre eût, à juste titre, paru suspect. J'acceptai la proposition. Je me calai entre deux inspecteurs qui attendaient déjà dans la voiture et nous partîmes.

J'eus un léger frisson lorsqu'un policier introduisit la clef dans la serrure. Allait-il s'apercevoir qu'elle avait été crochetée ? Le travail de Marc était d'une qualité supérieure. L'homme ne remarqua rien... et je réfléchis alors que cela était sans importance.

L'appartement de Paul Carhaix était dans l'état où nous l'avions laissé. Je feignis de m'intéresser prodigieusement aux recherches des argousins, en riant sous cape. Ne trouvant rien de palpitant, Bernier commençait à perdre de sa bonne humeur, lorsqu'il remarqua soudain quelque chose qui m'avait échappé la nuit précédente.

– C'est un camelot, ce gars-là, tonna-t-il.

Il souleva la valise de la garde-robe et répandit sur le paquet une quantité impressionnante de gants.

– Des gants d'hiver, des gants d'été, grogna-t-il. Hum... Des gants pour toutes saisons... Cela peut donner à penser...

– C'était indiscutablement un type prudent, dis-je d'un ton entendu. Avez-vous remarqué la sobriété du contenu de son portefeuille ? Juste le strict nécessaire et pas un papier inutile...

– ... Ou dangereux, hein ?

– Et cet appartement, propre et net, témoigne de cet ordre et de cette prudence.

– Ouais. Mais les plus prudents oublient parfois quelque chose qui les conduit à l'échafaud.

– Oh ! fis-je, faussement indigné, vous n'oseriez pas faire guillotiner un cadavre ?

– C'était une image.

À ce moment, sans doute pour confirmer la théorie du commissaire sur les fâcheux oublis dont sont victimes les criminels les plus astucieux, le policier qui farfouillait dans la cuisine poussa une exclamation et appela son chef.

Il tenait délicatement entre deux doigts le revolver qu'il venait de dénicher dans la vieille chaussure.

– Eh bien ! claironna Bernier. Que vous disais-je ?

Il se pencha sur l'arme sans la saisir, la dévora des yeux et la flaira. On eût juré un chien indécis devant un os pas très catholique. Il ne dit rien puis, soudain, il nous prit tous à témoin d'un geste éloquent. Sa couperose s'était avivée. Cet instrument paraissait l'intéresser au plus haut point.

– C'est un pétard étranger, dit-il enfin. Automatique. Muni d'un silencieux. Calibre .32, selon toute
apparence.

– Cela vous donne une idée ? dis-je.

– La même qu'à vous.

Je me défendis comme un beau diable. Je n'avais
pas d'idée. Sans plus m'écouter, ils continuèrent les
recherches, après que le commissaire, s'étant enfin
résolu à s'emparer du revolver, l'eut douillettement
enveloppé dans un mouchoir et déposé au fond d'une
boîte. La langue me démangeait de leur dire qu'ils ne
trouveraient plus rien, mais je ne pouvais décemment
le faire. J'attendis donc avec patience qu'ils se fussent
convaincus que la seule trouvaille que leur réservait ce
logement était ce pistolet. Quand ils en furent persuadés, nous regagnâmes la voiture.

Le commissaire me tendit la main. C'était me faire
clairement comprendre qu'il m'avait assez vu. Ses
paroles confirmèrent mon impression.

– Je vous remercie d'avoir bien voulu identifier
votre... hum... victime, dit-il, et accompagné jusqu'ici.
Mais il me reste un tas de choses à faire et je ne puis
vous autoriser à me suivre dans tous les détours de mon
enquête. Laissez-moi un numéro de téléphone que je
puisse vous avertir si j'avais besoin de vous.

– Bon, répondis-je, mais ne me laissez pas ainsi
tomber. Les taxis sont rares. Déposez-moi place Bellecour. C'est sur votre chemin.

Il fit droit à ma requête et dix minutes plus tard
j'étais au *Bar du Passage*. Si j'en avais jadis été expulsé
pour impécuniosité, on devrait reconnaître loyalement
que je faisais tout pour réparer et faire oublier cet incident de jeunesse. L'endroit était quasi désert. Je me mis
dans un coin et commandai un demi.

L'heure apéritive apporta son contingent habituel de

buveurs. Marc Covet était du nombre. Je le mis au courant des derniers événements, avant de nous lancer dans
une conversation à bâtons rompus, absolument dénuée
d'intérêt, que nous interrompîmes pour aller nous sus-
tenter. Le dessert expédié, le *Bar du Passage* nous revit.
À dix heures, la sonnerie du téléphone réveilla le garçon. Poussiéreux, mais moins nonchalant qu'à l'accoutumée, ce digne homme s'approcha de notre table. Son
attitude était nettement soupçonneuse.

– Lequel... hum... monsieur Nestor Burma ? demanda-t-il, presque à voix basse et en avalant difficilement
sa salive. C'est un po... c'est un com....

Il ne parvenait pas à le dire. Je le laissai à son trouble, me fis indiquer l'endroit par Marc et me meurtris
l'oreille tellement j'y portai le combiné avec violence.

– Allô ! Ici Nestor Burma.

– Ici commissaire Bernier, dit une voix joyeuse. Je
ne sais à quoi vous avez passé votre temps depuis que
nous nous sommes quittés, mais je n'ai pas perdu le
mien. Le mystère est éclairci et le point final mis à
l'affaire... ou presque. Voulez-vous venir ? Je me sens
l'esprit discoureur. Le poêle est rouge et j'ai du faux
café à mettre dessus.

– J'arrive tout de suite, dis-je.

Et je raccrochai.

*
**

Dans le petit bureau sombre de ce quai de Saône, le
commissaire Bernier m'attendait. Il m'attendait comme
en embuscade, derrière un rideau de fumée grise et dans
une atmosphère plutôt lourde. Dans un coin, un poêle
rond rougissait. Sur celui-ci, le contenu d'une casserole
bouillait, répandant un fumet bizarre. Pour du faux café,
c'était du faux café.

Je m'ébrouai. Dehors, le froid s'accentuait. Pas de

brouillard, mais un méchant petit crachin pénétrant. Ma foi, cette ville devenait de plus en plus hospitalière.

— Asseyez-vous, dit le commissaire, jovial, quand je fis mon apparition. Cette affaire tire à sa fin et nous pourrons bientôt nous livrer aux joies sans mélange de la partie de poker projetée. En attendant, nous allons regarder des images, comme deux enfants bien sages. Je vous garantis que j'ai bien gagné cet instant de délassement.

Il versa le café, le sucra luxueusement avec du vrai sucre et alluma une cigarette. Après avoir épaissi davantage l'atmosphère par l'addition de deux larges bouffées de fumée, il ouvrit un tiroir et me présenta un revolver muni d'une étiquette.

C'était le fameux outil trouvé au domicile de mon agresseur. Une légère couche de céruse pulvérisée, destinée à la révélation des empreintes, subsistait par endroits.

— Vous pouvez le manipuler carrément, dit Bernier. Il était propre comme un sou neuf. Pas la moindre marque de doigts. Essuyé, évidemment, avant d'être rangé. Quel type soigneux !... Nous avons toutefois relevé de légères traces de gants... les siens, sans doute, mais d'aucun secours et, dans l'état actuel de notre enquête, d'aucun intérêt. Que pensez-vous de cet instrument ?

— Et vous ?

— Excusez-moi si je me répète, mais : pistolet automatique de marque étrangère, calibre .32, récita-t-il. Les balles qu'il tire sont identiques à celles dont a été farci votre collaborateur. Voici quelques édifiantes photos. Ce sont, d'abord, celles des projectiles extraits du corps de Colomer et roulés sur une feuille d'étain, de sorte que s'y marque l'empreinte de toutes les stries existant à leur surface. À côté, vous avez l'image, obtenue par le même procédé, d'une balle tirée aujourd'hui, dans notre laboratoire, à l'aide de cette arme. Vous pouvez vous assurer que les caractéristiques sont les mêmes ; les stries identiques ; les particularités semblables.

— Aucune erreur possible ?

— Ne vous moquez pas de moi en posant des questions stupides. Aucune erreur possible. L'identification est aussi précise que pour les empreintes digitales. Nous possédons ici le meilleur laboratoire de police technique. Son verdict est formel : cette arme est celle dont on s'est servi pour dégringoler votre ami. Entre nous... depuis la découverte de ce joujou dans la cuisine de votre client, vous vous en doutiez un peu, hein ?

— Oh ! protestai-je. Qu'est-ce qui aurait pu m'y faire songer ? Le calibre ? Il n'y a pas qu'un revolver de .32 au monde.

— Il est vrai. Vous ignoriez certaines particularités. Par exemple, que les balles que nous avons trouvées *dans* Colomer étaient celles d'un type particulier d'arme de fabrication étrangère. C'est d'ailleurs cela qui nous avait aiguillés sur la fausse piste du crime politique dont je crois vous avoir touché deux mots...

— En effet.

— Légèreté de ma part, je le confesse humblement. J'aurais dû songer que des internationaux comme Jo Tour Eiffel et sa clique ne se servaient pas d'autres armes.

— Jo Tour Eiffel ?

— C'est vrai, vous ne connaissez pas le plus beau. Selon vous, comment se nommait votre agresseur ?

— Cessez de me faire marcher, Lyon a beau être la capitale du spiritisme, je ne crois pas que les défunts s'y donnent rendez-vous pour jouer du pétard.

— Non, Jo n'est pas l'assassin de Colomer, si c'est ce que vous voulez dire. L'assassin de Colomer... et le vôtre, si j'ose dire, est un certain Paul Carhaix, du moins si nous en croyons le livret militaire trouvé en sa possession. Mais j'aime mieux ajouter foi à ces petits dessins... on les maquille plus difficilement.

Il choisit deux autres photos dans sa collection.

— Continuons à compulser l'album de famille, ricana-t-il. Numéro deux : ce sont les empreintes relevées sur ce cadavre, ce soi-disant Carhaix. Numéro un : la fiche dactyloscopique d'un nommé Paul Jalome. Une vieille connaissance de notre Parquet, entre autres, à la carte de visite impressionnante : évadé de centrale, interdit de séjour, relégable et... ancien affilié de la bande à Georges Parry, d'abord, de Villebrun ensuite. Ce sont les mêmes. Cela ne vous aveugle pas ?

Je fis claquer mes doigts de surprise. Il ne me laissa pas le temps de répondre autrement et poursuivit :

— Colomer avait dû le repérer comme ancien complice du voleur de perles (souvenez-vous de la collection de coupures de presse de votre assistant). Mais je ne crois pas que ce soit seulement pour cela qu'il a été supprimé. Jalome aurait aussi bien pu tenter de fuir. Après tout, les moyens de Colomer étaient limités. Non, il y a autre chose. Il y a que ce Paul est aussi un ancien complice de Villebrun, depuis peu sorti de prison et, selon nous, susceptible de se venger. Quoi de plus simple pour ce pilleur de banques que d'armer le bras de son ex-séide qui, en exerçant la vengeance de son chef, fait disparaître, du même coup, un témoin gênant pour lui-même ? Vous m'objecterez que c'est là, pour notre homme, raisonner un peu à la manière de Gribouille ? Je vous répondrai que les Gribouille sont légion dans le monde criminel et que vous le savez aussi bien que moi.

— Exact. Toutefois, pourquoi ce criminel, qui s'est servi d'une arme à feu en pleine gare de Perrache, n'a-t-il usé contre moi que de ses poings ? Encore Gribouille ?

— Le bruit, monsieur Burma, le bruit...

Il reprit le revolver.

— ... Le dispositif que vous voyez là est un silencieux Hornby. Il offre l'avantage d'atténuer le bruit et la flamme de la détonation. Suffisamment pour qu'on puisse se servir de l'arme à laquelle il est adapté dans le brouhaha d'une gare, surtout si un orchestre y fait retentir des hymnes martiaux, pas assez toutefois pour être utilisé sans danger au milieu du silence nocturne. Maintenant, à ne rien vous cacher, je ne crois pas que Carhaix-Jalome ait choisi spécialement Perrache comme lieu idéal d'assassinat. Selon moi, il suivait Colomer et ne l'a abattu que forcé. C'est-à-dire lorsque, votre assistant se précipitant vers vous en criant votre nom, il a craint des révélations et a joué son va-tout.

– Mais que faisait Bob à la gare ?

Bernier tapota la table d'une main impatientée.

– L'enquête ne l'a-t-elle pas suffisamment établi ? Il fuyait. Il s'était attaqué à un trop gros gibier. Jalome tout seul, cela allait. Épaulé de Villebrun, le morceau était dur. Colomer a dû maladroitement dévoiler ses batteries et il estimait que le seul moyen de s'en tirer à bon compte était la fuite ; sinon définitive, du moins temporaire.

– D'où Jalome m'a-t-il téléphoné ? demandai-je.

– Pas de l'Agence Lafalaise, comme je le craignais. Entre parenthèses, nos découvertes mettent hors de cause votre confrère...

– Je me doutais bien que vous vous embarquiez sur une fausse piste. D'où m'a-t-il téléphoné ?

– D'un appartement inhabité, proche du lieu de son travail, dont les locataires se sont absentés pour quelques jours seulement, ce qui n'a pas nécessité la mise en sommeil de leur ligne. Vous savez, pour en avoir fait certainement l'expérience, qu'on ne peut téléphoner d'une cabine publique qu'en produisant des pièces d'identité. Jalome ne l'ignorait pas davantage et ne pouvait courir ce risque. Et comme c'était un garçon méticuleux, il avait dû repérer ce logement vacant au cas où il aurait à se servir secrètement d'un appareil. Nous avons relevé de légères traces d'effraction sur la serrure de cet endroit. Ce type était un as.

Je le laissai déguster à loisir mon admiration, puis :

– Alors, tout est clair ?

– Mais oui... tout est clair.

Il plongea dans une autre admiration : la sienne propre. Le fait est qu'il s'était diablement démené au cours de cette journée.

– Et l'action de la Justice est éteinte, comme on dit ?

Il siffla, méchamment.

– En ce qui concerne Carhaix-Jalome, oui. Mais nous recherchons toujours Villebrun, le libéré fantôme. Depuis que nous sommes assurés qu'il est l'instigateur de cet assassinat, nous faisons interroger son ex-complice, le voleur de sacs à main. Il a, sans rechignement excessif, reconnu en Jalome un de ses vieux aminches. Mais depuis, bouche cousue. Il se borne à répéter qu'il ignore tout de son ancien patron. (Il regarda sa montre et émit un désagréable rire gras.) Il n'est pas encore très tard ; la nuit porte conseil ; peut-être se décidera-t-il à parler demain matin. Encore un peu de café ?

– Oui. Et si cela ne vous gêne pas, un sucre entier.

Il s'exécuta de bonne grâce, en sifflotant faux une scie de music-hall. Il offrait le consolant spectacle d'un homme heureux et satisfait. Pour rien au monde, je n'eusse voulu ternir une telle euphorie.

Je m'éveillai à l'hôpital, après quelques heures de sommeil agité auquel était étranger le faux café du commissaire.

Le matin, en quittant les locaux de la police, je n'avais pas osé déranger Marc, et Bernier avait obligeamment proposé de m'accompagner. Malgré sa présence, un type avait grogné que j'étais un drôle de malade.

Maintenant, je m'apprêtais à confirmer ce point de vue en disparaissant encore, lorsque mon infirmière m'informa qu'on me demandait d'urgence au bureau.

– Ce n'est pas pour vous passer un savon, ajouta-t-elle, voyant que j'hésitais sur la conduite à tenir.

Comme cette femme était incapable de mentir, je m'en fus au bureau. Un vague gradé m'y attendait. Au mépris de toute hygiène, il mâchonnait un porte-plume.

– Z'êtes guéri, n'est-ce pas ? dit-il.

– Oui.

– Z'habitez Paris ?

– Oui.

– Préparez votre paquetage. Y retournerez ce soir. Un train spécial de rapatriés regagnant leurs foyers avec le visa des autorités allemandes passe à Lyon cette nuit. Vous le prenez. Voici vos feuilles de démobilisation et deux cents francs.

– C'est que...

– Quoi donc ? Ne me dites surtout pas que cet établissement vous plaît, hein ? On vous y a peut-être vu deux heures en tout.

J'expliquai que ce n'était pas tant l'établissement que la ville. Ne pouvait-on retarder mon départ ? J'avais pas mal de choses à faire. Il me répondit hargneusement qu'il n'avait pas pour fonction de favoriser les amourettes, que si je voulais rester à Lyon, j'aurais dû m'y prendre plus tôt, qu'on ne pouvait pas deviner ce que je désirais, pas plus d'ailleurs que refaire tous les papiers uniquement pour m'être agréable. Si Lyon me plaisait tant, je n'aurais, une fois dans mes foyers, qu'à solliciter un laissez-passer pour y revenir.

– Votre train est à vingt-deux heures, dit-il en coupant court.

C'était me faire comprendre l'irrévocabilité de cette décision bureaucratique et l'inanité de toute protestation.

Je me dirigeai vers un bureau de poste, décidé à faire jouer mes relations pour ajourner mon départ.

Après avoir exhibé mes papiers et demandé le numéro du commissaire Bernier, je fis annuler la communication. Je venais de réfléchir qu'à tout prendre, j'avais pas mal de choses à faire en zone occupée et qu'autant valait regagner Paris.

Je m'en fus annoncer la nouvelle à Marc Covet et il me fallut lui conter par le menu mon entretien avec Bernier. J'eus un mal de chien à l'empêcher d'écrire un article. Je lui promis d'autres tuyaux pour le soir même.

Je passai une bonne partie de la journée à fréquenter certains garçons de bars qui se livraient à de fructueux trafics. Je cherchais des Philip Morris pour offrir à maître Montbrison. Il avait été chic avec moi et je voulais lui témoigner ma reconnaissance par un cadeau. Nulle part, je ne trouvai ses cigarettes favorites. Je me rabattis sur des cigares. Il n'usait pas de ce poison mais il sut l'accepter gentiment. À lui aussi, je devais un récit de l'affaire. Il me dit une bonne vingtaine de fois que c'était formidable.

— J'espère vous voir à Paris, souhaitai-je en le quittant.

— Certainement. Mais quand ? Je n'ai pas encore mon laissez-passer. Cela n'en finit pas. Je connais bien quelques policiers, mais ils appartiennent au *vulgum pecus*. Ils n'ont aucune influence. Et ça traîne, ça traîne...

— En effet. Je fais bien de profiter du train spécial.

Ma dernière visite fut pour Gérard Lafalaise.

— Quittez cet air embarrassé, dis-je à Louise Brel, en lui tendant une main sans rancune. Je ne suis pas un ogre.

La paix conclue, je fis, à huis clos, mes adieux à son patron. De chez lui, je téléphonai au commissaire.

— Nous ne ferons pas un pok de sitôt. D'ordre des

militaires encore en exercice, je regagne Paris cette nuit. Vous n'avez pas besoin de moi ?

— Non.

— Rien de neuf du côté du voleur à la tire ?

— On a dû suspendre l'interrogatoire.

— Sans blague ? Sur l'avis de la Faculté, sans doute ? Sapristi, ne le tuez pas.

— De pareils zigotos ont la vie dure. Bon voyage !

À vingt et une heures trente, j'arpentais le quai luisant d'humidité de la voie douze en compagnie de Marc. Le rédacteur au *Crépuscule*, que j'avais gavé de promesses à plus ou moins longue échéance, était silencieux. Le vent glacé, précurseur de neige, qui s'engouffrait sous la verrière monumentale, ne rendait pas l'attente folâtre. Le buffet, mal éclairé, mal chauffé, mal approvisionné, ne nous tentait ni l'un ni l'autre. Nous marchions, sans mot dire, enfoncés dans nos pardessus.

Bientôt, le train spécial entra en gare. L'arrêt était de deux minutes. Je pris place et parvins à me caser sans trop de mal.

— Au revoir, dit Marc. Ne m'oubliez pas dans vos prières.

DEUXIÈME PARTIE

PARIS

CHAPITRE PREMIER

REPRISE DE CONTACT

Atteindre la porte de mon domicile et la pousser ne fut pas un mince travail. Avertie de l'heure exacte de mon retour par un sixième sens, ma concierge m'attendait au pied de l'escalier. Elle me remit un paquet de lettres qui moisissaient dans sa loge depuis la fin de la « drôle de guerre », m'informa qu'elle avait fait le nécessaire en ce qui concernait l'électricité et la remise en état de fonctionnement du téléphone, etc. Force me fut ensuite d'échanger avec elle les banalités habituelles sur la captivité. Quand ce fut fait, je gravis mes trois étages d'un bond.

Je repris contact avec mon appartement plus aisément que je n'aurais cru. Je me débarbouillai, me rasai, donnai l'accolade à une vieille bouteille, fidèle amie qui m'attendait sous le lit depuis septembre 39 et me servis du téléphone.

En manœuvrant le cadran de l'automatique, je songeai qu'il était agréable de se livrer à cette opération sans avoir à exhiber un acte de naissance. Une voix interrompit ces réflexions par un impersonnel « Allô ! ».

Je dis que je voulais parler à M. Faroux. On me répondit qu'il n'était pas là, que s'il y avait une

commission à lui faire on voulait bien s'en charger.
Je priai la téléphoniste d'informer l'inspecteur que
Nestor Burma était de retour. Je donnai mon numéro
d'appel. Je n'avais pas dormi durant le voyage. Je me
couchai.

Le lendemain matin, j'achetai une brassée de journaux et de revues. Toutes sortes de revues : politiques,
littéraires et même de modes et de beauté. Je manifeste
un certain faible pour ce dernier genre de charmante
publication.

Je passai la matinée à lire, dans l'attente d'un coup
de fil de Faroux. Coup de fil qui ne vint pas.

La lecture d'*Élégance, Beauté, Monde* m'apprit que
le docteur Hubert Dorcières avait été également libéré.
On lui avait fait grâce de toutes les chinoiseries inhé-
rentes à la démobilisation du vulgaire et il était à Paris
depuis plusieurs jours. Le Studio E.B.M. était heureux
d'informer son élégante clientèle que l'éminent chirurgien, etc. Incidemment, la luxueuse revue donnait
l'adresse de Dorcières. Je la notai... J'avais égaré celle
de la femme de Desiles. Peut-être pourrait-il me la
rappeler.

Je parcourus encore la politique générale, la politique particulière, la guerre, la rubrique du marché noir,
les petites annonces, à la recherche de celle que
j'attends depuis vingt ans *(Maître Tartempion, notaire
à Bouzigues, prie M. Burma (Nestor) de se mettre
d'urgence en rapport avec son étude au sujet de la
succession d'un oncle d'Amérique),* bien entendu, ne
la trouvai pas et fis un paquet de toute cette paperasse.
Il était midi.

J'endossai un de mes chers vieux complets princede-Galles (excentrique mais pas zazou[1]), m'en fus déjeuner, rentrai, pris connaissance du courrier périmé. À deux heures, la sonnerie du téléphone retentit. Ce n'était pas Florimond Faroux, mais la voix lointaine de Gérard Lafalaise.

— Notre ami a été victime d'un léger accident qui l'immobilisera pendant quelques jours, dit-il. Il a été renversé par une des rares voitures qui circulent encore.

— Ce n'est pas de la frime ?

— Non. Je vous téléphonerai lorsqu'il ira mieux. Mes relations me le permettent... à condition que ce ne soit pas trop souvent.

— C'est cela, merci. Je vais pouvoir reprendre des forces.

Je n'abandonnai pas l'appareil et appelai la Tour Pointue.

— Je désirerais parler à M. Faroux, dis-je.

On me demanda d'un ton neutre de la part de qui. Je dis mon nom. On me pria de ne pas quitter. J'attendis une minute et la voix de mon ami me parvint, sifflant à travers ses moustaches.

— Vous avez de la veine, dit-il. Je rentre tout juste et j'allais repartir... sans avoir le temps de vous téléphoner. Oui, oui, on m'avait transmis votre message...

— Où peut-on se voir dans... mettons une heure ?

— Oh ! impossible, mon vieux. Pas avant ce soir. J'ai un boulot fou. Pas une minute de répit. Ce n'est pas pressé ?

— Cela dépend de vous. J'espère que vous avez reçu ma lettre relative à la rue de Lyon.

— Oui.

— Rien de neuf de ce côté-là ?

— Rien. Je vous dirai même que...

---

1. Nom donné, à cette période, à des jeunes gens aux vêtements voyants que réunissait l'amour du jazz à Saint-Germain-des-Prés (voir *Le sapin pousse dans les caves*, du même auteur).

– Alors, ça va. Je peux attendre. Je vais en profiter pour aller au cinéma. Prenons rendez-vous, voulez-vous ? À neuf heures chez moi, par exemple. C'est discret. Ça gaze ? Oui, c'est chauffé. Radiateur électrique que je branche sur le compteur du voisin.

– Entendu. La captivité vous a transformé, on dirait. Vous me paraissez bien bavard.

– Moi ? Allons donc. En tout cas, ce ne sera pas, un jour prochain, l'avis du commissaire Bernier.

– Commissaire Bernier ? Qui est-ce ?

– Un de vos collègues lyonnais qui envie le sort des chômeurs. Il est en train de faire tout ce qu'il peut pour décrocher prématurément sa retraite.

– Et vous le laissez patauger ?

– Comment donc. Vous savez bien que je déteste les policiers.

– Je crois qu'il vaut mieux que je raccroche, hein ? dit-il en plaisantant. Si un de mes supérieurs surprenait cette conversation... À ce soir.

– À ce soir, petit prudent.

J'avais l'après-midi de libre. J'en profitai pour effectuer quelques visites aux domiciles de mes anciens agents. J'appris ainsi que Roger Zavatter était lui aussi prisonnier ; que, moins chanceux, Jules Leblanc était mort et qu'enfin, tenant le milieu entre ces deux braves garçons, Louis Reboul avait perdu le bras droit dès les premiers engagements de la « drôle de guerre », au cours d'une rencontre de corps francs sur la ligne Maginot.

Nous nous revîmes avec émotion. Je ne lui parlai pas de la mort de Bob Colomer, réservant ce sujet de conversation pour un autre jour et je quittai le mutilé, lui promettant de lui confier quelques petites missions, le cas échéant.

À deux pas de là, un cinéma permanent affichait *Tempête*, avec Michèle Hogan. J'entrai. Cela ne pouvait pas me faire de mal.

*
**

— Bonjour, mon vieux, dis-je à Florimond Faroux,
dès qu'il eut posé sa chaussure réglementaire sur le
tapis de mon entrée. Je sais que dehors il fait froid,
qu'on n'a pas beaucoup de charbon pour se chauffer et
que nous avons perdu la guerre. Prévenant vos questions et ce, afin d'éviter les conversations oiseuses, je
vous dirai que j'étais en captivité à Sandbostel où j'ai
fait une cure de pommes de terre. Ce n'était pas plus
moche qu'à la Santé. À propos de santé, j'espère que
la vôtre est égale à la mienne. Ça va, comme cela ?
Bon. Alors, asseyez-vous et tapez-vous ce coup de
rouquin.

L'inspecteur Florimond Faroux, de la P.J., courait
vers la quarantaine avec plus de rapidité qu'il n'en avait
jamais mis à pourchasser les voleurs. Ce n'était pas peu
dire. Il était bien bâti, plutôt grand, osseux. Sa moustache grise l'avait fait surnommer « Grand-père » par
ses jeunes collègues. Il portait, en toute saison, un chapeau chocolat qui lui allait... cela faisait peur. Il n'avait
jamais pu s'adapter à ma tournure d'esprit. Cela ne
l'empêchait pas d'émailler nos conversations de fugi-
tifs éclats de rire, tombant à contretemps, encore qu'ils
eussent la prétention de faire écho à quelqu'une de mes
saillies. Au demeurant, c'était un bon bougre, serviable
et paternel... grand-paternel, si l'on veut.

Il écouta mon énumération de lieux communs d'un
air désapprobateur, eut un haussement d'épaules significatif, s'assit, ôta son chapeau, le posa sur une chaise
et trempa sa moustache dans le verre de vin.

— Et maintenant, dis-je, après avoir bourré et allumé
ma pipe, dites-moi un peu ce que vous avez fait pour
moi.

Il toussa.

— Quand on travaille avec vous, dit-il, il faut

Voir *Au fil du texte*, p. 237.

apprendre à ne pas s'étonner des consignes abracada-
brantes. Mais... tout de même, votre ancienne secrétaire...

— Eh bien quoi, mon ancienne secrétaire ? C'est une
femme comme les autres. Elle peut mal tourner du jour
au lendemain.

— Oh ! bien sûr... N'empêche que ça m'a paru un
peu fort de café.

— J'espère que vous ne vous êtes pas autorisé de
cette opinion pour ne rien faire ?

Il éleva la main en signe de protestation.

— J'ai établi un vague rapport, dit-il. Plutôt maigre.

Il fit une incursion dans sa vaste poche et en retira
deux feuilles dactylographiées. Je les lus avec une exaspération croissante.

Ce « vague » rapport était très précis. Filée depuis
deux jours, Hélène Chatelain ne donnait prise à aucune
critique. Ses faits et gestes étaient normaux. Elle partait
le matin de chez elle à huit heures trente, se rendait
directement à l'Agence de Presse Lectout, en sortait à
midi, mangeait au restaurant, reprenait son travail à
deux heures, finissait à six et rentrait chez elle. Il résul-
tait de l'enquête à laquelle s'était livré Faroux qu'elle
ne sortait pas le soir, sauf le jeudi, jour du cinéma. Elle
passait le samedi après-midi, le samedi soir et le dimanche chez sa mère. Elle ne s'était jamais absentée depuis
le retour d'exode.

M'étais-je embarqué sur une fausse piste ?

Il ne fallait rien négliger, comme avait coutume de
dire, en pontifiant, mon ami le commissaire Bernier,
l'homme qui négligeait tant de choses, justement, et
c'est pourquoi j'avais fait surveiller Hélène Chatelain.

Et ces policiers, qui connaissaient tout de même leur
métier, auxquels nulle attitude louche ne pouvait échapper, soupçonneux de profession et par nature, venaient
me dire que la conduite de cette jeune fille ne prêtait
à aucune équivoque ? C'était décourageant... ou alors

Hélène était plus forte que je ne l'avais jamais supposé. Je me promis d'avoir une entrevue avec elle.

Faroux me tira de mes pensées en me demandant si cela allait et s'il fallait continuer la surveillance. Je répondis oui aux deux questions.

Je lui mis sous le nez la photo de l'amnésique.

— Connaîtriez-vous ce type, par hasard ? demandai-je.

La vue de la pancarte sur la poitrine, portant le numéro matricule, le fit rire.

— Ha, ha, ha ! Là-bas aussi, vous aviez un service anthropométrique ?

— Je vous dirai un jour tout ce que nous avions, là-bas. Vous serez éberlué. En attendant, que pensez-vous de cette tête ?

Il me rendit la photo.

— Rien.

— Jamais vue ?

— Non.

Je n'insistai pas et lui passai le second document.

— Voici les empreintes des dix doigts d'un type. J'aimerais que vous regardiez dans vos sommiers si elles n'y figurent pas déjà.

— C'est le même ?

— Le même quoi ?

— Le même individu. Le portrait et la fiche.

— Non, dis-je, par besoin maladif de mentir. C'est un autre. Et c'est très sérieux. J'aimerais avoir la réponse assez rapidement.

— Bon sang, gémit-il, en pliant soigneusement la feuille des empreintes et l'insérant dans son porte-feuille, bon sang, vous êtes toujours pressé. Je ferai mon possible... Actuellement, nous sommes submergés de boulot...

— Personne ne vous demande de procéder à l'iden-tification vous-même. Du moment que vous ne dites pas au fonctionnaire du service de qui vous tenez cette fiche, cela me suffit. Autre chose...

J'ouvris un tiroir et exhibai un parabellum, mignon comme un ange.

– Il me faudrait un port d'armes pour cet ustensile. Il a peur, ici. Il ne se sent vraiment en sécurité que dans ma poche.

– Bon.

– Et je voudrais aussi un permis pour circuler la nuit. Je peux en avoir besoin.

– C'est tout ?

– Oui. Vous pouvez disposer.

– J'allais vous en demander la permission, dit-il en se versant du vin. Il se fait tard.

Il vida son verre d'un trait, s'essuya la moustache. Il s'arrêta court dans le mouvement qu'il fit pour se lever.

– Je voulais vous demander, Burma... Le commissaire Bernier dont vous m'avez parlé tantôt, est-ce le commissaire Armand Bernier ?

– Peut-être. Je n'ai jamais su son prénom. Mais Armand lui convient très bien.

Faroux me détailla un signalement qui faisait honneur à ses capacités professionnelles.

– C'est cela, approuvai-je. De plus, il est couperosé, élégant (quand il abandonne son imperméable) et gaffeur.

Faroux se mit à rire.

– Armand Bernier. Je l'ai connu jadis, lorsqu'il était à Paris...

Dans l'espoir de me tirer les vers du nez, il me parla du commissaire pendant un bon quart d'heure.

CHAPITRE II

IDENTIFICATION DE L'AMNÉSIQUE

La pendule sonna neuf heures. J'attendis une dizaine ◆●
de minutes, attrapai le téléphone et composai le numéro
de l'Agence de Presse Lectout.

À ma demande :

– Mademoiselle Chatelain est-elle là ?

On me répondit :

– Non, monsieur.

Mlle Chatelain s'était excusée. Elle ne viendrait pas
travailler de plusieurs jours. La grippe.

Je passai mon pardessus, ajustai mon chapeau et descendis dans le matin froid prendre le métro. Je n'en
sortis que lorsque je jugeai qu'il faisait plein jour à la
surface.

Avant de sonner à la porte de l'appartement de mon
ex-secrétaire, je collai mon oreille à la serrure. Ce procédé inélégant, que l'on chercherait vainement dans
L'Art de se bien conduire, du maître Paul Robot, m'a
parfois rendu de réels services. Je dois avouer que le
talent de la plupart de mes confrères ne dépasse pas
cette habitude ancillaire. Mais, cette fois-ci, j'en fus
pour mes frais. N'entendant rien, j'appuyai mon doigt
sur la sonnette.

●◆Voir *Au fil du texte,* p. 235.

– Qui est là ? demanda une voix rauque, entre deux reniflements.

– C'est moi, répondis-je. Nestor Burma.

Une exclamation étouffée.

– Burma ? Vous, patron ? Un moment.

L'instant d'après, la porte s'ouvrit.

Emmitouflée dans une robe de chambre passée sur son pyjama et hermétiquement ajustée, les pieds nus dans des mules dépareillées, la chevelure en désordre, pas maquillée et se tamponnant le nez rougi d'un minuscule mouchoir roulé en boule, Hélène Chatelain était moins attrayante que lorsqu'elle faisait brunir son harmonieuse académie au soleil de Cannes.

Mais son corps exhalait le même troublant mélange de chypre et de poudre parfumée, son visage n'avait rien perdu de sa joliesse, en dépit du manque d'artifices et, sous les fins sourcils noirs, ses grands yeux gris exprimaient une joie flatteuse de me revoir.

– Entrez, invita-t-elle. Il n'y a que vous pour réserver de pareilles surprises. Je ne vous embrasse pas, mais le cœur y est.

– Vous craignez de me communiquer votre rhume ?

– Mon Dieu, c'est tellement visible ? s'alarmat-elle. Non, mais ce ne serait pas convenable. Surtout que je vous reçois dans ma chambre...

– C'est très gentil à vous...

– ... Parce que c'est la seule pièce de l'appartement où il fasse chaud. Ne vous méprenez pas, patron.

En riant, elle m'avança une chaise, répara le désordre du lit, s'y allongea sous une couverture. Sur un tabouret bas, à portée de la main, des médicaments voisinaient avec un réchaud électrique supportant une théière. Ce n'était pas une maladie diplomatique qui retenait Hélène à la chambre. Le son de voix enchifrenée qu'elle conserva tout le temps de notre entretien en fut un témoignage supplémentaire.

– Vous prendrez un peu de thé ? proposa-t-elle.

C'est du vrai et j'ai un peu de rhum. Par exemple, vous vous servirez.

J'acceptai. Elle se moucha discrètement, puis :

— Venez-vous me chercher pour traquer un escroc septuagénaire ?

Elle était gaie et maître de soi, pas le moins du monde inquiète. Je me mis à rire.

— Vous vous sous-estimez. Vous ne pouvez donc pas vous imaginer que je vienne vous voir uniquement pour le plaisir ? Depuis ma libération je n'ai fréquenté que des hommes... J'ai eu l'envie légitime de contempler une jolie frimousse de connaissance. Marc Covet, Montbrison et toute la clique sont bien gentils, mais...

— Marc ? Vous l'avez vu ?

— À Lyon. Son journal est là-bas.

— Je savais que le *Crépu* était replié, mais j'ignorais dans quelle ville. Comment va Covet ?

— Pas mal. Un peu maigri, comme tout le monde. Il n'y a que Montbrison qui conserve son poids.

— Montbrison ?

— Julien Montbrison. Un avocat. Il est venu une fois à l'agence. Il y a bien longtemps. Vous ne vous souvenez pas de lui ! Un gros, avec des bagues.

— Non.

— C'est un copain de Bob... Un ami, pour être moins familier.

— Ah !... Et Bob, lui-même, qu'est-il devenu ? Je n'ai jamais eu de ses nouvelles.

— Bob ? Il est tranquille... Je l'ai revu, l'espace de quelques secondes. Il a été assassiné sous mes yeux en gare de Perrache, jetai-je, tout à trac.

Elle se mit brusquement sur son séant. Sa pâleur tourna au gris. Le cerne de ses yeux s'accentua.

— Asss... ! s'exclama-t-elle. Quelle est cette plaisanterie, patron ?

— Je ne plaisante pas. Colomer est mort comme je vous le dis.

Elle me dévisagea avec insistance. De mon côté, j'en fis autant. Le jour maussade l'éclairait suffisamment pour que je puisse me rendre compte de l'altération de son masque. Elle était bouleversée, car nous aimions bien Colomer à l'agence, mais ne trahissait aucun trouble suspect.

Je satisfis son impatience d'explications et de détails dans la mesure que je jugeai convenable et en faisant miennes les conclusions du commissaire lyonnais. Mon récit était semé de pièges, dans lesquels elle ne trébucha pas.

Croyant lui assener un coup de masse, je profitai de son apparent désarroi pour la prier tout à coup d'examiner la photo du matricule 60 202. Elle la regarda sans intérêt marqué et je fus obligé de reconnaître *in petto* que l'indifférence dont elle faisait montre à l'égard de ce portrait n'était pas feinte.

— Qui est-ce ? dit-elle d'une voix neutre.

— Un compagnon de captivité. Je croyais que vous connaissiez cet individu.

— Non, je ne le connais pas. Qu'est-ce qui vous faisait supposer le contraire ?

— Rien, rétorquai-je bougon. Vous êtes la soixantième personne à qui je présente ce cliché.

Elle me coula à travers l'ombre de ses grands cils un regard presque amusé.

— Quand me faudra-t-il donner mon congé à l'Agence Lectout ?

— Oh ! ne croyez pas que je sois sur une affaire... L'Agence Fiat est encore en sommeil. La guerre lui a porté un rude coup. Leblanc mort, Zavatter prisonnier, Reboul mutilé... et maintenant, Bob...

— Bob..., oui...

Elle secoua tristement la tête. La redressant, une lueur dans les yeux :

— Mais vous restez, vous, patron ? Et toujours debout.

– Oui... Je reste.

– Enfin... Quand vous aurez besoin de mes services, vous n'aurez qu'à me faire signe...

Je mis un terme à cette entrevue décevante et quittai le 60, rue de Lyon de fort méchante humeur et tout déconcerté. Ou, emporté par mon imagination, j'avais fait fausse route, ou cette fille se jouait de moi. Aucun des termes de cette alternative ne me plaisait.

Je m'embusquai dans un café proche et dévorai des yeux la porte de l'immeuble. À quoi rimait ce comportement idiot ? Qu'attendais-je ? Qu'Hélène sortît ? Qu'elle s'en allât prévenir (qui ?) que Nestor Burma était sur la piste ? Qu'elle fût visitée par l'assassin de Colomer ?

À une table voisine, un consommateur me regardait à la dérobée. Parfois son regard, à lui aussi, se portait de l'autre côté de la rue. Il feignait, entre-temps, de prodiguer un vif intérêt à la première page d'un quotidien. C'était l'homme de Faroux, aussi peu visible qu'un éléphant sur le plateau des Folies-Bergère.

J'étais tellement en colère que je fus sur le point d'interpeller cet homme et de lui dire d'abandonner sa « planque ». Je me contins et, conscient d'avoir perdu mon temps, je m'en fus, sous l'œil soupçonneux du limier.

Je passai ma journée dans les boutiques de tous les libraires que je trouvai sur mon chemin.

*
**

La porte du cagibi à tabatière, dans les locaux de la P.J., où j'attendais en fumant nerveusement ma pipe, s'ouvrit et livra passage à Florimond Faroux.

En rentrant chez moi, après dîner, j'avais trouvé un pneumatique. Il émanait de ce personnage qui m'avait téléphoné sans succès dans le courant de l'après-midi. L'inspecteur avait vraiment trop de besogne pour se

déranger une nouvelle fois. Si je voulais faire un saut
jusqu'au quai des Orfèvres, vers vingt et une heures
trente, il y serait. Il avait identifié les empreintes.

— Ah ! vous voilà, dit-il avec une rudesse inhabi-
tuelle. Je n'ai que quelques minutes à vous consacrer.
Je suis sur une affaire qui réclame tous mes instants.
Estimez-vous heureux que j'accorde la moindre importance à vos fariboles.

J'émis un sifflement moqueur.

— La température s'est sensiblement rafraîchie,
observai-je. Qu'est-ce qui ne tourne pas rond ?

— Rue de Lyon, annonça-t-il, sans répondre à ma
question. Votre ex-secrétaire ne s'est pas rendue à son
travail. Rien de particulier sauf la présence, ce matin,
dans le café qui fait face au 60, d'un individu paraissant
surveiller la maison. Ce type, d'ailleurs, sortait de
l'immeuble, semblait d'une humeur massacrante et
n'est pas resté longtemps en faction. Mon homme a
regretté de ne pouvoir le suivre.

— Vous direz à votre homme : premièrement, qu'il
prenne des leçons pour passer inaperçu ; deuxième-
ment, qu'il lui est toujours loisible de rattraper le suspect en question. C'était moi.

Ces remarques ne firent qu'augmenter la rudesse de
Faroux. Il vomit quelques injures, puis :

— Faut-il continuer la surveillance ? Ce n'est pas très
régulier, ce que vous me faites faire...

— Continuez quand même... On ne sait jamais... Cela
peut vous valoir des galons...

— Ouais... J'en doute.

— Et ces empreintes ?

— Ah ! oui, parlons-en. Quelle est cette plaisanterie ? Nous autres, de la police officielle, empoisonnons
l'existence des vivants, mais alors, vous, détectives privés, vous battez les records vindicatifs. Espérez-vous
me charger un jour de passer les menottes au type dont
vous m'avez confié les empreintes ? Évidemment,

ajouta-t-il, sarcastique, c'est cela qui me vaudrait des galons...

— Je n'ai pas cet espoir. Le type est mort.

Il manqua d'éclater.

— Vous le saviez ? C'est trop fort...

— Oui.

— Et vous m'avez fait fouiller dans nos fichiers ? À la recherche d'un mort. Et vous saviez qui c'était ?

— Non.

Il approcha sa moustache grise de mon visage, à le frôler.

— Vous ne saviez pas qui c'était ?

— Non, vous dis-je. Et vous allez me l'apprendre.

— Avec plaisir. Les empreintes sont celles de Georges Parry, dit Jo Tour Eiffel, l'international, le roi de l'évasion et des voleurs de perles.

CHAPITRE III

LE CAMBRIOLEUR

Je me levai d'un bond, en culbutant ma chaise. Ma pipe quitta ma mâchoire et roula sur le parquet. Je devais être la vivante image de la stupéfaction.

– Jo Tour Eiffel ? balbutiai-je. Georges Parry ?

J'agrippai Faroux par le revers de son veston.

– Allez me chercher l'album DKV, criai-je. Georges Parry n'est pas mort en 38. Il y a un mois, il vivait encore.

Il obéit, abasourdi par cette révélation, et sans plus demander d'explications s'en fut quérir la curieuse collection de portraits de criminels.

– Comparez cette photo à celle de Parry, dis-je en lui tendant la photo de l'amnésique, et voyez si elles présentent quoi que ce soit d'identique.

– Mais vous m'aviez dit...

– Ne vous occupez pas de ce que je vous ai dit. L'homme que vous voyez sur ce cliché et celui dont j'ai relevé les empreintes est le même.

Il se prit la tête à deux mains.

– Bon sang, se lamenta-t-il, prêt à jeter le manche après la cognée, bon sang, ce n'est pas le même homme...

Il me regarda désemparé.

– Faut-il croire que, pour la première fois dans l'histoire policière et scientifique, les empreintes...

– Pas d'enfantillage, Faroux. Vous les avez soigneusement étudiées, hein ? Combien offrent-elles de particularités communes ?

– Dix-sept. Le maximum.

– À chaque doigt ?

– À chaque doigt.

– Alors, aucune erreur, tranchai-je. Notre gangster est bien le matricule 60 202.

– Ce n'est pas le même homme, s'obstina-t-il, en cessant de comparer les deux images.

– Si, c'est le même homme. *C'est le même homme parce que c'est le contraire.* Ne me regardez pas comme ça... Je ne suis pas fou. Seulement un peu plus imaginatif... que d'autres. Calmez-vous et regardez attentivement. La forme générale du visage est inchangée, mais le visage même, sans tenir compte de la balafre, a subi certaines modifications. La bouche a été réduite, le menton s'orne d'une fossette artificielle. Le nez de Georges Parry était concave ; celui de mon cocaptif est rectiligne, les ailes amincies. Quant à l'oreille, décollée chez Jo Tour Eiffel, elle est ici fondue, quasi adhérente à la joue, l'antitragus [1] très saillant est devenu rectiligne, etc.

– Vous... vous avez raison, convint-il, après un instant d'examen.

Et réalisant enfin ce qu'une telle constatation impliquait, il donna libre cours à sa fureur contre l'autorité chirurgicale qui avait ainsi maquillé les traits d'un criminel.

– On l'avait pourtant bien identifié, en 38, en cadavre de la côte de Cornouailles ? dis-je.

– Oh ! le corps était à moitié dévoré par les crabes... Mais enfin, oui, Scotland Yard l'avait identifié... heu...

---

1. Partie inférieure de la conque de l'oreille.

– Je comprends. Vous n'osez pas insinuer que la police anglaise a pris ses désirs pour la réalité mais vous le pensez.

– En tout cas, après sa mort – vraie ou fausse – il n'a plus fait parler de lui.

– Parbleu ! Il voulait se retirer des affaires et vivre tranquillement de ses rentes. C'est pourquoi il a procédé à une mise en scène efficace et a eu recours, ensuite ou précédemment, tel Alvin Karpis, l'ennemi public numéro un des États-Unis, mais en plus chanceux, aux bons soins d'un maître chirurgien.

Faroux dévida derechef un écheveau d'imprécations et de menaces à l'égard de ce peu scrupuleux praticien. Quand il s'apaisa, ce fut pour réclamer des éclaircissements, car (il prit subitement un ton agressif) je les lui devais. Après avoir ramassé, essuyé, bourré et allumé ma pipe, je lui fis un récit détaillé de cette sombre histoire, en passant toutefois sous silence l'épisode relatif au sosie de Michèle Hogan. Je dois être atteint de la maladie de la réticence.

– Résumons, dit ensuite l'inspecteur, en frisant pensivement sa moustache grise. Vous rencontrez au stalag Georges Parry en état d'amnésie... Non simulée ?

– Absolument non simulée.

– Au moment de mourir, il recouvre miraculeusement la mémoire l'espace d'un éclair et vous dit : « Hélène... 120, rue de la Gare. »

– Et, je lui demande : « Paris ? » Il croit que c'est son nom que je prononce et me fait un signe affirmatif. Donc, il n'y a rien à glaner rue de la Gare, dans le 19ᵉ arrondissement, où, d'ailleurs, le 120 n'existe pas...

– Bon. En arrivant à Lyon, vous assistez à l'assassinat de Colomer qui meurt en prononçant la même mystérieuse adresse. Croyez-vous qu'il avait découvert que Georges Parry était vivant ?

– Oui, c'est le seul lien qui semble rattacher les deux affaires.

– Je le crois aussi. Peu après, vous découvrez que ce 120, rue de la Gare pourrait être le 60, rue de Lyon. Bon. Pour avoir de plus amples renseignements sur la vie que menait votre assistant en province, vous vous adressez à un détective privé. Sa secrétaire bavarde et un ex-complice de Georges Parry tente de vous faire passer le goût du pain. D'après le commissaire Bernier, il semble que ce soit Jalome l'assassin de Colomer, mais... mais vous ne le croyez pas ?

– Non.

– Pourquoi ?

– À cause de la prudence de ce type. Pour cette qualité, je me réfère, non pas à la netteté de son logis, je vous dirai pourquoi tout à l'heure, mais à la sobriété du contenu de son portefeuille. Il est invraisemblable qu'un si prudent personnage laisse ainsi un revolver à la traîne... *Et je suis persuadé qu'entre minuit et trois heures et demie, heure à laquelle eut lieu notre visite au domicile de Jalome, quelqu'un d'autre a séjourné dans l'appartement.*

– Quoi ?

Je répétai.

– Vous avez des preuves ?

– Des présomptions, seulement.

– Qui est, selon vous, l'étrange visiteur ?

– L'assassin de Colomer et l'homme qui m'a dépêché Jalome. On peut supposer qu'il attendait, pas très loin du pont de la Boucle, le résultat de notre rencontre et que, ne voyant pas revenir son homme de main... Non... Mieux que cela, il a dû entendre un plongeon et, l'endroit où il attendait étant sur notre passage de retour, nous a vus revenir frais et roses du guet-apens. Effrayé, ne sachant plus très bien si je savais beaucoup ou peu, craignant qu'une perquisition, inévitable tôt ou tard, au domicile de Jalome, n'amenât la découverte de documents compromettants pour lui, il va à l'appartement de son complice – dont il doit posséder une clef

– et... nettoie. Il laisse, misérablement cachée, l'arme du crime de Perrache, afin de faire croire que Jalome est l'assassin de Colomer. Ce revolver ne peut permettre d'identifier son véritable possesseur. Il est de fabrication étrangère, passé en fraude, acheté de même. Il sera bientôt impossible de se procurer sa munition. On peut s'en débarrasser sans regret.

– Vingt dieux de vingt dieux, sacra Faroux, je me demande ce que vous faites à Paris. En admettant que vos raisonnements ne reposent pas sur du vent, votre assassin est à Lyon, cela saute aux yeux.

– On m'a embarqué de force, pour ainsi dire. Mais j'ai laissé quelques instructions à Gérard Lafalaise. En tout cas, j'estime : primo, que la solution de l'énigme réside en zone occupée, Paris ou ailleurs...

– Qu'est-ce qui vous le fait supposer ?

– Mon intuition, d'abord. Oh ! ne rigolez pas. C'est parce que les Bernier et les Faroux en manquent qu'ils pataugent lamentablement. C'est mon intuition qui m'a, par exemple, dicté de relever les empreintes de ce mort, ce mystérieux amnésique. J'avais remarqué qu'il roulait son doigt sur sa fiche de prisonnier avec une assurance et une espèce d'habitude que ne possédaient pas ses compagnons. Petit détail ? C'est de petits détails de ce genre qu'est faite ma méthode...

– Et de la molestation des témoins...

– Pourquoi pas ? Ce sont des procédés complémentaires. Où en étais-je ?

– Vous m'énumériez les raisons qui vous font supposer que la solution du problème réside en cette zone.

– Ah ! oui. Donc, mon intuition. Ensuite, le fait que Colomer s'apprêtait à franchir la ligne. Je tiens à vous faire remarquer que je n'ai jamais cru une seconde qu'il cherchait à fuir. Cela, c'est une idée du commissaire Bernier. Si Colomer avait découvert que Carhaix était Jalome, c'est-à-dire un ex-complice de Jo Tour Eiffel et de Villebrun (et on ne voit vraiment pas en quoi cela pouvait l'intéresser), il n'aurait eu, pour se sauvegarder, qu'à en informer la police. J'estime, secundo, ne pas avoir perdu mon temps en regagnant notre cher vieux village, car cela m'a permis d'identifier l'homme sans mémoire et de voir d'un peu près Hélène Chatelain.

– Quel est le rôle de cette dernière ?

– Je l'ai vue ce matin. Mon impression est qu'elle n'est en rien mêlée à cette affaire. Maintenant, je puis me tromper... c'est pourquoi je ne juge pas utile de suspendre la surveillance, mais je crains fort d'avoir péché par excès de subtilité en voulant faire dire à une adresse davantage qu'elle ne voulait réellement signifier. Voyez-vous, pour si décevant que cela soit pour moi, il se peut que ma fameuse équation : 120, rue de la Gare = 60, rue de Lyon, soit entièrement erronée. 120, rue de la Gare ne doit pas vouloir dire autre chose que 120, rue de la Gare. C'était évidemment une solution trop simple pour que mon esprit consentît à l'envisager. Or, des rues de la Gare, ce n'est pas ce qui manque en France. Il doit y en avoir une par agglomération. Quant à ce nom d'Hélène, que Parry a prononcé en mourant, j'ai encore eu tort de m'emballer dessus.

– Je continuerai quand même la surveillance, articula farouchement l'inspecteur.

Je ne pus me retenir d'émettre un petit rire silencieux. Ces policiers étaient vraiment tous les mêmes. Plus la piste paraissait fausse, plus ils s'y accrochaient.

Nous restâmes un instant sans rien dire. Faroux semblait avoir oublié qu'il n'avait que quelques minutes à m'accorder. Je rompis le silence en demandant :

– Pourriez-vous me procurer une carte d'état-major de la région de Château-du-Loir ? Le Bureau géographique de l'Armée est fermé et j'en ai vainement cherché une tout l'après-midi.

– Je peux vous avoir ça demain. C'est pour quoi faire ?

– Mettre à exécution un projet qui me taquine depuis

longtemps et à cause de quoi je n'ai pas tenté de faire prolonger mon séjour à Lyon. Prospecter le coin où a été ramassé Georges Parry. Peut-être y trouverai-je quelques indices. Une rue de la Gare, par exemple... En tout cas, ces investigations sont élémentaires et je me dois d'y procéder...

— Je partage votre opinion. Voulez-vous que je vous fasse aider ? Que j'en parle au chef ?

— Patientons encore un peu. J'irai seul. Il faut d'abord que je détermine l'endroit exact où a été capturé Parry. Je me demande si c'est du domaine du possible.

— Vos données sont plutôt faibles...

— Cette photo m'aidera.

— Si vous croyez que les villageois, qui étaient dans leurs caves au moment du barouf, vont reconnaître tous les soldats qui sont passés par leur bled...

— Parry n'était pas soldat. Un soldat qui cherche à se mettre en civil se débarrasse en premier lieu de son uniforme et non de ses sous-vêtements. C'est élémentaire. Je pense plutôt qu'on a collé – j'ignore dans quel but – un uniforme sur le dos de Parry. Cette affaire est claire comme du jus de chique, hein ? De longtemps, je n'avais eu à m'occuper d'un pareil casse-tête. Un travail de tout repos, quoi, pour prisonnier libéré, de santé délicate. Mais, en fouinant dans les environs de Château-du-Loir, je dois pouvoir, si je ne ménage pas ma patience, trouver un bout de fil d'Ariane.

Faroux secoua la tête :

— Vous allez entreprendre une tâche bien ingrate, dit-il.

Je me levai.

— J'ai foi en mon étoile, affirmai-je têtu. L'étoile de Dynamite Burma... C'est de la fabrication d'avant-guerre.

Il me considéra sans desserrer les dents. Son attitude signifiait : à ce stade, mieux vaut ne point le contrarier.

Il me serra la main, retira vivement la sienne, comme frappé d'une idée subite.

— J'oubliais votre port d'armes, dit-il. Je vous l'ai obtenu.

Il me passa le document.

— Merci, dis-je. Je comptais aveuglément sur vous. Tâtez ma poche.

— Vous n'êtes pas un peu cinglé, s'écria-t-il, de vous déguiser en arsenal ambulant ?

— Il ne m'est rien arrivé. Et maintenant (je tapotai le permis), il ne m'arrivera rien.

— Toujours votre étoile, quoi ?

— Eh ! oui.

Sur le quai, les premiers flocons blancs virevoltaient annonçant un Noël de carte postale. Je fuis la neige en m'engouffrant dans le métro. L'inspecteur Florimond Faroux avait beau mettre en doute le pouvoir de mon étoile, ce pouvoir n'en existait pas moins et il n'attendit qu'une demi-heure pour se manifester, chez moi, sous les espèces d'un sympathique et inespéré cambrioleur qui arrivait à point nommé.

Je n'ai pas pour habitude – surtout lorsque je regagne tardivement mes pénates – de monter les escaliers en chantonnant, comme c'est le cas de mon ami Émile C..., par exemple. Heureusement – car, sans cela, mis en éveil, l'homme qui me faisait une visite nocturne se fût esbigné et je n'aurais pas eu la satisfaction de le prendre au gîte. En passant, rendons hommage à mes semelles de caoutchouc qui ne trahirent pas le moindre bruit tout le temps de mon ascension.

Parvenu devant ma porte, je m'aperçus qu'elle n'était pas fermée. Entrebâillée, elle laissait filtrer un maigre rayon de clair-obscur produit par une lanterne sourde posée sur la table du bureau. Je discernai confusément un homme qui s'activait après la serrure de mon secrétaire.

Je mis le revolver au poing, entrai vivement, refermai violemment l'huis et tournai le commutateur.

— Inutile de s'escrimer après ce meuble, dis-je. Il ne contient que des factures impayées.

L'homme sursauta, laissa choir son outil et se retourna, blanc comme un linge. À ses pieds, gisait un balluchon rebondi, butin vraisemblablement glané dans les appartements inoccupés de cet immeuble dont la plupart des locataires étaient en zone nono. Il leva lentement les bras en un correct et photogénique haut les mains, me montrant ainsi qu'il manquait trois doigts à sa dextre. Il était de petite taille et quoique la visière de sa casquette lui cachât les yeux, je voyais suffisamment de son visage pour reconnaître le faciès caractéristique du pégriot. Il cracha un effroyable juron et dit d'une voix grasseyante, en tordant bizarrement la bouche :

— Je suis bon.

J'éclatai d'un rire nerveux, le cœur bondissant.

— Et alors, Bébert, dis-je, comment va ?

CHAPITRE IV

LA MAISON ISOLÉE

Sous la visière les yeux clignotèrent. Il ne me reconnaissait pas. Je lui rafraîchis la mémoire, en phrases brèves. Il était pâle de frousse, il pâlit encore, si c'était possible, de stupéfaction. Et sa bouche se tordit davantage lorsqu'il exhala son étonnement en un langage pittoresque et précis, mais intranscriptible. Je le poussai vers un fauteuil où il tomba mollement.

— Mon intention n'est pas de te livrer à la police, dis-je quelques instants plus tard.

Toujours sous la menace de l'automatique que je n'avais pas quitté, revenant peu à peu de sa surprise, l'ex-prisonnier trempait ses lèvres dans un verre de vin, magnanimement offert par sa victime.

— Non. Tu iras tout à l'heure remettre en place les objets que tu t'es appropriés et on oubliera ce... cet instant de défaillance.

— Oui, fit-il docilement. Merci. Je...

Il voulut m'infliger un discours pour excuser sa conduite.

— Ne me prends pas pour un cornichon, l'interrompis-je. Arrête ton boniment. Puisque je ne te fais pas de morale, fais-moi la grâce de tes simagrées. J'ai mieux à faire qu'écouter tes mensonges.

– Comme... comme vous voudrez.

– Te souviens-tu de ce type qui est mort au *Lazarett* du stalag, en notre présence, celui qui ne se rappelait plus rien et que tu avais baptisé La Globule ?

– Oui.

– Tu as assisté à sa capture, si j'en crois ce que tu m'as dit là-bas ?

– Oui.

– Reconnaîtrais-tu l'endroit ?

– Sans doute. Mais c'est loin d'ici.

– Ce n'est pas place de l'Opéra, bien sûr. Château-du-Loir, hein ?

– Oui.

– Nous irons demain.

Bébert n'éleva aucune objection. Il ne comprenait pas, mais s'estimait heureux de s'en tirer à si bon compte.

Je me mis à téléphoner de droite et de gauche pour joindre Florimond Faroux. Je l'atteignis enfin, non sans mal. Je lui dis qu'il n'existait pas de train complet pour moi et qu'il me fallait deux places demain matin pour Château-du-Loir. Qu'il tâche de m'avoir cela. Oui, mon étoile avait fait des siennes. J'avais découvert sous mon paillasson un camarade ayant assisté à la capture de Parry qui voulait bien me conduire sur les lieux mêmes. Pour empêcher l'inspecteur de m'adjoindre une paire d'anges gardiens, ce fut la croix et la bannière.

Cette affaire réglée, je composai à tout hasard l'ancien numéro de Louis Reboul. J'eus la chance qu'il fût toujours abonné.

– Allô, dit-il encore endormi.

– Ici Burma. Mettez votre réveille-matin sur 4 h 30 et dès 5 heures apprêtez-vous à venir vous installer dans mon appartement. Je dois m'absenter subitement et comme j'attends une communication téléphonique de province, il me faut quelqu'un pour la recevoir. Je ne vous verrai pas demain ; je vais vous donner mes instructions. Êtes-vous suffisamment réveillé pour les comprendre ou dois-je les laisser par écrit ?

— Mais je suis parfaitement réveillé, patron. (C'était vrai. Sa voix était claironnante et joyeuse. Cela lui faisait plaisir que je ne l'oublie pas.) Allez-y, je prends des notes.

Je lui indiquai ce qu'il aurait à faire.

— À nous deux, monsieur Bébert, dis-je ensuite. Il me faut tout de même essayer de dormir et comme je ne veux pas que tu en profites pour te débiner, je vais t'attacher.

Il protesta que ce n'était pas chic, engagea sa parole d'homme... Sans l'écouter, je lui entravai les chevilles, lui liai les mains, le déposai sur un divan et lui jetai une couverture dessus. Il était de tempérament fataliste. Il ne tarda pas à s'endormir. Plus vite que moi, qui ne cessai de faire des sauts de carpe dans mon lit. J'étais extrêmement agité et je me levai à diverses reprises pour m'assurer que l'alcool que je réserve pour les grandes circonstances ne s'était pas évaporé. Ce qui ajouta à ma surexcitation.

Je fis le voyage la main continuellement sur la blague à tabac, soit pour garnir ma pipe, soit pour accéder aux demandes vraiment pressantes de mon compagnon.

Impatienté et craignant qu'il ne me prît pour une poire, je lui demandai s'il ne pouvait pas faire comme les autres fumeurs : acheter du tabac.

— Avec quoi ? geignit-il.

Il fouilla dans sa poche et en retira deux francs. C'était le reliquat de sa prime de démobilisation. Je haussai les épaules.

— Ramasse les mégots.

Il me répondit que sa dignité ne le lui interdisait pas, mais qu'un couloir de wagon n'était pas un boulevard.

Jusqu'au terme du voyage, nous eûmes une conversation aussi intelligente. C'est dire si je poussai un soupir de soulagement lorsque nous atteignîmes Château-du-Loir.

J'avisai un hôtel de second ordre où je retins une chambre à deux lits. Mon compagnon ne fit pas une trop mauvaise impression sur le personnel. Je lui avais prêté un pardessus, trop long pour sa taille mais offrant l'avantage d'être moins râpé que celui qu'il portait la veille ; il avait également échangé sa casquette crasseuse contre mon béret ; enfin, je l'avais obligé à se raser. De tout son individu, la seule particularité inquiétante restait sa fameuse torsion buccale, mais comme il n'était pas bavard... Avant de nous mettre en campagne, je téléphonai mon adresse à Reboul et m'informai auprès de l'hôtelier d'une éventuelle rue de la Gare. J'essuyai une réponse négative.

— Et maintenant, en route, dis-je en gratifiant d'une tape sonore le dos de Bébert. Voici un paquet de gris. Il deviendra ta propriété lorsque nous aurons trouvé l'endroit.

Il grimaça et se planta au milieu de la rue, s'orientant. Nous filâmes vers le sud-ouest.

Il soufflait un petit vent frisquet qui n'avait rien d'agréable. Le ciel gris annonçait une imminente chute de neige. Les ruisseaux étaient couverts d'une épaisse couche de glace et, sous nos pas, la terre gelée résonnait. De loin, les boqueteaux, avec leurs arbres noirs et dénudés, desquels s'élevait parfois un vol de corbeaux, ressemblaient à des fagots, abandonnés au milieu des champs. Combien ce paysage désolé était loin de celui, riant, que devait offrir, sous le soleil de juin, ce même coin de province ! Bébert allait-il s'y reconnaître ?

Je me posais la question avec une inquiétude accrue. Le temps passait et mon cambrioleur ne poussait pas l'exclamation joyeuse qui le rendrait propriétaire d'un somptueux paquet de gris. La nuit manqua nous surprendre assez loin de notre domicile. Les pieds, les mains et le visage glacés, nous rentrâmes à l'hôtel où la soupe aux choux qu'on nous servit fut la bienvenue. Je donnai à Bébert le quart de son paquet de tabac. Il l'avait bien mérité. Ce n'était pas sa faute s'il n'avait pas trouvé le fameux endroit.

Le lendemain, avant de poursuivre nos recherches, nous nous lestâmes d'un solide petit déjeuner. La campagne avait du bon ; les restrictions ne s'y faisaient pas trop durement sentir. Le patron, pour qui nous étions des clients inespérés, était aux petits soins pour nous. Il s'inquiéta si le vin était bon, si le pain n'était pas trop noir, si dans l'ensemble nous étions satisfaits.

— Au-delà du possible, dis-je la bouche pleine. Mais je le serais encore plus si je parvenais à mettre la main sur un oiseau avec lequel j'étais prisonnier. Ce type est devenu millionnaire et il ne le sait pas. Vous comprenez, ajoutai-je sur un ton semi-confidentiel, je fais des recherches dans l'intérêt des familles...

Je lui colloquai la photo du matricule 60 202. Il l'honora d'un examen attentif et me la rendit avec indifférence.

— Ce monsieur demeurait par ici ?

— Je le crois. Il ne vous rappelle rien ?

— Non. Il faut vous dire qu'il n'y a que trois mois que je suis établi ici. Le père Combettes aurait pu vous renseigner.

— Qui est-ce ?

— Un braconnier, connaissant tout le monde à dix kilomètres à la ronde.

— Où est-il ? fis-je avec vivacité.

L'hôtelier se mit à rire.

— Au cimetière... et pas comme gardien.

J'allais pousser un juron de désappointement, lorsque Bébert me devança.

— Ça y est, cria-t-il en lâchant sa fourchette et en faisant subir à sa bouche une torsion vraiment phénoménale, ça y est. Vous pouvez m'abouler le paquet de gris. Combettes... La Ferté-Combettes... Je me souviens avoir lu ce nom sur un poteau indicateur, peut-être dix minutes après avoir été « fait »...

— Y a-t-il un pays de ce nom dans les environs ? demandai-je à l'hôtelier.

Le brave homme cessa de contempler la bouche tordue et, encore tout remué, porta ses yeux sur moi.

— Oui, monsieur, dit-il. À cinq kilomètres.

— Comment y va-t-on ?

— Dans le temps, par le car. Mais aujourd'hui, on y va à pied.

— Indiquez-nous la direction.

Il le fit très obligeamment et nous nous enfonçâmes dans la campagne. Le vent avait cessé, mais la neige comblait cette absence. Néanmoins, j'étais relativement joyeux. Je touchais au but et... je me frottai les mains. Le froid n'y était pour rien.

Nous atteignîmes La Ferté-Combettes, blancs de neige. C'était un tout petit village. Trois maisons qui se battaient en duel, une église et quelques fermes autour, comme retirées fièrement. Bébert examina attentivement les lieux, regarda le sol. Il avait tout du chien de chasse. Soudain, tel cet animal, il fila d'un trait, m'invitant à le suivre. Il n'y avait plus aucune trace d'indécision dans son allure. De son index tendu, il me désigna une maison dont la cheminée laissait échapper un mince filet de fumée.

— Je reconnais cette ferme, dit-il, avec sa grange toute de travers. Ce fut notre première étape. Il doit y avoir un étang derrière.

Nous fîmes encore quelques pas, en pataugeant, et nous hissâmes sur un talus. Effectivement, nous aperçûmes un étang. Sa surface gelée commençait à disparaître sous la neige.

— L'affaire est dans le sac, dit Bébert.

Il emprunta un sentier zigzagant. Après un bon

moment de marche, il me montra triomphalement un écriteau. « La Ferté-Combettes, un kilomètre », y était-il mentionné. Poursuivant notre marche, nous atteignîmes un petit bois.

– Celui dans lequel nous étions lorsque nous avons été « faits » est plus loin, voulut m'expliquer Bébert.

– Il ne m'intéresse pas, coupai-je brutalement. Je cherche celui dont sortait La Globule.

– C'est ici.

– Tu en es sûr ?

– Sûr et certain.

Il avança de quelques pas, pivota et me fit face.

– Nous venions comme ça, puisqu'on allait à la ferme. La Globule sortait de là.

– Parfait.

Je m'enfonçai dans le bois, suivi de l'escarpe qui me réclamait son tabac. Je le lui donnai.

Le bois était plus grand et plus touffu que je n'aurais supposé. J'avançais frénétiquement. Mon pied rageur écrasait branchettes et brindilles jonchant le sol. Chercher un indice dans cet endroit, six mois après l'événement, était une entreprise folle. Néanmoins, j'allais de l'avant. Et mes efforts et ma foi en moi-même furent soudain récompensés. Au milieu d'une minuscule clairière, une maison isolée nous apparut.

Il se dégageait de cette demeure, assiégée par les mauvaises herbes, une intolérable impression d'angoisse et de tristesse. La plus grande surface de la façade disparaissait sous le lierre et même, à l'étage, la végétation parasitaire obstruait une fenêtre. Les volets étaient clos. Les marches du perron étaient recouvertes, sous la neige, d'un tapis de feuilles pourries. La grille entrouverte grinça sur ses gonds, lorsque nous la poussâmes. Seulement tirée, la porte d'entrée s'ouvrit sous mon pied en protestant également. À l'intérieur, une

Voir *Au fil du texte*, p. 237.

odeur nauséabonde de renfermé, de moisissure et d'abandon, nous accueillit.

J'allumai ma torche électrique. Nous nous trouvions dans un vestibule sur lequel s'ouvraient quatre portes. Elles donnaient respectivement accès à la cuisine, à une espèce de cabinet de débarras, à un grand salon et à une sorte de bibliothèque. La maison était dépourvue de tout éclairage moderne. Des bidons de pétrole, que nous découvrîmes dans un placard, et de grandes lampes rustiques suspendues aux plafonds, nous l'apprirent. L'amour du pittoresque campagnard n'avait pas toutefois été poussé au point de ne pas installer un chauffage central. Chaque pièce était pourvue d'un ou deux radiateurs alimentés par une chaudière dont nous remarquâmes plus tard la présence dans la cave. Les cheminées monumentales de la bibliothèque et du salon entraient dans la composition de l'ensemble comme élément purement décoratif.

Purement décoratif ? Non. Celle de la bibliothèque, en particulier, devant laquelle était disposé un fauteuil d'osier, recelait en son foyer un amas de cendres et des grosses bûches à demi calcinées. On y avait fait du feu.

La lumière de ma torche étant insuffisante pour avoir une vue d'ensemble, je priai Bébert d'ouvrir les fenêtres. Le jour qui nous parvint ainsi n'était pas aveuglant mais facilitait l'inspection.

Tout à coup, le regard circulaire que je promenais sur cette triste pièce poussiéreuse s'arrêta sur un calendrier. L'éphéméride disait : 21 juin.

Il m'a été donné plusieurs fois de constater que le premier geste de quiconque se trouve en présence d'un calendrier « en retard » est de le mettre machinalement à jour. Celui-ci, arrêté à la date du 21 juin, ne semblait pas avoir été, depuis, regardé par d'autres yeux que les miens. *Et on avait fait du feu, dans cette pièce, le 21 juin.*

Du calendrier, mon regard alla au fauteuil. On l'eût

dit placé face à la cheminée par un extraordinaire frileux. Je poussai un véritable rugissement. Autour de ce meuble, de solides ficelles – des petites cordes – jonchaient le sol.

Bébert allait et venait dans la pièce, ramassant des mégots, conformément à mon conseil de la veille. Je l'interrompis dans sa captivante activité.

– Ta date de capture ?

– Encore ? Le 21 juin.

– Et c'est le jour où tu as rencontré La Globule ?

– Oui.

– Qu'est-ce qu'il avait de particulier ? Ne m'as-tu pas dit qu'il avait mal aux pieds ?

– Si. Des panards en compote. Tout roussis. Ma parole, il avait dû vouloir faire la danse du feu.

Oui, curieuse danse du feu qu'on avait fait exécuter à Jo Tour Eiffel. Il ne faisait aucun doute que nous nous trouvions dans un domicile de Georges Parry. J'eus, au cours des heures qui suivirent, tout loisir de m'en persuader. Les livres qui tapissaient la bibliothèque, à part les œuvres complètes, non coupées, d'Untel et d'Untel et qui n'étaient là que pour garnir, n'avaient trait qu'aux amusettes dont était friand ce gangster. Il y avait aussi quelques bouquins licencieux et d'autres... professionnels ; je veux dire de droit et de criminologie, et une suggestive collection de journaux. L'homme aimait parfois relire le récit de ses exploits.

Dans un livre, je découvris une photographie. Celle d'une jeune fille qui ressemblait comme une jumelle à Michèle Hogan. À part cela, je ne mis la main sur aucun papier intéressant. Cela ne m'étonna pas, les malfaiteurs n'ayant pas pour habitude de constituer des archives avec les documents compromettants.

Je poursuivis mon examen attentif du fauteuil. Je remarquai sur l'appuie-tête, à gauche, environ à la hauteur de l'endroit où se trouverait la joue de la personne assise, une curieuse éraflure. En dépit de la poussière qui le recouvrait, ce meuble était neuf. Sous les yeux stupéfaits de Bébert qui avait terminé sa récolte de bouts de cigarettes, je m'armai d'une loupe de poche et promenai un œil inquisiteur sur la totalité du fauteuil. Je ne puis dire que je fis des découvertes sensationnelles, mais enfin, entre deux brins d'osier, au point de jonction du siège et du dossier, mon attention fut éveillée par un morceau de verre que j'extirpai à l'aide de mon couteau et que je mis en sûreté dans mon portefeuille.

Après avoir refermé soigneusement les volets, nous quittâmes ce lieu sinistre où une tragédie s'était déroulée, alors qu'alentour la guerre faisait rage et que le bruit de la canonnade, le tac-tac-tac des mitrailleuses et l'éloignement (surtout l'éloignement – la situation isolée de la villa l'avait même préservée depuis juin de la visite de quiconque) empêchaient les cris de douleur d'un gangster, soumis à un troisième degré renouvelé du XVIIIe siècle, d'attirer l'attention.

La neige recouvrait maintenant tout le paysage. Un vent aigre s'était levé. Il ne faisait pas un temps à musarder. Néanmoins, je frappai à la porte de la première maison que nous trouvâmes sur notre route. Je ne pouvais mieux tomber.

Au bout d'un quart d'heure, employé à calmer les ardeurs d'un chien fort en gueule et à mettre en confiance un vieillard encore vert, aux indéniables allures de braconnier, j'obtins de cet ancêtre les renseignements suivants :

La maison isolée se nommait Le Logis Rustique. Elle appartenait à un certain M. Péquet. (Le vieillard reconnut l'amnésique comme étant celui-ci.) M. Péquet était un original, vivant retiré, n'entretenant de relation avec aucune personnalité du village et ne recevant pas de visites. Il était installé là depuis 1939. Depuis cette date, le ménage Mathieu (mon interlocuteur en était la partie mâle) composait la domesticité du Logis. Le

20 juin 1940 au matin (les Mathieu se souvenaient parfaitement de la date à cause de la mort d'un de leurs parents survenue la veille) le 20 juin donc, ils avaient été visités par le monsieur qui, en 1939, les avait engagés pour le compte de M. Péquet. Il leur rapportait les affaires personnelles qu'ils avaient laissées à la maison du bois et leur paya trois mois de gages. M. Péquet n'avait plus besoin d'eux. Il avait décidé de gagner le Midi. Ce départ ne surprit pas. Il était compréhensible. Depuis la veille, le canon s'était rapproché et il y avait belle lurette que le châtelain lui-même avait décampé.

Le père Mathieu fit de son mieux pour me décrire l'homme qui paraissait régir les affaires de M. Péquet, mais je compris vite que fournir un signalement détaillé n'était pas son fort. J'abandonnai, sans trop d'amertume, et nous regagnâmes notre hôtel. Chemin faisant, et nonobstant la vision d'horreur que m'avait suggérée l'examen du Logis Rustique, je chantonnais.

Après m'être renseigné à la gare sur l'heure des trains du retour, nous fîmes honneur à un repas qui cumulait le goûter et le dîner. Après quoi, je réglai mes comptes avec Bébert. Il avait bien gagné les deux cents francs que je lui colloquai. Ma munificence le laissa pantois. Plongé dans un abîme de perplexité, il s'interrompit dans sa décortication de mégots, dont il avait un plein cornet confectionné avec une page arrachée à un catalogue Waterman, trouvé sur le bureau de Jo Tour Eiffel.

Et il eut un geste.

Générosité pour générosité, il m'en offrit une poignée.

Je les acceptai en riant.

CHAPITRE V

RUE DE LA GARE

Je réintégrai mon domicile parisien peu avant le couvre-feu. Fidèle au poste, Reboul mâchonnait un cure-dent à deux pas du téléphone.

— Bonsoir, patron, dit-il, en me tendant sa main gauche, la seule qui lui restât. J'ai téléphoné à votre hôtel du Château-du-Loir. Vous veniez de partir.

— Ah ! Le message est arrivé ? Que dit-il ?

— Votre correspondant est méfiant, hein ? J'ai transcrit notre conversation. Je vais vous la lire. Vous ne comprendriez jamais mon gribouillis. Voici : « Allô ! Monsieur Nestor ? » « Non, M. Nestor n'est pas là pour le moment. Vous êtes M. Gérard ? » « Oui. » « Ici Louis Reboul, de l'Agence Fiat Lux, expressément de faction auprès de l'appareil pour recevoir votre message. » « Ah ! bon. Dites à M. Nestor que notre ami, rétabli de son accident, lequel était plutôt une chute sans gravité, prendra ce soir le train pour Paris. Il y arrivera vraisemblablement, sauf catastrophe ferroviaire, à neuf heures et demie, dix heures, demain matin. »

— Parfait, parfait. Vous irez attendre ce particulier à la gare, le prendrez en filature et me communiquerez son adresse. J'ai justement une photo de lui qui va nous être très utile. Je vais vous la donner.

J'ouvris le secrétaire et lui tendis une coupure de presse.

— Et dire que j'avais conservé cela à cause de la netteté de l'impression.

— Bénie soit la manie de collectionner, dit Reboul, sentencieusement. L'inspecteur Faroux a également téléphoné. C'était peu après mon coup de fil dans la Sarthe. Je lui ai dit que vous étiez vraisemblablement dans le train. Il voudrait que vous l'appeliez dès votre retour.

— Fichtre ! m'exclamai-je en riant. Il est bien pressé de connaître le résultat de mon expédition. Il attendra. Pour l'instant, je vais dormir. Je ne saurais trop vous conseiller d'en faire autant. Il faut que vous ayez les yeux en face des trous.

Au matin, après un sommeil d'enfant et pendant que mon agent se dirigeait vers la gare du P.L.M., je m'en fus à la Bibliothèque nationale compulser divers périodiques jaunis et, notamment *Crime et Police,* une excellente revue qui fournissait sur les criminels célèbres ou non les plus nombreux détails.

Lorsque, assez satisfait, je regagnai mon logis, je trouvai devant la porte de l'immeuble Louis Reboul qui, lui, ne l'était guère.

— J'ai bien repéré votre type, dit-il, penaud, mais il m'a possédé dans le métro. C'est ma faute... Bon sang, patron, je ne suis plus bon à grand-chose. Je suis amputé du bras, pourtant, pas du cerveau... J'aurais dû...

Je le conjurai de s'expliquer clairement. Il me raconta une histoire de monnaie et de billet de dix francs qui l'avait retardé au guichet des tickets. Le temps perdu ne l'avait pas été pour tout le monde et lorsqu'il était parvenu sur le quai, la rame emportant notre client était partie depuis belle lurette.

— Je suis un idiot. Un idiot, répéta-t-il. J'aurais dû

me munir d'un carnet. Un gosse de cinq ans y aurait pensé...

— Ne vous frappez pas, le consolai-je, en fourrageant dans ma tignasse. Certes, je ne vais pas illuminer, mais... Écoutez-moi bien et n'essayez pas de me bluffer. En général, je ne mange pas les mutilés à la croque-au-sel. Notre homme vous a-t-il semé intentionnellement, s'étant aperçu de votre filature ou tout cela n'est-il dû qu'à un fâcheux concours de circonstances ?

— Il ne se doutait de rien, patron. Je ne vous dis pas que ce soit habileté de ma part, mais plutôt parce qu'il ne paraissait craindre aucun inconvénient de cet ordre. Une filature en or. Sans cette idiote d'employée et ma...

— Ça va. Vous ne vous serez pas dérangé inutilement. D'après ce que vous me dites, tout n'est peut-être pas perdu. Il est fort possible qu'il m'honore d'une visite.

Il recommença ses lamentations. Je lui répétai de ne pas se tracasser ainsi et le renvoyai chez lui. Il partit, le dos rond. Dans mon bureau, je jouai avec le téléphone. Quelques essais infructueux et je joignis Faroux. Je n'eus presque pas le loisir de lui dire que je n'avais pas perdu mon temps.

— Ne bougez pas de chez vous, cria-t-il. J'arrive tout de suite.

— Et ce boulot accablant, alors ? Vous me paraissez bien nerveux.

Il n'entendit pas ces remarques, étant sans doute déjà dans la rue. Je bourrai une pipe en souriant. Si le placide Florimond lui-même consommait du lion...

Ma pipe s'éteignit en même temps que vibrait la sonnette de l'entrée. Il était prématuré de songer que ce fût l'inspecteur. Effectivement, ce n'était pas lui. J'ouvris à Marc Covet.

— Ma première visite est pour le génial Nestor Burma, dit-il en entrant et se précipitant vers le radia-

teur. Saleté de froid, de neige et de saison ! Le *Crépu*
a bien choisi son temps pour remonter à Paris.

– Ah ! vous allez reparaître dans la capitale ?

– Oui. C'était dans l'air depuis quelques mois et
maintenant, c'est fait. Saleté d'hiver !

– En effet, approuvai-je. Mais il ne doit guère faire
meilleur à Lyon. Quoi de neuf ?

Il s'assit en grimaçant.

– Une histoire marrante, rivalisant avec les meilleures du genre de fabrication marseillaise. Cette police
lyonnaise, tout de même... Savez-vous, qu'intran-
sigeante comme personne, elle convoque dans un de
ses commissariats un cadavre ? Celui de notre ami
Carhaix-Jalome, pas moins...

– Vraiment ? Contez-moi la chose... puisque aussi
bien vous en crevez d'envie.

– Avant-hier, l'honorable commissaire Bernier a été
informé qu'un agent de police avait déposé au domicile
du défunt assassin un avis convoquant ledit assassin au
commissariat de son quartier. Qu'avait encore fait cette
canaille pour encourir les foudres de la Loi ? Rien...
Ou plutôt, si... Elle poussait la criminalité à commettre
un délit *post mortem* [1]. La convocation avait trait à une
infraction aux règlements d'obscurcissement urbain
dont s'était rendu coupable notre mignon noyé, dans la
nuit du 15 au 16, qui est celle de son attentat *contre
moi* et de son châtiment. Mais, à deux heures du matin,
heure à laquelle un agent patrouilleur prétend avoir vu
une lumière intempestive (*sic*) dans l'appartement de
Carhaix où était-il, Carhaix ? Dans le Rhône, n'est-ce
pas ?

– Depuis quatre-vingt-dix minutes, à peu près.

– C'est ce que Bernier a dit à l'agent. Et ce brave
homme – qui approche de la retraite – n'est plus très

1. « Après la mort ».

sûr de ne pas avoir fait erreur sur l'heure, voire l'étage ou le logement...

– Très intéressant. S'il s'est trompé d'heure, c'est la lumière que nous faisions lors de notre visite qu'il a aperçue... Nous l'avons échappé belle...

– Et s'il ne s'est pas trompé d'heure ? demanda Covet sur un ton significatif.

J'éclatai de rire.

– Vous êtes assez grand pour en tirer les conclusions qui s'imposent, non ? Je présumais qu'entre le saut dans le Rhône du personnage et notre visite à son domicile, il y avait quelqu'un d'autre chez lui. Vous m'en apportez la preuve. Je vous remercie.

Prévoyant qu'il allait m'assassiner de questions, j'opérai un mouvement dilatoire en offrant du rhum. Il leva la main, en un comique et inattendu geste réprobateur.

– De l'eau minérale, du robinet ou un jus de fruits, mais pas autre chose.

– Vous êtes au régime ?

Il fit quelques pas dans la pièce.

– Vous n'avez pas remarqué ?

– Une légère claudication, si. Vous avez eu un accident ? m'informai-je, en riant de plus belle.

– Et si cela était ? Ce serait donc si drôle ? Non, c'était le Pernod. Les lois sur l'alcoolisme sont arrivées à pic pour me sauver la vie. Une crise de rhumatisme alcoolique ou quelque chose dans ce goût-là. Ça ne s'était pas manifesté depuis deux ans. Je me croyais tranquille. Ah ! ouiche... ça m'a attrapé dans le train cette nuit. Donnez-moi de l'eau et ne poussez pas la cruauté à boire de l'alcool devant moi.

Le timbre de l'entrée me dispensa de donner suite à cette invitation. Il retentit impérativement. Celui qui l'actionnait devait y maintenir son index.

– C'est l'huissier ? demanda Marc, finement.

– Non. Une dame qui m'apprend le diablotin. Votre présence nous troublerait.

– Compris, dit-il en se levant et grimaçant de douleur. Je loge à l'*Hôtel des Arts,* rue Jacob. Ne m'oubliez pas.

– Je n'aurai garde.

J'ouvris la porte et manquai de recevoir un coup de pied sur le tibia. Las de produire de la musique avec la sonnette, Florimond Faroux s'apprêtait à faire entrer ses souliers en action.

– C'est ça, votre dame ? rigola Marc. Elle aurait pu s'épiler.

Il descendit l'escalier en clopinant.

– Qu'est-ce que c'est que ce galopin ? me demanda l'inspecteur en se campant devant le radiateur qui, décidément, avait beaucoup de succès.

– Un journaliste.

– Il me fait l'effet d'un joli petit voyou.

– L'un n'exclut pas l'autre, dis-je philosophiquement.

Et estimant que nous avions assez gaspillé de temps en fariboles, je racontai à grands traits les recherches effectuées la veille et l'avant-veille à Château-du-Loir et les découvertes subséquentes.

– C'est assez suggestif, hein ? ajoutai-je en guise d'appendice à mon récit. On peut reconstituer le drame ainsi : pour une raison ou pour une autre, pour lui arracher un secret, lui faire avouer je ne sais quoi, des hommes torturent Georges Parry à la manière des Chauffeurs d'Orgères, en lui grillant la plante des pieds. Et, au lieu d'amener la révélation attendue par les tortionnaires, ce traitement provoque l'amnésie.

Faroux me regarda, ébahi. Je me levai et pris un volume dans le casier.

– C'est une étude sur le sommeil, dis-je, par un professeur de Faculté. Écoutez ce qu'il nous dit. Écoutez ces curieuses observations médicales. *Nous constatons que l'homme, lorsqu'il est en butte à un danger, ou lorsqu'il a à faire face à de gros soucis, a une tendance, sinon à faire le mort, du moins à s'endormir, ce qui est un moyen de se défendre de la réalité pénible, de s'en défendre en fuyant. Il existe une « fuite dans le sommeil ». Ce phénomène bien intéressant a été constaté par divers auteurs... Voici d'abord le cas d'un négociant. Un jour, comme il était au téléphone, appréhendant de mauvaises nouvelles, il s'endormit subitement, le cornet à la main. Autre cas : un jeune homme, à la suite de conflits avec son père, présentait un impérieux besoin de dormir. Plusieurs fois, au moment où apparaissait le père, le fils tombait endormi. Une dame très intelligente et énergique tombe endormie lorsque quelque chose ne marche pas à souhait, lorsque par exemple ses leçons de chant vont de travers. Un étudiant, interrogé par un examinateur sur une matière qu'il n'a qu'imparfaitement étudiée, s'endort pour ne pas avoir à répondre à la question, etc.*

Je fermai le bouquin.

— Ne croyez-vous pas que ce soit un phénomène psychique du même ordre qui ait aliéné la mémoire de Jo Tour Eiffel ? M'est-il interdit de supposer que sous l'effet de la torture, au moment où il pressent que sa douleur physique va lui laisser malgré lui échapper son secret, le psychisme de Georges Parry, en une prodigieuse réaction de défense, fait un violent effort pour *oublier,* pour *s'endormir,* puisque dormir c'est oublier ? Et cet effort véritablement cataclysmique, venant après plusieurs heures de tourments (c'est le 20 qu'un homme a congédié le ménage de domestiques et j'ai relevé dans les autres pièces de la villa les traces d'une sorte de campement), cet effort, dis-je, compromet l'équilibre, provoque un traumatisme qui engendre l'amnésie, non temporaire mais définitive. Ce n'est que plus tard, *in extremis* [1], que se produit le phénomène inverse. Et les premières paroles conscientes qui lui viennent aux lèvres sont justement – j'en mettrais... hum !... ma main au feu – celles que ses bourreaux n'ont pu lui arracher : 120, rue de la Gare... Une adresse, si je comprends bien, qui ne porte pas précisément bonheur à ceux qui la connaissent.

Faroux frappa dans ses mains.

– Vous avez toujours des explications ingénieuses. Après tout, je ne possède pas d'éléments de contradiction et le côté scientifique de votre argumentation me botte. Mais ce n'est pas tout... Il faudrait peut-être envoyer une commission rogatoire perquisitionner dans cette turne champêtre et recueillir la déposition des larbins. Pour cela, il faut mettre le chef au courant. Car, je vous parle sérieusement, Burma, nous ne pouvons continuer plus longtemps à travailler en cachette. Surtout que pendant votre absence, il s'est passé du nouveau. Je venais exprès en vitesse pour vous le dire, mais depuis que je suis là vous ne m'avez pas laissé placer un mot... et votre récit était si attachant...

– Quel genre de nouveau ?

La moustache grise de l'inspecteur se hérissa.

– Croyez-vous toujours à l'innocence de votre ex-secrétaire ? Je crains que là aussi votre première intuition ait été la bonne. Hier, la fille Chatelain – je n'estime pas prématuré d'employer cette tournure professionnelle –, la fille Chatelain, qui n'était toujours pas retournée à son travail, est sortie. Pistée comme d'habitude, elle a conduit son suiveur jusqu'à la porte d'Orléans. Là, renonçant à prendre l'autobus en raison de l'affluence, elle a hélé un vélo-taxi. Mon agent a nettement entendu qu'elle disait au bicycliste : « Ce n'est pas loin, c'est rue de la Gare. » L'engin a disparu en direction de Montrouge. La situation de mon agent

1. « À la dernière minute ».

était délicate et il n'a pu réquisitionner un vélo comme il était en droit de le faire s'il avait été nanti d'une mission régulière. Il a donc abandonné la filature et est revenu se poster rue de Lyon, après m'avoir fait part de cet incident. Tard dans la soirée, la fille Chatelain a réintégré son domicile. J'ai fait renforcer la surveillance, mais sans prendre d'autre décision. À ne rien vous cacher, j'attendais votre retour pour voir ce qu'il y avait lieu de faire. Mais je vous avertis, je suis décidé à agir.

— Et moi aussi, fis-je avec animation. Nous faisons une belle paire de boîtes à surprises. Accordez-moi encore un ou deux jours avant de mettre votre chef dans le secret... Et maintenant, allons chez l'oiselle. Grouillons.

— J'ai une voiture à la porte, dit l'inspecteur.

— Une voiture... une voiture de police ?

— Dame !

— À ma porte ? Vous voulez donc me couler définitivement dans l'esprit de ma concierge ?

Rue de Lyon, Hélène Chatelain n'était pas chez elle. La gardienne de l'immeuble nous dit qu'elle avait dû profiter de son ultime jour de congé pour faire des courses. Nous allâmes au bistrot d'en face. Un limier de Faroux y attendait l'heure de la retraite.

— Martin a suivi la « poule », dit-il élégamment. Il n'a rien dû se passer de grave, sans quoi il aurait téléphoné.

Il n'y avait rien d'autre à faire qu'à prendre son mal en patience. Nous nous y résolûmes et, après avoir garé la voiture dans une rue discrète, nous bûmes quelques demis. La teneur en alcool de ces breuvages n'inclinait pas à l'optimisme.

À huit heures, il faisait nuit close lorsqu'un type aux allures de roussin pénétra dans le bar. C'était le fameux Martin que Faroux accabla de questions. Il venait de raccompagner la « poule » (lui aussi disait « la poule ») après l'avoir suivie de la Samar au Louvre, du Louvre aux Galeries, des Galeries au Printemps. Tout son être criait le dégoût qu'il avait contracté des Grands Magasins.

— Allons-y, jetai-je, et si je la bouscule un peu, regardez de l'autre côté.

Lorsque j'eus dit mon nom, Hélène nous ouvrit sans hésitation. Toutefois, son visage exprima une certaine surprise de me voir accompagné. Elle n'était pas sotte et comprit tout de suite (je le vis à son regard) que Faroux n'était pas un poète élégiaque.

— Écoutez, mon petit, attaquai-je sans préambule, nous allons jouer cartes sur table. Depuis quelques jours, la police vous file et ce, à mon instigation. Nous discuterons une autre fois de savoir si j'ai eu tort ou raison de prendre ces mesures. Pour l'instant, je vais vous poser quelques questions. Tâchez d'y répondre sans faux-fuyants. Vous remarquerez qu'une pipe n'attend pas l'autre, cela signifie que je suis drôlement excité.

Elle exorbita ses grands yeux gris, recula, s'accota à la table et posa sa main, en un gracieux geste effrayé, sur son sein palpitant.

— Vous..., patron, murmura-t-elle. Vous... vous me faisiez suivre... Et pourquoi donc ?

— C'est à moi de poser des questions, non à vous. Votre grippe est guérie, hein ? Du moins je le suppose, puisque, hier, vous êtes allée faire une promenade en banlieue. J'ignore quelle localité, mais je sais que c'était rue de la Gare. Or, les rues de la Gare, depuis quelque temps, ça m'intéresse.

Disant cela, je plongeai mon regard au plus profond de ses yeux. À part le trouble que je pouvais y lire, consécutif à notre irruption, ils n'en trahirent pas d'autre. Mais elle dit :

— C'est au sujet de Bob.

— Oui, au sujet de Bob. C'est curieux que vous ayez deviné du premier coup, ricanai-je.

— Je ne vous demande pas si c'est au sujet de Bob, articula-t-elle d'une voix ferme et hostile. Je vous dis que c'est au sujet de Bob.

— Encore mieux. Cela nous évite une perte de temps. C'est au sujet de Bob que vous êtes allée rue de la Gare ?

— Oui.

— Où cela ?

— A Châtillon.

— Au 120 ?

— Non, pas au 120. Au... ma foi, j'ignore le numéro... je crois bien ne l'avoir jamais su... C'est une villa que louent les parents de Bob, tout au bout de la rue.

— Vous êtes allée chez les parents de Bob, rue de la Gare, numéro je-ne-m'en-souviens-plus ?

— Oui.

— Il ne faut pas se moquer de moi, Hélène, proférai-je menaçant. Vous me connaissez suffisamment pour savoir que cela peut tourner à votre confusion. J'ai noté l'adresse des parents de Bob sur une carte qu'ils lui ont fait parvenir à Lyon. C'est rue Raoul-Ubac, villa des Iris.

— Si vous me bousculiez moins, peut-être pourrais-je m'expliquer. Nous avons raison tous les deux. La rue Raoul-Ubac est la nouvelle dénomination de la dernière portion de la rue de la Gare. Jusqu'à hier, j'ignorais ce détail. Avant l'armistice, cela s'appelait encore rue de la Gare. Je connais l'endroit pour y être allée plusieurs fois naguère avec Bob.

Tout cela fut débité avec un indéniable accent de vérité. Je n'arrêtais pas d'allumer ma pipe. Mon excitation était à son comble.

— Et qu'êtes-vous allée faire chez les parents de Bob ?

– Ce sont de pauvres vieux que je connais bien. Une visite de condoléances. Je n'en suis pas revenue très gaie. Ils ont reçu l'annonce officielle de la mort de leur gars. Ça a été un coup, surtout pour le père Colomer. Terriblement affecté, il a dû s'aliter. Pas de veine... il travaillait depuis peu à la Sade [1], comme gardien de nuit...

Je lui agrippai le corsage.

– Qu'avez-vous dit ?

– Allons, patron, bas les pattes.

Je serrai plus fort.

– Quel nom avez-vous dit ?

– Lâchez-moi. Vous n'avez pas amélioré vos manières, en captivité.

Je la lâchai.

– À la Sade, dit-elle en défroissant son corsage. Société anonyme de distribution de je ne sais quoi... Un nom dans ce genre...

– C'est loin de la demeure des Colomer ?

– Assez loin, mais facilement accessible. Rue de la Gare, également.

– Au 120 ?

– Qu'est-ce qu'il y a donc à ce fameux 120 ? Un pensionnat de jeunes filles ? Non, je ne sais pas si c'est au 120.

– En tout cas, cette rue de la Gare est suffisamment longue pour comporter ce numéro ?

– Je le crois.

– Filons, dis-je à Faroux. Hélène ne me paraît pas mentir. Nous allons explorer ce mystérieux et fatal 120, rue de la Gare. Maintenant, nous connaissons la localité.

– *Monsieur* Burma, articula mon ex-secrétaire d'une

1. Le sigle renvoie au Marquis de Sade (voir les notes 1, p. 46 et 1, p. 105) et donne l'explication de l'énigme.

voix sourde, ne revenez pas ici sans vous préparer à
me faire des excuses.

Florimond répondit pour moi.

— Inspecteur Faroux, de la P.J., dit-il en montrant sa
carte. Je n'ai pas autant de raison que M. Burma de
croire vos paroles. Je vous serai obligé de ne pas bouger
d'ici jusqu'à nouvel ordre. Au demeurant, je vous avertis que partout où vous irez vous serez suivie.

CHAPITRE VI

L'AUTRE MAISON ISOLÉE

– On commence à y voir clair, dis-je, une fois installé dans la Renault de la Préfecture. En possession du
cryptogramme, Colomer fait des recherches à la bibliothèque dans les œuvres sadistes. Cela lui fournit le
numéro 120. Le même jour, il a reçu une carte de ses
parents l'informant que son père travaille à la Sade.
Cela ne m'a pas sauté aux yeux parce que c'était mal
orthographié mais cela donne à Bob le nom de la rue
(il connaît la localité, y étant né).

– Comment a-t-il pu situer l'adresse si nettement ?
grogna Faroux, qui m'avait écouté tout en donnant ses
ordres au chauffeur.

– À cause du Lion, qu'il a mal orthographié – c'est
héréditaire – en recopiant le message chiffré. C'était
bien : du *Lion,* et non pas : de *Lyon.* Le Lion... En
venant du Lion (le Lion de Belfort) et après avoir rencontré le divin marquis (Sade), c'est le plus prodigieux..., etc. (120). La maison où nous nous rendons
est située au-delà de cette Compagnie des Eaux, en
venant de Paris. Espérons que nous allons y faire autant,
sinon davantage, de découvertes que j'en ai fait hier
dans la Sarthe, car il reste pas mal de points à élucider :
comment le cryptogramme est parvenu entre les mains

❧Voir *Au fil du texte,* p. 238.

de Colomer ? Pourquoi il en prit copie ? Comment il a deviné l'importance de cette adresse ? Comment il a été conduit à rattacher tout cela à l'existence de Jo Tour Eiffel ? Autant de points d'interrogation.

– Oui. Sans compter ceux relatifs à Georges Parry. Pourquoi était-il en uniforme ? Pourquoi ses persécuteurs, qui ne m'ont pas l'air de premiers communiants pour l'avoir ainsi martyrisé, lui ont-ils laissé la vie sauve ?

– Oh ! là, je crois pouvoir vous répondre. Cela chauffait – sans jeu de mots – dans les environs. Ils risquaient d'être encerclés d'un moment à l'autre et ils ne tenaient pas à laisser le cadavre d'un civil dans une maison susceptible d'être visitée. D'une manière ou d'une autre, ils avaient dû s'apercevoir que leur victime avait quasiment perdu la raison. Ils l'ont déliée, lui ont collé une défroque de soldat et l'ont abandonnée dans le bois après lui avoir déchargé un revolver en pleine figure. Mais ils étaient nerveux, le coup n'a pas été précis. Ils ont fui sans s'assurer si la mort avait fait son œuvre.

– C'est épatant, une imagination pareille. Vous me dites cela comme si vous aviez assisté à la chose.

– Hé là ! vous n'allez pas me passer les menottes ? Ce serait mal reconnaître la supériorité de Dynamite Burma sur les Bernier et autres Faroux.

En devinant (le black-out était absolu) que nous passions devant le Lion de Belfort, je le saluai ironiquement. Nous enfilâmes l'avenue d'Orléans à vive allure. À Alésia, le chauffeur stoppa, sortit un plan d'une sacoche et l'examina, supervisé par l'inspecteur.

– Avenue de Châtillon, dit Faroux, ensuite route de Rambouillet ; arrivés à Maison-Blanche, nous obliquons à gauche, route Stratégique, et la première à droite, c'est la rue de la Gare.

– Bon Dieu ! m'exclamai-je, dire que c'est si près

et que la première fois que j'en ai entendu parler c'était entre Brême et Hambourg...

À la porte de Châtillon, nous remarquâmes, dans le ciel noir, les pinceaux lumineux de projecteurs. Nous roulâmes pendant cinquante mètres et les sirènes mugirent lugubrement. Une alerte.

– Que se passe-t-il ? s'étonna Faroux. Un essai ?

– Non. C'est la signature de la Paix. Vous n'entendez pas le feu d'artifice ?

Le ronron du moteur avait jusqu'à présent couvert les bruits d'une D.C.A. éloignée. Mais une batterie plus lourde donnait de la voix. Baoum ! Baoum ! L'obus éclatait dans les nuages avec un bruit flou.

– Belle nuit pour une orgie à la Tour. Surtout ne faites pas la bêtise d'obéir à vos propres ordonnances. Vous êtes de la police, hein ? Nous avons à faire au 120, rue de la Gare. Si nous y parvenons avant la fin de l'alerte, nous risquons de surprendre ses habitants dans la cave.

– Qu'allons-nous leur dire ?

– Cela dépendra de l'inspiration du moment. En tout cas, nous examinons consciencieusement la baraque. J'espère que ce n'est pas un gratte-ciel.

Arrivés à Maison-Blanche (si l'on pouvait dire), la canonnade donnait toujours. Par instants, le sol frémissait. Le ciel était hérissé de raies lumineuses. Nous passâmes sous un pont et enfilâmes la tant désirée rue de la Gare, boueuse de neige piétinée.

Je fis stopper devant un vaste écriteau blanc qui se pavanait au milieu d'un champ ceint d'un grillage et braquai dessus ma torche électrique. « S.A.D.E. », lus-je.

– Continuons, dis-je, ça ne doit plus être très loin.

Nous poursuivîmes notre route. Le moins que l'on pouvait dire était que dans cette voie les maisons ne se touchaient pas. Pendant plusieurs mètres, nous ne devions avoir, à droite et à gauche, que des champs.

Souvent, nous nous arrêtions pour regarder les numéros des petits pavillons plongés dans le sommeil. Enfin, nous découvrîmes le 120.

Il était distant de toute autre habitation d'au moins cent cinquante mètres. Un mur bas, supportant une grille, l'entourait. C'était une villa à un étage, avec un rez-de-chaussée surélevé, morne et sombre et ne laissant filtrer aucune lumière. À la lueur des phares bleus que le chauffeur, sur l'ordre de Faroux, braqua un instant sur la façade, nous aperçûmes de rébarbatifs volets clos, sauf à la dernière fenêtre de gauche où un battant pendait, retenu par un seul gond. J'éprouvai à cette vue la même oppressante impression de mélancolie que la veille, dans le bois sarthois.

J'avisai une sonnette et l'actionnai. Une cloche grelotta à l'intérieur de la maison, éveillant les échos, mais ne provoquant aucun signe de vie.

Je l'agitai encore, sans plus de résultat.

— Il y a pourtant eu des visiteurs récents, fis-je remarquer en dirigeant le jet de ma lampe électrique sur le sentier conduisant de la grille au perron. La neige est foulée.

— Eh ! monsieur, s'exclama le chauffeur. De la lumière, là-haut, au premier...

— De la...

Je levai les yeux et poussai un juron.

— Vous appelez cela de la lumière ? Vite, Faroux. Ça flambe.

Nous nous ruâmes sur le portail qui s'ouvrit sans effort, au grand étonnement de l'inspecteur. La porte d'entrée ne nous donna pas plus de mal. Elle avait été forcée et sa serrure, toute démantibulée, n'était retenue que par une unique vis. Nous nous orientâmes rapidement et gravîmes l'escalier en trombe. Nous débouchâmes dans une pièce de vastes dimensions où un rideau, léché par de courtes flammèches, répandait une lueur rougeâtre. Piétinant divers objets jonchant le sol, je me précipitai et réduisis sans peine le sinistre. Nous étions arrivés à temps.

J'entendis les déclics produits par un commutateur manœuvré.

– L'électricité ne fonctionne pas, monsieur, prononça la voix étouffée du chauffeur. À moins qu'aucune lampe ne soit fixée.

Un jet de ma torche vers le plafond nous convainquit du contraire.

C'était le courant qui manquait.

– Mettez-vous à la recherche du compteur, Antoine, dit Faroux.

– Et munissez-vous de votre revolver, ajoutai-je. Il se peut qu'il y ait dans cette demeure un oiseau dangereux. Celui qui a tout bouleversé.

– C'est déjà fait, dit l'homme. Mais j'ai laissé ma lampe dans la voiture. Voulez-vous me prêter la vôtre, inspecteur ?

Il fit un pas en direction de Faroux.

– Hep... Quel est-ce bruit ? dis-je, soudainement.

– C'est moi, monsieur, répondit Antoine. J'ai posé le bout du soulier sur un objet cylindrique et l'ai catapulté.

– Un objet cylindrique ?

– Oui.

Je balayai le sol du rayon de ma lampe. Je n'éclairai que le désordre déjà constaté, sans rien voir d'autre.

– Il nous faut trouver une combine pour y voir mieux, grommelai-je. Ces lampes de poche sont insuffisantes.

– Allez voir ce compteur, ordonna Faroux à son subordonné.

L'agent partit et nous attendîmes son retour, l'oreille tendue. Sauf le glissement des souliers de l'homme sur le tapis râpé de l'escalier, aucun bruit suspect ne se faisait entendre. Les roulements lointains des batteries de D.C.A. étaient seuls perceptibles, ainsi que, sur la voie ferrée proche, le sifflet intermittent d'une locomotive manœuvrant. Antoine revint. Il s'était muni d'une baladeuse que recelait le coffre de l'auto. Il n'avait pas trouvé le compteur.

L'ampoule de la baladeuse était puissante. Nous pûmes à loisir examiner les lieux.

Une espèce de commode dévastée perdait le contenu de ses tiroirs. Son dessus de marbre avait été enlevé et posé à côté. Le meuble lui-même avait été déplacé. Des gravures pendues au mur, il ne restait plus que les clous. Les tableaux gisaient dans un coin, leurs vitres brisées, leurs cadres arrachés. Quelques livres avaient été jetés sur le parquet.

– Crédié, articula l'inspecteur, résumant l'opinion générale, un ouragan est passé par là...

– Allons donc, rétorquai-je, vous n'avez pas l'habitude de mettre en scène de pareils tableaux, lors de perquisitions ? Mais si vous tenez à l'ouragan, il est de l'espèce « fumeur de cigarettes ». C'est un mégot qui a d'abord consumé une feuille de papier, laquelle a communiqué le feu au rideau. Ce processus exigeant un certain temps, nous pouvons en inférer que le visiteur avait fui bien avant notre arrivée. Ma prudence d'il y a un instant était excessive. Nous pouvons rengainer nos pétards.

– J'ai vu les pièces du bas en cherchant le compteur, dit Antoine, en haussant le ton. Elles sont également en pagaille.

– Cela ne m'étonne pas. On s'est livré à une perquisition en règle.

En fouillant, je découvris un marteau dont la partie plane portait des traces d'une poudre quelconque. Plus tard, en explorant méthodiquement les murs, nous nous aperçûmes qu'ils avaient été martelés et que cette poudre était du plâtre qui avait filtré par une déchirure du papier mural. Il était clair que les sondages n'avaient eu d'autres buts que la recherche d'une partie creuse dans la maçonnerie. Nous nous gardâmes de manipuler davantage cet outil qui, au dire de Faroux, devait porter des empreintes. J'en doutais.

Enfin, je mis la main sur l'objet cylindrique qu'avait heurté le chauffeur. C'était une douille éjectée par un pistolet Browning.

Dans l'instant qui suivit, nous en découvrîmes deux autres. Elles paraissaient avoir enveloppé des projectiles d'un calibre différent. Cependant que Faroux les glissait dans sa poche sans mot dire, je jetai des regards vers un lourd rideau de velours grenat qui semblait masquer l'ouverture d'un cabinet. M'en approchant pour l'écarter, je contournai un fauteuil. Alors je vis avec stupeur qu'un soulier à haut talon, un soulier de femme, pointait sous les plis du rideau.

Je saisis vivement l'étoffe et la fis courir sur la tringle. Étendue dans l'étroit espace, une lampe électrique éteinte à ses côtés, une main gluante de sang sur sa poitrine, une jeune fille gisait, les yeux clos. Elle portait, sur un tailleur de bonne coupe, un imperméable beige suédé. Le foulard bigarré qui lui tenait lieu de chapeau avait glissé, libérant une lourde chevelure acajou. Livide et apparemment sans vie, c'était la fille de Perrache, la mystérieuse fille au trench-coat, celle dont j'avais découvert une photo chez Georges Parry.

— Elle vit, dit Faroux, en se redressant. Le cœur bat faiblement, mais elle vit. Le mieux que nous ayons à faire est de la transporter à l'hôpital.

— C'est une idée intelligente, ironisai-je. Vous avez beau être de la police, nous nous heurterons à un tas de difficultés. Conduisons-la plutôt chez un toubib à qui nous pourrons demander de tenir sa langue et qui ne nous empêchera pas d'interroger cette fille avant même qu'elle soit complètement rétablie.

– Vous avez cela dans votre poche ? ricana-t-il.

– Exactement.

Je feuilletai le carnet sur lequel j'avais noté l'adresse de Dorcières.

– Villa Brune, c'est tout près d'ici... au bout de la rue des Plantes.

– Alors, allons-y. Que dit le sac, Antoine ?

– C'est une nommée Hélène Parmentier, répondit l'autre. Étudiante...

– Hum...

Cette qualité n'inspirait véritablement aucune confiance à l'inspecteur.

– Nous nous occuperons de cela plus tard, fis-je d'un ton acerbe. Pour le moment, il s'agit de...

– C'est pourtant intéressant.

– Je donnerais volontiers tout le contenu de ce sac pour un quart d'heure de conversation avec cette fille. Si nous tardons encore, c'est la morgue qui la recevra et non un docteur. Ne nous endormons pas et filons. Dès qu'elle ouvrira un œil, je vous promets de mettre en branle tous mes moyens de séduction pour qu'elle mange le morceau.

– Vous êtes un drôle de don Juan, remarqua-t-il.

Éclairés par Antoine, nous descendîmes notre joli fardeau, toujours sans connaissance, et l'installâmes du mieux que nous pûmes dans la torpédo. Faroux laissa le chauffeur en surveillance dans la mystérieuse maison et prit le volant. Comme nous démarrions, les sirènes mugirent pour le signal de fin d'alerte.

En cours de route, sentant un corps dur contre ma hanche, je plongeai la main dans la poche du manteau de la blessée. J'en retirai un automatique dont je reniflai le canon. Cette arme n'avait pas servi récemment. C'était celle que je lui avais vue dans la main à Perrache. Mais je savais depuis longtemps que, là-bas non plus, elle n'avait pas tiré. J'enfouis le revolver dans ma poche. Nous arrivions villa Brune.

Mon ex-cointerné abritait sa précieuse et élégante personne dans une espèce d'hôtel particulier. Le domestique qui nous ouvrit n'était pas sûr que son maître fût là.

— Dites-lui toujours que c'est son ancien camarade de stalag, Nestor Burma, qui désire le voir pour une communication urgente, m'écriai-je impatienté.

— Accompagné de l'inspecteur de police Faroux, renchérit Florimond.

Le larbin s'esquiva et revint. Non, décidément, monsieur n'était pas à la maison. Son regard évitait le nôtre.

J'écartai l'homme d'une bourrade et, Faroux sur les talons, poussai la porte par laquelle il était passé pour nous débiter son mensonge.

À notre irruption dans ce logis douillet, un homme, vêtu d'une riche robe de chambre, se précipita vers un meuble et en ouvrit un tiroir.

— Encore une entrée comique, dis-je, en m'élançant. Attention, Faroux. Il va vous griller les moustaches.

J'abattis ma main en arête, aussi ferme qu'une hache, sur le poignet de Dorcières et son revolver chut sur le tapis. D'un coup de soulier, je mis l'arme définitivement hors d'atteinte.

— J'espère que vous avez le droit de posséder un Euréka, dis-je. Cet homme est un flic.

— Qu'est-ce que tout cela signifie ? gronda celui-ci, agressif.

— Rien de grave, certainement. Un petit malentendu que monsieur dissipera très facilement, sans aucun doute. Mais ajournons cette mise au point. Une blessée grave vous attend en bas, monsieur Dorcières. Nous ne venions pas pour autre chose que la confier à vos soins.

Hubert Dorcières se passa la main sur les yeux et parut sortir d'un songe. Un tic nerveux lui agitait les lèvres. Il dit :

— Excusez-moi. Je ne vous avais pas reconnu, Burma. Et vous êtes entrés d'une telle manière... J'ai honte de ma conduite... d'avoir perdu si sottement le contrôle de mes nerfs, mais... je me suis surmené, ces jours-ci... Votre nom ne me disait plus rien et emmitouflé comme vous l'êtes... tous deux... je vous ai pris pour deux faux policiers... Vous savez sans doute que ces tristes individus ont encore fait parler d'eux... c'est dans les journaux de ce matin... Comme je possède une fortune rondelette... je vis dans la terreur perpétuelle d'être leur prochaine victime...

Il leva ses yeux clairs sur Faroux. Son tic s'était apaisé.

— Bien entendu, l'inspecteur ne me croit pas ?

— Hum.... grogna Faroux.

Il s'était saisi de l'arme et la tenait soupçonneusement dans sa main.

— Vous avez un permis ? questionna-t-il.

— Mais certainement.

Il s'apprêtait à le produire. Je m'interposai.

— Plus tard, la paperasse. Je me porte garant de l'honnêteté du docteur, Faroux. Ma parole doit vous suffire. Occupons-nous de choses plus sérieuses.

J'exposai au chirurgien ce que nous attendions de lui. Le temps pressait.

— Après un pareil incident, je crains de ne pas être à même de vous satisfaire personnellement, s'excusa-t-il. Mes mains n'auraient certainement pas toute la dextérité désirable. Mais conduisons cette blessée à ma clinique ; mes aides sont aussi adroits que moi et, en l'occurrence, davantage.

Il ôta sa robe de chambre, se fit apporter par le domestique éberlué un veston et un lourd pardessus à col de fourrure. Cinq minutes plus tard, nous étions à sa clinique. Les chirurgiens de garde s'empressèrent. La jeune fille avait reçu dans la région cardiaque une balle qu'ils se mirent en devoir d'extraire. Mais ils firent toutes réserves quant à l'issue de l'intervention.

Tandis qu'ils accomplissaient leur œuvre, Faroux et

moi nous nous retirâmes dans une pièce discrète, ripolinée de blanc, pas précisément chaude, et où le docteur Dorcières nous fit apporter un peu de café.

— Qu'est-ce que c'est que ce toubib ? dit Faroux, de plus en plus méfiant. Vous croyez à son histoire ?

— Aveuglément. L'explication qu'il nous a fournie de son attitude est plausible. Mais vous êtes toujours libre d'enquêter sur son compte dès demain matin.

— Hé ! hé !... Rien ne dit que je ne le ferai pas.

— Alors, c'est que vous avez du temps de reste. Comme je ne suis pas dans ce cas, je vais inspecter le sac de cette jeune fille. À présent, nous pouvons en toute tranquillité nous livrer à cette opération.

L'examen du sac nous réservait des surprises.

CHAPITRE VII

HÉLÈNE

D'après les papiers trouvés en sa possession, la jeune blessée se nommait Hélène Parmentier. Elle était née le 18 juin 1921. Elle avait demeuré à Lyon, 44, rue Harfaux. Son actuel domicile était un hôtel, rue Delambre, dont elle possédait une carte publicitaire.

Nous nous trouvâmes tout de suite en pays de connaissance, en découvrant, parmi divers papiers, trois suggestives photos. L'une représentait un groupe où figurait Robert Colomer ; la deuxième, l'amnésique du stalag, en plus convenable, évidemment, rasé de près, portant lunettes et sans sa balafre ; la dernière, enfin, reproduisait les traits de Georges Parry, avant sa transformation.

Cramoisi d'intérêt, Faroux se mit à compulser la paperasse qui garnissait le sac. Une minute après, il me passait un télégramme.

Adressé à Mlle Parmentier, aux bons soins de M. et Mme Froment, au Cap d'Antibes, il était expédié de Lyon, daté du jour de mon retour en France, c'est-à-dire du jour de la mort de Colomer et s'exprimait ainsi :

Puisque revenez ce soir ne sortez pas gare. Attendez-moi quai. Perrache. Vous réserve surprise. Baisers. Bob.

Ce n'était pas mal. La lettre suivante était mieux.
Elle jetait un jour aveuglant et inattendu sur la véritable
identité de la soi-disant Hélène Parmentier. Non datée,
en voici la teneur :

Mon enfant,

*Lorsque tu recevras cette lettre, je ne serai plus du
nombre des vivants. Je sais que tu ne me tiendras pas
rigueur de t'annoncer cet événement sans plus de précautions ; depuis quelques années, depuis que tu
connais ma « profession », nous avons été si peu, l'un
pour l'autre, fille et père... Chaque fois que je t'écris,
un ami très sûr en est avisé. C'est lui qui a pour mission
de t'expédier ce pli s'il reste six mois sans recevoir de
mes nouvelles. La présente est, en quelque sorte, mon
testament. Tu trouveras de quoi vivre confortablement
durant toute ton existence dans la villa où tu n'es
jamais allée, mais dont tu connais l'emplacement et
possèdes les clés. Tu sais de quelle villa il s'agit :* En
venant du Lion, après avoir rencontré le divin et infernal marquis, c'est le livre le plus prodigieux de son
œuvre. *(Je persiste dans ma manie des rébus jusqu'au-
delà de la mort...)*

— Oui, fis-je. Tu veux dire que la méfiance instinc-
tive de tout hors-la-loi ne te quitte pas...

Je continuai ma lecture :

Je t'embrasse affectueusement et longuement.

Suivait une griffe tarabiscotée où se discernaient les
G. et P. Cette signature précédait un post-scriptum :

Pour cruellement ironique que cela paraisse...

Je tournai la feuille :

*... il m'est doux de songer que la réception de cette
lettre sera pour toi comme un signal de délivrance.*

Je t'embrasse affectueusement et pour la dernière fois, mon enfant chérie. Rien de fâcheux ne peut plus désormais se produire du côté de

ton père.

Faroux tira sur sa moustache.

– C'est la fille de Jo Tour Eiffel, dit-il.

– On le dirait. La fameuse Hélène dont il a prononcé le nom en mourant.

– Je suis heureux de constater que cela met hors de cause votre secrétaire.

– Moi aussi. Je peux préparer un tombereau d'excuses...

– Vous vous débrouillerez. Vous n'avez pas votre pareil pour retomber sur vos pattes. Quelle est cette surprise à laquelle votre collaborateur conviait cette jeune fille ? Sa mort violente ?

– Je ne pense pas. Nous le demanderons à l'intéressée dans quelques instants. Passez-moi l'enveloppe qui contenait cette lettre.

Elle était carrée, de couleur jaune, bon marché. La suscription n'était ni de la même main ni de la même encre que le « testament » du gangster. Je pris la lettre, promenai ma loupe recto verso, la pliai et l'introduisis dans l'enveloppe.

– L'assassin est borgne ? gouailla [1] Faroux.

– Non, gaucher. Ne remarquez-vous rien de bizarre ?

– À quoi ?

– À la façon dont est pliée cette lettre. C'est une feuille de format courant, non pliée en quatre, comme l'enveloppe devrait rationnellement le motiver, mais au tiers et ensuite par le milieu. Ce qui fait qu'elle nage véritablement dans cette enveloppe. Bizarre !

– N'imitez pas Georges Parry et cessez de vous

---

1. « Plaisanta ».

exprimer par charades. Je n'ai pas le temps de réfléchir. Videz votre sac.

– Cette lettre était d'abord contenue dans une enveloppe de format allongé, cachetée de cire rouge. Une légère perforation dans cette première enveloppe a permis le passage d'un peu de cette substance à l'intérieur. Voyez vous-même cette espèce de tache au dos de la lettre. Vous pourrez la faire analyser par tout votre saint-frusquin[1]. Je vous paie des guignes[2] si ce n'est pas de la cire. Selon moi, l'ami « très sûr » dont parle Georges Parry n'était pas si sûr que cela et son dévouement aux intérêts du gangster loin d'être à toute épreuve. En possession d'une lettre cachetée dont on ne lui a pas caché l'importance, l'homme de confiance *(sic)* n'attend pas six mois. Il brise les cachets et prend connaissance du testament. Il décide de s'emparer de ce magot qui doit, si nous nous souvenons des exploits du gangster, constituer une véritable fortune. Bien entendu, il ne perd pas de temps à mettre au clair le rébus. (Pour un non-initié, il est pratiquement indéchiffrable. Ce n'est que servi par un extraordinaire concours de circonstances que Bob y est parvenu.) Il rend visite à Parry et lui demande gentiment – à la lueur d'un poétique feu de bois – de lui révéler l'emplacement de la planque. Il se passe ce que vous savez et notre homme revient bredouille. Il laisse s'écouler les six mois fatidiques et, ne pouvant utiliser l'ancienne enveloppe, soit qu'il l'ait détruite, soit qu'elle soit en piteux état, s'empare de la première venue et envoie le testament de Parry à Hélène... Parmentier...

– C'est donc quelqu'un qui connaît son adresse et sa véritable personnalité ?

– Cette blague ! Il lui expédie donc le testament

---

1. Expression familière : « tout le reste... »
2. En langage familier : « Très peu ». La guigne est une sorte de cerise. Penser à l'expression : « pour des prunes » (pour rien).

avec l'intention de la suivre dans ses déplacements, sachant qu'elle le conduira tôt ou tard au magot...

— Et il semble bien que cela se soit passé ainsi. Il l'a remerciée de son amabilité en lui trouvant la paillasse. Comment expliquez-vous que Colomer ait eu l'occasion de prendre une copie du rébus ?

— Nous pouvons exclure l'hypothèse selon laquelle ce serait la fille de Jo qui aurait demandé à Bob de se livrer à ce travail...

— Elle n'avait nul besoin d'aide, en effet. La lettre de son père nous laisse supposer qu'elle devait savoir de quoi il parlait et comprendre à demi-mot.

Il s'interrompit, puis :

— Comprendre à demi-mot ? Dites donc, cette lettre donne bien des indications quant à la maison du trésor, mais rien sur l'emplacement de ce dernier...

Sans répondre, je repris l'examen de la lettre. Je remarquai dans le coin gauche, en haut, deux piqûres d'aiguille.

— Il manque un document annexe, dis-je. Un plan, ou quelque chose de ce genre...

— Hum... Si cela était, notre homme aurait vu sa tâche grandement facilitée et...

— Il n'en a jamais eu connaissance. Le post-scriptum est, si je puis dire, d'un âge différent du contexte. Estimant son épître un peu trop sèche, Parry a tenté de l'adoucir par l'adjonction de quelques mots tendres. Pour ce faire, le document épinglé le gênant, il l'a enlevé... et a omis de le remettre en place.

— Ce ne sont que des suppositions...

— Que les faits corroborent. Pourvu d'un plan – ou de ce que nous supposons tel – notre homme aurait-il tout saccagé dans la villa de Châtillon ?

— Non, évidemment. Il n'y a qu'un instant, j'étais d'ailleurs sur le point de formuler pareille objection.

— Alors... vous voyez bien...

— Puisque vous êtes en état de voyance, monsieur

Je-sais-tout, dites-moi vite comment Colomer a eu
l'occasion de prendre cette fameuse copie...

Il se moquait de moi. J'abandonnai la lettre pour
l'enveloppe. Au bout d'un moment, je ricanai.

– Que diriez-vous si je vous dévoilais que le destin
ironique de ce message, secret par définition, était
d'être lu par un tas de gens ? Cette deuxième enveloppe
a subi le sort de la première. Elle a été ouverte indû-
ment. Pour attentif qu'on ait été à la recoller, il ne subsiste pas moins des traces de l'opération. Sacré Bob !...
Cette fois, je crois bien que c'est lui le coupable.

– Charmantes mœurs, grogna Faroux. Cette façon
de se conduire avec la correspondance privée ne lui a
pas porté chance.

– Comme vous dites. Elle ne portera pas davantage
bonheur à l'homme de confiance... mal placée.

– Il court toujours, soupira l'inspecteur. Et avec le
magot, sans doute.

On frappa à la porte et Hubert Dorcières entra.

– L'opération s'est admirablement passée, annonça-
t-il. Cette jeune fille s'en tirera.

– Peut-on l'interroger ? dis-je.

– Pas encore. Régulièrement...

– Vous avez reçu un flic en lui braquant un revolver
sur les moustaches, menaçai-je. Nous ne pourrons
oublier cet incident qu'en compagnie de cette fille.
Nous sommes de petits passionnés.

– Comme vous voudrez, concéda-t-il, dompté. Mais
immédiatement, c'est impossible. Accordez-lui quelques heures de repos.

Je me tournai vers Florimond :

– Ça va ?

– Oui. J'ai à m'occuper de quelques petites bricoles.
Je vais réquisitionner votre téléphone... hum... docteur.

Je me mis à rire. Ce brave et méfiant Florimond
Faroux mettait en doute jusqu'à cette qualité.

– À votre disposition, s'inclina l'autre.

Il se dirigea vers la sortie, s'immobilisa

— Ah ! Inspecteur... Voici le projectile que nous avons extrait...

Faroux mit la balle dans sa poche et s'en fut téléphoner. Il donna des ordres à des correspondants invisibles pour relever Antoine de sa faction et pour que la chambre qu'avait louée Hélène Parry, rue Delambre, fût soigneusement visitée.

— J'ai encore le temps d'aller au commissariat, dit-il en raccrochant.

— Bon sang, pour quoi faire ?

— Recueillir des renseignements. Sur ce toubib, dans le XIVe, et sur la maison de la rue de la Gare, à Montrouge. Je pourrais attendre, mais autant profiter des quelques heures qui nous séparent de notre entretien avec Mlle Parry.

— Je vous accompagne ?

— Non. J'aime mieux ne pas laisser ce toubib solitaire. Tenez-lui compagnie.

Je me mis à rire.

— C'est cela. Nous parlerons du stalag.

— Oh ! vous, alors... On le saura, que vous avez été prisonnier...

Il sortit.

— Décidément, dis-je quelques instants plus tard en me versant une cinquième tasse de café ersatz supérieur, décidément, mon cher Dorcières, il est écrit que nos rencontres auront toujours lieu dans des circonstances spéciales. Nous fîmes d'abord connaissance au sujet d'un chantage dont était victime votre sœur, ensuite nous nous revîmes dans un stalag, et ce soir, alors que je vous amène le joli corps de Mlle Hélène Parry à charcuter, vous manquez nous trucider...

– Je vous prie encore de m'excuser, commença Dorcières, en tressaillant.

– Là ! là ! n'en parlons plus, fis-je, bienveillant. J'ai donné ma parole de détective à l'inspecteur Faroux que la fable que vous nous avez balancée était exacte. Il n'y a plus à y revenir.

Son regard s'assombrit.

– La fable ? Voulez-vous dire...

– Que vous êtes un foutu menteur, oui. Votre réserve n'est plus de mise, maintenant. Nous ne sommes que tous les deux. Vous pouvez vous mettre à table.

– Je n'ai rien à dire. Votre imagination bat la campagne, fit-il sèchement.

– Vraiment ? J'ai prononcé le nom de la jeune blessée : Hélène Parry, la fille du voleur de perles dont vous devez avoir entendu parler... Jo Tour Eiffel... Si je ne me trompe, vous avez sursauté.

– Vous n'êtes pas infaillible, monsieur Burma. Au risque de vous vexer, je vous assure que vous avez fait erreur.

– Eh bien ! n'en parlons plus ! fis-je conciliant. Je souhaite toutefois pour vous que vous jouissiez dans votre quartier d'une réputation d'honorabilité parfaite, car l'inspecteur Faroux est allé aux renseignements.

– L'inspecteur usera ses semelles et sa salive pour rien.

– Je n'en doute pas. Une dernière question. Vous n'êtes pas sorti, ce soir ?

– Je ne vois vraiment pas pourquoi je vous réponds. Non, je ne suis pas sorti.

Après cette passe d'armes, la conversation prit un ton anodin qu'elle conserva jusqu'au retour de l'inspecteur. Celui-ci avait l'air agité, ce qui fit froncer les sourcils au docteur. Mais l'autre s'adressa à Dorcières avec beaucoup d'amabilité. N'existant pas au monde un être incapable de dissimulation comme Faroux, j'en

conclus que les renseignements touchant l'homme de
l'art étaient excellents.

— On peut voir cette fille ? demanda-t-il.

— Je vais me renseigner, dit Dorcières.

Il sortit.

— Et alors, vous allez lui passer les menottes ?

Faroux haussa les épaules.

— C'est un modèle de vertu, au-dessus de tout soupçon. Vous aviez raison : il s'est seulement conduit
comme un imbécile. Mais il y a autre chose. Une histoire que l'on m'a contée, à Montrouge. Une voiture
qui roulait tous feux éteints, pendant l'alerte, a écrasé
un bonhomme à Maison-Blanche. Relevé peu après, le
type était mort ; peut-être à cause des roues qui lui ont
passé dessus, l'autopsie l'établira, peut-être aussi à
cause d'autre chose : il avait deux balles dans le buffet.
Or, le lieu dit Maison-Blanche n'est pas très éloigné de
la rue de la Gare. Je suis allé voir le corps à Cochin.
C'est celui d'un nommé Gustave Bonnet, demeurant à
Lyon. Curieux, hein ? Il a une tête qui ne me revient
pas. Puis-je me permettre de... hum... Cette tête ne me
dit rien..., peut-être seriez-vous plus heureux...

— Vous me jurez que ce n'est pas un prétexte pour
m'éloigner pendant que vous interrogerez cette fille
tout seul ?

Il protesta avec indignation.

— Alors, je vais à l'hôpital. Faites-moi un mot pour
que je me serve de votre bagnole sans ennui.

Lorsque je revins de Cochin, Faroux devisait ami-
calement avec Dorcières.

— Alors ? fit-il vivement, sans me laisser le temps
d'ôter mon chapeau.

— J'ai vu le macchabée. Il a, en effet, une sale
bobine.

— Vous l'aviez déjà vu ?

Je répondis : « Non. » Je mentais.

CHAPITRE VIII

UN LARBIN DISPARAÎT

Étendue dans le lit blanc d'une chambre pimpante, ses cheveux acajou enserrés dans une coiffe, Hélène Parry, plus blanche que ses draps, respirait faiblement.

Au contact de ma main sur la sienne, elle ouvrit lentement ses beaux yeux nostalgiques et me regarda avec étonnement. Je choisis, dans le répertoire de mes intonations, celle que je jugeais la plus douce.

— Bonsoir, mademoiselle Parry, dis-je. Un pénible devoir nous pousse à vous importuner, mais nous ne pouvons différer votre interrogatoire. Il s'agit de vous venger, comprenez-vous, et de venger Bob. Vous connaissiez bien sûr celui-ci, n'est-ce pas ? Il serait étonnant qu'il ne vous ait jamais parlé de moi, son patron, Nestor Burma.

Elle ferma les yeux, en guise d'assentiment.

— Vous étiez à la gare, dit-elle doucement.

— Oui. Et vous aussi. Pourquoi avez-vous sorti votre revolver ?

— Qu'est-ce que c'est que cette histoire ? s'emporta Faroux. Vous ne m'aviez pas dit...

— Un bouchon, Florimond. Cette enfant ne peut pas nous accorder un nombre d'heures illimité. Pourquoi avez-vous sorti votre revolver ?

— Un réflexe. J'attendais Bob. Il savait que je devais revenir dans la nuit et m'avait télégraphié de rester sur le quai. Il me réservait une surprise. J'entendis quelqu'un crier son nom. C'était vous qui l'appeliez. Il s'est précipité et... Oh ! mon Dieu...

Littéralement, Dorcières bondit. Ses mains tremblaient. Ses narines frémissaient. Il se pencha sur la patiente.

— Elle n'est vraiment pas en état de subir un interrogatoire, dit-il avec une étrange fermeté.

Je m'en rendais parfaitement compte, mais j'avais encore deux questions à poser. Le reste pouvait attendre.

— Un petit effort, mademoiselle Parry. Et d'abord, vous ne niez pas vous nommer Hélène Parry et être la fille de Georges Parry.

— Non, je ne le nie pas.

— Parfait. Vous n'êtes pas responsable des actes délictueux de votre père. Et maintenant, écoutez-moi bien et répondez avec autant de franchise. Vous avez vu l'homme qui a tiré sur Bob ?

— Oui.

— C'était le visiteur de cette nuit, rue de la Gare ?

— Oui.

— Vous le connaissez ?

— Oui.

— Son nom, rugit stupidement Faroux en se précipitant sur la jeune fille comme s'il allait l'avaler.

— Un peu de modération, gronda le docteur en lui saisissant le bras.

Le conseil était superflu. Hélène Parry balbutia : « Il s'appelle... » et retomba évanouie.

— Plus rien à faire pour l'instant, dis-je. Nous pouvons aller dormir. D'ailleurs, je sais tout ce que je voulais savoir.

L'inspecteur me regarda en dessous.

— Vous n'êtes pas difficile, proféra-t-il.

*
**

Quelques heures plus tard, après de profondes réflexions, j'avais trouvé le sommeil, lorsque la sonnerie du téléphone m'en tira.

– Allô ! Monsieur Burma ? interrogea une voix chantante.

– Lui-même.

– Bonjour, cher ami. Ici Julien Montbrison.

– Quelle agréable surprise ! Devenu parisien ?

– Pour peu de jours. J'ai enfin obtenu mon sacré *Ausweis*. On peut se voir ?

– Cela dépend. Le travail ne me manque pas.

– Diable, dit-il, désappointé. Moi qui voulais vous charger d'une mission.

– Laquelle ?

– Mon valet de chambre, qui a tenu à m'accompagner à Paris, a disparu.

– Et vous voulez que je le retrouve ?

– Oui.

– Ne vous inquiétez-vous pas pour peu de chose. S'il est avec une blonde ou une rouquine, comment prendront-ils cette sollicitude ?

– Je n'ai pas le cœur à plaisanter. C'est un brave garçon et...

– Bon. Le récepteur me fait mal à l'oreille. Venez donc m'expliquer cela chez moi. Je prépare un bon pot.

En attendant l'arrivée de l'avocat, je téléphonai à Faroux pour lui demander l'autorisation d'aller jeter un nouveau coup d'œil à la maison isolée de Châtillon. Il me l'accorda.

– Nous avons perquisitionné rue Delambre, dit-il ensuite. Confirmation de la filiation. Des lettres et des cartes (oh ! pas des tonnes), signées : « Ton père » et en provenance de La Ferté-Combettes ou Château-du-Loir. Comme nom d'expéditeur : « G. Péquet. »

– Concluant alors, hein ? À propos de faux état civil, ne voyez je ne sais quelle ténébreuse machination dans le fait que la fille de notre gangster en possédait un. Vous avez compris qu'elle n'approuvait pas... l'activité paternelle. Elle a préféré se soustraire à des remarques désobligeantes que n'aurait peut-être pas manqué de provoquer son fâcheux et légitime patronyme si elle l'avait conservé. Et à part ça ?

– Une autre bizarrerie, mais qu'est-ce qui ne l'est pas dans les affaires auxquelles vous êtes mêlé ? Depuis le 14 qu'elle est à Paris, cette fille passe toutes ses nuits dehors, ne dormant que dans la journée. Qu'est-ce que cela veut dire ?

– Vous le lui demanderez. Quand reprenez-vous son interrogatoire ?

– Tantôt.

– Puis-je venir ? Ne réfléchissez pas deux heures avant de me répondre. N'importe comment, je serai là-bas et vous aurez du mal à vous débarrasser de moi.

Il ne répondit rien, soupira et raccrocha.

J'eus à peine le temps de prendre un bain que la sonnerie de l'entrée s'agita. C'était le corpulent Montbrison. Une fois confortablement installé, il m'expliqua son affaire.

– Ce domestique est une perle, vous avez dû vous en apercevoir à Lyon. Je serais désespéré s'il lui était arrivé malheur.

– Voilà un bien grand mot. Vous avez sans doute de bonnes raisons pour le prononcer ?

– Oui. Sachant que je devais venir à Paris, il a insisté pour m'accompagner. Sans m'en rien dire, il fit de son côté les démarches nécessaires à l'obtention d'un laissez-passer. Au moment de partir, il le produisit. Quoique assez surpris d'une pareille conduite, je lui donnai néanmoins satisfaction. Vous comprenez, c'était tout bénéfice pour moi. Même et peut-être surtout en voyage, j'aime conserver mes aises.

J'acquiesçai à ce désir légitime.

– Hier, je l'ai surpris par hasard dans un café en conversation avec un homme aux allures plus qu'étranges. Suspectes, voilà le mot. Ils parlaient d'un nommé ou d'une nommée Jo, je n'ai pas très bien compris. À mon arrivée, ils se sont séparés, se donnant rendez-vous pour le soir même à la porte d'Orléans. Depuis, je suis sans nouvelles de Gustave. Ce brave garçon n'est pas très fin. Je crains qu'il ne se soit embarqué dans une affaire louche.

– Pouvez-vous me donner un signalement de cet individu aux allures équivoques, le nom du café où a eu lieu la rencontre et, le cas échéant, reconnaîtriez-vous l'homme ?

Il me répondit : « Oui », à la troisième partie de la question et satisfit aux deux autres. Je lui promis de m'occuper de cela, mais ne croyait-il pas que le mieux était d'avertir la police ? C'était déjà fait, me dit-il, mais deux précautions valent mieux qu'une. En outre, il ne dissimula pas qu'il avait davantage confiance en moi qu'en ces messieurs de la Tour Pointue[1]. Je ne fis rien pour ébranler une opinion aussi flatteuse.

– En admettant le pire, dis-je ensuite, vous ne porterez pas le deuil de votre larbin. Je donne une petite soirée, aujourd'hui, ici même. Noël de guerre. Il y aura quelques jolies filles. Rien que des vedettes en herbe. Puis-je compter sur votre présence ?

– Mais comment donc ! s'exclama-t-il. Des futures vedettes...

Le rond avocat me quitta sur un rire significatif. Il était trop loin pour que je songe à le rappeler lorsque je m'aperçus qu'à part son prénom il ne m'avait pas dit autre chose touchant l'identité de son domestique. Je me servis du téléphone pour lancer des invitations à

---

1. Policiers, par allusion à la tour qui surmonte l'hôtel de police, quai des Orfèvres, à Paris.

mon pseudo-réveillon et je sortis. Sur les boulevards, je me trouvai nez à nez avec le commissaire Bernier absorbé par le bagout d'un camelot. Décidément, après Marc et Montbrison, Bernier, tout Lyon était à Paris. J'abattis ma main sur son épaule.

— Vous avez des papiers ? demandai-je.

À cause de la qualité du personnage, l'effet fut tordant. Il devint pâle ; sa couperose tourna au violet. Me reconnaissant, il se ressaisit et me secoua vigoureusement le bras.

— Vous en avez, des plaisanteries, dit-il. Quoi de neuf ? Vous vous accoutumez à la vie civile ?

— Épatamment. Qu'est-ce que vous maquillez, par ici ?

— Vacances de Noël.

— Vous êtes libre, ce soir ? J'organise une petite séance, chez moi. (Je donnai mon adresse.) Honorez-moi d'une visite. Ne venez pas avant onze heures.

— C'est ça, dit-il, on fera un petit poker.

Nous bavardâmes un petit peu au zinc d'un bistrot proche. Toutes les recherches pour retrouver Villebrun avaient été vaines. Il ne fit aucune allusion à l'incident de l'agent patrouilleur qui avait aperçu de la lumière à deux heures du matin dans l'appartement de Jalome. Ce fonctionnaire me parut aimer les solutions paresseuses. Pour lui, l'agent s'était trompé et Jalome était indiscutablement l'assassin. Je n'avais aucune raison de le détromper... pour l'instant.

En le quittant, je m'en fus à Châtillon. De jour, l'aspect de la villa n'était guère plus engageant que dans l'obscurité. Le policier de garde rétablissait sa circulation en gesticulant comme un forcené. Informé de mon éventuelle visite, il me laissa fouiner un peu partout.

De cet endroit désolé, je m'en fus à la clinique de Dorcières. Le chirurgien était là. Ses traits étaient tirés et las. Toutefois, ce fut d'une voix singulièrement ferme qu'il me dit :

— Faites ce que vous voudrez, mais je ne puis me rendre complice d'un assassinat. Racontez à qui vous voudrez que je vous ai reçu revolver au poing et donnez à cet acte l'interprétation la plus fâcheuse, je m'en moque, mais vous ne verrez pas la patiente. Le peu de conversation que vous avez eu avec elle l'a terriblement affaiblie. Il vous faut attendre plusieurs jours pour recommencer.

— C'est bon. Ne prenez pas le mors aux dents. J'espère que cet ostracisme ne m'est pas personnel. Le père Faroux est logé à la même enseigne, hein ?

— Absolument. Pour rien au monde, je ne voudrais que cette jeune fille... Ô mon Dieu, non... pour rien au monde... Je veux la sauver, comprenez-vous ? Et elle vivra, je vous en réponds, elle vivra...

Sa physionomie résolue exprimait une curieuse exaltation. Cette conscience professionnelle l'honorait. Pourtant... il devait y avoir autre chose.

— Bon, dis-je. Comme ce poulet doit venir ici, je vais l'attendre. Ainsi, je serai sûr que la consigne n'est pas moins inflexible pour lui que pour moi. Cela vous gênerait de me faire tenir quelques feuilles de papier ? J'ai l'habitude d'écrire un chapitre de mes mémoires, chaque fois que mes loisirs me le permettent.

Je n'écrivis pas mes mémoires, mais ce qui suit :

Colomer rencontre H. P. et une amitié, qui se change en un sentiment plus tendre (V. Baisers, du télégramme), les unit. Soupçonnant (déterminer la naissance des soupçons) que Parry est vivant et qu'H. est sa fille, Colomer, pour recueillir un supplément d'indices, n'hésite pas à intercepter la correspondance de la jeune fille. Elle est absente lorsque lui parvient le testament. Il l'ouvre, voit ses soupçons confirmés et recopie le cryptogramme. Dans quel but ? Par jeu ; par une espèce de déformation professionnelle ; pour briller aux yeux d'H. s'il traduit, avec le secours de sa seule intelligence, ce mystérieux document. (Ce sera évidemment faire l'aveu de sa conduite malhonnête, mais... le juge de paix Éros arrangera tout.) Le jour où il déchiffre le rébus, il a déjà remis la lettre en place au domicile d'H. (Ce qui explique que nous la trouvons sur H.) Son intention est d'entraîner H. au 120. Il est abattu à la gare.

Peut-on supposer que Colomer s'est aperçu que l'enveloppe initiale n'est plus celle contenant présentement la lettre ? Oui. Car, pour être abattu à Perrache par le même homme qui est venu fouiller au 120, il faut qu'il l'ait démasqué. Comment ? Il sait que c'est une connaissance d'H., la seule pouvant logiquement être en possession du testament. (Si Colomer ignore que l'homme a martyrisé Parry, il sait des choses que j'ignore et qui le mettent sur la piste sûrement.) Nous avons vu précédemment que cet X... n'est peut-être pas résolu à supprimer Colomer. Mais il n'hésite pas, lorsqu'il voit Colomer se précipiter vers moi. Conclusion : X... me connaît aussi.

Pourquoi, le rébus déchiffré, Colomer est-il si pressé d'entraîner H. P. à Paris qu'il lui télégraphie de l'attendre à la gare et qu'il décide de franchir frauduleusement la ligne de démarcation ? Réponse : il ne croit pas que l'homme qu'il soupçonne ait mis au clair le cryptogramme. Si cela était, il n'aurait pas envoyé la lettre. S'il l'a fait, c'est dans l'intention de suivre la jeune fille qui doit savoir de quoi il s'agit. H. P., si elle rentre à Lyon et en repart, est donc en danger. Pour y parer, le mieux est de la prier de ne point sortir de la gare et de la décider à gagner Paris sur-le-champ...

Je m'interrompis.

— Vous tirez toujours ainsi la langue, quand vous écrivez à votre dulcinée ? demanda Faroux.

Je pliai les feuillets sans lui montrer ma prose. Je lui dis qu'Hélène Parry n'était pas visible. Il s'emporta.

– Qu'apprendrez-vous de plus ? dis-je. N'importe comment, le rideau se baisse sur le dernier acte, ce soir, chez moi. Au cours du semblant de réveillon que j'organise et auquel je vous prie d'assister, je vous livrerai, en cadeau de Noël, l'assassin de Colomer, le tourmenteur de Parry et le vandale de la rue de la Gare.

Il me considéra en tortillant sa moustache.

– C'est beaucoup pour un seul homme, ricana-t-il.

Mais son regard criait la confiance.

*
**

Je rentrai juste à temps pour capter un coup de fil de cet excellent Gérard Lafalaise.

– Je ne suis pas resté inactif, me dit-il. Notre ami était à Perrache, la nuit du meurtre. Il a réussi à forcer un barrage d'agents sans trop de mal. Il les connaissait presque tous et il ne serait jamais venu à l'idée d'un de ces braves hommes de le soupçonner. Je crois que maintenant c'est tout, hein ? Mes amis haut placés commencent à s'étonner de ces fréquentes communications avec l'autre zone.

– Joyeux Noël. Embrassez Louise Brel de ma part.

CHAPITRE IX

L'ASSASSIN

Pour une belle assemblée, c'était une belle assemblée. Il y avait là, autour de mes dernières bouteilles, Sa Rondeur Montbrison, faisant miroiter ses bagues aux lumières ; Marc Covet, à qui j'avais dit qu'il pouvait préparer son stylo (il eût été le plus heureux des hommes sans ce maudit rhumatisme qui lui tenaillait la jambe) ; Simone Z..., notre future grande vedette, jolie comme elle seule sait l'être ; Louis Reboul, que je présentai à tous comme un des premiers blessés de la guerre (et c'était vrai) ; Hélène Chatelain, que j'avais décidée à venir, après bassesses et plates excuses ; un rougeaud que je présentai sous le nom de Thomas, que je donnai comme artiste peintre et qui s'appelait réellement Petit et était flic (mais cela ne se voyait pas trop). Il y avait encore Hubert Dorcières, la physionomie en papier mâché garanti, et qu'il m'avait fallu menacer de toutes sortes de choses pour le voir accepter mon invitation. Il était le seul à ne pas rire des plaisanteries qui fusaient des quatre coins de la pièce. Mais sa présence était indispensable. J'étais persuadé qu'on aurait besoin de lui avant la fin de la soirée. Enfin, un couple insignifiant, ramassé au *Dôme* par Covet et qui n'arrêtait pas de trouver mon alcool à son goût. Sans oublier Faroux qui, d'une pièce voisine, suivait, grâce à un ingénieux dispositif, tout ce qui se passait et se disait dans le salon. Je le répète : une belle assemblée.

Après avoir fait tourner le phono, joué au jeu de la vérité (un truc où chaque participant ment comme un arracheur de dents), Simone reposa son verre qu'elle venait de vider et se tournant vers moi, en un geste plein de grâce :

– Dites-moi, Burma, si vous nous contiez une de vos aventures policières ? Vous devez en connaître de formidables.

Je jouai au modeste, me fis prier, puis, comme tout le monde commençait à scander sur l'air des *Lampions* : « Une histoire, une histoire », et que, d'histoire, je ne tenais précisément pas à en avoir avec ma concierge, j'y allai carrément de celle de Parry.

– Il était une fois, commençai-je, un gangster bien connu...

À ce passage de mon récit :

– ... Pour rendre vaines toutes les recherches, et après avoir fait croire à sa mort, il se fait artistement modeler le visage par un chirurgien esthétique ; je dois dire que le praticien réussit parfaitement dans cette entreprise et réalisa un véritable chef-d'œuvre...

Dorcières pâlit affreusement et vida précipitamment son verre. Je fus le seul à m'apercevoir de son trouble.

– ... Cet homme avait une fille...

Je racontai l'épisode du testament, l'indélicatesse de l'« ami », l'entrevue... chaleureuse entre les deux hommes, ce qui s'ensuivit...

– ... Conduit dans un camp, guéri de ses blessures physiques, le voleur est envoyé – par erreur – en Allemagne. Ses tortionnaires n'ont pas de veine. Croyant le tuer, ils le ratent et le sort veut que cet homme soit précisément expédié dans un stalag...

– ... Où, derrière les barbelés, s'étiole le génial Nestor Burma.

– Exactement, monsieur Marc Covet. Au stalag, cet homme meurt, et cette fois, pour de bon, entre mes bras pour ainsi dire. En mourant, il prononce une adresse. Fin du premier acte.

Je m'interrompis pour tendre mon verre à Simone. Elle le remplit, le vida elle-même. Il s'ensuivit une discussion que coupèrent divers cris réclamant la suite de l'histoire. Je m'exécutai, la gorge sèche.

Je narrai ma dramatique rencontre avec Colomer, la mort de celui-ci, la mystérieuse adresse revenant comme un leitmotiv funèbre. À dire d'expert, je n'avais jamais été si bavard.

– Revenons à notre homme de confiance (*sic*), dis-je. Rentré chez lui bredouille, il attend que les six mois s'écoulent et adresse par la poste le testament à la bénéficiaire. Pourquoi par la poste ? Il est certain que notre indélicat factotum devait remettre le testament de la main à la main. Il s'en abstient à cause de l'enveloppe manquante. Si la jeune fille s'aperçoit de quoi que ce soit de suspect, il aura la ressource de nier avoir jamais été le dépositaire de ce pli. La lettre ne mentionne pas le nom de l'« ami ». La lettre expédiée, il n'y a qu'à surveiller la jeune fille et la suivre. Elle conduira sûrement au magot. Ici, un léger contretemps. Cette fantasque fillette part subitement en voyage et elle est déjà dans le train lorsque le facteur dépose la lettre chez elle. Aucun rapport entre les deux faits, il n'y a qu'à attendre sans inquiétude son retour. (Le courrier que recevait Hélène Parry étant pratiquement inexistant, elle ne le faisait jamais suivre.) Le retour se produit plus tôt et à l'insu de notre homme. Et de ce retour prématuré, Colomer, qui parait occuper dans le cœur de Mlle Parry une place précise, est au courant. Entre-temps, il a intercepté la fameuse lettre, à la recherche de preuves de la filiation Hélène-Jo Tour Eiffel. Il se rend compte qu'elle a été ouverte. Plus précisément, qu'elle n'est pas contenue dans son enveloppe initiale.

Il remarque, comme je le remarquerai moi-même plus tard, le pliage irrationnel et la légère trace de cire. En outre, il note le bureau de poste expéditeur. Il s'aperçoit que c'est le plus proche du domicile du « banquier » d'Hélène Parry, c'est-à-dire de l'homme par l'intermédiaire de qui son père lui fait parvenir des subsides. (Le tortionnaire a commis, là, une imprudence aux incalculables conséquences.) Colomer recopie le cryptogramme et essaie de le traduire. Le jour où il y parvient – c'est justement celui du retour de la jeune fille – il décide de gagner la capitale avec elle. Mais son futur assassin a eu vent des soupçons de mon collaborateur. Il les surestime et décide la suppression de Colomer. Mais celui-ci – peut-être se méfiait-il instinctivement de la solitude et des rues trop obscures et désertes – ne lui permet pas de mettre son criminel projet à exécution avant d'atteindre Perrache. Peut-être l'assassin lui-même, pesant le pour et le contre d'un tel acte, est-il indécis sur la conduite à tenir ? Je ne sais... Mais ce dont je suis sûr, c'est qu'il n'hésite plus lorsqu'il voit Colomer se précipiter vers moi. En toute modestie, ma présence l'affole. Il craint les révélations de Colomer. Il tire.

« Plus tard, il apprend par son complice Carhaix-Jalome que je recherche le sosie de Michèle Hogan, l'actrice de cinéma. Dans son émoi, il commet à mon égard la même erreur d'optique qu'avec Colomer. Il surestime l'étendue de ma science et combine l'attentat du pont de la Boucle. Ayant assisté à son échec, il file chez son complice détruire tout ce qui pourrait servir à établir un lien entre cet homme et lui. Il sait qu'une des théories chères à la police lyonnaise est la vengeance. Il laisse l'arme du crime de Perrache. Découverte au domicile d'un ancien comparse de Jo et de Villebrun, elle ne pourra qu'incriminer celui-ci. Et ainsi, il parvient à abuser la police... et, apparemment, moi-même.

« Cette affaire semble donc réglée. Notre homme n'a plus qu'à aller cueillir l'héritage car, maintenant, il en connaît l'emplacement. Je suppose qu'il a entendu l'adresse criée par Colomer en mourant. Cette adresse lui est une révélation. (Noublions jamais les fonctions de cet X... auprès de Jo Tour Eiffel. C'est lui qui achète Le Logis Rustique, lui encore qui engage la domesticité, etc. C'est un administrateur, un factotum, je l'ai dit tout à l'heure...) Est-il téméraire de soutenir que cette adresse est celle d'une maison achetée jadis par Jo, revendue ensuite et à laquelle son tourmenteur ne songeait plus, du fait de sa revente ? De sa revente à un homme de paille, par exemple, ce qui la fait rester, en fait, la propriété du gangster. Ainsi cet endroit pourra servir de cachette et être à l'abri d'éventuelles investigations d'ennemis. (Les hors-la-loi ne sont jamais sûrs de personne.) Le calcul de Jo s'avère juste ; son homme d'affaires s'y laisse prendre à qui la lecture du testament n'apprend rien. Bon. Notre X... arrive hier à Paris, visite la fameuse maison, fouille partout et ne trouve rien. Il y retourne la nuit. Pourquoi ? Parce que, entre-temps, une idée lui est venue. Jusqu'à présent, il a cherché des cachettes compliquées. Mais il songe à Edgar Poe[1] et un trait l'illumine. La « Lettre volée », des *Histoires extraordinaires*, que tout semble désigner, vous en conviendrez, à marquer de son signe une telle aventure... La cachette la plus sûre est la plus simple, la plus visible... Il retourne à la maison abandonnée, fait subir à sa théorie le feu de l'épreuve. Suivi d'un autre complice, participant certain au drame de La Ferté-Combettes et qui a trop de confiance en son chef pour le lâcher d'une semelle, X... trouve le magot. Alors,

---

1. Écrivain américain (1809-1849) qui a créé le personnage du chevalier Dupin, l'un des premiers détectives de la littérature, qu'on voit à l'œuvre dans trois nouvelles des *Histoires extraordinaires*, dont « La Lettre volée », citée ci-après.

son compagnon tire sur lui et le manque. La balle traverse un rideau et blesse gravement une personne qui se trouve derrière. X... riposte et ne manque pas son adversaire. Nous savons depuis Perrache qu'il est remarquablement adroit. L'autre réunit ses forces pour s'enfuir dans la nuit. Le black-out est absolu, la nuit d'encre. La neige, boueuse et fondue, n'offre plus le tapis immaculé sur lequel les silhouettes se détachent aisément. À la faveur de cette obscurité, il échappe à son poursuivant, mais s'écroule bientôt au milieu d'une route où l'écrase une voiture roulant tous feux éteints.

Je m'arrêtai. L'assistance attentive était suspendue à mes lèvres.

– Or, repris-je, en en faisant le tour du regard, cet X..., plusieurs fois assassin, est ici.

Cette assertion provoqua parmi mes invités ce qu'en termes parlementaires on nommait : mouvements divers.

– Oui, répétai-je, l'assassin est ici. Lequel est-ce d'entre vous ? On peut se faire une vague idée du personnage. Il connaît Colomer, il connaît l'héritière et il connaît votre serviteur. D'après certaines remarques que j'ai pu faire au Logis Rustique, il se servirait volontiers de la main gauche. En effet, alors que le patient était ligoté sur son fauteuil, il reçut divers coups de poing sur la joue droite. À un moment, il dut esquiver un coup, écarta la tête et le poing du tortionnaire érafla le fauteuil. À gauche, en regardant le meuble. Quels sont les individus qui se servent de la main gauche ? Les gauchers, évidemment... mais aussi les amputés du bras droit, par exemple, tonnai-je.

Tous les regards convergèrent vers Louis Reboul. Il esquissa un faible sourire, gêné. Il n'était pas beau à voir.

– Et pour l'attentat du pont de la Boucle ? enchaînai-je. M. Marc, que j'avais envoyé en avant, ne paraissait pas lutter avec toute la vigueur désirable. Jouait-il la comédie ?

— Je vous défends de parler ainsi, jeta Marc, cramoisi, en abandonnant le divan. Vous n'êtes qu'une espèce...

— Fermez ça. Il y a des dames. Continuons plutôt notre tour d'horizon. Marc Covet est-il gaucher ? Chère amie, ce brillant journaliste est-il gaucher ?

— Non, monsieur, fit étourdiment la Montparnassienne brune en rougissant.

Personne n'éprouva le besoin de rire. Une atmosphère de gêne planait dans la pièce. À ce moment, plusieurs de mes invités sursautèrent. Le timbre de la porte d'entrée résonnait.

— Allez ouvrir, dis-je à Reboul, et n'en profitez pas pour vous débiner.

Il ne se débina pas et revint en compagnie du commissaire Bernier. La pendule sonna onze heures.

— Exact au rendez-vous, observai-je pendant que Reboul le débarrassait de son pardessus et de son chapeau. Mon cher policier, êtes-vous toujours persuadé que l'assassin de Colomer et l'homme qui tenta de me précipiter dans le Rhône soient une seule et même personne du nom de Jalome, alias Carhaix, décédé ?

— Mais... bien sûr, voyons, balbutia-t-il, interloqué. Qu'est-ce que cela signifie ?... Vous en faites des gueules. Vous veillez un mort ?

— Presque.

— Je venais pour m'amuser, moi.

— Précisément. Au jeu de la vérité. Je m'amuse comme une petite folle. Je vais vous présenter l'assassin... qui se porte comme un charme, bien vivant et pas spectral pour un sou. Vous pourrez lui serrer n'importe quelle main ; il est ambidextre... Je vous ai parlé d'une éraflure du fauteuil, dis-je, en m'adressant à tous. C'est un incident très important. En frappant Jo, l'homme a détérioré une de ses bagues et perdu un brillant. Maître

Montbrison, voulez-vous être assez aimable pour montrer la chevalière de mauvais goût qui orne votre annulaire gauche, afin que nous comparions les brillants ?

– Volontiers, fit-il sourdement, en avançant. (Son ensorcelant sourire de jeune premier un peu fat se jouait sur ses lèvres.) Volontiers.

Il y eut des cris de femmes, des jurons, une bousculade, deux coups de feu. Il tirait à travers la poche gauche de son veston. Je ressentis une vive brûlure au bras droit. Tandis qu'une balle crevait la toile d'un Magritte, l'autre avait ricoché sur l'armure que j'abritais sous mon gilet et dont je m'étais muni en prévision d'un intermède de ce genre.

CHAPITRE X

LE COMPLICE

Lorsque le tumulte se fut apaisé, j'aperçus Hélène Chatelain à mes côtés. La première, elle s'était précipitée pour me soigner. Ses yeux inquiets témoignaient qu'elle ne me tenait plus rigueur de mes injustes soupçons. C'était une chic fille.

— Ne vous avais-je pas prévenu qu'on aurait besoin de vous ? dis-je à Dorcières. Cela n'avait pas l'air de vous enchanter...

— C'est-à-dire que... Faites voir ce bras, coupa-t-il, bourru. Ce ne sera rien, dit-il ensuite.

Sur une chaise, encadré par Faroux, qui avait abandonné sa cachette, et le commissaire Bernier, maître Julien Montbrison, le cabriolet aux poignets, faisait jouer ses doigts sous la lumière. L'acier poli des menottes et les bagues de rasta rivalisaient d'éclat. « Thomas » avait disparu.

Malgré la douleur, je n'avais pas lâché la petite pierre. Quelqu'un, je ne sais plus qui, l'approcha de la chevalière aux brillants dépareillés. Elle était d'un volume égal, d'une même limpidité que les brillants originaux et taillée pour épouser la sertissure. Il n'y avait pas d'erreur possible.

— Vous n'auriez pas dû tirer, dis-je, doucement.

– Réflexe idiot, dû à mon exaspération, convint-il avec bonne humeur. J'ai cru pouvoir sauter avec vous. J'aurais dû penser que vous aviez pris vos précautions... Vous me soupçonniez depuis le début ?

– La règle du jeu le voudrait, hein ? Eh bien ! non ! ◆━ Je ne commençai à vous soupçonner sérieusement qu'après l'attentat manqué de Jalome. Lorsque à trois heures et demie, la nuit de l'attentat, Lafalaise, Covet et moi visitâmes son domicile... Je vous expliquerai, commissaire, dis-je à Bernier, qui roulait de gros yeux... J'étais resté un certain temps sans fumer. Ma blague était vide, bénie soit cette pénurie passagère, et ayant les cigarettes en horreur, je n'en solliciterais aucune de mes compagnons. J'entrai le premier dans l'appartement et décelai une odeur particulière de tabac blond. Je remarquai en outre que le cendrier contenait des résidus d'allumettes. Avaient-ils été laissés par Jalome avant son départ en expédition, ainsi que l'odeur de tabac ? Celle-ci était trop violente pour ne pas être récente et si Jalome fumait (on découvrit plus tard un paquet de Gauloises dans ses poches) il n'usait pas d'allumettes. Il n'y en avait pas trace chez lui, sauf dans le cendrier, et la présence de nombreuses fioles de combustible spécial pour briquet laissait clairement entendre qu'il se servait de préférence de cet ustensile. Donc, quelqu'un d'autre que Jalome avait séjourné dans l'appartement de celui-ci. Qui ? Un être qui fumait du tabac blond... Auquel sa passion de tabac ne laissait aucun répit pour qu'en de telles circonstances il ne se soit pas abstenu... Où avais-je déjà reniflé semblable odeur ? Chez vous, Montbrison, et chez vous seulement... Et alors, certaines particularités et anomalies, auxquelles je n'avais pas encore attaché l'importance désirable, me revinrent en mémoire. Ce fut d'abord moins le fait que vous vous soyez présenté à la police avec vingt-quatre heures de retard (le temps, n'est-ce pas, de débattre s'il était ou non politique d'avouer

◆━ Voir *Au fil du texte*, p. 236.

210 RUE DE LA GARE

connaître Colomer ?) que l'esprit même de votre déposition. Je veux parler de la description que vous faisiez de ce malheureux Bob. À la gare, il ne m'avait pas paru affolé. Et vous me le dépeigniez sous le coup d'une violente émotion, de la peur, de la crainte d'une vengeance, que sais-je encore... sans oublier l'allusion à la drogue. Comme si un homme qui nourrit une passion si funeste n'en porte pas le stigmate sur sa physionomie. Et nul besoin d'être médecin pour le déceler. Sur ce chapitre, vous faisiez vraiment preuve d'une ignorance suspecte. D'autant plus suspecte que vous usiez de l'expression consacrée : état de besoin et que, pour désigner la maladie de la vue dont vous êtes atteint, vous citiez le terme barbare d'amblyopie.

– Qu'est-ce que c'est que cette bête ? dit Faroux.

– C'est, produite par l'intoxication nicotinique, une demi-paralysie du nerf optique. Il s'ensuit une corruption des couleurs débutant généralement par la confusion entre le bleu et le gris. D'où la spirituelle repartie de cet homme à ma demande : « Colomer avait-il une frousse bleue ? » « Je ne saurais dire. Je suis amblyope. » Atteint de cette grave affection, il n'en continue pas moins de fumer beaucoup car il est – et lui réellement – une espèce de drogué. Plus que tout, le tabac lui est nécessaire. Une preuve : Montbrison, que j'ai connu jadis friand de liqueurs et d'alcools, s'est laissé surprendre par les événements et n'a fait aucune provision de liquide. Par contre, il a stocké des Morris, ses cigarettes de prédilection. Et ces Morris vont le perdre. Ce sont elles dont je hume le parfum dans le logis de Jalome. Parfum que je retrouve chez vous, Montbrison, lorsque, m'étant abstenu de fumer pendant plusieurs heures pour avoir les sens moins émoussés, je viens vous voir... Pour prendre conseil, dis-je, en réalité, pour prouver olfactivement et *de visu* la solidité de mes soupçons. Il n'y avait pas à se tromper. La cigarette que vous fumiez répandait cette odeur qui

commençait à m'être familière. Négligeons le fait que
votre cendrier, pas encore nettoyé par le valet ou *déjà
rempli*, débordait de bouts d'allumettes, les mêmes que
chez Jalome, des allumettes plates, de couleur. Elles ne
sauraient constituer de suffisantes pièces à conviction.
Mais j'observai que vous ne paraissiez pas avoir passé
une bonne et reposante nuit. Je ne crois pas faire erreur
en soutenant que vous ne vous êtes pas couché, anxieux
que vous étiez de savoir comment tout cela allait tourner. Certes, vous aviez revêtu une robe de chambre,
mais vos mains, *avec leur bijouterie au complet,* étaient
froides et malpropres, du froid et de la malpropreté des
insomnies. Les nuits blanches font les mains noires,
dirai-je, si vous me permettez d'introduire un brin de
poésie dans cet aride exposé... Vous avez dû éprouver
une sacrée frousse en me voyant rappliquer de si bonne
heure, mais vous avez courageusement fait face au danger et j'imagine votre soulagement lorsque vous avez
compris (ou cru comprendre) que ma démarche ne revê-
tait aucun caractère hostile. Or, en saisissez-vous l'iro-
nie ? C'était au moment où vous recouvriez relativement votre tranquillité que mes soupçons se précisaient.
Certes, ce n'étaient pas là des preuves objectives d'une
force convaincante telles qu'elles soient présentables à
un jury, mais, enfin, je cherchais pour l'heure moins à
convaincre un tribunal qu'à dénicher un début de piste
et vous avouerez que, jointes à certains agissements de
votre part qui ne paraissaient pas très catholiques à mon
esprit soupçonneux, cela commençait à former un
coquet faisceau de présomptions. Par agissements peu
catholiques, j'ai en vue, par exemple, l'insistance que
vous aviez manifestée quand, sortant passablement
éméché du restaurant, vous voulûtes m'offrir l'hospitalité. Je déclinai cette généreuse invitation. Alors, vous
avez tenu à m'accompagner à l'hôpital. Il faisait froid.
Une telle promenade n'avait rien de folichon, même
pour un homme soûl. Il fallait que vous eussiez un motif

puissant pour l'entreprendre. Si Marc Covet n'avait pas suivi le mouvement, serais-je ici à jouer les Sherlock Holmes ?

En guise de réponse, il émit un petit rire cynique et observa :

— Vous savez, entre nous, votre théorie de bouts de bois, de mégots et de cendre de cigarettes ne prouve pas grand-chose.

— En temps ordinaire, peut-être. Mais nous vivons des temps exceptionnels. Les Philip Morris ne courent pas les rues, je m'en suis convaincu en faisant la tournée des trafiquants du marché noir. Ils m'ont proposé du sucre, du lait concentré, des éléphants, des éditions originales, mais des Morris, même à cent francs la cigarette, ils n'en avaient pas. Vous avez fait vos provisions à temps... mais je doute qu'elles vous soient, maintenant, de quelque utilité... Donc, c'était vous qui étiez dans l'appartement de Jalome lorsqu'un agent remarqua de la lumière à l'étage. Vous avez un domestique qui tire les rideaux pour vous. Vous n'avez pas songé à faire ce geste en entrant chez votre complice. Vous ne répondez pas à ce policier lorsqu'il sonne et je ne vous en blâme pas...

Je me désaltérai, puis :

— Enfin, avant de constater sur la lettre envoyée à Hélène Parry la présence du timbre de la poste la plus proche de votre domicile, mon voyage à La Ferté-Combettes m'éclaira définitivement. Je découvris d'abord que le nom de ce bled ne m'était pas inconnu. Je me souvins l'avoir entendu prononcer par M. Arthur Berger, le correspondant de guerre, qui vous y avait rencontré le 21 juin, jour où Georges Parry a été torturé, laissé pour mort, fait prisonnier et où vous-même avez été légèrement blessé par une balle perdue. Ensuite, je relevai quelques traces de votre passage, le brillant en question et les souvenirs du père Mathieu qui n'aura aucun mal à vous reconnaître. Ce ne sont pas les témoins qui manquent. Il y a encore Hélène Parry. Elle était à deux mètres de vous, à Perrache, lorsque vous avez tiré...

— Nom de Dieu ! cracha-t-il.

— Tout à votre... travail et la croyant bien loin de là, il est normal que vous ne l'ayez pas remarquée. Il y a les agents de la rafle qui vous ont ingénument laissé la voie libre. Ils vous connaissaient. (Ne vous êtes-vous pas vanté à moi-même de connaître de nombreux policiers en tenue ?) Comment soupçonner une personnalité dans votre genre d'être l'auteur d'une fusillade ? Surtout que, obnubilés par la hantise du crime politique, ces bons bougres devaient écarquiller les yeux à la recherche d'un type à la barbe en broussaille et au couteau entre les dents...

Je fus interrompu par la sonnerie du téléphone qui stridulait.

— On demande l'inspecteur Faroux à l'appareil, dit la personne qui avait décroché.

— Allô ! hurla Florimond, c'est toi, Petit ? Très intéressant, dit-il, en raccrochant. J'ai envoyé Petit à la Boîte avec le pétard saisi sur ce type. Ils viennent de découvrir que les balles qu'il tire sont identiques à celles que l'on a trouvées cette nuit dans le buffet du nommé Gustave Bonnet.

— En voilà un que j'oubliais, m'écriai-je. Bonnet. Gustave Bonnet. Le domestique – l'autre complice – de Montbrison. Le cher maître m'a appris ce matin, témérairement, que son valet avait disparu. Il m'a raconté une histoire marrante. Cette tactique de prendre le taureau par les cornes ne lui a pas réussi. Je m'en voudrais de vous accabler, Montbrison... Vous vous êtes montré beau joueur... La façon d'accepter mon invitation à cette véritable surprise-partie le prouve...

— Je n'imaginais pas qu'elle tournerait à ce point à ma confusion, avoua-t-il.

— Petit m'a appris autre chose, continua Faroux. Ce

Bonnet avait aussi un revolver en guise de porte-bonheur. C'est lui qui a tiré la balle qui a failli tuer Hélène Parry.

– Vous remercierez cette arme de ma part. Elle confirme ma théorie.

Je me tournai vers l'avocat.

– Et ce magot, dis-je, posément, où est-il ?

– Pas trouvé, répondit-il.

Je pris un ton de reproche.

– Allons, allons... Moi qui parlais de franc jeu, il n'y a qu'un instant. Ce n'est pas chic. Évidemment, je vous comprends... Perdu pour perdu, hein ? qu'il le soit pour tout le monde... Cela ne fait pas mon affaire. Vous avez peut-être ce trésor sur vous. Je vais me voir dans l'obligation de vous faire fouiller... Cela devrait être fait depuis longtemps, d'ailleurs, terminai-je en m'adressant plus particulièrement à l'homme de la Tour Pointue.

Devançant Faroux, le commissaire Bernier procéda sans ménagements à cette opération.

– Rien, dit-il, ensuite, avec déception.

– Et cela ? fis-je, en désignant de ma main valide, parmi les objets extraits des poches de l'avocat, un flacon disparaissant à moitié sous le mouchoir de l'homme.

C'était une fiole malpropre, à moitié pleine de pilules rugueuses, revêtue de l'étiquette rouge réglementaire indiquant que le contenu est toxique.

– Sapristi, s'exclama-t-il, en s'en emparant vivement, sapristi, il y a là de quoi empoisonner un régiment !

J'éclatai de rire.

– Edgar Poe, dis-je. J'ai découvert sur le marbre d'une cheminée de la maison de Châtillon, parmi d'autres bouteilles d'encre, de colle, etc., l'étui de carton de cette fiole. Le couvercle en était levé, mais depuis peu, l'intérieur n'était pas poussiéreux. Ce sont là les économies de Jo Tour Eiffel.

— Des pilules empoisonnées ?

— Oh ! certes, elles sont mortelles. Mais pas par absorption.

Je priai mon ex-secrétaire de dévisser le bouchon de la fiole. Elle fit glisser une pilule dans le creux de sa main. Sur mes instructions, elle la gratta avec un canif. La carapace de plâtre fut bientôt réduite à rien. Alors nous apparut une perle qui, une fois nettoyée, s'avéra du plus bel orient.

— Il y en a une cinquantaine dans ce flacon, dis-je. Cela doit aller chercher dans les je ne sais combien de millions !

— Aviez-vous deviné ce qu'était le document annexé au testament et égaré par l'expéditeur ? demanda Faroux.

— Ah ! ce que j'imaginais être un plan ? Non. Mais, à présent, nous pouvons supposer sans crainte d'erreur qu'il s'agissait d'une image destinée à mettre Hélène Parry sur la voie de la cachette... Une image représentant un flacon, par exemple... Une image découpée dans une page de ce catalogue dont une autre feuille servit à mon ami Bébert à confectionner un cornet pour ses mégots...

Quelques instants plus tard, Montbrison, qui semblait avoir reconquis son sang-froid (s'il l'avait jamais perdu), nous apprit, sur le ton d'une conversation mondaine, en quelles circonstances il avait fait la connaissance de Parry. Tout simplement lorsque, plusieurs années auparavant, il était le secrétaire du défenseur du gangster. (Je savais déjà tout cela depuis mes recherches à la Nationale.) Apte à juger les individus, Jo Tour

Eiffel l'avait tout de suite remarqué et vu le parti qu'il en pouvait tirer. Il me parla ensuite de Jalome.

— Il était avec nous au Logis Rustique. Il connaissait Hélène depuis toujours. Ils sortaient quelquefois ensemble. Il lui avait dit s'être définitivement rangé. Cette fille de bandit est honnête ; rien ne lui répugne davantage que les hors-la-loi...

— Ça ne l'empêchait pas d'accepter l'argent mal acquis...

Il haussa les épaules.

— Parce qu'elle n'avait aucun métier et qu'il faut bien vivre... Elle attendait d'avoir décroché ses diplômes pour subvenir elle-même à ses besoins... Vous dites qu'elle était dans la maison de Châtillon... Si elle y cherchait son héritage, ce n'était certainement pas dans l'intention de le conserver...

On frappa à la porte. C'était un chauffeur de la P.J. Il venait prendre livraison du colis, selon son expression élégante.

Un sourire ironique aux lèvres, Montbrison s'inclina devant tous et, escorté des policiers, se dirigea vers la sortie. Ce fut alors qu'il glissa et s'étala de tout son long. Comme cette chute se produisait au moment précis où l'agent en uniforme ouvrait la porte, Faroux crut à une feinte, une tentative quelconque de fuite. Il se jeta sur l'avocat et le ceintura, décidé à ne plus le lâcher. Ce faisant, il envoya dans ma direction une sorte de petite bille, l'objet même sur quoi l'assassin avait dérapé.

Intrigué, je la ramassai. C'était une boule blanche, semblable à celles du flacon. Où était donc celui-ci ?

— Dans ma poche, répondit l'inspecteur à ma question.

— Sortez-le.

Il obéit. Le couvercle était toujours solidement vissé.

Alors, un vertige me saisit. Je compris en un éclair

que la maladresse et la cornichonnerie pouvaient parfois être autre chose que...

Je n'avais pas le temps d'examiner si la théorie qui
germait avec une rapidité tropicale dans mon esprit était
ou non erronée. La porte était ouverte. Il fallait faire
vite. Risquant ma réputation et ma liberté sur une intuition fulgurante, j'assurai mon revolver dans ma main
valide, le braquai sur le groupe et dis d'une voix
tremblante :

— Faroux, mon vieux, vous est-il déjà arrivé
d'appréhender un de vos supérieurs ?

*
**

— Bernier était un joueur, dis-je quelques heures plus
tard devant un auditoire restreint mais attentif. Lors de
notre première rencontre, à l'hôpital, il était en habit
de soirée. Il sortait d'un tripot. A mon retour à Paris,
Faroux me demanda si le commissaire Bernier dont je
lui parlais était celui qu'il avait connu dans le temps.
Le signalement qu'il m'en fournit était conforme à celui
du personnage. Il me raconta qu'il avait été déplacé à
cause de certaines histoires louches. Il ne s'était main-
tenu à son poste que grâce à ses relations politiques.
Pour l'argent, nécessaire à la satisfaction de sa passion,
il accepta, sur la proposition de Montbrison, connaissance de cercle, de trahir son devoir, de faire dévier
l'enquête, d'étouffer l'affaire. Il accepta les yeux fermés la version de l'avocat, voulut me la faire partager,
fit tout ce qu'il put pour me convaincre de la culpabilité
de Jalome, poussa le raffinement jusqu'à me permettre
de l'accompagner au domicile de celui-ci, afin que
j'assiste à la découverte du revolver, essaya de me faire
prendre Lafalaise pour ce qu'il n'était pas et n'accorda
volontairement aucun crédit au témoignage de l'agent
patrouilleur qui avait aperçu de la lumière dans l'appartement de mon agresseur. Comme, de mon côté, j'avais
fait preuve de ma réserve habituelle, il ignorait que je

savais pas mal de choses. Montbrison aussi et c'était pourquoi ils acceptèrent sans méfiance mon invitation, qui, en soi, n'avait rien d'extraordinaire. C'est Noël... Et ils étaient loin de se douter de ce qu'un K.G.F. affaibli (ils ont commis l'erreur de croire que j'étais revenu de captivité entièrement gâteux) leur réservait.

« Lorsque l'avocat glissa sur la perle, je me demandai d'où sortait celle-ci. Pas du flacon, puisqu'il était toujours solidement bouché. Et pourquoi ce flacon n'était-il pas plein ? Fallait-il songer à un autre complice, présent chez moi, qui, lesté de sa part du butin, aurait par mégarde, en ôtant son pardessus par exemple, laissé tomber une de ces perles ? Chacun de mes invités s'était débarrassé lui-même de son vêtement dans l'entrée ; un seul, Bernier, avait enlevé son imperméable devant nous et Reboul, le pliant sur son bras, l'avait emporté vers la penderie. C'est pendant ce court voyage que, le tube contenant les perles étant mal bouché, une de celles-ci tomba sur le tapis de l'entrée. À part Covet, vieil ami de toujours, au-dessus de tout soupçon et que je n'avais taquiné au cours de la soirée que par cabotinage et pour dérouter et énerver le vrai coupable, le seul autre Lyonnais présent était Bernier. Bernier que rien de spécial n'appelait à Paris pour les fêtes (il n'y a pas de parents et ses collègues du Quai lui battent froid), Bernier qui s'était empressé de fouiller Montbrison et avait essayé de dissimuler sa découverte du flacon... Un flacon qui, pourtant, devait attirer l'attention d'un policier... Je compris également le sourire sardonique et nullement inquiet de l'avocat lorsqu'il prit congé de nous tous. L'affaire de Perrache devant être jugée à Lyon, il comptait sur Bernier pour favoriser une évasion. Toutes ces choses, si longues à exposer, défilèrent dans mon cerveau en l'espace de quelques secondes. Sans plus réfléchir, je risquai le tout pour le tout...

– Et on trouva, dit Hélène Chatelain, l'autre partie du magot sur cet individu.

CHAPITRE XI

LE PREMIER MEURTRE

Le lendemain, Hélène et moi allâmes à la clinique constater l'amélioration sensible de l'état de l'homonyme de ma secrétaire. Il faisait une belle journée claire. Un soleil joyeux faisait scintiller la neige. Je pensai à ce pauvre Bob qui aimait tant les sports d'hiver.

– C'était un brave garçon, ce Colomer, dis-je. Blessé à mort et ne réalisant pas bien par qui, il ne pense qu'à une chose : me faire bénéficier de sa science touchant Georges Parry, d'où son avertissement : « 120, rue de la Gare », comptant sur mon ingéniosité pour tirer le maximum de cette indication...

– Oui, dit Hélène. L'agence Fiat Lux perd gros en le perdant.

À la clinique, Hubert Dorcières, informé de notre arrivée, se précipita vers nous, rajeuni de dix ans.

– Nous l'avons sauvée ! s'écria-t-il. Sauvée, sauvée. Elle vivra. Quelle joie, quelle joie !...

Il nous serra la main avec chaleur, comme si nous étions responsables de cette réussite de l'art chirurgical et nous conduisit au chevet de la malade.

– Bonjour, petite fille, dis-je. Alors, on est absolument hors de danger ? Vous m'en voyez très heureux.

220 RUE DE LA GARE

Surtout que, métier oblige, j'ai encore quelques questions à vous poser.

– Encore ! soupira-t-elle.

Sa voix était douce, harmonieuse et émouvante.

– Presque rien. Je voudrais savoir...

En substance, elle nous fit le récit suivant :

Lorsqu'elle avait vu Montbrison tirer sur Bob, elle avait sorti son revolver, obéissant à un réflexe pour ainsi dire atavique et à des sentiments complexes – désir de venger Colomer et crainte de voir l'avocat la prendre pour deuxième cible. Geste dérisoire, si l'on voulait bien concevoir que cette arme qu'elle faisait suivre par fanfaronnade et gaminerie avait son cran de sûreté en place depuis si longtemps qu'il n'était plus manœuvrable. Elle avait réussi à quitter la gare en profitant d'un passage où aucun barrage n'était encore établi. Rentrée chez elle, elle y trouvait le testament et comprenait immédiatement qu'il s'agissait de la villa de Châtillon dont Colomer avait crié l'adresse en mourant. Elle ne comprit pas comment il avait su deviner cela. (Pour ne pas ternir la mémoire du mort, je ne le lui expliquai pas.) Elle prit le premier train pour la ligne qu'elle franchit en fraude. Depuis qu'elle était à Paris, elle passait ses nuits – les visites diurnes pouvaient éveiller l'attention – dans cette demeure à la recherche du trésor. Non pour se l'approprier, mais pour le remettre secrètement à la police. Le soir où nous l'avions trouvée blessée, elle avait constaté en arrivant que les portes étaient forcées et qu'on avait sauvagement fouillé la maison dans la journée. Plus tard, entendant le retour des visiteurs, elle s'était cachée dans le petit réduit. Elle avait reconnu Montbrison et son valet. Le reste s'était déroulé comme je l'avais imaginé.

– Ce cauchemar est terminé, dis-je, en lui caressant sa main fine. Aviez-vous dévoilé à Colomer votre véritable identité ?

– Non.

– Il l'a soupçonnée. Savez-vous comment ?

– Sans doute une photo de père qu'il a dû remarquer chez moi. Et puis, un jour, j'ai commis une gaffe...

– Laquelle

– Je suis née le 10 octobre 1920 et non le 18 juin 1921. Le 10 octobre dernier, Bob, sans aucune idée de derrière la tête, du moins je le suppose, m'a apporté des fleurs. Je l'ai remercié vivement, lui ai dit que c'était gentil d'avoir pensé à me souhaiter mon anniversaire. Je me suis reprise aussitôt et ai inventé une histoire à dormir debout. Cela a dû lui paraître étrange...

– Probable. Et comme certains articles de journaux – je ne parle pas des coupures trouvées en sa possession, mais d'autres textes moins succincts, tels ceux que j'ai lus à la Bibliothèque nationale – mentionnaient l'existence d'une enfant et donnaient, entre autres détails, sa date de naissance, il a vu ses soupçons confirmés.

Nous gardâmes un instant le silence. Je le rompis en disant :

– Que ferez-vous en sortant d'ici ?

– Je ne sais pas, répondit-elle, avec lassitude. (Ses yeux magnifiques étaient plus troublants que jamais.) Je crains que votre ami l'inspecteur ne veuille s'occuper de moi... Faux papiers...

– Ta ! ta ! ta ! Il passera la main. Vous sortirez d'ici sans être inquiétée. Et si quelque chose cloche, venez me voir.

– Merci, monsieur Burma. Bob m'a souvent parlé de vous. Il me disait que vous étiez un chic type.

– Cela dépend des jours, souris-je. Mais, pour vous, je serai de bonne humeur tant qu'il faudra. Le sort est curieux. Les ex-ennemis de votre père seront désormais vos meilleurs amis.

Lorsque nous la quittâmes, ses beaux yeux, aux profondeurs nostalgiques, étaient humides.

Dorcières tint à nous reconduire jusqu'à la porte de

la rue. Dans ses mains effilées de chirurgien, il broya les nôtres. Il n'avait plus la morgue hautaine que je lui avais connue au stalag. Un autre homme. Tout son être exprimait la plus grande émotion.

— Quelle joie ! monsieur Burma, quelle joie ! L'avoir sauvée. Combien je vous remercie de m'avoir amené cette blessée... Mon Dieu... il fallait que je la sauve... et je l'ai sauvée...

— Fichtre ! ricana Hélène Chatelain, en tournant le coin de la rue, ce M. Dorcières est bien exalté. L'amour ?

— Non.

Je lui saisis le bras et l'immobilisai.

— Non, répétai-je. À propos, cette histoire va me faire une publicité avantageuse. J'ai envie de rouvrir l'Agence. Êtes-vous disposée à plaquer Lectout ?

— Et comment ! s'exclama-t-elle, avec une joie sincère.

— Alors, je puis tout vous dire. Et vous comprendrez pourquoi ce chirurgien est si heureux d'avoir sauvé cette fille. Combien croyez-vous qu'il y a de morts, dans cette affaire ?

— Deux. Colomer et Gustave, le larbin... Ah ! il y a aussi Jalome. Je crois que c'est tout.

— Vous oubliez le principal cadavre... Georges Parry.

— Mais sa mort fut naturelle ?

— Non. C'est Dorcières qui lui a fait une piqûre de sa composition.

Hélène ne cacha pas sa stupéfaction et faillit pousser un cri.

— C'est lui le chirurgien qui a maquillé Parry, continuai-je. Il m'a tout avoué cette nuit. Il avait accepté d'intervenir par orgueil et curiosité scientifique. L'opération réussit brillamment. Mais Parry n'était pas plus régulier que son homme de confiance : Montbrison. Pour marquer sa gratitude au chirurgien, il lui souffla sa maîtresse. (Nous ne savons ce qu'est devenue cette femme.) Fou de rage, Dorcières ne pouvait se venger. Dénoncer Jo, c'était se dénoncer soi-même, perdre sa situation, son honneur. D'autre part, il n'était pas enclin, pour les mêmes raisons, à attirer le gangster dans un guet-apens et à le trucider. Mais le sort est curieux, j'en ai fait l'observation il y a quelques minutes. Le hasard met Dorcières en présence de son heureux rival au *Lazarett* du stalag. À sa merci, absolument. L'homme n'est qu'un matricule dont la mémoire a sombré. L'occasion est inespérée. Mais, attention... Il y a, au camp, un homme à ne pas négliger. Cet homme c'est...

— ... Mon intelligent et subtil patron...

— Pas en chair, mais en os. Que sait Nestor Burma sur cet amnésique ? Le meilleur moyen de s'en rendre compte est d'avoir un entretien avec lui. Et c'est pourquoi Dorcières, qui m'a reconnu depuis longtemps sans juger bon de renouer relations, m'aborde... spontanément. Notre conversation ne l'éclaire pas beaucoup. Mais, lorsque je lui demande de me procurer une place au *Lazarett*, il accueille cette requête avec un évident déplaisir. Il promet et ne s'occupe de rien. Je réussis tout de même à me faire embaucher à l'hôpital. Tant que je serai là, il ne tentera rien contre Parry. Et c'est le jour où je m'absente qu'il commet son...

— Son crime ?

— J'hésite à employer ce mot parce que Jo Tour Eiffel en avait assez fait pour mériter une telle fin. Et puis, un amnésique... En somme, c'est un autre service qu'il lui a rendu...

— Vous avez toujours une admirable façon de considérer les choses.

— Je suis plus cynique que ce toubib, en effet. Car lui, depuis ce jour, est bourrelé de remords. Il en perd le boire et le manger. Il est prêt à toutes les bêtises. Et il en commet une, que j'atténue fort heureusement, l'autre soir. Je fais allusion à la surprenante réception qu'il nous réserve lorsque nous forçons sa porte. Il me l'a dit : lorsque le valet a annoncé Burma et un inspecteur de police, il s'est imaginé que je savais tout et que nous venions l'arrêter.

— Et il a essayé de racheter son... crime en sauvant la fille de sa victime ?

— Oui. S'il n'y était pas parvenu, je crois qu'il se serait suicidé. Mais maintenant, c'est un autre homme... Excusez-moi.

Nous passions devant une fleuriste. J'entrai dans la boutique. Lorsque j'en ressortis :

— C'était pour envoyer à Mlle Parry ? demanda Hélène.

— Oui.

Elle me prit le bras et plongea ses yeux gris, où dansait une lueur malicieuse, dans les miens.

— Nestor Burma, dit-elle sur un ton d'amicale gronderie. Est-ce que...

— Mais non, fis-je en me dégageant. Et puis, après tout, un détective privé et une fille de gangster...

— Cela ferait un joli couple, pour sûr. Cela donnerait surtout de curieux rejetons.

Paris-Châtillon, 1942.

LES CLÉS DE L'ŒUVRE

I - AU FIL DU TEXTE

II - DOSSIER HISTORIQUE ET LITTÉRAIRE

Pour approfondir votre lecture, LIRE vous propose une sélection commentée :
• de morceaux « classiques » devenus incontournables, signalés par ➛ (droit au but).
• d'extraits représentatifs de l'œuvre, signalés par ➥ (en flânant).

AU FIL DU TEXTE

I - DÉCOUVRIR

> **La phrase clé**
>
> « Burma... Burma, haleta-t-il. C'est inespéré... Descendez, bon
> sang, descendez... j'ai trouvé quelque chose de formidable...
> [...] Patron, hurla-t-il. Patron... 120, rue de la Gare... »
>   (Lyon, « La Mort de Bob Colomer », p. 33).

• **LA DATE**

Écrit en 1942, le roman est publié à la fin de 1943. Regard
sur ces années noires :

1942

janvier :   parution du *Silence de la mer* de Vercors.

15 févr. :   les Japonais contre lesquels l'Amérique est entrée
                 en guerre le 8 décembre 1941 prennent Singapour.

19 févr. :   le procès de Riom destiné à juger les « responsa-
                 bles » de la défaite française commence.

27 mars :   premier convoi de déportés « raciaux ». C'est à ce
                 moment que naît le mouvement de Résistance,
                 Francs-Tireurs et Partisans français (FTP).

5 avril :   la Gestapo s'installe en zone occupée (l'armistice
                 du 22 juin 1940 avait divisé la France en deux
                 zones, l'une occupée, contrôlée directement par les
                 Allemands, l'autre libre, sous le gouvernement
                 français).

18 avril :   Pierre Laval devient chef du gouvernement.

18 mai :   l'Allemagne exige l'envoi d'ouvriers français, c'est
                 le STO (Service du Travail Obligatoire).

29 mai :   obligation pour les Juifs de porter l'étoile jaune en
                 zone occupée.

juillet :   la France libre, dirigée depuis Londres par le géné-
                 ral de Gaulle, devient la France combattante.

16-17 juil. :   rafle du Vél'd'Hiv'. Les Juifs parqués à Drancy
                 seront ensuite déportés.

28 juil. :   *L'Étranger* d'Albert Camus.

20 sept. :   parution du premier numéro des *Lettres françaises*.

8 nov. :	débarquement américain en Afrique du Nord (c'est à ce moment qu'est située une aventure de Nestor Burma, écrite en 1947 : *Le 5ᵉ Procédé*).
11 nov. :	la zone libre est occupée par les Allemands.
8 déc. :	*La Reine morte*, pièce d'Henry de Montherlant.

1943

26 janvier :	création de la Milice, inféodée aux Allemands.
3 juin :	*Les Mouches*, pièce de Jean-Paul Sartre.
25 juin :	*L'Être et le Néant*, traité philosophique de Jean-Paul Sartre.
8 juil. :	date probable de la mort de Jean Moulin, un des chefs de la Résistance en France.
14 juil. :	*L'Honneur des poètes*, recueil de poésie.
8 sept. :	capitulation de l'Italie, après le débarquement des Alliés sur le sol italien.
5 oct. :	libération de la Corse.
18 déc. :	Pétain voit son pouvoir entièrement contrôlé par l'Allemagne.
29 déc. :	création des Forces Françaises de l'Intérieur (FFI).

L'ACTION du roman est contemporaine, ou peu s'en faut, de son écriture. Elle commence en 1941, sans que cela soit clairement précisé, dans un camp de prisonniers et se poursuit à Lyon et à Paris. Il faut sans doute se reporter à la vie personnelle de Malet, pris par les Allemands en juin 1940, envoyé en septembre en Allemagne au Stalag XB, entre Brême et Hambourg, libéré pour raison de santé en avril 1941. Entre ces deux dates, juin 1940 et avril 1941, la France a été vaincue, puis occupée, le général de Gaulle a installé à Londres le gouvernement de la France libre, la Résistance se met difficilement en place, la vie quotidienne devient de plus en plus difficile, beaucoup de Français ont préféré quitter Paris (en zone occupée) pour gagner Lyon (en zone libre) ou le Midi.

Il n'est pas inutile de jeter un regard sur la production littéraire et artistique des années 1940-1943 en dehors de la France.

Dans le domaine qui nous occupe particulièrement, celui du roman policier, notons les romans d'Eric Ambler. Son titre le plus célèbre, *Le Masque de Dimitrios*, a paru en 1939 ; en 1940 ce sera *Voyage avec la peur*. Raymond Chandler, cette même année 1940, publie la plus célèbre des aventures de son héros Philip Marlowe, *Adieu ma jolie*. Il a publié l'année précédente

Le Grand Sommeil [qui donnera naissance à un film célèbre d'Howard Hawks (1946)]. Suivra, en 1943, *La Dame du lac*. Autre grand du roman noir, William Irish dont le chef-d'œuvre *La Mariée était en noir* date de 1940.

Dans le domaine cinématographique, ces années-là sont marquées par quelques chefs-d'œuvre : *Citizen Kane* (Orson Wells, 1941) et *Ossessione* de Lucino Visconti (1942) tiré du roman policier de James Cain, *Le facteur sonne toujours deux fois* (1934). Sans oublier *Le Dictateur* (Charlie Chaplin, 1940), *Rebecca* (Alfred Hitchcock, 1940), *Bambi* (Walt Disney, 1941), *Le Corbeau* (Henri-Georges Clouzot, 1943), *Les bourreaux meurent aussi* (Fritz Lang, 1943) sur la résistance à l'oppression nazie.

• LE TITRE

On le voit apparaître dès le prologue : « Dites à Hélène... 120, rue de la Gare. » À ces mots prononcés par un prisonnier moribond font écho, dans un contexte aussi tragique que crié à Lyon, dans une gare, par Bob Colomer. C'est justement cette localisation qui va égarer Burma. D'autant plus que l'orthographe maladroite de Colomer va l'envoyer d'abord du côté de la gare de Lyon à Paris, tout en y associant la seule Hélène qu'il connaisse, son ancienne secrétaire, Hélène Chatelain. Bref, le titre se présente comme un cryptogramme (voir ci-dessous), une énigme dont il faudra trouver la clé. Le roman est d'ailleurs une sorte de chasse au trésor guidée par des indices très ténus.

Même si, en définitive, la gare en question ne se révèle n'être qu'une adresse, elle est omniprésente dans la première partie du roman. C'est d'un train qui le ramène dans ses foyers que Burma aperçoit son ancien auxiliaire ; c'est le train qui reste pratiquement le seul moyen de contact entre les deux zones.

Ce titre en forme d'adresse préfigure en quelque sorte – mais cela bien sûr Malet ne le sait pas – *Les Nouveaux Mystères de Paris* dont chaque volume est centré sur un arrondissement parisien. On relèvera ainsi : *Le soleil naît derrière le Louvre* (n° 1), *Des kilomètres de linceul* (n° 2), *Fièvre au Marais* (n° 3), *La Nuit de Saint-Germain-des-Prés* (n° 4), *Les Rats de Montsouris* (n° 5), *Corrida aux Champs-Élysées* (n° 7), *Pas de bavards à la Muette* (n° 8), *Les Eaux troubles de Javel* (n° 10), *Casse-pipe à la Nation* (n° 12), *Micmac moche au boul'Mich* (n° 13), *Du rébecca rue des Rosiers* (n° 14), *L'Envahissant Cadavre de la plaine Monceau* (n° 15) et surtout *Brouillard au pont de Tolbiac* (n° 9), disponible en Pocket Classiques, n° 6215.

• **COMPOSITION**

Rigoureuse et linéaire est la composition. Un prologue qui se passe en Allemagne, deux parties, l'une à Lyon, l'autre à Paris. Dans chaque partie, onze chapitres. Une centaine de pages pour chaque partie. Si l'on se penche sur les titres de ces chapitres on s'apercevra qu'ils sont courts (le plus long comporte six mots : « Le Fantôme de Jo Tour Eiffel »), ils rompent sans doute volontairement avec la technique du roman-feuilleton que Malet connaît bien et a pratiquée. Un mot (« Perquisition »), un nom (« Hélène »), parfois le même titre d'une partie à l'autre : ainsi « L'assassin », chapitre XI de la Iʳᵉ partie, IX de la IIᵉ. Bref, on a là une première démonstration de cette littérature coup de poing que va lancer Malet en France.

Le récit est raconté par un narrateur omniprésent. Or si l'écriture à la première personne est en général considérée comme un procédé un peu trop limitatif (on ne peut voir les choses que par le biais d'un seul narrateur), Malet, qui s'est très impliqué dans son œuvre, a préféré le procédé qui permet une sorte de voix off (ce sera surtout la caractéristique de l'excellente série télévisée avec Guy Marchand dans le rôle de Burma), établissant entre l'auteur, le personnage et les lecteurs une sorte de complicité intime. Frédéric Dard n'agira pas autrement avec San-Antonio, poussant le paradoxe jusqu'à donner le même nom à l'auteur et à son personnage... Cependant dans *120, rue de la Gare*, nous ne sommes qu'au début d'un procédé que l'écrivain interrompra par deux fois en donnant la parole à Hélène Chatelain, dans *M'as-tu vu en cadavre* et dans *Boulevard... ossements*.

Reste le problème de l'identification du héros qui dit « je » et du narrateur. Interrogé là-dessus Malet a clairement répondu :

> « Essayez de me suivre : *toutes* les aventures de Burma sont racontées *à la première personne du singulier*, comme c'est le cas pour Ellery Queen, par exemple ; ce qui signifie, en clair, que, tout comme Queen – l'écrivain est lui-même le narrateur des aventures d'Ellery-le-détective –, de même l'écrivain Burma est le rapporteur des aventures du *détective* Nestor ! Dans l'affaire, je ne suis qu'un prête-nom, comme le furent Dannay et Lee pour Queen, Doyle pour Watson-Holmes, voire Leblanc pour Lupin. [...] Essayez donc de comprendre ce syllogisme : Nestor Burma raconte ses aventures

à la première personne, alors que rien n'indique qu'il les écrit, dans son emploi du temps ; or, bien que j'aie dit parfois, sur le ton de la plaisanterie, qu'il m'arrivait de me prendre pour lui, je ne suis pas Nestor Burma. »

Enigmatika, n° 18, mai 1981.

Soit. Léo Malet n'est pas Nestor Burma. Il n'empêche qu'il y a entre le créateur et sa créature bien des liens.

II - LIRE

Pour approfondir votre lecture, LIRE vous propose une sélection commentée :
- *de morceaux « classiques » devenus incontournables, signalés par ◆◆ (droit au but).*
- *d'extraits représentatifs de l'œuvre, signalés par ◌◈ (en flânant).*

◆◆ 1 - **Meurtre sur un quai de gare** de « Grande et élancée... » jusqu'à la fin du chapitre.	pp. 31-33

Première apparition de l'héroïne transformée en femme fatale. Pour les lecteurs de l'époque, la chose était claire, Hélène (on connaîtra son prénom plus tard) est la figure de Michèle Morgan dans son premier succès : *Le Quai des brumes*, réalisé par Marcel Carné en 1938. Grisaille des quais sous la brume, amours tragiques entre Nelly et Jean (Gabin), dialogues célèbres (« T'as d'beaux yeux, tu sais), l'allusion est évidente et Malet la renforce plus loin : Hélène Hogan ressemble à Michèle Morgan. C'est clair. Pourtant, d'autres éléments viennent transformer la scène en séquence cinématographique : le lieu (là aussi, un quai, mais de gare), la pose (debout dans une encoignure), le vêtement dont le nom américain renvoie à d'autres héroïnes, américaines cette fois-ci, le visage (les yeux clairs de Morgan), le vent dans les cheveux, l'arme en poche. Bref, il s'agit, au premier abord, du portrait type de la femme fatale, celle qui apporte le malheur et la mort. Ce qui sera le lot de Colomer. En sera-t-il de même pour Burma, dont la fin du roman laisse supposer un lien plus étroit avec Hélène ?

2 - *Le cryptogramme*
de « La bibliothèque proche » jusqu'à
la fin du chapitre.   pp. 105-107

Malet, malgré son indéniable nouveauté, n'a pu, ici, s'empêcher de sacrifier à un rite qu'il connaît bien – et que condamne
formellement S. S. Van Dine, théoricien du roman policier (voir
plus loin) : le cryptogramme. Plusieurs raisons peuvent le justifier. N'oublions pas que Malet (voir le dossier historique et littéraire) est un grand lecteur de romans populaires et qu'il vient
d'écrire, cette même année 1943, un roman qui ne sera publié
qu'en 1982 : *Vacances sous le pavillon noir*. Le héros en est un
adolescent à qui l'on propose de jouer dans une adaptation du
roman de Stevenson, *L'Île au trésor* (disponible en Pocket Classiques, n° 6065). On se souvient du rôle capital joué par la
fameuse carte qui conduit au trésor. Par ailleurs grand lecteur
de Poe, Malet ne pouvait pas ne pas penser à la nouvelle « Le
Scarabée d'or » des *Histoires extraordinaires*. Ajoutons que la
fréquentation des surréalistes l'a habitué à jouer avec les mots.
Or, justement, la solution de l'énigme passe ici par la confusion
des termes. Le roman de Sade, *Les 120 Journées de Sodome* est
censé conduire à une société la SADE qui se trouve au 120 « en
venant du Lyon » (en fait il s'agit du « Lion » de Denfert-Rochereau). La confusion entre « lion » et « Lyon » amène tout naturellement à la fameuse gare de Lyon, puis à la rue du même
nom. Mais à cette confusion orthographique s'ajoutent deux
autres quiproquos. Hélène n'est pas, comme le pense Burma, sa
secrétaire (qui habite rue de Lyon, mais au 60, ce qui est la
moitié de 120 !) et la rue de la Gare n'existe plus désormais à
Châtillon, destination des chercheurs.

3 - *La belle Hélène*
du début du chapitre jusqu'à
« ... que je trouvai sur mon chemin ».   pp. 131-135

Retrouvailles entre Burma et celle qui sera la fidèle compagne de toutes ses enquêtes, Hélène Chatelain, avec laquelle il
entretiendra des relations ambiguës que Malet n'a pas voulu totalement dévoiler. On pourrait s'interroger sur le désir du romancier de nous montrer son héroïne en position de faiblesse,
enrhumée, en pyjama, les cheveux en désordre. Quel contraste
avec l'autre Hélène, celle du quai de Lyon ! Pourtant, c'est cette
fragilité qui rend Hélène plus humaine que son homonyme. Dès

le début du dialogue, on sent le désir de Burma (« son corps exhalait le même troublant parfum... ») et la réserve d'Hélène (« je vous reçois dans ma chambre [...] parce que c'est la seule pièce de l'appartement où il fasse chaud. Ne vous méprenez pas, patron »). Les relations d'Hélène et de Nestor seront tout au long des aventures du détective placées sous le signe de l'ambiguïté. Avec la complicité de Malet.

●◆ 4 - *Tout s'explique*
de « La règle du jeu... » jusqu'à la fin   pp. 209-218
du chapitre.

Tout s'explique et, là aussi, Malet sacrifie au genre de la « murder-party ». C'est là, en effet, qu'à la fin de l'enquête et du roman, le détective, Poirot ou un autre, réunit tous les protagonistes de l'affaire et en explique les dessous tout en dévoilant l'assassin qui, en général, est présent. C'est exactement ce que va faire Burma. Après une enquête coup de poing, voici un dénouement placé sous le signe de ce Sherlock Holmes qu'il n'aime guère. En effet, c'est une odeur de tabac blond, chez un suspect qui ne fume que des Gauloises, qui éveille la méfiance de Burma. Il se laisse aller donc « à jouer les Sherlock Holmes ». La référence suivante nous renvoie à Edgar Poe et à sa fameuse *Lettre volée* : la meilleure façon de cacher quelque chose, c'est de le laisser bien en vue. Mais l'explication dogmatique et la découverte du coupable masquent un véritable coup de théâtre qui va se produire *in extremis* : l'arrestation du commissaire Bernier.

Ainsi ont été arrêtés deux des représentants des corps les plus respectables de l'État, la justice et la police. Peut-être est-ce là une des façons pour Malet de dire que tout est pourri dans la France de Vichy...

☞ 5 - *Il suffit de passer le pont*
de « Un peu avant le pont de la Boucle... »
jusqu'à « Rien dans sa conduite ne prêtait   pp. 79-82
à suspicion ».

Une des rares scènes d'action d'un roman qui, malgré les apparences, fonctionne plus sur l'atmosphère et le détail que sur l'action pure. Le décor est un peu fantastique, nuit et brouillard. On soupçonne Malet d'avoir, par-delà le roman noir, voulu retrouver un peu de cette atmosphère gothique des premiers romans « noirs », ceux qui se passaient au XVIIIe siècle dans des manoirs hantés. Bonne occasion aussi de montrer que Burma n'hésite pas à faire le coup de poing pour défendre sa vie. Premier épisode d'une longue série qui verra d'ailleurs (voir le dossier littéraire et historique) notre héros recevoir plus souvent de coups qu'il n'en donnera, état qu'il partage avec ses collègues américains.

☞ 6 - *Florimond Faroux*
de « Bonjour, mon vieux, dis-je à Florimond Faroux... » à la fin du chapitre. | pp. 127-130

Après Hélène et avant le journaliste Marc Covet, l'inspecteur, plus tard commissaire, Florimond Faroux va devenir familier aux lecteurs de Malet. Sympathique policier à qui Burma a rendu autrefois service, sans qu'on sache très bien de quoi il s'agit d'ailleurs. Il entretient avec le détective des rapports assez confiants. Il est vrai que celui-ci, contrairement à Holmes avec Lestrade ou à Lupin avec l'inspecteur Ganimard, ne le ridiculise jamais. Au contraire, il lui apporte parfois sur un plateau la solution d'une énigme qui va lui faire grimper un échelon. Ce qui sera sans doute le cas ici, après l'arrestation du commissaire Bernier. Finalement ce vieil anarchiste qu'était resté Malet a mis en scène deux héros policiers fort sympathiques ! Sans compter que dix ans plus tard, en 1952, le héros de *Énigme aux Folies-Bergère* sera un policier de choc, le commissaire Raffin...

☞ 7 - *La scène du crime*
de « Le bois était plus grand... » jusqu'à « ... dans mon portefeuille ». | pp. 153-156

C'est encore une atmosphère de roman fantastique qui préside à la présentation de la « scène du crime », comme l'on dirait aujourd'hui. Vieille maison au milieu des bois, herbes folles, atmosphère de tristesse, odeur de renfermé, bref, il y a là une tentative qui n'est pas sans rappeler Agatha Christie ou, mieux, Simenon. Dans cette maison qui s'est trouvée, en 1940, au milieu des combats, il semble bien que ce soit déroulé un épisode sanglant dont Burma a vu l'ultime dénouement au stalag.

☞ 8 - *120, rue de la Gare*
du début du chapitre
jusqu'à « ... nous étions arrivés à temps ».

pp. 171-175

Une route déserte en pleine nuit, le ciel noir strié par la DCA, on passe du drame au mélodrame. Du moins si l'on en croit une réflexion de Burma : « Belle nuit pour une orgie à la Tour. » Allusion au fameux mélodrame romantique, *La Tour de Nesle* d'Alexandre Dumas, auteur que Malet chérit entre tous (voir plus loin). Il a d'ailleurs écrit des romans de cape et d'épée et ajouté sa note personnelle au *Vicomte de Bragelonne* dans *L'Évasion du masque de fer* (1945, sous le pseudonyme d'Omer Refreger). Quant au *Diamant du huguenot* (1945, toujours sous le même pseudonyme), c'est une aventure où l'on retrouve le Dumas des *Mousquetaires* et le Rostand de *Cyrano de Bergerac*. Commencée sous le signe de Sade, l'enquête se termine sous celui de Dumas, dans une atmosphère d'apocalypse, entre le feu du ciel et celui qui commence à consumer le 120, rue de la Gare.

• **LES THÈMES CLÉS**

Roman policier ou roman historique ?

120, rue de la Gare a toutes les apparences d'un roman policier mais qui tranche singulièrement avec la production contemporaine française. C'est donc, d'une certaine façon, un roman qui marque une rupture dans l'histoire du genre. Il faudra attendre la Libération pour que la célèbre « Série Noire », où d'ailleurs Malet ne fut jamais admis, fasse connaître aux lecteurs les romans noirs de Chandler, de Cheney et de Chase. Historique, le roman l'est aussi parce qu'il marque la naissance de Nestor Burma. Historique, le roman l'est encore puisque, pour la première fois, Malet signe un livre de son nom. En 1943, lors de sa parution, les événements qu'il met en scène, le décor où il les place rendent le son d'un roman contemporain. Notons d'ailleurs que le titre initial, *L'homme qui mourut au stalag*, se voulait encore plus en prise avec l'actualité et qu'il a été refusé pour ces mêmes raisons : il ne semblait pas psychologique de replonger par le biais de la littérature d'évasion les lecteurs enchaînés dans une France occupée. Cela explique peut-être le souci d'alterner les lieux, de faire retrouver au lecteur des vestiges d'une France libre, avocats ou journalistes, venus à Lyon essayer de trouver un peu de liberté. Liberté chichement accordée, semble-t-il.

Qu'en est-il aujourd'hui, plus d'un demi-siècle après ?

C'est là, semble-t-il, que se pose le problème du roman historique. Une première constatation : le petit nombre d'allusions à la guerre. Certes, il y a le prologue et son camp de prisonniers. On peut, bien sûr, faire rapidement le tour des allusions : retour des prisonniers (I, 1), démobilisation progressive de Burma (Ire partie), difficultés de transport pour passer d'une zone à l'autre (Ire partie), tickets de rationnement, rareté des cigarettes américaines (Montbrison a fait une « petite réserve » de Philip Morris), marché noir (Burma mastique un « bifteck illégal »), profiteurs (« [...] nous vivons une curieuse époque... Je connais à Lyon d'ex-traîne-savates qui sont maintenant des roule-carrosses »), etc. Pourtant une absence étonnante : celle des occupants. Pas le moindre Allemand (sauf au stalag, bien sûr). Seuls, dans la dernière partie, « les bruits d'une DCA éloignée ». C'est comme si Malet qui, sans être collaborateur, n'était pas chaud pour les actions de la Résistance, avait voulu gommer l'arrière-plan historique, en le limitant aux détails de la vie quotidienne. On a d'ailleurs la curieuse impression – ce que l'Histoire ne dément pas – qu'au milieu des horreurs de la guerre, des atrocités de la collaboration, des rafles et des déportations, une majorité de Français continuaient, tant bien que mal, une existence chaotique, dans une société qui avait gardé toutes les formes de l'avant-guerre. Surtout chez les policiers dont quelques-uns se montrent ici plus ripoux que les autres, mais pour des raisons qui n'ont rien à voir avec les circonstances. Roman policier, oui, roman noir, soit, roman historique, avec bien des nuances. Il faudra attendre d'autres titres pour retrouver Burma plongé dans le Paris occupé (*Nestor Burma contre CQFD*, 1945) ; mêlé, en novembre 1942, à une affaire d'espionnage (*Le Cinquième Procédé*, 1947) : aider sa secrétaire à échapper, en février 1944, aux Allemands (*Hélène en danger*, 1949).

Si Malet restera comme le peintre du Paris des années 1940-1960, c'est d'abord du Paris de l'Occupation, dont par instants s'échappent des tranches de vie :

– la surveillance constante : « J'atteignis la rue Fontaine après avoir été sommé quatre fois de produire mon *ausweis*, moitié par des Français, moitié par des patrouilles allemandes, et entrai dans le premier établissement « ouvert de 22 heures à l'aube » qui s'offrit à ma vue. » (*N.B. contre CQFD*, IX) ; les restrictions : « Les ménagères qui faisaient la queue devant une boutique me semblèrent toutes gracieuses. Elles se chamaillaient bien un peu, rapport aux cartes de priorité, mais je n'entendis pas leurs propos. » (*Ibid.*, I) ;

— et surtout les alertes : « Un agent de police, flanqué d'un gars de la DP porteur d'un casque trop vaste pour sa tête, se dressa devant nous. On aurait juré deux diables sortant de leur boîte. Le gardien de la paix tenait entre ses lèvres un sifflet de métal dont il tirait des sons stridents. [...] Le feu de la DCA redoubla de violence. Une véritable grêle de fragments d'obus arrosa la rue, cependant qu'une explosion très rapprochée secouait les vitres de la loge du concierge. [...] La cave était spacieuse, bien éclairée. [...] Tout le monde se marrait ou presque. Là-haut, la sarabande continuait : les bruits nous en parvenaient assourdis. Et voilà pourquoi des visages restaient sévères. [...] Quelques instants passèrent, qui nous parurent des siècles. Personne ne disait plus rien. [...] Les abois furieux de la DCA ne nous parvenaient plus. [...] Je me hasardai sur le trottoir, désert comme par un matin de 15 août. » (*Ibid.*, I & II.)

Naissance d'un privé à la française

C'est par commodité que Malet choisit pour la majorité de ses romans un héros qui n'est pas dans la tradition française et dont l'activité n'est pas reconnue, du moins à cette époque (et même encore aujourd'hui) comme aux États-Unis : un détective privé. Le romancier s'en est d'ailleurs expliqué.

On apprendra plus tard des détails sur les antécédents de Burma. Il a été anarchiste dans sa jeunesse, né en 1909 (comme Malet, justement) le lecteur devait le retrouver dans un flash-back d'un roman inachevé, *Les Neiges de Montmartre*, consacré au XVIIIe arrondissement dans la série des *Nouveaux Mystères de Paris*. En voici un extrait :

> « Battue par la bise glaciale de cette nuit de février 1926, la misérable baraque en planches se dressait sur la zone, piquée çà et là de plaques de neige, de la porte d'Aubervilliers, entre les lugubres gazomètres de la rue de l'Évangile et les fortifs en voie de démolition. Au centre de l'unique pièce de la bicoque, sommairement meublée d'un lit de fer, d'une table boiteuse, d'une chaise fauchée dans un square, et où une vétuste cuisinière modèle Landru répandait par toutes ses fissures des filets de fumée jaune à l'âcre odeur de charbon de basse qualité, il y avait le coffre-fort. Et autour du coffre, nous étions quatre, à regarder l'acier bruni jeter des reflets sombres et vénéneux que lui arrachait la lampe à pétrole suspendue au plafond.

Trois d'entre nous portaient ce qu'on pouvait appeler l'uniforme des anarchistes de ce temps-là, c'est-à-dire complet et raglan noirs, cravate lavallière de même teinte, feutre à larges bords des rapins de Montmartre et cheveux longs tombant sur les épaules.

Un peu plus tard, pataugeant dans la neige qui se transformait en une infecte gadoue, je me dirigeai vers le cabaret de *La Vache enragée*, place Constantin-Pecqueur. Dans ce lieu, c'était moi le benjamin de la maison, le plus jeune chansonnier de la Butte. Le plus mauvais, aussi. C'est pourquoi ça ne me rapportait guère. Vraiment ! j'en étais des choses ! Chansonnier au biberon, porte-plume d'un maître chanteur illettré, et raide comme une passe. Mais j'étais à Paris et lorsque, devant le Sacré-Cœur, certains soirs, accoudé à la balustrade de fer qui domine le square Saint-Pierre, je regardais au loin moutonner le chaos des toits et s'embraser la tour Eiffel dans un délire de pyrotechnie publicitaire due à Jacopozzi et André Citroën, je ne sentais plus mon froid aux pinceaux, ni mes crampes d'estomac. J'étais un cas, pas d'erreur. Pour en revenir au jour qui nous occupe, et à *La Vache enragée*, le poète beauceron Maurice Hallé, maître de céans et maire de la Commune libre, en proie à ses tics familiers (froncement des sourcils, dilatation des narines, mouvement des épaules comme s'il équilibrait un havresac), était en train de casser la croûte, lorsque je poussai la porte aux rideaux pseudo-campagnards à carreaux rouges et blancs.

Il m'offrit un jus et m'expliqua que le facteur était passé, mais qu'il n'y avait pas de lettre pour moi.

Mais il y en eut une au courrier de l'après-midi.

Répondant par retour à mon S.O.S., mon grand-père, raclant le fonds de tiroirs, m'envoyait un mandat de mille francs, représentant à la fois des étrennes tardives pour le jour de l'An et mon cadeau anticipé d'anniversaire. C'était foutre vrai que j'allais bientôt avoir 17 ans révolus, comme disait mon instituteur. Le 7 mars prochain. Ah ! merde ! (C'étaient les mille balles qui motivaient cette exclamation.) Mille balles ! Une vraie petite fortune. Je ne savais par quel bout l'entamer. La tête me tournait.

J'encaissai le mandat au bureau de poste de la place des Abbesses, expédiai un mot de remerciement au « papé », mis ma pipe en service, m'achetai une paire de grolles – laissant les anciennes au vendeur pour qu'il philosophe un peu dessus –, engloutis un énorme sandwich (spécialité de la maison) à la charcuterie de Pigalle, allai me taper en tapinois un tapin de la rue Forest à qui j'avais déjà eu recours, et terminai ce

semblant de ribouldingue au Gaumont-Palace. Pas loin de là,
à l'Artistic, rue de Douai, on donnait *La Ruée vers l'or*, mais
ces histoires de neige et de lacets en guise de macaronis, ça
ne m'emballait pas. J'allai donc au Gaumont où on projetait
L'Enfant prodigue avec un nommé Wallace Beery au milieu
de cinq mille figurants, et je m'endormis dans mon fauteuil,
en dépit des effets sonores qu'un Paderewski de contrebande
tirait de son piano.

Lorsque je me réveillai, il était de nouveau l'heure d'aller
bouffer un sandwich, mais trop tard pour me frusquer de neuf,
comme j'en avais eu vaguement l'intention un peu plus tôt.

À dix heures du soir, je ralliai *La Vache enragée* où,
devant un public indulgent à mon jeune âge, je débitai,
comme d'habitude, ma salade médiocre. J'y passai la soirée,
toujours comme d'habitude, à n'entendre, ce jour-là, que des
propos touchant l'état de santé du peintre Adolphe Willette,
qui devait casser sa pipe quelques jours plus tard, d'ailleurs,
et à la fermeture je m'aperçus que j'avais négligé de me
mettre en règle avec l'autre vache, mon marchand de sommeil de la rue des Portes-Blanches. Aucune importance. Cette
nuit-là encore, je la passerais sur le matelas que m'avait prêté
Delaudrain. »

On apprend, par ailleurs, les origines de l'Agence Fiat Lux
(« Que la lumière soit ») dans *Gros Plan sur le macchabée*
(1949) : c'est un assassin démasqué qui va remettre à Burma la
forte somme qui lui permettra d'ouvrir son agence. Ici et là, le
lecteur glanera, chichement d'ailleurs, des détails qui lui permettront de connaître un peu mieux Burma. Mais il n'y aura rien
de comparable avec la saga de Holmes ou celle de Lupin qui
permettront à des exégètes d'écrire de véritables biographies fan-
tasmatiques de leurs héros. Ce que d'autres feront, par exemple,
avec Tarzan. Au fond, Burma reste assez impalpable. Rien sur
son enfance et son adolescence, ou si peu. C'est un homme qui
va vivre au présent et dont on sait seulement que les femmes
qu'il aime meurent à la fin du livre, dans la plus pure tradition
des héroïnes romantiques ; héroïnes du mal ou du bien, il y a
chez elles de la Mylady ou de la Constance Bonacieux des
Mousquetaires...

Mais il arrive avec Burma ce qui arrive la plupart du temps
avec la première apparition d'un personnage (voir ci-dessous),
l'auteur ne sait pas qu'il devra lui inventer une vie antérieure et
lui donner un peu plus d'épaisseur que quelques centaines de
pages. À part sa pipe, Burma n'a aucune manie. C'est pour cela

d'ailleurs que la série télévisée a éprouvé le besoin de l'humaniser en le faisant jouer du saxophone et s'occuper tendrement d'un chat. Cet adoucissement d'un portrait au couteau relève des habitudes télévisuelles. Rien de tel chez Malet : Burma n'est pas un tendre, même s'il a parfois du cœur. Ce n'est pas non plus un homme d'argent ou un homme à femmes. Certes, comme son géniteur, il y est très sensible mais réserve à une seule femme un amour qui ne dure que le temps d'un roman. C'est à croire que sa secrétaire, nurse et infirmière à la fois, dont le charme ne le laisse pas insensible, suffit à calmer les ardeurs qu'on ne verra guère en éveil dans *120, rue de la Gare.*

Si l'amour n'occupe qu'une place mineure dans la vie de Burma, il est fidèle en amitié. Voyez avec quelle sollicitude, une fois de retour à Paris, il s'est soucié du sort de ses anciens collaborateurs :

> « J'avais l'après-midi de libre. J'en profitais pour effectuer quelques visites aux domiciles de mes anciens agents. J'appris ainsi que Roger Zavatter était lui aussi prisonnier, que, moins chanceux, Jules Leblanc était mort et qu'enfin, tenant le milieu entre ces deux braves garçons, Louis Reboul avait perdu le bras droit dès les premiers engagements de la "drôle de guerre", au cours d'une rencontre de corps francs sur la ligne Maginot. »

En face de Burma des truands de grande envergure. N'oublions pas que les années de guerre furent propices, avec l'aide de la Gestapo, à l'éclosion de bandes dont certaines se trouvèrent du bon côté de la barricade, fort opportunément à la Libération. Ces années d'après-guerre qui voient un milieu au mieux de sa forme (le gang des tractions-avant, Pierrot le Fou, etc.), on en trouve déjà des germes avant-guerre. Le héros de notre roman ne fait pas partie d'un gang, c'est un cambrioleur solitaire que Burma a déjà arrêté, Jo Tour Eiffel, cultivé, élégant, « féru de rébus, devinettes, mots croisés, calembours, jeux de mots et autres amusettes enfantines ». On comprend mieux pourquoi il a protégé son butin par une énigme.

Ainsi donc, dès sa première apparition Burma séduit ses lecteurs. Il faut croire qu'il y avait là, comme on dit, « un horizon d'attente ». Autrement dit, les lecteurs français résistaient dans leur fauteuil et dans leurs pantoufles en applaudissant aux exploits d'un détective en qui ils devaient vaguement retrouver un goût d'outre-Atlantique. Et dont, par ailleurs, l'attitude assez tiède envers les mouvements de Résistance était comme un écho à leur refus – sauf en cas de nécessité absolue – de lutter activement, du moins en 1943 – contre un occupant qu'ils tentaient d'ignorer. Exactement comme Malet dans ses romans, à commencer par celui-ci.

Moins d'un demi-siècle plus tard, lorsque s'achève, sur une nouvelle, la saga de Burma, force sera de constater sa popularité. Au point qu'il figure, avec Rocambole, Lupin, Rouletabille, Fantômas et Maigret, dans la série philatélique de 1996 : « Héros français du roman policier ».

III - POURSUIVRE

• LECTURES CROISÉES/GROUPEMENTS DE TEXTES

1. Le retour du héros

La mythologie a habitué les lecteurs aux cycles de héros qui se nomment Hercule, Jason ou Ulysse. Il est rare, en revanche, qu'un romancier au moment où il crée un personnage décide de lui façonner un destin à travers maintes aventures qui vont se dérouler tout au long de son existence. Ainsi a fait Malet avec Nestor Burma. On a regroupé dans les pages qui suivent plusieurs héros de la littérature, surtout française, excluant délibérément les personnages de romans policiers qu'on retrouvera plus loin.

On s'imagine habituellement que seul le roman d'aventures a systématiquement joué sur le retour du héros. Les exemples suivants montrent qu'il n'en est rien. Un personnage peut revenir tout au long du théâtre d'un auteur. C'est le cas de Sganarelle avec Molière mais, là, le personnage prend des formes différentes selon les pièces. En revanche, tout au long de la trilogie de Beaumarchais, FIGARO demeure égal à lui-même. Mais c'est le XIXe siècle, avec Balzac, qui a systématisé, non seulement, comme dans *La Comédie humaine*, le retour des personnages mais encore leur réapparition tout au long du cycle. On citera ici RASTIGNAC (doc. 1), présent dans 27 romans de Balzac. VAUTRIN (doc. 2), lui, ne l'est que dans trois, mais parmi les plus importants. On retrouvera, dans le domaine du roman de cape et d'épée, d'ARTAGNAN (doc. 3 et 4), tout au long de la trilogie des *Mousquetaires* et, dans celui du roman d'aventures, le NEMO (doc. 5) de Jules Verne. Dans le registre comique on songera à TARTARIN (doc. 6), héros de trois romans de Daudet et dans celui du roman-feuilleton le célèbre ROCAMBOLE (doc. 7), héros de Ponson du Terrail et dont le nom a donné naissance à un adjectif : rocambolesque !

Document n° 1

RASTIGNAC

Bien qu'il soit d'origine modeste, ce personnage est l'un des plus prestigieux de La Comédie humaine *de Balzac, où il apparaît dans vingt-sept romans. Type même du petit provincial aux dents longues, Rastignac apprend très vite qu'il ne pourra satisfaire ses immenses ambitions que grâce à l'argent et que les femmes sont le meilleur moyen de « parvenir ». En ce sens, il représente les aspirations de ces jeunes gens des années 1820, impatients d'accéder aux honneurs et à la fortune que leur réserve la société de la Restauration.*

Venu à Paris à l'âge de vingt ans pour y faire son droit, Rastignac est, au début du Père Goriot, *un jeune homme vertueux et idéaliste, convaincu que la réussite sociale est le fruit d'un travail honnête et acharné. Mais dans la sordide pension de Mme Vauquer où les maigres subsides que lui envoie sa famille l'obligent à vivre, il va progressivement perdre ses illusions et apprendre les recettes du succès. S'il s'y lie d'amitié avec le valeureux Bianchon, c'est surtout Vautrin qui est son véritable initiateur : celui-ci n'envisage-t-il pas cyniquement de lui assurer la fortune en lui faisant épouser Victorine Taillefer qui aura un million de dot... une fois que son frère aura été assassiné ? Rastignac est bien sûr horrifié par l'ignoble proposition de l'ancien forçat, mais la fin lamentable de Goriot, vieillard autrefois richissime abandonné par ses filles auxquelles il s'est sacrifié, l'édifie sur les mœurs parisiennes, et Mme de Beauséant, une cousine très en vue dans le faubourg Saint-Germain, lui enseigne à voir le monde comme il est : « infâme et méchant ». Convaincu alors que « Vautrin a raison : la fortune est la vertu », Rastignac, avide de puissance et de gloire, devient un froid calculateur, sans scrupules ; il est décidé à conquérir Paris : « À nous deux maintenant ! »*

« Eugène de Rastignac était revenu dans une disposition d'esprit que doivent avoir connue les jeunes gens supérieurs, ou ceux auxquels une position difficile communique momentanément les qualités des hommes d'élite. Pendant sa première année de séjour à Paris, le peu de travail que veulent les premiers grades à prendre dans la Faculté l'avait laissé libre de goûter les délices visibles du Paris matériel. Un étudiant n'a pas trop de temps s'il veut connaître le répertoire de chaque théâtre, étudier les issues du labyrinthe parisien, savoir les usages, apprendre la langue et s'habituer aux plaisirs particuliers de la capitale ; fouiller les bons et les mauvais endroits, suivre les cours qui amusent, inventorier les richesses des musées. Un étudiant se passionne alors pour des niaiseries qui lui paraissent grandioses. Il a son grand homme, un professeur du Collège de France, payé pour se tenir à la hauteur de son auditoire. Il rehausse sa cravate et se pose pour la femme des premières galeries de l'Opéra-Comique. Dans ces initiations successives, il se dépouille de son aubier, agrandit l'horizon de sa vie, et finit par concevoir la superposition des couches humaines qui composent la société. S'il a commencé par admirer les voitures au défilé des Champs-Élysées par un beau soleil, il arrive bientôt à les envier. Eugène avait subi cet apprentissage à son insu, quand il partit en vacances, après avoir été reçu bachelier ès Lettres et bachelier en Droit. Ses illusions d'enfance, ses idées de province avaient disparu. Son intelligence modifiée, son ambition exaltée lui firent voir juste au milieu du manoir paternel, au sein de la famille. Son père, sa mère, ses deux frères, ses deux sœurs, et une tante dont la fortune consistait en pensions, vivaient sur la petite terre de Rastignac. Ce domaine d'un revenu d'environ trois mille francs était soumis à l'incertitude qui régit le produit tout industriel de la vigne, et néanmoins il fallait en extraire chaque année douze cents francs pour lui. L'aspect de cette constante détresse qui lui était généreusement cachée, la comparaison qu'il fut forcé d'établir entre ses sœurs, qui lui semblaient si belles dans son enfance, et les femmes de Paris, qui lui avaient réalisé le type d'une beauté rêvée, l'avenir incertain de cette nombreuse famille qui reposait sur lui, la parcimonieuse attention avec laquelle il vit serrer les plus minces productions, la boisson faite pour sa famille avec les marcs de pressoir, enfin une foule de circonstances inutiles à consigner ici, décuplèrent son désir de parvenir et lui donnèrent soif des distinctions. Comme il arrive aux âmes grandes, il voulut ne rien devoir qu'à son mérite. Mais son esprit était éminemment méridional ; à l'exécution, ses déterminations devaient donc être frappées de ces hésitations qui saisissent les jeunes gens quand ils se trouvent en pleine mer, sans savoir ni de quel côté diriger leurs forces, ni sous quel angle enfler leurs voiles. Si d'abord il voulut se jeter à corps perdu dans le travail, séduit bientôt par la nécessité de se créer des relations, il remarqua combien les femmes ont d'influence sur la vie sociale, et avisa soudain à se lancer dans le monde, afin d'y conquérir des protectrices : devaient-elles manquer à un jeune homme ardent et spirituel dont l'esprit et l'ardeur étaient rehaussés par une tournure élégante et par une sorte de beauté nerveuse à laquelle les femmes se laissent prendre volontiers ? Ces idées l'assaillirent au milieu des champs, pendant les promenades que jadis il faisait gaiement avec ses sœurs, qui le trouvèrent bien changé. Sa tante, madame de Marcillac, autrefois présentée à la Cour, y avait connu les sommités aristocratiques. Tout à coup le jeune ambitieux reconnut, dans les souvenirs dont sa tante l'avait si souvent bercé, les éléments de plusieurs conquêtes sociales, au moins aussi importantes que celles qu'il entreprenait à l'École de Droit ; il la questionna sur les liens de parenté qui pouvaient encore se renouer. Après avoir secoué les branches de l'arbre généalogique, la vieille dame estima que, de toutes les personnes qui pouvaient servir son neveu parmi la gent égoïste des parents riches, madame la vicomtesse de Beauséant serait la moins récalcitrante. Elle écrivit à cette jeune femme une lettre dans l'ancien style, et la remit à Eugène, en lui disant que, s'il réussissait auprès de la vicomtesse, elle lui ferait retrouver ses autres parents. Quelques jours après son arrivée, Rastignac envoya la lettre de sa tante à madame de Beauséant. La vicomtesse répondit par une invitation de bal pour le lendemain. »

H. de Balzac, *Le Père Goriot*, I
(Pocket Classiques, n° 6023, pp. 50-52).

Document n° 2

VAUTRIN

Retiré à la pension Vauquer sous les apparences d'un honnête rentier, Vautrin révèle assez vite sa véritable personnalité de truand en rupture de ban (Le Père Goriot). *Cynique, dominateur, sûr de lui, il entreprend vainement de corrompre le jeune Rastignac en lui proposant un plan machiavélique : épouser Victorine Taillefer qu'il rétablira dans ses droits d'unique héritière après avoir assassiné son frère ! Dénoncé et démasqué, il aura plus de succès avec le pusillanime Lucien de Rubempré auquel le lie une relation de type homosexuel* (Illusions perdues, Splendeurs et misères des courtisanes). *En fait, derrière cette étrange manière de se réaliser à travers les deux jeunes gens se dissimule, plus que le désir de pervertir, une recherche de sa propre identité. Sans complaisance envers une société dont il ne cesse de leur faire lucidement le procès, il s'emploie à modeler ces jeunes esprits prometteurs, à en faire des doubles de lui-*

même. La preuve en serait aussi les nombreux pseudonymes qu'il prend pour tenter d'échapper, non à sa vraie nature, mais à la justice : Vautrin se nomme en réalité Jacques Collin, dit Trompe-la-mort, alias M. de Saint-Estève, William Barker, l'abbé Carlos Herrera.... Par cette multiplication des personnalités, Vautrin apparaît dans La Comédie humaine *comme un être protéiforme, une sorte de surhomme au service du Mal, titan réfractaire aux allures prométhéennes.*

Impuissant à parvenir à ses fins, incapable de s'intégrer véritablement dans le monde bourgeois, Vautrin, après la trahison de Rubempré qui le dénonce et se suicide dans sa prison, opère une spectaculaire conversion sociale en devenant le chef de la Sûreté. Cette fin romanesque n'a rien d'extravagant : elle rappelle beaucoup l'itinéraire du célèbre Vidocq (1775-1857) qui s'engagea dans la police après avoir été condamné à huit ans de travaux forcés pour faux et dont les Mémoires *(1828-1829) servirent justement de référence à l'histoire de Vautrin. En fait, cette solution était la seule conforme à la logique du personnage qui ne pouvait cesser de se vautrer dans les bas-fonds, comme à la logique d'une société où l'absence de scrupules est – Balzac en est convaincu – le seul moyen de parvenir.*

« – Allons, du calme, maman Vauquer, répondit Vautrin. Là, là, tout beau, nous irons au tir. Il rejoignit Rastignac, qu'il prit familièrement par le bras :

– Quand je vous aurais prouvé qu'à trente-cinq pas je mets cinq fois de suite ma balle dans un as de pique, lui dit-il, cela ne vous ôterait pas votre courage. Vous m'avez l'air d'être un peu rageur, et vous vous feriez tuer comme un imbécile.

– Vous reculez, dit Eugène.

– Ne m'échauffez pas la bile, répondit Vautrin. Il ne fait pas froid ce matin, venez vous asseoir là-bas, dit-il en montrant les sièges peints en vert. Là, personne ne nous entendra. J'ai à causer avec vous. Vous êtes un bon petit jeune homme auquel je ne veux pas de mal. Je vous aime, foi de Tromp... (mille tonnerres !), foi de Vautrin. Pourquoi vous aimé-je je vous le dirai. En attendant, je vous connais comme si je vous avais fait, et vais vous le prouver. Mettez vos sacs là, reprit-il en lui montrant la table ronde.

Rastignac posa son argent sur la table et s'assit en proie à une curiosité que développa chez lui au plus haut degré le changement soudain opéré dans les manières de cet homme, qui, après avoir parlé de le tuer, se posait comme son protecteur.

— Vous voudriez bien savoir qui je suis, ce que j'ai fait, ou ce que je fais, reprit Vautrin. Vous êtes trop curieux, mon petit. Allons, du calme. Vous allez en entendre bien d'autres ! J'ai eu des malheurs. Écoutez-moi d'abord, vous me répondrez après. Voilà ma vie antérieure en trois mots. Qui suis-je ? Vautrin. Que fais-je ? Ce qui me plaît. Passons. Voulez-vous connaître mon caractère ? Je suis bon avec ceux qui me font du bien ou dont le cœur parle au mien. À ceux-là tout est permis, ils peuvent me donner des coups de pied dans les os des jambes sans que je leur dise : *Prends garde !* Mais, nom d'une pipe ! je suis méchant comme le diable avec ceux qui me tracassent, ou qui ne me reviennent pas. Et il est bon de vous apprendre que je me soucie de tuer un homme comme de ça ! dit-il en lançant un jet de salive. Seulement je m'efforce de le tuer proprement, quand il le faut absolument. Je suis ce que vous appelez un artiste. J'ai lu les Mémoires de Benvenuto Cellini, tel que vous me voyez, et en italien encore ! J'ai appris de cet homme-là, qui était un fier luron, à imiter la Providence qui nous tue à tort et à travers, et à aimer le beau partout où il se trouve. N'est-ce pas d'ailleurs une belle partie à jouer que d'être seul contre tous les hommes et d'avoir la chance ? J'ai bien réfléchi à la constitution actuelle de votre désordre social. Mon petit, le duel est un jeu d'enfant, une sottise. Quand de deux hommes vivants l'un doit disparaître, il faut être imbécile pour s'en remettre au hasard. Le duel ? croix ou pile ! voilà. Je mets cinq balles de suite dans un as de pique en enfonçant chaque nouvelle balle sur l'autre, et à trente-cinq pas encore ! quand on est doué de ce petit talent-là, l'on peut se croire sûr d'abattre son homme. Eh bien ! j'ai tiré sur un homme à vingt pas, je l'ai manqué. Le drôle n'avait jamais manié de sa vie un pistolet. Tenez ! dit cet homme extraordinaire en défaisant son gilet et montrant sa poitrine velue comme le dos d'un ours, mais garnie d'un crin fauve qui causait une sorte de dégoût mêlé d'effroi, ce blanc-bec m'a roussi le poil, ajouta-t-il en mettant le doigt de Rastignac sur un trou qu'il avait au sein. Mais dans ce temps-là j'étais un enfant, j'avais votre âge, vingt et un ans. Je croyais encore à quelque chose, à l'amour d'une femme, un tas de bêtises dans lesquelles vous allez vous embarbouiller. Nous nous serions battus, pas vrai ? Vous auriez pu me tuer. Supposez que je sois en terre, où seriez-vous ? Il faudrait décamper, aller en Suisse, manger l'argent de papa, qui n'en a guère. Je vais vous éclairer, moi, la position dans laquelle vous êtes ; mais je vais le faire avec la supériorité d'un homme qui, après avoir examiné les choses d'ici-bas, a vu qu'il n'y avait que deux partis à prendre : ou une stupide obéissance ou la révolte. Je n'obéis à rien, est-ce clair ? »

H. de Balzac, *Le Père Goriot*, II
(Pocket Classiques, n° 6023, pp. 124-126).

Document n° 3

D'ARTAGNAN

En 1841 ou 1842, Dumas emprunte à la bibliothèque de Marseille un livre qu'il ne rendra jamais, les Mémoires de M. d'Artagnan *; son auteur, Gatien Courtilz de Sandras (1644 ou 1647-1712) est l'un de ces pamphlétaires du Grand Siècle dont la vie se passe entre deux exils et deux embastillements. Composés en 1693 à la Bastille, ces Mémoires apocryphes, parus en 1700, vaudront à leur auteur de retourner encore dix ans à la célèbre forteresse. Pauvre cadet de Gascogne né à Lupiac en 1623, Charles de Batz-Castelmore, comte d'Artagnan, fait carrière dans les armes : garde, puis mousquetaire en 1644, il gravit péniblement les échelons de la hiérarchie militaire. Sous-lieutenant, puis capitaine-lieutenant aux mousquetaires en 1667, ses exploits dans le conflit qui oppose la France à la Hollande lui valent le grade de maréchal de camp et la charge de gouverneur de Lille en 1672. À la veille d'être nommé maréchal de France, il tombe au siège de Maestrich, en 1673, la gorge percée d'une balle, en chargeant à la tête de sa compagnie. Il a déjà croisé l'histoire plusieurs fois, la petite quand Mazarin le dépêche en mission auprès de Cromwell, la grande quand Louis XIV le charge, en 1651, d'arrêter le surintendant Fouquet. Moins de deux siècles plus tard, il entre dans la légende.*

Dumas le vieillit d'abord de dix ans (il a dix-huit ans en 1625, au début des Trois Mousquetaires*) ; il le dote de quelques traits empruntés à son frère aîné, Paul, baron de Batz, sire de Castelmore (1610-1704) et à son parent Pierre de Montesquiou, comte d'Artagnan (1645-1725) qui deviendra, lui, maréchal de France. Il le fait évoluer ensuite dans l'univers fiévreux du règne de Louis XIII et des débuts du pouvoir de Louis XIV.*

Dès lors, ce qui n'était chez Sandras qu'une série d'épisodes de la vie d'un personnage haut en couleur, devient une construction monumentale. D'Artagnan en pose la première pierre, un lundi d'avril 1625, en entrant à Meung. Il la clôt, en 1673, sur le champ de bataille. Une épopée d'un demi-siècle qui commence en roman picaresque et s'achève en tragédie, tout entière centrée autour de la figure de d'Artagnan.

« Un jeune homme... – traçons son portrait d'un seul trait de plume : – figurez-vous don Quichotte à dix-huit ans, don Quichotte décorcelé, sans haubert et sans cuissards, don Quichotte revêtu d'un pourpoint de laine dont la couleur bleue s'était transformée en une nuance insaisissable de lie-de-vin et d'azur céleste. Visage long et brun ; la pommette des joues saillante, signe d'astuce ; les muscles maxillaires énormément développés, indice infaillible auquel on reconnaît le Gascon, même sans béret, et notre jeune homme portait un béret orné d'une espèce de plume ; l'œil ouvert et intelligent ; le nez crochu, mais finement dessiné ; trop grand pour un adolescent, trop petit pour un homme fait, et qu'un œil peu exercé eût pris pour un fils de fermier en voyage, sans sa longue épée qui, pendue à un baudrier de peau, battait les mollets de son propriétaire quand il était à pied, et le poil hérissé de sa monture quand il était à cheval.

Car notre jeune homme avait une monture, et cette monture était même si remarquable, qu'elle fut remarquée : c'était un bidet du Béarn, âgé de douze ou quatorze ans, jaune de robe, sans crins à la queue, mais non pas sans javarts aux jambes, et qui, tout en marchant la tête plus bas que les genoux, ce qui rendait inutile l'application de la martingale, faisait encore également ses huit lieues par jour. Malheureusement les qualités de ce cheval étaient si bien cachées sous son poil étrange et son allure incongrue, que dans un temps où tout le monde se connaissait en chevaux, l'apparition du susdit bidet à Meung, où il était entré il y avait un quart d'heure à peu près par la porte de Beaugency, produisit une sensation dont la défaveur rejaillit jusqu'à son cavalier. »

A. Dumas, *Les Trois Mousquetaires*, I
(Pocket Classiques n° 6048, p. 8).

Document n° 4

D'ARTAGNAN DÉTECTIVE
par Léo Malet (... et Alexandre Dumas)

Ce montage de textes, réalisé par Malet d'après Le Vicomte de Bragelonne *d'Alexandre Dumas, a paru dans* Mystère-Magazine *n° 27, avril 1950. Il fait du plus illustre des trois mousque-*

taires l'un des ancêtres du « privé » : d'Artagnan fut, bien avant Sherlock Holmes, un « roi des détectives et un détective des rois ».

« Une querelle, motivée par l'amour d'Henriette d'Angleterre, oppose le comte de Guiche et le comte de Wardes. Les deux gentilshommes décident de se rencontrer en combat singulier. Le duel aura lieu à cheval et la nuit, dans une clairière de la forêt de Fontainebleau. À l'issue du combat, Guiche est gravement blessé et Louis XIV charge d'Artagnan de se rendre au rond-point du bois Rochin, afin disons « d'enquêter ». Le chapitre CLV du *Vicomte de Bragelonne*, intitulé « Comment d'Artagnan accomplit la mission dont le roi l'avait chargé », nous expose les déductions du célèbre mousquetaire.

« D'Artagnan était de ceux qui se piquent, dans les moments difficiles, de doubler leur propre valeur.

En cinq minutes de galop, il fut au bois, attacha son cheval au premier arbre qu'il rencontra, et pénétra à pied jusqu'à la clairière. Alors, il commença à parcourir à pied, et sa lanterne à la main, toute la surface du rond-point, vint, revint, mesura, examina, et après une demi-heure d'exploration, il reprit silencieusement son cheval... s'en revint réfléchissant et au pas à Fontainebleau. Louis l'attendait dans son cabinet.

— Eh bien, monsieur, dit-il, m'apportez-vous des nouvelles ?

— Oui, Sire.

— Qu'avez-vous vu ?

— Voici la probabilité, Sire.

— C'était une certitude que je vous avais demandée.

— Je m'en rapprocherai autant que je pourrai ; le temps était commode pour les investigations dans le genre de celle que je viens de faire ; il a plu ce soir et les chemins étaient détrempés. Sire, Votre Majesté m'avait dit qu'il y avait un cheval mort au carrefour du bois Rochin ; j'ai donc commencé par étudier les chemins. Je dis les chemins, attendu qu'on arrive au centre du carrefour par quatre chemins. Celui que j'avais suivi moi-même présentait seul des traces fraîches. Deux chevaux l'avaient suivi côte à côte ; leurs huit pieds étaient marqués bien distinctement dans la glaise. L'un des cavaliers était plus pressé que l'autre. Les pas de l'un sont toujours en avant de l'autre d'une demi-longueur de cheval.

— Alors, vous êtes sûr qu'ils sont venus à deux ? dit le roi.

— Oui, Sire. Les chevaux sont deux grandes bêtes d'un pas

égal, des chevaux habitués à la manœuvre, car ils ont tourné en parfaite oblique la barrière du rond-point.

– Après, monsieur ?

– Là, les cavaliers sont restés un instant à régler sans doute les conditions du combat ; les chevaux s'impatientaient. L'un des cavaliers parlait, l'autre écoutait et se contentait de répondre. Son cheval grattait la terre du pied, ce qui prouve que, dans sa préoccupation à écouter, il lui lâchait la bride.

– Alors il y a eu combat ?

– Sans conteste.

– Continuez ; vous êtes un habile observateur.

– L'un des deux cavaliers est resté en place, celui qui écoutait ; l'autre a traversé la clairière et a d'abord été se mettre en face de son adversaire. Alors, celui qui était resté en place a franchi le rond-point au galop jusqu'aux deux tiers de sa longueur, croyant marcher sur son ennemi ; mais celui-ci avait suivi la circonférence du bois.

– Vous ignorez les noms, n'est-ce pas ?

– Tout à fait, Sire. Seulement, celui-ci, qui avait suivi la circonférence du bois, montait un cheval noir.

– Comment savez-vous cela ?

– Quelques crins de sa queue sont restés aux ronces qui garnissent le bord du fossé.

– Continuez.

– Quant à l'autre cheval, je n'ai pas eu de peine à en faire le signalement, puisqu'il est resté mort sur le champ de bataille.

– Et de quoi ce cheval est-il mort ?

– D'une balle qui lui a troué la tempe.

– Cette balle était celle d'un pistolet ou d'un fusil ?

– D'un pistolet, Sire. Au reste, la blessure du cheval m'a indiqué la tactique de celui qui l'avait tué. Il avait suivi la circonférence du bois pour avoir son adversaire de flanc. J'ai, d'ailleurs, suivi ses pas sur l'herbe.

– Les pas du cheval noir ?

– Oui, Sire.

– Allez, monsieur d'Artagnan.

– Maintenant que Votre Majesté voit la position des deux adversaires, il faut que je quitte le cavalier stationnaire pour le cavalier qui passe au galop.

– Faites.

– Le cheval du cavalier qui chargeait fut tué sur le coup.

– Comment savez-vous cela ?

– Le cavalier n'a pas eu le temps de mettre pied à terre et est tombé avec lui. J'ai vu la trace de sa jambe, qu'il avait tirée avec effort de dessous le cheval. L'éperon, pressé par le poids de l'animal, avait labouré la terre.

– Bien. Et qu'a-t-il fait, en se relevant ?

– Il a marché droit sur son adversaire.

– Toujours placé sur la lisière du bois ?

– Oui, Sire. Puis, arrivé à une belle portée, il s'est arrêté solidement, ses deux talons sont marqués l'un près de l'autre, il a tiré et a manqué son adversaire.

– Comment savez-vous cela, qu'il l'a manqué ?

– J'ai trouvé le chapeau troué d'une balle.

– Ah ! une preuve, s'écria le roi.

– Insuffisante, Sire, répondit d'Artagnan. C'est un chapeau sans lettres, sans armes ; une plume rouge comme à tous les chapeaux ; le galon même n'a rien de particulier.

– Et l'homme au chapeau troué a-t-il tiré son second coup ?

– Oh ! Sire, ses deux coups étaient déjà tirés.

– Comment avez-vous su cela ?

– J'ai retrouvé les bourres du pistolet.

– Et la balle qui n'a pas tué le cheval, qu'est-elle devenue ?

– Elle a coupé la plume du chapeau de celui sur qui elle était dirigée et a été briser un petit bouleau de l'autre côté de la clairière.

– Alors, l'homme au cheval noir était désarmé, tandis que son adversaire avait encore un coup à tirer ?

– Sire, pendant que le cavalier démonté se relevait, l'autre rechargeait son arme. Seulement, il était fort troublé en le rechargeant, la main lui tremblait.

– Comment savez-vous cela ?

– La moitié de la charge est tombée à terre, et il a jeté la baguette, ne prenant pas le temps de la remettre au pistolet.

– Monsieur d'Artagnan, ce que vous dites là est merveilleux.

– Ce n'est que de l'observation, Sire, et le moindre batteur d'estrade en ferait autant.

– On voit la scène rien qu'à vous entendre.

– Je l'ai, en effet, reconstruite dans mon esprit, à peu de changements près.

– Maintenant, revenons au cavalier démonté. Vous disiez qu'il avait marché sur son adversaire, tandis que celui-ci rechargeait son pistolet ?

– Oui, mais au moment où il visait lui-même, l'autre tira. Le coup fut terrible, Sire ; le cavalier démonté tomba sur la face après avoir fait trois pas mal assurés.

– Où avait-il été frappé ?

– À deux endroits : à la main droite, d'abord, puis du même coup à la poitrine.

– Mais comment pouvez-vous deviner cela ?

– Oh ! c'est bien simple : la crosse du pistolet était tout ensanglantée et l'on y voyait la trace de la balle avec les fragments d'une bague brisée. Le blessé a donc eu, selon toute probabilité, l'annulaire et le petit doigt emportés.

– Voilà pour la main, j'en conviens. Mais la poitrine ?

– Sire, il y avait deux flaques de sang à la distance de deux pieds et demi l'une de l'autre. À l'une de ces flaques, l'herbe était arrachée par la main crispée ; à l'autre, l'herbe était affaissée seulement par le poids du corps.

– Pauvre de Guiche ! s'écria le roi.

– Ah ! c'était M. de Guiche ? dit tranquillement le mousquetaire. Je m'en étais douté ; mais je n'osais en parler à Votre Majesté.

– Et comment vous en doutiez-vous ?

– J'avais reconnu les armes des Grammont sur les fontes du cheval mort.

– Et vous le croyez blessé grièvement ?

– Très grièvement, puisqu'il est tombé sur le coup et qu'il est resté longtemps à la même place ; cependant il a pu marcher, en s'en allant, soutenu par deux amis.

– Vous l'avez donc rencontré, revenant ?

– Non, mais j'ai relevé les pas de trois hommes : l'homme de droite et l'homme de gauche marchaient librement, facilement ; mais celui du milieu avait le pas lourd. D'ailleurs, des traces de sang accompagnaient ce pas.

....

– Encore un mot, dit le roi. Qui a porté secours au comte de Guiche ?

– Je l'ignore.

– Mais vous parlez de deux hommes. Quelle preuve avez-vous que ces hommes soient venus après le combat ?

– Ah ! une preuve manifeste : au moment du combat, la pluie venait de cesser, le terrain n'avait pas eu le temps de l'absorber et était devenu humide : les pas enfoncent ; mais après le combat, mais pendant le temps que M. de Guiche est resté évanoui, la terre s'est consolidée et les pas s'imprégnaient moins profondément.

....

— Monsieur d'Artagnan, vous êtes, en vérité, le plus habile homme de mon royaume.

— C'est ce que pensait M. de Richelieu ; c'est ce que disait M. de Mazarin, Sire. »

Cité par F. Lacassin, *Léo Malet*, tome IV, Bouquins,
Laffont, pp. 1008-1011.

Document n° 5

NEMO

Savant révolté contre la société ? Utopiste rêvant d'un monde sans guerre ? Non-violent animé pourtant d'une haine farouche contre l'humanité ? C'est tout cela, à la fois, le capitaine Nemo.

C'est aussi cet « archange de la haine » qui parcourt le fond des mers à bord de son engin fabuleux, plein de trésors et de mystères. Nemo : autant dire « personne », jusqu'au moment où la fin de L'Île mystérieuse, *suite de* Vingt Mille Lieues sous les mers, *dévoile aux lecteurs l'identité du prince Dakkar et les motifs de sa révolte contre le genre humain.*

On a depuis longtemps fait remarquer l'attrait exercé sur Jules Verne par les grottes et les cavernes, fussent-elles terrestres ou maritimes. Le romancier avoue d'autre part combien il se sent heureux à la barre de son yacht, face à l'immensité de l'océan. Cette pulsion contradictoire vers l'immensité ouverte et les retraites calfeutrées est contenu dans le personnage de Nemo. Il a décidé de vivre hors de tout contact humain dans son sous-marin sans pouvoir tout à fait s'y résoudre. Il est heureux d'avoir avec le professeur Aronnax, son prisonnier, des conversations littéraires ou politiques. Pourtant, par moments, il échappe à la « normalité » : ses colères sont terribles (il coule une frégate avec une cruauté que l'éditeur Hetzel tenta vainement de censurer). C'est avant tout le maître des eaux qui défie, comme tant de héros verniens, les orages et les tempêtes. Seulement, Nemo-Personne, celui qui refuse d'être nommé parce qu'il est un Autre, ne deviendra pas comme Robur un fou agressif.

La solitude dans L'Île mystérieuse *lui fera jouer un rôle positif de providence pour un groupe de naufragés à qui il léguera son secret.*

Héros prométhéen, maître incontesté d'un royaume sous-marin encore si mystérieux de nos jours, Nemo est une des plus hautes figures de la littérature et, du même coup, du cinéma. Il revenait évidemment à Georges Méliès de fournir (sous une forme d'ailleurs parodique) une des toutes premières adaptations de ce chef-d'œuvre qu'illustrèrent ensuite Stuart Paton et, surtout, Richard Fleischer (celui-ci donna à James Mason l'occasion d'interpréter le plus fidèlement le personnage).

« Le commandant, appuyé sur l'angle de la table, les bras croisés, nous observait avec une profonde attention. Hésitait-il à parler ? Regrettait-il ces mots qu'il venait de prononcer en français ? On pouvait le croire.

Après quelques instants d'un silence qu'aucun de nous ne songea à interrompre :

« Messieurs, dit-il d'une voix calme et pénétrante, je parle également le français, l'anglais, l'allemand et le latin. J'aurais donc pu vous répondre dès notre première entrevue, mais je voulais vous connaître d'abord, réfléchir ensuite. Votre quadruple récit, absolument semblable au fond, m'a affirmé l'identité de vos personnes. Je sais maintenant que le hasard a mis en ma présence M. Pierre Aronnax, professeur d'histoire naturelle au Muséum de Paris, chargé d'une mission scientifique à l'étranger, Conseil son domestique, et Ned Land, d'origine canadienne, harponneur à bord de la frégate l'*Abraham Lincoln*, de la marine nationale des États-Unis d'Amérique. »

Je m'inclinai d'un air d'assentiment. Ce n'était pas une question que me posait le commandant. Donc, pas de réponse à faire. Cet homme s'exprimait avec une aisance parfaite, sans aucun accent. Sa phrase était nette, ses mots justes, sa facilité d'élocution remarquable. Et cependant, je ne « sentais » pas en lui un compatriote.

Il reprit la conversation en ces termes :

« Vous avez trouvé sans doute, monsieur, que j'ai longtemps tardé à vous rendre cette seconde visite. C'est que, votre identité reconnue, je voulais peser mûrement le parti à prendre envers vous. J'ai beaucoup hésité. Les plus fâcheuses circonstances vous ont mis en présence d'un homme qui a rompu avec l'humanité. Vous êtes venu troubler mon existence...

– Involontairement, dis-je.

– Involontairement ? répondit l'inconnu, en forçant un peu sa voix. Est-ce involontairement que l'*Abraham Lincoln* me chasse sur toutes les mers ? Est-ce involontairement que vous avez pris passage à bord de cette frégate ? Est-ce involontairement que vos boulets ont rebondi sur la coque de mon navire ? Est-ce involontairement que maître Ned Land m'a frappé de son harpon ? »

Je surpris dans ces paroles une irritation contenue. Mais, à ces récriminations, j'avais une réponse toute naturelle à faire, et je la fis.

« Monsieur, dis-je, vous ignorez sans doute les discussions qui ont eu lieu à votre sujet en Amérique et en Europe. Vous ne savez pas que divers accidents, provoqués par le choc de votre appareil sous-marin, ont ému l'opinion publique dans les deux continents. Je vous fais grâce des hypothèses sans nombre par lesquelles on cherchait à expliquer l'inexplicable phénomène dont seul vous aviez le secret. Mais sachez qu'en vous poursuivant jusque sur les hautes mers du Pacifique, l'*Abraham Lincoln* croyait chasser quelque puissant monstre marin dont il fallait à tout prix délivrer l'océan. »

Un demi-sourire détendit les lèvres du commandant, puis, d'un ton plus calme :

« Monsieur Aronnax, répondit-il, oseriez-vous affirmer que votre frégate n'aurait pas poursuivi et canonné un bateau sous-marin aussi bien qu'un monstre ? »

Cette question m'embarrassa, car certainement le capitaine Farragut n'eût pas hésité. Il eût cru de son devoir de détruire un appareil de ce genre tout comme un narval gigantesque.

« Vous comprenez donc, monsieur, reprit l'inconnu, que j'ai le droit de vous traiter en ennemis. »

Je ne répondis rien, et pour cause. À quoi bon discuter une proposition semblable, quand la force peut détruire les meilleurs arguments ?

« J'ai longtemps hésité, reprit le commandant. Rien ne m'obligeait à vous donner l'hospitalité. Si je devais me séparer de vous, je n'avais aucun intérêt à vous revoir. Je vous remettais sur la plate-forme de ce navire qui vous avait servi de refuge. Je m'enfonçais sous les mers, et j'oubliais que vous aviez jamais existé. N'était-ce pas mon droit ?

– C'était peut-être le droit d'un sauvage, répondis-je, mais ce n'était pas celui d'un homme civilisé.

– Monsieur le professeur, répondit vivement le commandant, je ne suis pas ce que vous appelez un homme civilisé ! J'ai rompu avec la société tout entière pour des raisons que moi seul j'ai le droit d'apprécier. Je n'obéis donc point à ses règles, et je vous engage à ne jamais les invoquer devant moi ! »

Cela fut dit nettement. Un éclair de colère et de dédain avait allumé les yeux de l'inconnu, et dans la vie de cet homme, j'entrevis un passé formidable. Non seulement il s'était mis en dehors des lois humaines, mais il s'était fait indépendant, libre dans la plus rigoureuse acception du mot, hors de toute atteinte ! Qui donc oserait le poursuivre au fond des mers, puisque, à leur surface, il déjouait les efforts tentés contre lui ? Quel navire résisterait au choc de son monitor sous-marin ? Quelle cuirasse, si épaisse qu'elle fût, supporterait les coups de son éperon ? Nul, entre les hommes, ne pouvait lui demander compte de ses œuvres. Dieu, s'il y croyait, sa conscience, s'il en avait une, étaient les seuls juges dont il pût dépendre.

Ces réflexions traversèrent rapidement mon esprit, pendant que l'étrange personnage se taisait, absorbé et comme retiré en lui-même. Je le considérais avec un effroi mélangé d'intérêt, et sans doute, ainsi qu'Œdipe considérait le sphinx.

Après un assez long silence, le commandant reprit la parole.

« J'ai donc hésité, dit-il, mais j'ai pensé que mon intérêt pouvait s'accorder avec cette pitié naturelle à laquelle tout être humain a droit. Vous resterez à mon bord, puisque la fatalité vous y a jetés. Vous y serez libres, et, en échange de cette liberté, toute relative d'ailleurs, je ne vous imposerai qu'une seule condition. Votre parole de vous y soumettre me suffira. [...] »

Puis, d'une voix plus douce, il reprit :

« Maintenant, permettez-moi d'achever ce que j'ai à vous dire. Je vous connais, monsieur Aronnax. Vous, sinon vos compagnons, vous n'aurez peut-être pas tant à vous plaindre du hasard qui vous lie à mon sort. Vous trouverez parmi les livres qui servent à mes études favorites cet ouvrage que vous avez publié sur les grands fonds de la mer. Je l'ai souvent lu. Vous avez poussé votre œuvre aussi loin que vous le permettait la science terrestre. Mais vous ne savez pas tout, vous n'avez pas tout vu. Laissez-moi donc vous dire, monsieur le professeur, que vous ne regretterez pas le temps passé à mon bord. Vous allez voyager dans le pays des merveilles. L'étonnement, la stupéfaction seront probablement l'état habituel de votre esprit. Vous ne vous blaserez pas facilement sur le spectacle incessamment offert à vos yeux. Je vais revoir dans un nouveau tour du monde sous-marin – qui sait ? le dernier peut-être – tout ce que j'ai pu étudier au fond de ces mers tant de fois parcourues, et vous serez mon compagnon d'études. À partir de ce jour, vous entrez dans un nouvel élément, vous verrez ce que n'a vu encore aucun homme – car moi et les miens nous ne comptons plus –, et notre planète, grâce à moi, va vous livrer ses derniers secrets. »

Je ne puis le nier ; ces paroles du commandant firent sur moi un grand effet. J'étais pris là par mon faible, et j'oubliai, pour un instant, que la contemplation de ces choses sublimes ne pouvait valoir la liberté perdue. D'ailleurs, je comptais sur l'avenir pour trancher cette grave question. Aussi, je me contentai de répondre :

« Monsieur, si vous avez brisé avec l'humanité, je veux croire que vous n'avez pas renié tout sentiment humain. Nous sommes des naufragés charitablement recueillis à votre bord, nous ne l'oublierons pas. Quant à moi, je ne méconnais pas que, si l'intérêt de la science pouvait absorber jusqu'au besoin de liberté, ce que me promet notre rencontre m'offrirait de grandes compensations. »

Je pensais que le commandant allait me tendre la main pour sceller notre traité. Il n'en fit rien. Je le regrettai pour lui.

« Une dernière question, dis-je, au moment où cet être inexplicable semblait vouloir se retirer.

– Parlez, monsieur le professeur.

– De quel nom dois-je vous appeler ?

– Monsieur, répondit le commandant, je ne suis pour vous que le capitaine Nemo, et vos compagnons et vous, n'êtes pour moi que les passagers du *Nautilus*. »

J. Verne, *Vingt Mille Lieues sous les mers*, X
(Pocket Classiques, n° 6058, pp. 108-116).

Document n° 6

TARTARIN

Roi de la galéjade, Tartarin est devenu le type même du Méridional vantard, hâbleur et fanfaron. Dans la réalité, ce petit-bourgeois tarasconais, amateur d'absinthe et de joyeuse compagnie, tient beaucoup plus de Matamore et de Sancho Pança que de Don Quichotte. Mais, comme le héros de Cervantès, il s'est laissé séduire par la littérature romanesque, allant chercher ses références, non plus du côté d'Amadis de Gaule, mais chez Fenimore Cooper. Il a beau avoir l'imagination fertile et transformer sa demeure en un extravagant musée exotique où de redoutables armes à feu voisinent avec d'imposants trophées de chasse, il arrive un jour où il doit donner les preuves de sa bravoure. Au fil de la trilogie d'A. Daudet, on le voit donc successivement partir pour l'Afrique chasser le lion (Tartarin de Tarascon), *escalader le Mont-Blanc* (Tartarin sur les Alpes) *et fonder une colonie dans la lointaine Océanie* (Port-Tarascon). *Ses aventures burlesques tournent court, manquent de mal se terminer et sombrent finalement dans le ridicule ; mais qu'importe, l'essentiel est qu'il ait de quoi alimenter ses chimères et que son prestige grandisse toujours aux yeux de ses concitoyens. Les affabulations de ce sympathique mythomane n'en sont que plus savoureuses ; d'ailleurs, il ne ment pas vraiment, il transpose, il embellit les faits trop prosaïques pour être rapportés tels quels dans son discours épique. Le petit rentier rondouillard et douillet se « couvre de gloire » en rêve... et « de flanelle » dans la réalité.*

Au cinéma, Raimu a prêté sa stature et sa verve méditerranéenne au héros de Daudet dans une savoureuse réalisation de R. Bernard, Tartarin de Tarascon, *dont les dialogues étaient signés par M. Pagnol.*

« Imaginez-vous une grande salle tapissée de fusils et de sabres, depuis en haut jusqu'en bas ; toutes les armes de tous les pays du monde : carabines, rifles, tromblons, couteaux corses, couteaux catalans, couteaux-revolvers, couteaux-poignards, kriss malais, flèches caraïbes, flèches de silex, coups-de-poing, casse-tête, massues hottentotes, lassos mexicains, est-ce que je sais !

Par là-dessus, un grand soleil féroce qui faisait luire l'acier des glaives et les crosses des armes à feu, comme pour vous donner encore plus la chair de poule... Ce qui rassurait un peu pourtant, c'était le bon air d'ordre et de propreté qui régnait sur toute cette yataganerie. Tout y était rangé, soigné, brossé, étiqueté comme dans une pharmacie ; de loin en loin, un petit écriteau bonhomme sur lequel on lisait :

Flèches empoisonnées, n'y touchez pas !

Ou :

Armes chargées, méfiez-vous !

Sans ces écriteaux, jamais je n'aurais osé entrer.

Au milieu du cabinet, il y avait un guéridon. Sur le guéridon, un flacon de rhum, une blague turque, les *Voyages du capitaine Cook*, les romans de Cooper, de Gustave Aimard, des récits de chasse, chasse à l'ours, chasse au faucon, chasse à l'éléphant, etc. Enfin, devant le guéridon, un homme était assis, de quarante à quarante-cinq ans, petit, gros, trapu, rougeaud, en bras de chemise, avec des caleçons de flanelle, une forte barbe courte et des yeux flamboyants ; d'une main il tenait un livre, de l'autre il brandissait une énorme pipe à couvercle de fer, et, tout en lisant je ne sais quel formidable récit de chasseurs de chevelures, il faisait, en avançant sa lèvre inférieure, une moue terrible, qui donnait à sa brave figure de petit rentier tarasconnais ce même caractère de férocité bonasse qui régnait dans toute la maison.

Cet homme, c'était Tartarin, Tartarin de Tarascon, l'intrépide, le grand, l'incomparable Tartarin de Tarascon. »

A. Daudet, *Tartarin de Tarascon*, I, 1
(Pocket Classiques, n° 6130, pp. 28-29).

Document n° 7

ROCAMBOLE

Héritier des maîtres du roman noir (Lewis, Le Moine *; Maturin,* Melmoth ou l'Homme errant*) et du feuilleton populaire (E. Sue,* Les Mystères de Paris *; F. Soulié,* Les Mémoires du diable*), Ponson du Terrail est l'inventeur du personnage de Rocambole dont le patronyme a donné naissance dans la langue à un adjectif qui caractérise parfaitement le type d'aventures extravagantes qu'il vit et que le cinéma et la télévision ont depuis rendues célèbres (Ch. Maudru,* Rocambole *; J. de Baroncelli, id.).*

Héros des Drames de Paris *– titre générique de la trentaine d'ouvrages que son prolifique créateur composa, au fil de la plume, de 1859 à 1884 – Rocambole met ses facultés extraordinaires, non pas vraiment au service du mal, mais de sa passion pour l'or. Personnage diabolique, « ce maître mystérieux asservit les hommes aussi bien que les femmes », mais sa nature le « porte toujours à se ranger du côté du faible contre le fort ».*

En ce sens, il annonce aussi bien Fantômas que Superman, Arsène Lupin que Chéri-Bibi. Rien d'étonnant dans ces conditions que Ponson du Terrail ait été l'un des inspirateurs de Lautréamont et de Maldoror, et qu'il ait suscité le mépris des

esprits délicats qui voyaient en « Poncif du Terrail » un
« Alexandre Dumas des Batignolles » et raillaient la fertilité de
ce « Rothschild de l'alinéa »...

« Elle était seule avec un bambin de douze ans, malicieux et
insolent, déjà corrompu et qu'on surnommait Rocambole.

Rocambole était un enfant trouvé ; un soir, il était entré dans
le cabaret, s'était fait servir à boire et à manger, puis avait voulu
s'en aller sans payer. La vieille l'avait pris au collet, une lutte
s'était engagée, et s'armant d'un couteau Rocambole allait tuer
la cabaretière sans plus de façon, lorsqu'il se ravisa :

– La mère, dit-il, tu vois que je suis une *pratique* finie, et
que je pourrais te *refroidir* et emporter ton magot. D'ici à
demain, personne n'en saurait rien. Mais tu n'as peut-être pas
vingt francs dans ton comptoir, et je préfère m'associer avec toi.

Et comme la vieille, toute tremblante encore, regardait avec
stupeur cet effronté, il poursuivit avec un grand calme :

– J'ai déjà eu des affaires avec la *rousse* ; la correctionnelle
m'a pincé. Tel que tu me vois je sors de la colonie pénitentiaire,
ou plutôt j'ai filé... Ça m'est égal d'être repincé, vu que je n'ai
pas le sou ; mais tu feras une bonne affaire de me prendre. Tu
es seule et tu es vieille ; quoique voleuse, tu ne vaux pas cher à
l'ouvrage, et je te donnerais un bon coup de main, moi.

Ce langage d'une cynique franchise plut à la cabaretière ; elle
adopta Rocambole, qui devint un associé réellement fidèle et
l'appela *maman* avec une sorte de tendresse égrillarde.

En l'absence de la vieille, et elle s'absentait souvent, sans
que, dans le pays, on eût jamais su où elle allait, Rocambole
tenait le débit de boissons, allumait la pratique en trinquant avec
elle, et se laissait aller à la fouiller et à la dévaliser quand cette
dernière roulait ivre-morte sous la table. »

Ponson du Terrail, *Rocambole*, XLII
(Complexes, pp. 176-177).

2. Énigmes et cryptogrammes

Bien des romans policiers mais surtout d'aventures sont un
point de départ sous la forme d'une énigme à résoudre ou d'un
cryptogramme à déchiffrer. Un des modèles du genre reste *Le
Scarabée d'or* (doc. 1 et 2), un des récits des *Histoires extraordinaires* d'Edgar Poe. Jules Verne, grand amateur d'énigmes, a
laissé tout au long de ses romans des cryptogrammes à déchiffrer. L'un des plus célèbres se trouve dans *Voyage au centre de*

la Terre (doc. 3). Il ne faut pas, enfin, oublier, les cartes dont la plus fameuse est sans doute celle que trouve le héros de *L'Île au trésor* de Stevenson.

Document n° 1

LE SCARABÉE D'OR

« [...] C'est bien la plus ravissante chose de la création !

– Quoi ? le lever du soleil ?

– Eh non ! que diable ! – le scarabée. Il est d'une brillante couleur d'or, – gros à peu près comme une grosse noix, avec deux taches d'un noir de jais à une extrémité du dos, et une troisième, un peu plus allongée, à l'autre. Les antennes sont...

– Il n'y a pas du tout d'étain sur lui, massa Will, je vous le parie, interrompit Jupiter ; le scarabée est un scarabée d'or, d'or massif, d'un bout à l'autre, dedans et partout, excepté les ailes ; – je n'ai jamais vu de ma vie un scarabée à moitié aussi lourd.

– C'est bien, mettons que vous ayez raison, Jup, répliqua Legrand un peu plus vivement, à ce qu'il me sembla, que ne le comportait la situation, est-ce une raison pour laisser brûler les poules ? La couleur de l'insecte, – et il se tourna vers moi, – suffirait en vérité à rendre plausible l'idée de Jupiter. Vous n'avez jamais vu un éclat métallique plus brillant que celui de ses élytres ; mais vous ne pourrez en juger que demain matin. En attendant, j'essaierai de vous donner une idée de sa forme.

Tout en parlant, il s'assit à une petite table sur laquelle il y avait une plume et de l'encre, mais pas de papier. Il chercha dans un tiroir, mais n'en trouva pas.

– N'importe, dit-il à la fin, cela suffira.

Et il tira de la poche de son gilet quelque chose qui me fit l'effet d'un morceau de vieux vélin fort sale, et il fit dessus une espèce de croquis à la plume. Pendant ce temps, j'avais gardé ma place auprès du feu, car j'avais toujours très froid. Quand son dessin fut achevé, il me le passa, sans se lever. Comme je le recevais de sa main, un fort grognement se fit entendre, suivi d'un grattement à la porte. Jupiter ouvrit, et un énorme terre-neuve, appartenant à Legrand, se précipita dans la chambre, sauta sur mes épaules et m'accabla de caresses ; car je m'étais fort occupé de lui dans mes visites précédentes. Quand il eut fini ses gambades, je regardai le papier, et pour dire la vérité, je me trouvai passablement intrigué par le dessin de mon ami.

– Oui ! dis-je après l'avoir contemplé quelques minutes,

c'est là un étrange scarabée, je le confesse ; il est nouveau pour moi ; je n'ai jamais rien vu d'approchant, à moins que ce ne soit un crâne ou une tête de mort, à quoi il ressemble plus qu'aucune autre chose qu'il m'ait jamais été donné d'examiner.

– Une tête de mort ! répéta Legrand. Ah ! oui, il y a un peu de cela sur le papier, je comprends. Les deux taches noires supérieures font les yeux, et la plus longue qui est plus bas figure une bouche, n'est-ce pas ? D'ailleurs, la forme générale est ovale.

– C'est peut-être cela, dis-je ; mais je crains, Legrand, que vous ne soyez pas très artiste. J'attendrai que j'aie vu la bête elle-même pour me faire une idée quelconque de sa physionomie. »

E. Poe, *Histoires extraordinaires*
(Pocket Classiques, n° 6019, pp. 90-91).

Document n° 2

EDGAR POE VU PAR JULES VERNE

Dans Le Musée des familles, *d'avril 1864, Jules Verne a consacré une longue étude à « Edgar Poe et ses œuvres ». Verne s'attache à présenter aux lecteurs de son temps les principaux textes de Poe. Parmi ceux-ci,* Le Scarabée d'or. *Après avoir mis en place les grandes lignes de l'intrigue, voici comment il résume le passage ayant trait au message chiffré et la fin du récit.*

« [...] Le récit précédent ne peut donner au lecteur qu'une idée imparfaite du genre du romancier ; je n'ai pu vous peindre la surexcitation maladive de William pendant cette nuit ; cette découverte d'un trésor est plus ou moins semblable à toutes les découvertes de ce genre que vous avez pu lire ; à part la mise en scène du scarabée et du crâne, rien de plus ordinaire. Mais nous arrivons maintenant à la partie pittoresque et singulière de la Nouvelle, en entamant la série des déductions qui conduisirent William à la découverte du trésor.

Il commença par rappeler à son ami cette grossière esquisse du scarabée faite à sa première visite, et qui se trouva représenter une tête de mort. Le dessin était tracé sur un morceau de parchemin très mince.

Or, voici dans quelle circonstance William avait ramassé ce parchemin ; c'était à la pointe de l'île, près des restes d'une barque naufragée, le jour même où il découvrit son scarabée, qu'il enveloppa même dans ce bout de chiffon.

Les débris échoués excitèrent son attention, et il se rappela que le crâne ou la tête de mort est l'emblème bien connu des pirates. C'était déjà les deux anneaux d'une grande chaîne.

Mais si ce crâne n'existait pas sur le parchemin au moment où William dessina le scarabée, comment s'y trouva-t-il ensuite, quand le papier fut tendu à Poe ? C'est qu'au moment où ce dernier allait l'examiner, le chien de William s'élança sur Poe pour jouer. Celui-ci, en l'écartant de la main, rapprocha du feu le parchemin, et la chaleur de la flamme, par suite d'une préparation chimique, fit renaître ce dessin jusqu'alors invisible.

Après le départ de son ami, William reprit le parchemin, le soumit à l'action de la chaleur, et vit apparaître dans un coin de la bande, au coin diagonalement opposé à celui où était tracée la tête de mort, une figure représentant un chevreau.

Mais quel rapport existe-t-il entre des pirates et un chevreau ? Le voici. Il y eut autrefois un certain capitaine Kidd (*kid*, en anglais, chevreau) qui fit beaucoup parler de lui. Pourquoi cette figure n'aurait-elle pas été sa signature logographique, tandis que la tête de mort remplissait l'emploi de sceau ou d'estampille ? William fut donc amené naturellement à rechercher une lettre entre le timbre et la signature. Mais le texte semblait manquer totalement.

Et cependant les histoires de Kidd lui revenaient en tête ; il se rappelait que le capitaine et ses associés avaient enfoui des sommes énormes, provenant de leur piraterie, sur quelque point de la côte de l'Atlantique. Le trésor devait exister encore dans son dépôt ; car, sans cela, les rumeurs actuelles n'eussent pas pris naissance. Or, William arriva à cette conviction que ce bout de parchemin contenait l'indication du lieu de ce dépôt.

Il le nettoya, le décrassa avec soin, le plaça dans une casserole et posa la casserole sur des charbons ardents. Au bout de quelques minutes, il s'aperçut que la bande de vélin se mouchetait en plusieurs endroits de signes qui ressemblaient à des chiffres rangés en ligne. Ayant chauffé de nouveau, William vit bientôt sortir des caractères grossièrement tracés en rouge. [...]

(Verne arrive ensuite à la solution de l'énigme.) Or, voici ce que Legrand conclut avec une suprême sagacité, après de longues recherches :

Il découvrit d'abord, à quatre milles au nord de l'île, un vieux manoir du nom de Château de *Bessop*. C'était un assemblage de pics et de rochers, dont quelques-uns présentaient au sommet une cavité nommée *La Chaise du diable*. Le reste allait tout seul : le *bon verre* signifiait une longue-vue ; en la pointant à 41° 13' *nord-est quart de nord*, on apercevait au loin un grand arbre, dans le feuillage duquel brillait un point blanc, la tête de mort.

L'énigme était résolue. William se rendit à l'arbre, reconnut *la principale tige et la septième branche côté est* ; il comprit qu'il fallait laisser tomber *une balle par l'œil gauche* du crâne, et qu'*une ligne d'abeille*, ou plutôt une ligne droite, menée du tronc *de l'arbre à travers la balle*, à une distance de *cinquante pieds au large*, lui indiquerait l'endroit précis où se trouvait enfoui le trésor. Obéissant à sa nature fantasque, et voulant mystifier un peu son ami, il remplaça la balle par le scarabée, et il devint riche de plus d'un million de dollars.

Telle est cette nouvelle, curieuse, étonnante, excitant l'intérêt par des moyens inconnus jusqu'alors, pleine d'observations et de déductions de la plus haute logique, et qui, seule, eût suffi à illustrer le romancier américain.

À mon sens, c'est la plus remarquable de toutes ces histoires extraordinaires, celle dans laquelle se trouve révélé au suprême degré le genre littéraire dit maintenant *genre Poe*. »

J. Verne, *Le Musée des familles*.

Document n° 3

VOYAGE AU CENTRE DE LA TERRE (II-III-V)

« Ce fut l'apparition d'un parchemin crasseux qui glissa du bouquin et tomba à terre.

Mon oncle se précipita sur ce brimborion avec une avidité facile à comprendre. Un vieux document, enfermé depuis un temps immémorial dans un vieux livre, ne pouvait manquer d'avoir un haut prix à ses yeux.

« Qu'est-ce que cela ? » s'écria-t-il.

Et, en même temps, il déployait soigneusement sur sa table un morceau de parchemin long de cinq pouces, large de trois, et sur lequel s'allongeaient, en lignes transversales, des caractères de grimoire.

En voici le fac-similé exact. Je tiens à faire connaître ces signes bizarres, car ils amenèrent le professeur Lidenbrock et son neveu à entreprendre la plus étrange expédition du XIXe siècle :

ᛉ ᛆᛚᛚᛋᛘ   ᛐᚼᛆᛐᚿᛐᚠ   ᛋᛐᛐᚤᛁᛒᚱ
ᛋ ᛃᛐᛋᛋᚤᛈ   ᚿᛚᛐᛐᛁᚴᚠ   ᛚᛁᛐᛒᛆᚱᚠ
ᚠᛐᛋᛃᛐᛚᛐ   ᛐᛐᛆᛐᛐᛐᛚ   ᛋᚿ ᚱᛒᛆᛚᛚ
ᛐᛃᛐᛚᛐᛐᛁ   ᛚᚿᛐᛐᚱᛐ   ᛘᛆᛚ ᚱᛆᛐ
ᛐᛐᚿᛐᛐᛚ   . ᛚᛋᚱᛆᛋ   ᛁᛐᛐᛒᛋ
ᚱᚱᛒᛆᛋᛁ   ᛐᛐᚿᛐᚿᚱ   ᚠᛆᛐᛚᛐᚿ
ᛒᛐ , ᛁᛐᚱ   ᛒᛋᛐᛁᛒᚱ   ᚱᛐᛒᛁᛁᛐ

Le professeur considéra pendant quelques instants cette série
de caractères ; puis il dit en relevant ses lunettes :

« C'est du runique ; ces types sont absolument identiques à
ceux du manuscrit de Snorre Turleson ! Mais... qu'est-ce que
cela peut signifier ? »

Comme le runique me paraissait être une invention de savants
pour mystifier le pauvre monde, je ne fus pas fâché de voir que
mon oncle n'y comprenait rien. Du moins cela me sembla ainsi
au mouvement de ses doigts qui commençaient à s'agiter terriblement.

« C'est pourtant du vieil islandais ! » murmurait-il entre ses
dents.

Et le professeur Lidenbrock devait bien s'y connaître, car il
passait pour être un véritable polyglotte. Non pas qu'il parlât
couramment les deux mille langues et les quatre mille idiomes
employés à la surface du globe, mais enfin il en savait sa bonne
part.

Il allait donc, en présence de cette difficulté, se livrer à toute
l'impétuosité de son caractère, et je prévoyais une scène violente, quand deux heures sonnèrent au petit cartel de la cheminée.

Aussitôt la bonne Marthe ouvrit la porte du cabinet en disant :
« La soupe est servie.

– Au diable la soupe, s'écria mon oncle, et celle qui l'a faite,
et ceux qui la mangeront ! »

Marthe s'enfuit. Je volai sur ses pas, et, sans savoir comment,
je me trouvai assis à ma place habituelle dans la salle à manger.

J'attendis quelques instants. Le professeur ne vint pas. C'était
la première fois, à ma connaissance, qu'il manquait à la solennité
du dîner. Et quel dîner, cependant ! Une soupe au persil, une
omelette au jambon relevée d'oseille à la muscade, une longe
de veau à la compote de prunes, et, pour dessert, des crevettes
au sucre, le tout arrosé d'un joli vin de la Moselle.

Voilà ce qu'un vieux papier allait coûter à mon oncle. Ma

foi, en qualité de neveu dévoué, je me crus obligé de manger pour lui, en même temps que pour moi. Ce que je fis en conscience.

« Je n'ai jamais vu chose pareille ! disait la bonne Marthe. M. Lindenbrock qui n'est pas à table !

– C'est à ne pas le croire.

– Cela présage quelque événement grave ! » reprenait la vieille servante, hochant la tête.

Dans mon opinion, cela ne présageait rien, sinon une scène épouvantable quand mon oncle trouverait son dîner dévoré.

J'en étais à ma dernière crevette, lorsqu'une voix retentissante m'arracha aux voluptés du dessert. Je ne fis qu'un bond de la salle dans le cabinet.

III

« C'est évidemment du runique, disait le professeur en fronçant le sourcil. Mais il y a un secret, et je le découvrirai, sinon... »

Un geste violent acheva sa pensée.

« Mets-toi là, ajouta-t-il en m'indiquant la table du poing, et écris. »

En un instant, je fus prêt.

« Maintenant, je vais te dicter chaque lettre de notre alphabet qui correspond à l'un de ces caractères islandais. Nous verrons ce que cela donnera. Mais, par saint Michel ! garde-toi bien de te tromper ! »

La dictée commença. Je m'appliquai de mon mieux. Chaque lettre fut appelée l'une après l'autre, et forma l'incompréhensible succession des mots suivants :

m.rnlls	esreuel	seecJde
sgtssmf	unteief	niedrke
kt,samn	atrateS	Saodrrn
emtnaeI	nuaect	rrilSa
Atvaar	.nscrc	ieaabs
ccdrmi	eeutul	frantu
dt,iac	oseibo	KediiY

Quand ce travail fut terminé, mon oncle prit vivement la feuille sur laquelle je venais d'écrire, et il l'examina longtemps avec attention.

« Qu'est-ce que cela veut dire ? » répétait-il machinalement.

Sur l'honneur, je n'aurais pu le lui apprendre. D'ailleurs il ne m'interrogea pas, et il continua de se parler à lui-même :

« C'est ce que nous appelons un **cryptogramme**, disait-il, dans lequel le sens est caché sous des lettres brouillées à dessein, et qui convenablement disposées formeraient une phrase intelligible. Quand je pense qu'il y a là peut-être l'explication ou l'indication d'une grande découverte ! »

Pour mon compte, je pensais qu'il n'y avait absolument rien, mais je gardai prudemment mon opinion.

Le professeur prit alors le livre et le parchemin, et les compara tous les deux.

« Ces deux écritures ne sont pas de la même main, dit-il ; le cryptogramme est postérieur au livre, et j'en vois tout d'abord une preuve irréfragable. En effet, la première lettre est un double M qu'on chercherait vainement dans le livre de Turleson, car elle ne fut ajoutée à l'alphabet islandais qu'au XIVe siècle. Ainsi donc, il y a au moins deux cents ans entre le manuscrit et le document. »

Cela, j'en conviens, me parut assez logique.

« Je suis donc conduit à penser, reprit mon oncle, que l'un des possesseurs de ce livre aura tracé ces caractères mystérieux. Mais qui diable était ce possesseur ? N'aurait-il point mis son nom en quelque endroit de ce manuscrit ? »

Mon oncle releva ses lunettes, prit une forte loupe, et passa soigneusement en revue les premières pages du livre. Au verso de la seconde, celle du faux titre, il découvrit une sorte de macule, qui faisait à l'œil l'effet d'une tache d'encre. Cependant, en y regardant de près, on distinguait quelques caractères à demi effacés. Mon oncle comprit que là était le point intéressant ; il s'acharna donc sur la macule et, sa grosse loupe aidant, il finit par reconnaître les signes que voici, caractères runiques qu'il lut sans hésiter :

ᛁᛚᛘ ᛋᛁᚱᛚᚿᛋᛋᛏᛉ

« Arne Saknussemm ! » s'écria-t-il d'un ton triomphant, mais c'est un nom cela, et un nom islandais encore, celui d'un savant du XVIe siècle, d'un alchimiste célèbre ! »

Je regardai mon oncle avec une certaine admiration.

« Ces alchimistes, reprit-il, Avicenne, Bacon, Lulle, Paracelse, étaient les véritables, les seuls savants de leur époque. Ils ont fait des découvertes dont nous avons le droit d'être étonnés. Pourquoi ce Saknussemm n'aurait-il pas enfoui sous cet

incompréhensible cryptogramme quelque surprenante invention ? Cela doit être ainsi. Cela est. »

L'imagination du professeur s'enflammait à cette hypothèse.

« Sans doute, osai-je répondre, mais quel intérêt pouvait avoir
ce savant à cacher ainsi quelque merveilleuse découverte ?

– Pourquoi ? pourquoi ? Eh ! le sais-je ? Galilée n'en a-t-il
pas agi ainsi pour Saturne ? D'ailleurs, nous verrons bien : j'aurai
le secret de ce document, et je ne prendrai ni nourriture ni sommeil avant de l'avoir deviné. »

« Oh ! » pensai-je.

« Ni toi non plus, Axel », reprit-il.

« Diable ! me dis-je, il est heureux que j'aie dîné pour
deux ! »

« Et d'abord, fit mon oncle, il faut trouver la langue de ce
"chiffre". Cela ne doit pas être difficile. »

À ces mots, je relevai vivement la tête. Mon oncle reprit son
soliloque :

« Rien n'est plus aisé. Il y a dans ce document cent trente-
deux lettres qui donnent soixante-dix-neuf consonnes contre cin-
quante-trois voyelles. Or, c'est à peu près suivant cette
proportion que sont formés les mots des langues méridionales,
tandis que les idiomes du nord sont infiniment plus riches en
consonnes. Il s'agit donc d'une langue du midi. »

Ces conclusions étaient fort justes.

« Mais quelle est cette langue ? »

C'est là que j'attendais mon savant, chez lequel cependant je
découvrais un profond analyste.

« Ce Saknussemm, reprit-il, était un homme instruit ; or, dès
qu'il n'écrivait pas dans sa langue maternelle, il devait choisir
de préférence la langue courante entre les esprits cultivés du
XVIᵉ siècle, je veux dire le latin. Si je me trompe, je pourrai
essayer de l'espagnol, du français, de l'italien, du grec, de
l'hébreu. Mais les savants du XVIᵉ siècle écrivaient généralement
en latin. J'ai donc le droit de dire *a priori* : ceci est du latin. »

Je sautai sur ma chaise. Mes souvenirs de latiniste se révol-
taient contre la prétention que cette suite de mots baroques pût
appartenir à la douce langue de Virgile.

« Oui ! du latin, reprit mon oncle, mais du latin brouillé. »

« À la bonne heure ! pensai-je. Si tu le débrouilles, tu seras
fin, mon oncle. »

« Examinons bien, dit-il en reprenant la feuille sur laquelle
j'avais écrit. Voilà une série de cent trente-deux lettres qui se

présentent sous un désordre apparent. Il y a des mots où les consonnes se rencontrent seules comme le premier « m.rnlls », d'autres où les voyelles, au contraire, abondent, le cinquième, par exemple, « unteief », ou l'avant-dernier, « oseibo ». Or, cette disposition n'a évidemment pas été combinée : elle est donnée *mathématiquement* par la raison inconnue qui a présidé à la succession de ces lettres. Il me paraît certain que la phrase primitive a été écrite régulièrement, puis retournée suivant une loi qu'il faut découvrir. Celui qui posséderait la clef de ce « chiffre » le lirait couramment. Mais quelle est cette clef ? Axel, as-tu cette clef ? »

À cette question je ne répondis rien, et pour cause. Mes regards s'étaient arrêtés sur un charmant portrait suspendu au mur, le portrait de Graüben. La pupille de mon oncle se trouvait alors à Altona, chez une de ses parentes, et son absence me rendait fort triste, car, je puis l'avouer maintenant, la jolie Virlandaise et le neveu du professeur s'aimaient avec toute la patience et toute la tranquillité allemandes. Nous nous étions fiancés à l'insu de mon oncle, trop géologue pour comprendre de pareils sentiments. Graüben était une charmante jeune fille blonde aux yeux bleus, d'un caractère un peu grave, d'un esprit un peu sérieux ; mais elle ne m'en aimait pas moins. Pour mon compte, je l'adorais, si toutefois ce verbe existe dans la langue tudesque ! L'image de ma petite Virlandaise me rejeta donc, en un instant, du monde des réalités dans celui des chimères, dans celui des souvenirs.

Je revis la fidèle compagne de mes travaux et de mes plaisirs. Elle m'aidait à ranger chaque jour les précieuses pierres de mon oncle ; elle les étiquetait avec moi. C'était une très forte minéralogiste que Mlle Graüben ! Elle en eût remontré à plus d'un savant. Elle aimait à approfondir les questions ardues de la science. Que de douces heures nous avions passées à étudier ensemble ! et combien j'enviai souvent le sort de ces pierres insensibles qu'elle maniait de ses charmantes mains !

Puis, l'instant de la récréation venu, nous sortions tous les deux, nous prenions par les allées touffues de l'Alster, et nous nous rendions de compagnie au vieux moulin goudronné qui fait si bon effet à l'extrémité du lac ; chemin faisant, on causait en se tenant par la main. Je lui racontais des choses dont elle riait de son mieux. On arrivait ainsi jusqu'au bord de l'Elbe, et, après avoir dit bonsoir aux cygnes qui nagent parmi les grands nénuphars blancs, nous revenions au quai par la barque à vapeur.

Or, j'en étais là de mon rêve, quand mon oncle, frappant la table du poing, me ramena violemment à la réalité.

« Voyons, dit-il, la première idée qui doit se présenter à l'esprit pour brouiller les lettres d'une phrase, c'est, il me semble, d'écrire les mots verticalement au lieu de les tracer horizontalement. »

« Tiens ! » pensai-je.

« Il faut voir ce que cela produit. Axel, jette une phrase quelconque sur ce bout de papier ; mais, au lieu de disposer les lettres à la suite les unes des autres, mets-les successivement par colonnes verticales, de manière à les grouper en nombre de cinq ou six. »

Je compris ce dont il s'agissait, et immédiatement j'écrivis de haut en bas :

```
J   m   n   e   G   e
e   e   ,   t   r   n
t'  b   m   i   a   !
a   i   a   t   ü
i   e   p   e   b
```

« Bon, dit le professeur sans avoir lu. Maintenant, dispose ces mots sur une ligne horizontale. »

J'obéis, et j'obtins la phrase suivante :

JmneGe ee,trn t'bmia ! aiatü iepeb

« Parfait ! fit mon oncle en m'arrachant le papier des mains, voilà qui a déjà la physionomie du vieux document : les voyelles sont groupées ainsi que les consonnes dans le même désordre ; il y a même des majuscules au milieu des mots, ainsi que des virgules, tout comme dans le parchemin de Saknussemm ! »

Je ne pus m'empêcher de trouver ces remarques fort ingénieuses.

« Or, reprit mon oncle en s'adressant directement à moi, pour lire la phrase que tu viens d'écrire, et que je ne connais pas, il me suffira de prendre successivement la première lettre de chaque mot, puis la seconde, puis la troisième, et ainsi de suite. »

Et mon oncle, à son grand étonnement, et surtout au mien, lut :

Je t'aime bien, ma petite Graüben !

« Hein ! » fit le professeur.

Oui, sans m'en douter, en amoureux maladroit, j'avais tracé cette phrase compromettante !

« Ah ! tu aimes Graüben ? reprit mon oncle d'un véritable ton de tuteur.

– Oui... Non... balbutiai-je.

– Ah ! tu aimes Graüben ! reprit-il machinalement. Eh bien, appliquons mon procédé au document en question ! »

Mon oncle, retombé dans son absorbante contemplation, oubliait déjà mes imprudentes paroles. Je dis imprudentes, car la tête du savant ne pouvait comprendre les choses du cœur. Mais, heureusement, la grande affaire du document l'emporta.

Au moment de faire son expérience capitale, les yeux du professeur Lidenbrock lancèrent des éclairs à travers ses lunettes. Ses doigts tremblèrent lorsqu'il reprit le vieux parchemin. Il était sérieusement ému. Enfin il toussa fortement, et d'une voix grave, appelant successivement la première lettre, puis la seconde de chaque mot, il me dicta la série suivante :

messunkaSenrA.icefdoK.segnittamurtn
ecertserrette,rotaivsadua,ednecsedsadne
lacartniiiluJsiratracSarbmutabiledmek
meretarcsiluco YsleffenSnI

En finissant, je l'avouerai, j'étais émotionné ; ces lettres, nommées une à une, ne m'avaient présenté aucun sens à l'esprit ; j'attendais donc que le professeur laissât se dérouler pompeusement entre ses lèvres une phrase d'une magnifique latinité.

Mais, qui aurait pu le prévoir ! un violent coup de poing ébranla la table. L'encre rejaillit, la plume me sauta des mains.

« Ce n'est pas cela ! s'écria mon oncle, cela n'a pas le sens commun ! »

Puis, traversant le cabinet comme un boulet, descendant l'escalier comme une avalanche, il se précipita dans König-strasse, et s'enfuit à toutes jambes.

[...] *(Mais le narrateur va trouver la clé.)*

« Mon oncle ! » dis-je.

Il ne parut pas m'entendre.

« Mon oncle Lidenbrock ? répétai-je en élevant la voix.

– Hein ? fit-il comme un homme subitement réveillé.

– Eh bien ! cette clef ?

– Quelle clef ? La clef de la porte ?

– Mais non, m'écriai-je, la clef du document ! »

Le professeur me regarda par-dessus ses lunettes ; il remarqua sans doute quelque chose d'insolite dans ma physionomie, car il me saisit vivement le bras, et, sans pouvoir parler, il m'interrogea du regard. Cependant, jamais demande ne fut formulée d'une façon plus nette.

Je remuai la tête de haut en bas.

Il secoua la sienne avec une sorte de pitié, comme s'il avait affaire à un fou.

Je fis un geste plus affirmatif.

Ses yeux brillèrent d'un vif éclat ; sa main devint menaçante.

Cette conversation muette dans ces circonstances eût intéressé le spectateur le plus indifférent. Et vraiment j'en arrivais à ne plus oser parler, tant je craignais que mon oncle ne m'étouffât dans les premiers embrassements de sa joie. Mais il devint si pressant qu'il fallut répondre.

« Oui, cette clef !... le hasard !...

– Que dis-tu ? s'écria-t-il avec une indescriptible émotion.

– Tenez, dis-je en lui présentant la feuille de papier sur laquelle j'avais écrit, lisez.

– Mais cela ne signifie rien ! répondit-il en froissant la feuille.

– Rien, en commençant à lire par le commencement, mais par la fin... »

Je n'avais pas achevé ma phrase que le professeur poussait un cri, mieux qu'un cri, un véritable rugissement ! Une révélation venait de se faire dans son esprit. Il était transfiguré.

« Ah ! ingénieux Saknussemm ! s'écria-t-il, tu avais donc d'abord écrit ta phrase à l'envers ? »

Et se précipitant sur la feuille de papier, l'œil troublé, la voix émue, il lut le document tout entier, en remontant de la dernière lettre à la première.

Il était conçu en ces termes :

In Sneffels Yoculis craterem kem delibat
umbra Scartaris Julii intra calendas descende,
audas viator, et terrestre centrum attinges.
Kod feci. Arne Saknussemm.

Ce qui, de ce mauvais latin, peut être traduit ainsi :

Descends dans le cratère du Yocul de
Sneffels que l'ombre du Scartaris vient
caresser avant les calendes de Juillet,

voyageur audacieux, et tu parviendras
au centre de la Terre. Ce que j'ai fait.
Arne Saknussemm.

Pocket Classiques, n° 6056, pp. 28-38 et 48-49.

Document n° 4

L'ÎLE AU TRÉSOR (VI)

« Le volume ne contenait pas grand-chose d'autre, sauf quelques positions de lieux notées sur les pages blanches de la fin, et une table de réduction pour les monnaies de France, d'Angleterre et d'Espagne.

– Homme économe ! s'écria le docteur.

– Et maintenant, dit le châtelain, à l'autre !

Le papier avait été scellé en plusieurs endroits avec un dé en guise de cachet ; le même dé, peut-être, que j'avais trouvé dans la poche du capitaine. Le docteur leva les cachets avec précaution, et alors apparut le plan d'une île, avec latitude et longitude, profondeurs, noms des collines, baies, passes, et tous les renseignements nécessaires pour amener un navire sur ses côtes à un mouillage sûr. Elle avait environ quatorze kilomètres de long sur huit de large, figurant, pour ainsi dire, un gros dragon debout, et offrait deux mouillages bien abrités, et, dans la partie centrale, une colline appelée la Longue-Vue. Il y avait plusieurs annotations, d'une date postérieure, principalement trois croix à l'encre rouge, deux dans la partie nord de l'île, une au sud-ouest, et, à côté de cette dernière, de la même encre rouge et en caractères petits et nets, très différents de l'écriture mal assurée du capitaine, ces mots : *Le gros du trésor ici.*

Au verso, la même main avait tracé cette instruction complémentaire :

Grand arbre, sommet de la Longue-Vue, pointant vers le
N.N.E. quart N.
Île du Squelette, E.S.E. quart E.
Trois mètres.
L'argent en barre est dans la cache du nord. Vous la trouverez dans la direction du mamelon est, dix brasses au rocher sud du rocher en face.
Les armes sont faciles à trouver, dans la colline de sable, à la pointe N. du cap de la baie nord, pointant à l'E. et quart N.
J. F.

C'était tout ; mais quelque bref et, pour moi, incompréhensible que fût le document, le châtelain et le Dr Livesey en furent enchantés.

– Livesey, dit le châtelain, vous allez tout de suite laisser votre misérable clientèle. Demain je pars pour Bristol. En trois semaines – trois semaines ! non : deux semaines, dix jours, – nous aurons le meilleur bateau, monsieur, et la crème des équipages d'Angleterre. Hawkins sera mousse. Vous ferez un fameux mousse, Hawkins. Vous, Livesey, êtes le docteur du navire. Je suis l'amiral. Nous prendrons Redruth, Joyce et Hunter. Nous aurons vents favorables, traversée rapide, pas la moindre difficulté à trouver l'endroit, et de l'argent à ne pas savoir qu'en faire et à le jeter par les fenêtres.

– Trelawney, dit le docteur, j'irai avec vous ; et je vous garantis que je ferai honneur à l'entreprise, et Jim aussi. Il n'y a qu'un seul homme dont j'aie peur.

– Et qui est-ce ? Nommez ce chien, monsieur ?

– Vous, répliqua le docteur ; car vous ne savez pas vous taire. Nous ne sommes pas les seuls à connaître l'existence de ces papiers. Ces individus qui attaquèrent l'auberge cette nuit – de hardis gredins – et les autres restés à bord du lougre, et d'autres encore, je suppose, pas bien loin d'ici, feront n'importe quoi pour avoir cet argent. Aucun de nous ne doit rester seul jusqu'à ce que nous prenions la mer. Jim et moi serons ensemble. Vous prendrez Joyce et Hunter pour aller à Bristol, et à aucun moment nul ne doit souffler mot de ce que nous avons découvert.

– Livesey, vous avez toujours raison. Je serai muet comme la tombe. »

Pocket Classiques, nº 6065, pp. 71-73.

• **PISTES DE RECHERCHES**

1. Les règles du roman policier

Lorsque Malet se lance dans l'écriture de romans policiers, il sait qu'il y a des règles. Nous avons vu, ci-dessus, qu'il en suit quelques-unes, même s'il se défend, ici et là, de le faire.

Les Anglo-Saxons avaient, dès la fin des années 1930, figé le genre. On en veut pour preuve les 28 commandements de S. S. Van Dine, qui font office de préface à son roman *Crime dans la neige* et que citent Boileau-Narcejac dans *Le Roman policier*, Payot, 1964, pp. 107-113. Trouver à quelles règles Malet s'est soumis dans son roman.

Les vingt commandements du roman policier :

« 1) Le lecteur et le détective doivent avoir des chances égales de résoudre le problème.

2) L'auteur n'a pas le droit d'employer vis-à-vis du lecteur des trucs et des ruses autres que ceux que le coupable emploie lui-même vis-à-vis du détective.

3) Le véritable roman policier doit être exempt de toute intrigue amoureuse. Y introduire de l'amour serait, en effet, déranger le mécanisme du problème purement intellectuel.

4) Le coupable ne doit jamais être découvert sous les traits du détective lui-même ou d'un membre de la police. Ce serait de la tricherie aussi vulgaire que d'offrir un sou neuf contre un louis d'or.

5) Le coupable doit être déterminé par une série de déductions et non pas par accident, par hasard, ou par confession spontanée.

6) Dans tout roman policier, il faut, par définition, un policier. Or ce policier doit faire son travail et il doit le faire bien. Sa tâche consiste à réunir les indices qui vous mèneront à l'individu qui a fait le mauvais coup dans le premier chapitre. Si le détective n'arrive pas à une conclusion satisfaisante par l'analyse des indices qu'il a réunis, il n'a pas résolu la question.

7) Un roman policier sans cadavre, cela n'existe pas. J'ajouterai même que plus ce cadavre est mort, mieux cela vaut. Faire lire trois cents pages sans même offrir un meurtre serait se montrer trop exigeant à l'égard d'un lecteur de romans policiers. Après tout, la dépense d'énergie du lecteur doit se trouver récompensée. Nous autres, Américains, nous sommes essentiellement humains et un joli meurtre fait surgir en nous le sentiment de l'horreur et le désir de la vengeance.

8) Le problème policier doit être résolu à l'aide de moyens strictement réalistes.

9) Il ne doit y avoir, dans un roman policier digne de ce nom, qu'un seul véritable détective. Réunir les talents de trois ou quatre policiers pour la chasse au bandit serait non seulement disperser l'intérêt et troubler la clarté du raisonnement, mais encore prendre un avantage déloyal sur le lecteur.

10) Le coupable doit toujours être une personne qui ait joué un rôle plus ou moins important dans l'histoire, c'est-à-dire quelqu'un que le lecteur connaisse et qui l'intéresse. Charger du

crime, au dernier chapitre, un personnage qu'il vient d'introduire ou qui a joué dans l'intrigue un rôle tout à fait insuffisant, serait, de la part de l'auteur, avouer son incapacité de se mesurer avec le lecteur.

11) L'auteur ne doit jamais choisir le criminel parmi le personnel domestique tel que valet, laquais, croupier, cuisinier ou autres. Il y a à cela une objection de principe car c'est une solution trop facile. Le coupable doit être quelqu'un qui en vaille la peine.

12) Il ne doit y avoir qu'un seul coupable, sans égard au nombre des assassinats commis. Toute l'indignation du lecteur doit pouvoir se concentrer sur une seule âme noire.

13) Les sociétés secrètes, les maffias, n'ont pas de place dans le roman policier. L'auteur qui y touche tombe dans le domaine du roman d'aventures ou du roman d'espionnage.

14) La manière dont est commis le crime et les moyens qui doivent amener à la découverte du coupable doivent être rationnels et scientifiques. La pseudo-science, avec ses appareils purement imaginaires, n'a pas de place dans le vrai roman policier.

15) Le fin mot de l'énigme doit être apparent tout au long du roman, à condition, bien entendu, que le lecteur soit assez perspicace pour le saisir. Je veux dire par là que si le lecteur relisait le livre, une fois le mystère dévoilé, il verrait que, dans un sens, la solution sautait aux yeux dès le début, que tous les indices permettaient de conclure à l'identité du coupable et que, s'il avait été aussi fin que le détective lui-même, il aurait pu percer le secret sans lire jusqu'au dernier chapitre. Il va sans dire que cela arrive effectivement très souvent et je vais jusqu'à affirmer qu'il est impossible de garder secrète jusqu'au bout et devant tous les lecteurs la solution d'un roman policier bien et loyalement construit. Il y aura donc toujours un certain nombre de lecteurs qui se montreront tout aussi sagaces que l'écrivain. C'est là, précisément, que réside la valeur du jeu.

16) Il ne doit pas y avoir, dans le roman policier, de longs passages descriptifs, pas plus que d'analyses subtiles ou de préoccupations "atmosphériques". De telles matières ne peuvent qu'encombrer lorsqu'il s'agit d'exposer clairement un crime et de chercher le coupable. Elles retardent l'action et dispersent l'attention, détournant le lecteur du but principal qui consiste à poser un problème, à l'analyser et à lui trouver une solution satisfaisante. Bien entendu, il est certaines descriptions que l'on ne saurait éliminer et il est indispensable de camper, ne fût-ce

que sommairement, les personnages, afin d'obtenir la vraisemblance du récit. Je pense, cependant, que, lorsque l'auteur est parvenu à donner l'impression du réel et à capter l'intérêt et la sympathie du lecteur aussi bien pour les personnages que pour le problème, il a fait suffisamment de concessions à la technique purement littéraire. Davantage ne serait ni légitime ni compatible avec les besoins de la cause. Le roman policier est un genre très défini. Le lecteur n'y cherche ni des falbalas littéraires, ni des virtuosités de style, ni des analyses trop approfondies, mais un certain stimulant de l'esprit ou une sorte d'activité intellectuelle comme il en trouve en assistant à un match de football ou en se penchant sur des mots croisés.

17) L'écrivain doit s'abstenir de choisir le coupable parmi les professionnels du crime. Les méfaits des cambrioleurs et des bandits relèvent du domaine de la police et non pas de celui des auteurs et des plus ou moins brillants détectives amateurs. De tels forfaits composent la grisaille routinière des commissariats, tandis qu'un crime, commis par un pilier d'église ou par une vieille femme connue pour sa grande charité, est réellement fascinant.

18) Ce qui a été présenté comme un crime ne peut pas, à la fin du roman, se révéler comme un accident ou un suicide. Imaginer une enquête longue et compliquée pour la terminer par une semblable déconvenue serait jouer au lecteur un tour impardonnable.

19) Le motif du crime doit toujours être strictement personnel. Les complots internationaux et les sombres machinations de la grande politique doivent être laissés au roman d'espionnage. Au contraire, le roman doit être conduit d'une manière pour ainsi dire "gemütlich". Il doit refléter les expériences et les préoccupations quotidiennes du lecteur, tout en offrant un certain exutoire à ses aspirations ou à ses émotions refoulées.

20) Finalement, et aussi pour faire un compte rond de paragraphes à ce credo, je voudrais énumérer ci-dessous quelques trucs auxquels n'aura recours aucun auteur qui se respecte. Ce sont des trucs que l'on a trop souvent vus et qui sont depuis longtemps familiers à tous les vrais amateurs du crime dans la littérature. L'auteur qui les emploierait ferait l'aveu de son incapacité et de son manque d'originalité.

a) La découverte de l'identité du coupable en comparant un bout de cigarette trouvé à l'endroit du crime à celles que fume un suspect ;

b) La séance spirite truquée au cours de laquelle le criminel, pris de terreur, se dénonce ;

c) Les fausses empreintes digitales ;

d) L'alibi constitué au moyen d'un mannequin ;

e) Le chien qui n'aboie pas, révélant ainsi que l'intrus est un familier de l'endroit ;

f) Le coupable frère jumeau du suspect ou un parent lui ressemblant à s'y méprendre ;

g) La seringue hypodermique et le sérum de la vérité ;

h) Le meurtre commis dans une pièce fermée en présence des représentants de la police ;

i) L'emploi des associations de mots pour découvrir le coupable ;

j) Le déchiffrement d'un cryptogramme par le détective ou la découverte d'un code chiffré. »

2. Les décors du roman

- Le camp de prisonniers
- Lyon
- Paris

3. La mise en place des personnages

- L'inconnu amnésique
- L'avocat et le commissaire
- Le journaliste (Marc) et l'inspecteur (Florimond)
- La femme fatale et la secrétaire

4. Nestor Burma

Caractère, habitudes, mode de vie, goûts vestimentaires et culinaires.

5. L'enquête policière

- En combien de temps se déroule-t-elle ?
- Comment progresse-t-elle ?
- Le lecteur en sait-il autant que l'auteur ?

6. *120, rue de la Gare* en bande dessinée

Comparer le roman avec la mise en images par Tardi (1987).

La couverture renvoie par le jeu des couleurs noir et jaune à la fameuse Série Noire. Quel est le sens du point d'interrogation sorti tout droit de la pipe de Burma ? Comment le détective est-il dessiné, plus suggéré que mis en image ? S'interroger sur la jeune femme qui est en premier plan, à gauche. Comment renvoie-t-elle à l'image traditionnelle de la femme fatale du cinéma américain ? Décrire le fond du décor. Quel est le rôle de la maison mystérieuse qu'on y voit ?

7. *120, rue de la Gare* au cinéma

Il faudrait faire le même travail avec l'adaptation cinématographique (cf. Filmographie).

8. Burma, Lupin, Maigret

Dossier sur trois figures du roman policier français (voir le dossier historique et littéraire).

• PARCOURS CRITIQUE

1. Le succès immédiat de *120, rue de la Gare*

• « Disons-le tout net : on n'a pas fait mieux dans le genre en France depuis Maurice Leblanc. Enfin un roman policier où il se passe quelque chose qui ne doit rien à Simenon ni à Agatha Christie, dont l'auteur fait montre à la fois de verve, d'imagination et d'humour [...] » (*Cassandre*, Bruxelles, 1er janvier 1944.)

• « Voici que nous est offert le plaisir du roman policier dans toute sa pureté. [...] Notons aussi que les fidèles du surréalisme retrouveront dans *120, rue de la Gare* quelques thèmes qui leur seront familiers, la conduite des rêves par exemple, ou le marquis de Sade [...]. Un seul reproche, celui de ne pas laisser peut-être assez d'initiative au détective amateur que ne manque pas d'être tout lecteur de roman policier. » (André Alter, *Comœdia*, 25 décembre 1943.)

• « Léo Malet connaît à fond son métier. Son intrigue est adroitement menée. Il y mêle avec un art consommé le plaisant et le tragique et nous fait nous rappeler avec plaisir que si les Anglo-Saxons sont pleins d'humour, les Français sont le peuple le plus spirituel de la Terre. Son roman est excellent et ne mérite pas l'accusation de plagiat, car son héros, si je ne me trompe, a précédé chronologiquement la venue de ses rivaux étrangers. » (André Alter, *Juvenal*, 16 décembre 1949.)

2. Malet et la critique

• « Léo Malet a des dons multiples qui assurent à Nestor Burma un public très fidèle et de plus en plus nombreux. M'en voudra-t-il d'ajouter qu'à tout ce qui constitue les meilleurs de ces dons il ajoute... la poésie ? » (Germain Beaumont, *Les Nouvelles littéraires*, 26 janvier 1950.)

• « Nous avons un second Simenon, le saviez-vous ? Du moins, nous avons et beaucoup de gens l'ignorent, le plus important des auteurs de romans policiers qui soient apparus depuis l'auteur de *Monsieur Gallet décédé*. Il se nomme Léo Malet [...] Le premier livre de Léo Malet c'était *120, rue de la Gare*. Je l'ai acheté dans une gare précisément vers 1944 ou 45 et j'ai tout de suite été conquis par l'humour un peu libertaire, la gouaille toute parisienne, l'irrespect, l'insolence, le goût de la provocation, l'érotisme en noir et en couleurs, le surréalisme caricatural qui sont les qualités majeures de l'auteur du *Dernier Train d'Austerlitz* [...]. Léo Malet a ses héros [...] Nestor Burma, l'homme qui met le mystère knock-out : un Lemmy Caution moins artificiel, parlant vert et cognant fort, humain et vraisemblable avec un esprit chevaleresque qui se moque de lui-même, une intuition digne de Maigret, un humour de marteau pneumatique, une attachante salacité. [...] Léo Malet a entrepris depuis deux ans une série de romans consacrés [...] aux vingt arrondissements de Paris. Chacun de ses livres de valeur d'ailleurs inégale constitue en même temps que le récit d'une énigme policière, un reportage très vivant et souvent documenté sur un quartier, son climat, les métiers qui y fleurissent, ce qu'il y a de plus pittoresque et de plus insolite. [...] *Les Nouveaux Mystères de Paris* sont sans nul doute la meilleure série policière paraissant en France actuellement [...]. » (Roger Rabiniaux, *Combat*, 5 septembre 1957.)

• « Depuis *120, rue de la Gare*, le poète surréaliste Léo Malet est devenu l'un de nos meilleurs auteurs de romans policiers. [...] Léo Malet parle de Paris en homme qui connaît le pavé de la ville, qui sait regarder le peuple des rues et des boutiques, s'intéresser aux métiers bizarres et à la clientèle des bistrots. » (Kleber Haedens, *Paris Presse*, 11 juillet 1955.)

• Ce que Jean Barial résume très bien dans *Le Parisien libéré* du 15 juillet 1980 :

« Par un juste retour des choses, Léo Malet revient au premier plan... Il aura fallu des dizaines d'années pour se rendre compte que le roman policier et le roman tout court tenaient en Léo Malet un de ses plus grands talents, supportant la comparaison avec Simenon... Et puis, voici le miracle : tout à coup, on réédite

Léo Malet... On est à la fois un peu honteux et ravi. Honteux de n'avoir pas découvert tout cela plus tôt, ravi à la perspective des joies qu'on va connaître. »

• Jean-Paul Schweighaeuser dans son *Roman noir français* (PUF, 1984) écrit :

« C'est au début des années 70, à un moment où apparaissaient des nouveaux venus comme Manchette ou ADG qu'on se mit à "redécouvrir" Malet [...]. La réédition de la fameuse série des *Nouveaux Mystères de Paris* au Livre de Poche allait permettre aux jeunes générations de découvrir tout un pan de l'histoire du polar qu'elles ignoraient jusqu'alors. La mode "polar" aidant, les vraies valeurs se révélaient peu à peu : on découvrit que Malet n'était pas un imitateur des Américains mais un créateur à part entière. »

DOSSIER HISTORIQUE ET LITTÉRAIRE

I - REPÈRES BIOGRAPHIQUES

Léo Malet naît le 7 mars 1909 à Montpellier, il est le fils de Gaston Malet, employé de commerce, et de Louise Refreger, couturière. En 1911, il perd son père et son jeune frère âgé de seulement six mois, en 1912, c'est sa mère qui meurt. Léo Malet a laissé des témoignages de l'affectueuse admiration qu'il vouait à son grand-père, tonnelier et autodidacte, qui lisait beaucoup.

Dans les années 1924-1925, il est copiste à la banque Castelnau, où l'on apprécie très modérément ses opinions anarchistes. C'est à ce moment-là qu'il fait la connaissance d'André Colomer. Le 30 novembre 1925, il rejoint Colomer à Paris. Ce dernier, ex-rédacteur en chef du *Libertaire* et fondateur de *L'Insurgé*, aura une grande influence sur Malet. Léo Malet séjourne momentanément au Foyer végétalien de la rue de Tolbiac – celui-là même qui est décrit dans *Brouillard au pont de Tolbiac*. En décembre, il débute comme chansonnier dans un cabaret parisien (*La Vache enragée*).

De 1926 à 1928, il collabore à la presse anarchiste, vit de petits emplois temporaires, dans des conditions précaires, et est même arrêté pour vagabondage. Il milite au sein de la quatrième internationale trotskiste : le secrétariat de l'organisation pour la France est situé à son domicile. En 1928, il fait la connaissance de Paulette Doucet, qui va devenir sa compagne. En 1929, il fonde avec elle le cabaret du *Poète pendu*.

L'année 1931, il envoie ses poèmes à André Breton, fait sa connaissance et noue avec Yves Tanguy et Salvador Dalí une amitié qui ne se démentira jamais. Il fréquente dans un café de la place Blanche Aragon, Giacometti, Éluard, Char... Il vit de petits métiers et devient en 1933 crieur de journaux, à l'angle de la rue Sainte-Anne et de la rue des Petits-Champs – c'est là précisément qu'il situera le bureau de Nestor Burma.

En 1936, publication de son premier recueil de poèmes : *Ne pas voir plus loin que le bout de son sexe,* qui sera suivi, en 1937, par *J'arbre comme cadavre* et, en 1940, par *Hurle à la vie.* C'est cette même année qu'il épouse, le 16 avril, Paulette Doucet. Le 25 mai, comme il l'avait prévu après avoir signé un tract pacifiste, il est arrêté avec, entre autres, Benjamin Peret, sous l'inculpation d'« atteinte à la sûreté intérieure et extérieure de l'État » et conduit à la prison de Rennes. À l'arrivée de l'armée allemande, les gardiens libèrent leurs prisonniers. Malet tente de regagner Paris, mais il est arrêté sur la route et déporté au stalag XB, entre Brême et Hambourg. Il devra son rapatriement sanitaire huit mois plus tard à la complaisance du docteur Robert Desmond, grand admirateur du surréalisme.

En 1942, au moment où naît son fils Jacques, Malet écrit des romans policiers à l'américaine : *Johnny Metal* (1941) et *La Mort de Jim Lickingg* (1942), *L'Ombre du grand mur* (1942). Il imagine aussi de courts romans d'aventures maritimes ou de cape et d'épée dont le premier écrit en 1943 ne sera pas publié avant 1982 : *Vacances sous le pavillon noir.*

En 1943 paraît *120, rue de la Gare.*

Suivent, jusqu'en 1945, des poèmes (*Le Frère de Lacenaire*), des romans policiers (*L'Enveloppe bleue,* 1944 ; *Erreur de destinataire,* 1944 ; *Derrière l'usine à gaz,* 1945 ; *L'Auberge de banlieue,* 1945 ; *Aux mains des réducteurs de têtes,* 1945), des romans de pirates (*Gérard Vindex, gentleman de fortune,* 1944 ; *Le Voilier tragique,* 1944 ; *Le Capitaine cœur-en-berne,* 1945 ; *La Sœur du flibustier,* 1945), des romans de cape et d'épée (*Un héros en guenilles,* 1944 ; *L'Évasion du Masque de fer,* 1945), des romans d'aventures exotiques (*Vengeance à Ciudad-Juarez,* 1944).

C'est à partir de 1945 que se poursuivent les aventures de Nestor Burma : *Nestor Burma contre CQFD* (1945) ; *L'Homme au sang bleu* (1945) ; *Solution au cimetière* (1946) ; *Nestor Burma et le monstre* (1946) ; *Le Cinquième Procédé* (1947) ; *Gros Plan du macchabée* (1949) ; *Hélène en danger* (1949) ; *Les Paletots sans manche* (1949) ; *Pas de veine avec le pendu* (1952).

Parallèlement aux aventures de Burma Malet écrit toujours des romans du même type : cape et épée (*Le Diamant du Huguenot*) ; policiers (*Miss Chandler en danger,* 1945 ; *La Cinquième Empreinte,* 1946 ; *Le Dé de jade,* 1947 ; *Le Dernier Train d'Austerlitz,* 1948 ; *Recherché pour meurtre,* 1948 ; *Affaire double,*

1948 ; *La Cité interdite*, 1950 ; *Le Gang mystérieux*, 1952 ; *Énigme aux Folies-Bergère*, 1952 ; *Le Sang innocent*, 1954). Mais l'œuvre la plus importante de cette période reste *La Trilogie noire*, trois romans parus respectivement en 1948 (*La vie est dégueulasse*, 1949, (*Le soleil n'est pas pour nous* et *Sueur aux tripes*).

En 1946 est sortie l'adaptation cinématographique de *120, rue de la Gare* (voir plus loin). C'est en 1954 que commence la série des *Nouveaux Mystères de Paris*. Elle s'arrêtera en 1959, l'inspiration de Malet étant tarie.

Le 31 octobre 1958, il obtient le grand prix de l'humour noir Xavier Forneret qui récompense l'ensemble de son œuvre.

En 1962, il publie une nouvelle enquête de Nestor Burma dans le magazine *Télé sept jours* : *6.35 contre 819*, plus connue sous le titre *Nestor Burma en direct*.

À partir de 1967, il publie aux éditions Fleuve Noir et reprend, tant bien que mal, les aventures de Burma (*Nestor Burma revient au bercail*, 1967 ; *Drôle d'épreuve pour Nestor Burma*, 1968 ; *Un croque-mort nommé Nestor*, 1969 ; *Nestor Burma dans l'Île*, 1970 ; *Nestor Burma court la poupée*, 1971). Le détective interviendra encore dans deux nouvelles (*Poste restante*, 1983 ; *Nestor Burma intervient*, 1985).

En 1972, il publie son dernier roman : *Abattoir ensoleillé*.

En 1975, première édition collective de ses poèmes surréalistes. En 1977, sortie du film *La Nuit de Saint-Germain-des-Prés*.

En 1981, décès de sa femme, Paulette. Malet regrettera jusqu'au bout de n'avoir pu lui assurer un confort matériel suffisant.

En 1982, sortie sur les écrans du film *Nestor Burma, détective de choc*, adapté de son roman *M'as-tu vu en cadavre*. Lui-même joue dans ce film le rôle d'un crieur de journaux.

En mai, Casterman publie la bande dessinée adaptée par Tardi du roman *Brouillard au pont de Tolbiac*. Malet préférera toujours l'adaptation de Tardi à celles du cinéma.

Le 29 mai 1984, la Société des gens de lettres lui décerne le prix Paul Féval, attribué pour la première fois.

En 1985, début de la publication de ses œuvres complètes dans la collection « Bouquins ».

En 1988, parution de ses mémoires sous le titre : *La Vache enragée*.

Léo Malet meurt en 1996. Son *Journal secret* est publié en 1997.

II - DÉTECTIVE STORY

1. FRANCE :
DEUX MAUVAIS GARÇONS ET DEUX POLICIERS

On a vu dans la préface que le roman policier français plonge ses racines dans le XIXᵉ siècle et qu'on trouve chez Balzac ou Dumas des éléments de ce qui sera plus tard un genre littéraire à part entière.

Ce n'est pas un hasard si l'orée du XXᵉ siècle a fait naître, à la suite du Sherlock Holmes de Conan Doyle, des types qui oscillent entre le roman noir, le roman policier et le roman d'aventures. On a choisi ici d'en présenter deux, tous deux mauvais garçons : Arsène Lupin et Fantômas.

Ce n'est que dans les années 1920 que va apparaître, et encore sous une forme rudimentaire, le commissaire Maigret. Ce sera notre troisième personnage. Enfin, après la guerre naîtra le phénomène San Antonio que nous tâcherons d'analyser ici.

A. ARSÈNE LUPIN

En 1905, un romancier déjà quadragénaire, auteur de romans mièvres, Maurice Leblanc, donne le coup d'envoi de la saga lupinienne, avec une nouvelle publiée par le journal *Je sais tout* : *L'Arrestation d'Arsène Lupin*. Le succès est immédiat. La France entière se passionne pour des exploits qui ne prendront fin qu'en 1941, avec *Les Milliards d'Arsène Lupin*.

On peut s'interroger sur les raisons de cet engouement. Une des clés nous est fournie par la popularité, au début de ce siècle, des anarchistes comme Jacob auquel Arsène Lupin a peut-être emprunté quelques traits. Du côté des lectrices, on fut sensible au séducteur au monocle, tourbillonnant dans un monde de châteaux et de belles héritières. Lupin s'imposa également à la classe moyenne qui put voir en lui le prototype du héros populaire embourgeoisé, intégré à la société, même s'il paraît la combattre.

Gentleman cambrioleur, fils d'un prolétaire, professeur de savate, et d'une aristocrate déchue, Lupin évolue dans une société durement secouée par les agitations sociales (chartes d'Amiens), politiques (révolution russe de 1905, turque de 1908), et par les scandales (Panamá).

Héros à facettes, policier à ses heures (*Victor de la Brigade mondaine*), Lupin fait surtout rire le public. Il ne remet jamais en cause les structures capitalistes. Antiparlementaire à la Drumont (*Le Bouchon de cristal*), soi-disant asocial, il n'a lu ni Karl Marx ni Proudhon, bien qu'il ne prenne que l'argent des riches.

À le voir flatter les instincts revanchards et chauvins des Français d'avant 1914, on n'aurait qu'une bien pauvre opinion de lui s'il fallait le prendre au sérieux... La grande séduction du personnage, sa fascination, est moins dans ses aventures que dans la recréation d'une vie tout entière, objectif qu'a atteint Maurice Leblanc.

C'est que Lupin, à l'égal de Tarzan, est devenu le héros d'une de ces biographies imaginaires qui prennent plus de consistance que les existences réelles. On discute encore sur la date de sa naissance (1874, 1884 ?), sur ses quatre mariages, sur le nombre exact de ses enfants ? S'il est né à Blois, si son pays de prédilection est la Normandie (théâtre du plus fameux des romans de la série, *L'Aiguille creuse*), s'il a parcouru le monde, il reste parisien de cœur et d'esprit. Ses identités d'emprunt sont innombrables : tantôt chevalier sicilien, tantôt grand d'Espagne, tantôt prince russe ou aristocrate français, il fréquente surtout les beaux quartiers de la capitale : Passy, Auteuil, l'Étoile, les Ternes.

À l'approche de la Grande Guerre, Lupin a abandonné ses activités de gentleman cambrioleur pour jouer un rôle sur la scène européenne : n'a-t-il pas en tête de s'opposer au Kaiser Guillaume II (*813* ; *Les Trois Crimes d'Arsène Lupin*) ? Couronné ailleurs empereur de Mauritanie (*Les Dents du Tigre*), il a sans nul doute aidé la France à gagner la bataille ! Puis, le personnage est retourné à la cambriole.

Lupin a eu bien des héritiers dont le plus fameux est SIMON TEMPLAR surnommé LE SAINT, le héros de Leslie Charteris, et que la télévision a popularisé sous les traits de Roger Moore.

B. FANTÔMAS

> « Allongeant son ombre immense
> Sur le monde et sur Paris
> Quel est ce spectre aux yeux gris
> Qui surgit dans le silence ?
> Fantômas serait-ce toi
> Qui te dresses sur les toits ? »

Voilà fixée pour l'éternité, par la grâce de Robert Desnos, la figure de celui qui, un poignard dans la main droite, masqué d'un loup noir, terrorisait le Paris de l'avant-guerre : Fantômas, le « maître de l'effroi ».

Quarante-quatre volumes sur plus d'un demi-siècle chantent l'épopée du prince du crime. Cruel mais non sans humour, avide mais non sans générosité, le bandit en frac hante les nuits du Paris de la Belle Époque. Maître des prodiges (il fait saigner les murs ou chanter les fontaines de la place de la Concorde), prince des ténèbres (il fait promener à travers Paris un fiacre dont le cocher est un cadavre et se lever des spectres dans le cimetière de Clichy), il est par-dessus tout un grand génie criminel (il dérobe l'or du dôme des Invalides, pille les caves de la Banque de France et bombarde le Casino de Monte-Carlo).

En face de lui, des adversaires acharnés : le policier Juve et le journaliste Fandor. La lutte est sans merci. Certains épisodes se teintent pourtant d'humour noir, comme lorsque Fantômas emplit de vitriol les vaporisateurs en vente aux Galeries Lafayette ou qu'il garnit les chaussures de lames de rasoir !

Deux faiblesses pourtant : sa fille, la belle Hélène, aime Fandor et sa compagne, Lady Beltham, hésite entre la fidélité et l'horreur. Tout comme Juve, Fantômas est indestructible. Ils symbolisent la lutte permanente du Mal et du Bien, les deux faces du même héros, comme semble l'indiquer l'ultime crime de Fantômas englouti au fond des eaux à la fin du trente-deuxième volume : « Juve, tu n'as jamais pu me tuer, parce que tu es mon frère. » Ce volume devait marquer la fin de la collaboration – commencée en 1911 – de deux prolifiques auteurs, Marcel Allain (1885-1969) et Pierre Souvestre (1874-1914). La mort de ce dernier interrompit pendant onze années une série qui fut l'un des plus grands succès du siècle. Allain, désormais seul, la continua jusqu'en 1963 (*Fantômas mène le bal*).

Que Fantômas – grâce, en partie, aux cinq adaptations ciné-matographiques de Louis Feuillade, *Fantômas, Juve contre Fan-*

tômas, *Le Mort qui tue, Fantômas contre Fantômas, Le Faux Magistrat* – ait fait vibrer les lecteurs populaires, cela n'a rien de surprenant. Mais il a fasciné aussi des intellectuels comme Blaise Cendrars, Max Jacob, Jean Cocteau, Apollinaire... André Malraux lui rend hommage dans *La Condition humaine* par l'entremise du baron Clappique.

Cet extraordinaire prestige auprès des imaginations ne peut que relever du mythe. Notre temps avait besoin de se créer des mythes différents des grands récits de la Grèce antique, et de créer de nouveaux héros tragiques soulevés contre l'ordre d'un monde nivelé par la science, où l'homme n'est plus qu'un numéro anonyme. Les grands révoltés du XIXe siècle s'appelaient Frankenstein, Maldoror ou NEMO, ceux du XXe CHÉRI-BIBI, LUPIN ou FANTÔMAS.

C. MAIGRET

Si le chevalier DUPIN et son célèbre émule, SHERLOCK HOLMES, représentent les archétypes de l'enquêteur perspicace, dont l'intelligence abstraite et l'esprit de déduction permettent de relier, d'une manière fulgurante, les causes et les effets et de dénouer les rébus policiers complexes, le commissaire Maigret, lui, se fie davantage à son flair, son intuition et sa connaissance des hommes.

Héros d'une bonne centaine de romans de G. Simenon mondialement connus et très souvent adaptés au cinéma (J. Tarride, *Le Chien jaune* ; J. Renoir, *La Nuit du carrefour* ; J. Delannoy, *Maigret et l'affaire Saint-Fiacre*, etc.) et à la télévision (où Jean Richard lui a prêté ses traits), depuis 1930, année de sa première véritable prestation [1] dans *Pietr le Letton*, Maigret laisse toujours transparaître l'homme derrière le policier. La cinquantaine assez lourde, un peu « pachyderme », précise l'auteur, ce Français moyen que ses missions arrachent au confort douillet de son appartement du boulevard Richard-Lenoir a conservé de ses origines bourbonnaises (son père était régisseur d'un château près de Moulins) un bon sens et des allures plébéiennes. À ses côtés, Mme Maigret, Pénélope petite-bourgeoise, suit avec intérêt mais discrétion les affaires de son grand homme de mari, le secondant parfois à sa demande, l'entourant de précautions affectueuses et lui préparant des petits plats dont les recettes sont désormais

1. En fait, Maigret intervient pour la première fois dans *Train de nuit* (1925).

célèbres. Bougon, bourru, emporté parfois, surtout contre ceux dont la morgue et le cynisme le révoltent, Maigret sait s'entourer de collaborateurs fidèles et dévoués (Janvier, Lucas) et éprouve pour les coupables en qui il voit souvent des victimes pitoyables une compassion attendrie. Traînant sa silhouette massive à travers l'atmosphère enfumée des bistrots et des paysages brumeux, ne quittant sa pipe que pour absorber de la bière, sa boisson favorite, le commissaire plonge dans le milieu où le crime s'est produit, se met à l'écoute des êtres et des choses, s'en imprègne, accumule patiemment les données et informations, essaie toujours de comprendre de l'intérieur plutôt que de juger les personnes. Aussi n'éprouve-t-il guère de joie à porter l'estocade finale : ses enquêtes s'achèvent sur une note d'amertume, dans un climat de fatigue et de dépression. « Policier de l'âme », disait de lui R. Kemp – la formule est valable dans tous les sens – Maigret sait que si la recherche criminelle est une tâche difficile, « le métier d'homme » l'est encore davantage.

La première apparition de Maigret

« À ce moment une large silhouette se profila au bout du couloir. Marthe reconnut le commissaire qui s'était inquiété d'elles pendant la nuit.

Rita le reconnut aussi, car elle connaissait la plupart des chefs de la police. Celui-là était Maigret, un homme calme, au parler rude, aux manières volontiers brutales.

Il s'approcha d'elle, lui dit sans politesse :

– Suis-moi...

Elle secoua négativement la tête, désigna la porte derrière laquelle était Jean.

– Je ne t'emmène pas dehors... Nous resterons dans ce couloir...

Alors seulement elle le suivit. Ils se mirent à marcher, en causant à mi-voix. Tous les cent pas ils passaient devant Marthe qui était toujours appuyée au mur.

– Raconte l'affaire du rapide...

– Je ne sais rien...

– Écoute, Rita, j'aime mieux te prévenir qu'il faut filer doux... Je ne sais pas encore ce qu'on va faire... Mais j'ai idée qu'il y aura moyen d'arranger les choses.

– Quelles choses ?

– Réponds d'abord à ma question. Quand tu as pris place

dans le train, à Paris, tu savais que le Balafré descendrait un voyageur ?

– Non...

Elle ne mentait pas, il le sentait. D'ailleurs, il connaissait la vie de la jeune femme presque aussi bien qu'elle.

– Il m'avait parlé d'un coup... Mais je croyais qu'il s'agissait de voler un sac postal, ou d'enlever un portefeuille... Si j'avais su que...

– Bon ! Je ne te demande pas de détails...

Il la regarda avec intérêt. Il la sentait bouleversée à l'évocation du Balafré.

– Il y a eu des comparses, dans cette affaire ?

– Non...

– Ne mens pas ! Je ne te demanderai pas leur nom...

– Je le jure... Et Jean ne savait même pas ce que je lui glissais dans la main... Mon frère m'avait dit qu'il fallait que le portefeuille sorte de la gare sans être vu, même si on fouillait les voyageurs... Je me suis dit qu'un marin...

– Ça va ! Qu'est-ce que tu comptes faire, maintenant ?

Elle ne répondit pas, mais son visage prit une expression obstinée.

Le commissaire Maigret désigna Marthe du menton. Il murmura :

– Je suppose que tu n'as pas l'idée de...

Elle comprit ce qu'il voulait dire. Elle continua à regarder droit devant elle, têtue.

– Écoute, Rita... Je crois qu'on va arranger l'affaire... En somme, le principal coupable, le seul vrai coupable, c'est le Balafré... Et il est mort...

Les lèvres de Rita se décolorèrent.

– N'insistez pas... dit-elle d'une voix blanche.

– Quelques mots encore. Puisque c'est toi qui... enfin, puisque c'est grâce à toi que cela s'est terminé comme cela, il est préférable de ne pas remuer les choses en cour d'assises...

Toujours le même silence.

– Tu me comprends, n'est-ce pas ? Et tu dois commencer à deviner ce qui te reste à faire... Tu as de l'argent ?... Oui ; tu dois en avoir ; pas la peine de me dire d'où il vient... À l'heure de la visite – les portes de l'hôpital vont être ouvertes – tu prendras le large...

– Non...

Cela sonna sèchement. Maigret feignit de ne pas avoir entendu.

– Tu fileras sans bruit, sans te faire remarquer... Pas la peine de te montrer au Vieux-Port... Il y a des trains pour Paris et pour l'étranger... À toi de choisir... »

G. SIMENON, *Train de nuit*, 1925.

D. SAN-ANTONIO

Le commissaire San-Antonio possède une double particularité : il écrit lui-même ses mémoires et il est le policier le plus populaire de France. C'est, en effet, depuis 1950 que Frédéric Dard conduit aux quatre coins du monde son héros et le plonge dans d'inextricables aventures, dont il sort toujours avec brio. La vogue extraordinaire de ces romans policiers tient-elle plus à la psychologie des personnages ou à la truculence du style ? En fait, tout est caricatural dans cette série. À propos de laquelle on peut évoquer aussi bien Rabelais que Jarry, Pierre Dac qu'Alphonse Allais. San-Antonio semble sorti à la fois des séries noires américaines et des romans-photos. Il s'arrache non sans regrets aux bras des pulpeuses créatures dont il raffole ou de ceux de sa maman, la brave Félicie, pour obéir aux ordres du « Vieux ». Il part faire son devoir avec ses adjoints, le maigre et triste Pinaud et l'énorme Bérurier qui, peu à peu, en est venu à égaler la popularité de son patron. Mais laissons parler l'auteur, dans une interview (presque) imaginaire de Vassilis Alexakis (Le Monde, 18 décembre 1970).

« *Contrairement à bon nombre d'agents secrets, on a l'impression, San-Antonio, que vous n'êtes pas un surhomme. Vous mesurez 1,72 m, ce qui, pour un surhomme, est peu. Vous n'êtes pas doué pour les langues.*

– L'anglais que je suis capable de parler tiendrait sur la marge d'un timbre de quittance.

– *Vous habitez Saint-Cloud avec Félicie, votre mère, ce qui n'est pas le cas de tous les agents secrets. Pourquoi êtes-vous aussi attaché à Félicie ?*

– Félicie, elle a entretenu un miracle : empêcher que je ne sois plus un petit garçon ! Grâce à elle, il y a un bout d'enfance qui continue en moi, qui me garde heureux et tendre...

– *Comment peut-on être heureux quand on n'est plus un enfant ?*

– Tout aimer, voilà le secret. Être amoureux du grain de café qu'on moud le matin, de l'oiseau qui s'oublie sur votre chapeau, du facteur qui vous apporte votre feuille d'impôts, du proviseur qui vous balance du lycée, de l'adjudant qui vous fait ramper dans la boue ! Aimer ! Aimer ! Le voilà le secret. Qu'on se le dise ! Et puis s'aimer soi-même, surtout si l'on est son genre. [...]

— *S'il est entendu que vous n'êtes pas un surhomme, il faut reconnaître que vous n'êtes pas un homme ordinaire non plus : vous êtes très fort, très habile, très courageux. Vous menez toujours à bonne fin les missions périlleuses que le « Vieux », votre supérieur hiérarchique, vous confie. L'auteur que vous êtes, il est vrai, ne prend pas toujours au sérieux les aventures de son personnage principal : il interrompt souvent l'action pour livrer au lecteur des réflexions qui n'ont rien à voir avec le récit et qui, parfois, constituent des charges contre le roman d'espionnage !*

— Dans les bouquins d'espionnage, on cultive l'infantilisme. Lorsque deux messieurs doivent se filer rendez-vous, au lieu de se téléphoner, comme on fait en pareil cas, ils louent deux barques au bois de Boulogne. L'un a mis son message dans une boîte plombée peinte en rouge et la largue au mitan du lac, tandis que le second, nanti d'un appareillage de plongée, pique une tête pour aller le récupérer. Et sur le message, on a écrit (en code) : "Trouvez-vous demain à 14 heures à la terrasse du Fouquet's."

— *Dans tous vos livres, il y a cependant une intrigue policière : vous ne la prenez pas au sérieux, mais vous la racontez quand même jusqu'au bout.*

— Les plus grands auteurs se laissent aller à la facilité. [...]

— *Pour revenir à vous, on dirait que dans chacun de vos romans il y a un livre écrit par un homme de lettres et un autre livre écrit par un homme d'action. Cela explique peut-être que vous soyez apprécié par des lecteurs de milieux très différents.*

— Les bons petits Français moyens, ils aiment quand il y a de la casse. Vous les voyez rappliquer *presto*, sans s'inquiéter du lait sur le feu, l'œil grand ouvert, la narine palpitante.

— *Comment expliquez-vous votre succès auprès des autres ?*

— C'est grâce à San-A que la jeunesse oublie cette époque bizarre où l'on interdit les films de Vadim aux gars de dix-huit ans, mais où on leur permet d'aller au casse-pipe. C'est grâce à San-A, toujours, que les secrétaires oublient l'ulcère à l'estomac de leur patron. San-A for ever ! Même les intellectuels homologués le lisent, je suis renseigné.

– *Ils pensent peut-être que vos livres contiennent un message...*

– Moi, quand j'ai un message à expédier, je n'écris pas un livre : je vais à la poste !

– *Il n'empêche que vous fustigez souvent la bêtise humaine, qui s'exprime notamment par la guerre.*

– Le danger des hommes vient des hommes. Ils n'ont qu'eux à redouter, ou presque...

– *Il vous arrive de traiter vos lecteurs d'idiots, de beau ramassis de cancres. Vous les menacez même de leur lancer votre machine à écrire à travers la figure !*

– Il y a des matins qui déchantent et où on a envie de se débarrasser de l'humanité entière, et aussi de soi-même.

– *Que pensez-vous de vous-même ?*

– Il y a des moments où je me gêne comme si j'étais placé au travers de mon passage. [...]

– *Ces mêmes lecteurs que vous invectivez, souvent vous les appelez "mes frères" et les lectrices "mes chéries".*

– Un copain toubib qui me connaît affirme que je suis cyclothymique. Faut m'accepter comme je suis.

– *On peut aussi penser qu'il y a deux hommes dans chaque lecteur : le premier représente ce que vous appelez l'univers concentrationnaire des adultes ; le second est votre ami, à qui vous confiez tout le mal que vous pensez du premier. Et vous les prenez tous les deux comme témoins de ce scandale contre lequel personne ne peut rien et qui est la mort.*

– C'est la mort qu'on gave de farine Nestlé, de lait Guigoz, de jus d'orange, de catéchisme, de fables de La Fontaine, de trois-fois-deux : six ; la mort qu'on vitamine, qu'on éduque, qu'on habille chez Sigrand, qu'on emmène au cirque, jusqu'au moment où quelqu'un présente la facture.

– *Est-ce qu'il vous arrive de rêver ?*

– Je rêve souvent.

– *À quoi donc ?*

– J'imagine la planète pour moi tout seul.

– *Tout seul, vraiment ?*

– Des fois, je dirais au Barbu de me piquer une côte première pour me fabriquer une Ève, histoire de lui faire part de mes sentiments dévoués, et puis vite je referais muter Madame en côtelette !

– *Vous êtes dur avec ces dames !*

– Ce qu'il y a de chouette avec elles, c'est qu'elles sont

toutes sensibles au côté fric de la vie. Aucune n'y résiste, aucune !

– *Il est significatif que Berthe, la femme de votre excellent ami, l'affable, le valeureux, le dodu, le sentencieux, le vaillant, l'impérissable, le sanguinaire inspecteur Alexandre-Benoît Bérurier, dit Béru, le trompe.*

– Une roue de secours, c'est indispensable dans un ménage.

[...]

– *On vous doit encore de surprenantes comparaisons. Les chaussures grises de Bérurier sont ravaudées avec du coton rouge...*

– On dirait qu'il a deux truites de six livres à la place de pieds.

– *Un homme claque des dents...*

– On dirait qu'on verse un sac de lentilles dans une baignoire de zinc.

– *Vous écrivez : "La nuit est humide comme le mouchoir d'une veuve."*

– Ah ! c'est dur à camoufler, le talent !

– *Votre création la plus comique est sans doute le person- nage de Sa Majesté, sa rondeur, sa polissonnerie Alexandre- Benoît.*

– C'est le roi du calembour, mais c'est aussi l'empereur de la filature.

– *Il est analphabète, sale, gros.*

– Malgré son parler et ses manières, il y a en cet homme un je-ne-sais-quoi qui force le respect et inspire la sympathie. Eh bien ! son charme provient de ce qu'il est vivant, réellement, authentiquement vivant. Nous déambulons de la belle aube au triste soir au milieu d'apprentis cadavres... Pas besoin de filet pour les capturer. Suffirait de mettre les bières à la verticale, portes ouvertes, ils y entreraient d'autorité... Moi, je vais vous dire, quand on va m'emmitoufler dans les planches, pas besoin de déguiser ma boîte-à-miettes en Croisé. Vous collez dessus la photo d'Hallyday ou celle d'Albaladejo, un portrait de Bardot, une vue de Napoli, le prospectus de Maserati, bref n'importe quoi d'en couleurs, et qui vive.

À quoi tient l'immense popularité de San-Antonio ?

Elle tient sans doute au fait que son personnage est supérieur à la moyenne des hommes.

Elle tient aussi au fait que San-Antonio est le premier à rire des invraisemblances de son personnage. Il est à la fois acteur et spectateur. Il est en même temps sur la scène et dans la salle.

C'est un mauvais spectateur : il tousse, il se trémousse, il se mouche, il bâille, il mange des bonbons, il parle à ses voisins, il les invective, il commente le spectacle, il disserte sur l'existence, et le plus curieux c'est que ses voisins ne lui demandent jamais de se taire.

Le spectacle est aussi dans la salle. San-Antonio est aussi un homme comme les autres : il est d'humeur inégale, il rit et il pleure, il a une mère, il ne veut pas mourir.

Bref, il est vivant. »

La première apparition de San-Antonio

« Si un jour votre grand-mère vous demande le nom du type le plus malin de la Terre, dites-lui sans hésiter une paire de minutes que le gars en question s'appelle San-Antonio. Et vous pourrez parier une douzaine de couleuvres contre le dôme des Invalides que vous avez mis dans le mille ; parce que je peux vous garantir que la chose est exacte étant donné que le garçon en question c'est moi.

Ça vous surprend, hein ?

Et d'abord vous vous dites : "Pourquoi se fait-il appeler San-Antonio ?"

Eh bien, je vais vous répondre. Lorsqu'un type dans mon genre écrit ses mémoires, après avoir exercé pendant quinze ans le plus dangereux de tous les métiers, c'est qu'il en a gros comme l'Himalaya à raconter ; en conséquence, il ne peut s'offrir le luxe de faire clicher son bulletin de naissance sur la page de couverture.

Mon nom importe peu. Du reste, il n'y a pas dix personnes au monde qui connaissent ma véritable identité. Et ceux qui ont essayé d'en apprendre trop long sur la question ressemblaient beaucoup à une demi-livre de pâté de foie qu'à Tyrone Power après que je leur ai eu conseillé de cesser les recherches.

Vous saisissez ?

Bon !

Maintenant je vais vous parler de moi, et vous donner des détails indispensables sur ma petite personne. Je dois vous dire pour commencer que si je ne suis pas le sosie d'Apollon, je n'évoque pas non plus un tableau de Picasso. Je ne me souviens plus du nom du bonhomme qui a dit que la beauté ne se mangeait pas en salade, mais j'ai dans l'idée que ce type-là n'avait pas du ciment armé à la place du cerveau. Il avait extraordinairement raison, et les femmes ne vous diront pas le contraire. Essayez de leur présenter, sur une assiette, un petit freluquet bien frisotté avec, à côté, un gaillard de ma trempe, et vous verrez si ce n'est pas San-Antonio qu'elles choisiront, malgré sa tête de bagarreur et ses façons brusques.

Je connais à fond la question.

Sur les femmes, je pourrais vous en écrire si long qu'un rouleau de papier peint ne me suffirait pas.

Mais je ne suis pas de l'Académie française, et le blablabla psychologique n'est pas mon fort. Je vous assure que chez nous, aux Services secrets, nous ne passons pas nos loisirs à lire des romans à la réglisse. Pour nous chanter le couplet sentimental il faut se lever de bonne heure, ça je vous le dis ; et il serait plus facile de charmer un ménage de crocodiles avec des boniments de midinette que de nous faire tomber en pâmoison avec des histoires de clair de lune.

Les petites mômes c'est bien joli, mais moins on y attache d'importance, mieux ça vaut. Surtout lorsqu'on pratique une profession où il y a plus de morceaux de plomb à gagner que de coquetiers en buis sculpté. Avec moi pas de pommade. Dites-vous bien que si je me bagarre avec mon porte-plume présentement, c'est pas pour jouer les romantiques. Les mandolines, c'est pas le genre de la maison et je me sens plus à l'aise avec la crosse de mon Walter 7,65 silencieux dans la main, qu'avec ce stylo qui bave comme un escargot qui voudrait traverser les Salins d'Hyères. »

SAN-ANTONIO, *Réglez-lui son compte*, I, 1949.

2. MONDE ANGLO-SAXON : CINQ PRIVÉS ET UN PRO

Honneur à l'ancêtre : Sherlock Holmes. Nous commençons par lui. Ensuite coup d'œil sur les maîtres du roman noir américain Hammet et Chandler et sur leurs deux célèbres créatures, Sam Spade et Philip Marlowe. On terminera le tour des privés, par un pittoresque détective, Nero Wolfe et une dame, Kinsey Millhone, créée par Sue Grafton.

Retour aux forces de l'ordre avec Lemmy Caution, l'agent du FBI, sympathique héros du romancier anglais – précision qui n'est pas inutile – Peter Cheney.

A. SHERLOCK HOLMES

Détective privé de l'Angleterre victorienne, Sherlock Holmes qui, de 1887, date de ses premiers exploits (*Une étude en rouge* où se manifeste l'influence des feuilletons d'Émile Gaboriau, *L'Affaire Lerouge*, *Le Crime d'Orcival*), à sa disparition en 1927 (*Archives de Sherlock Holmes*), tint en haleine un public de plus en plus nombreux est le digne successeur du chevalier Dupin, le héros d'Edgar Poe, qu'on voit dans trois des *Histoires extraordinaires* (« La Lettre volée », « Le Double Assassinat de la rue Morgue », « Le Mystère de Marie Roget ») résoudre, par son seul esprit de déduction, les énigmes les plus complexes qui avaient tenu en échec la police officielle. En campant le type de l'enquêteur perspicace, Poe a conçu le roman policier comme un rébus offert à la sagacité du lecteur. Le développement du rationalisme positiviste allait assurer la fortune du limier londonien.

Détective amateur, mélomane et toxicomane, le héros de Conan Doyle s'ennuie dans son appartement douillet du 221, Baker Street, mais l'intrusion du mystère ou l'appel au secours d'une personne terrorisée le précipitent sur les chemins de l'aventure. Homme d'action (au contraire de Dupin qui résolvait les problèmes les plus ardus sans sortir de sa chambre) et de réflexion, Holmes, toujours flanqué de son fidèle ami, le débonnaire Watson, s'emploie à démêler les fils les plus embrouillés. Relevant minutieusement les détails en apparence insignifiants, mais qui sont en réalité autant d'indices précieux dont le sens se dégage dès qu'il les replace dans l'ordre logique des faits, il en tire des conséquences et reconstitue habilement l'histoire. Une fois le coupable identifié, il n'a plus qu'à lui livrer combat, lui tendre des pièges et expliquer, *in fine*, le processus implacable qu'a suivi sa merveilleuse machine cérébrale : « Élémentaire, mon cher Watson... »

Sherlock Holmes est cependant autre chose que la simple illustration d'une méthode scientifique ou le moderne avatar du mythique révélateur de mystères ; l'homme est doté d'une forte personnalité et d'une réelle épaisseur psychologique. On sait que son créateur, Arthur Conan Doyle, s'étant avisé de le faire périr à l'issue d'un combat titanesque avec son rival, l'horrible Moriarty, dut, devant les protestations de son public, le ressusciter et lui prêter de nouvelles aventures (*Le Retour de Sherlock Holmes*). Exploitant cette « fausse sortie », un romancier et un cinéaste contemporain ont imaginé que pendant le temps où on l'avait cru mort, le Dr Watson avait conduit son ami à Vienne, auprès du Dr Freud afin de le débarrasser de son penchant pour la drogue – épisode qui constitue le point de départ d'une enquête mouvementée où l'inventeur de la psychanalyse et le génial policier rivalisent d'astuce (H. Ross, *Sherlock Holmes attaque l'Orient-Express*, d'après le N. Meyer, *La Solution à 7 %*).

Parmi les émules les plus originaux du détective britannique, on retiendra surtout le populaire ROULETABILLE, jeune journaliste de G. Leroux, qui s'illustrera en perçant *Le Mystère de la chambre jaune* (films de M. L'Herbier et H. Aisner) et celui du *Parfum de la dame en noir* (films de M. Tourneur, M. L'Herbier et L. Daquin). Adaptée en B.D., la formule fera recette avec le personnage de Tintin, l'intrépide reporter-aventurier aux culottes de golf.

Dans l'univers d'Agatha Christie, à côté de la malicieuse Miss MARPLE, charmante vieille fille anglaise à la clairvoyance étonnante, le fameux policier belge HERCULE POIROT, qui dissimule sous des aspects lourdauds et bourgeois une brillante intelligence, est un disciple un peu grotesque de Sherlock Holmes, mais dans le genre de la *murder-party*, sorte de huis clos policier, ses « petites cellules grises » font merveille (*Le Crime de l'Orient-Express*, porté à l'écran par S. Lumet).

La descendance de Sherlock Holmes est innombrable : l'aristocratique LORD PETER (D. Sayers), le rigoureux ELLERY QUEEN, NERO WOLFE, l'obèse amateur d'orchidées (R. Stout), etc. Des millions de romans et de films policiers font les délices des lecteurs : à vous de jouer, semble dire l'auteur, puisque vous avez en main les données du problème... Encore faut-il, pour que le jeu soit égal, que chacun ait les mêmes chances de résoudre l'énigme !

B. SAM SPADE

« Sam Spade avait la mâchoire inférieure lourde et osseuse. Son menton saillait, en V, sous le V mobile de la bouche. Ses narines se relevaient en un autre V plus petit. Seuls ses yeux gris-jaune coupaient le visage d'une ligne horizontale. Le motif en V reparaissait avec les sourcils épais, partant de deux rides jumelles à la racine du nez aquilin, et les cheveux châtain très pâle, en pointe sur le front dégarni, découvrant les tempes. Il avait quelque chose d'un sympathique Méphisto blond. »

Dashiell HAMMETT, *Le Faucon maltais*, 1930.

C. PHILIP MARLOWE

« En 1932, Raymond Chandler, cadre supérieur dans une société pétrolière, est renvoyé et se retrouve alors, à quarante-cinq ans, au chômage. Comme il avait toujours voulu écrire, qu'il lui fallait bien gagner sa vie et que l'occasion s'en présentait, il décida de tenter sa chance. N'appréciant que fort peu le contenu des magazines de luxe, ou *slicks* (comme le *Saturday Evening Post*), il choisit d'écrire pour les *pulps*, ces revues à bon marché aux couvertures bariolées et dont le papier était fait d'une pâte grossière à base de pulpe de bois, et notamment pour celui qui se distinguait déjà de ses confrères par la tenue et la qualité des histoires qui y étaient publiées : *Black Mask*.

Sous l'impulsion d'un rédacteur en chef désireux de publier des histoires "*réalistes et conformes à la réalité quotidienne*" sur la criminalité de l'époque, s'était constituée une école d'écrivains – la *Hard Boiled School* – dont le chef de file était un ex-détective de chez Pinkerton : Dashiell Hammett. Sous l'influence des écrits du père de Sam Spade et de quelques autres écrivains de *pulps*, Raymond Chandler composa sa première nouvelle, *Blackmailed Don't Shoot*, qui parut dans le numéro de *Black Mask* de décembre 1933, mais qu'il renia plus tard en la qualifiant de "*simple pastiche*". Puis il commença une collaboration régulière à *Black Mask*, avec des nouvelles brèves mettant en scène des détectives privés anonymes ou qui s'appelaient Mallory, Ted Carmady, John Dalmas...

Tous préfiguraient ce Philip Marlowe que Raymond Chandler devait créer et mettre en scène dans son premier roman, *Le Grand Sommeil* (1939), où il "cannibalisait" d'ailleurs quelques-unes de ses propres nouvelles. Philip Marlowe : "Pas de cicatrice visible. Cheveux noirs, grisonnants par places, yeux marron, un mètre quatre-vingts. Poids : quatre-vingts kilos." Voilà pour le physique. "C'est un solitaire, et il tire sa fierté de ce que vous le traiterez avec respect – ou alors vous regretterez de l'avoir jamais connu. Il parle comme un homme de son époque : avec un humour rude, le dégoût des faux-semblants et le mépris de toute mesquinerie. Il n'acceptera ni pots-de-vin, ni rebuffades de qui que ce soit sans réagir comme il convient et sans passion" (Raymond Chandler, *The Simple Art of Murder*). Bref, un homme d'honneur. Voilà pour le moral.

Dernier héraut de la justice dans un monde corrompu et violent où il faut être coriace pour survivre, chevalier errant au cœur de la jungle urbaine, il représente l'incarnation la plus parfaite du *private eye* de la légende dorée du roman noir américain, la quintessence du mythe. »

Jacques BAUDOU, Le Monde, 8 février 1988.

D. NERO WOLFE

« Un détective, un vrai, de ceux qu'on berce dans un coin de mémoire, c'est par exemple le Nero Wolfe de Rex Stout, que vous n'avez peut-être jamais rencontré. Dommage ! Il est obèse, infiniment civilisé et grognon, il a des airs de matou. Les yeux éternellement mi-clos, il ne bouge pas de son fauteuil. Nero Wolfe ne travaille pas par goût, c'est une partie de son charme. Il travaille par nécessité, pour entretenir sa serre d'orchidées. Il fait venir son miel de thym de Grèce, et le reste à l'avenant. Sa maisonnée est bien dressée : il y a Fritz, cuisinier et majordome, et Archie Goodwin, l'homme à tout faire, dévoué corps et âme, qui s'occupe de tout et sait ne pas déranger le maître quand il est à table. Archie, comme tous les comparses des génies, comme Watson ou Hastings, ne brille pas toujours par sa vivacité. Mais il est fidèle, actif, gentil, avec un côté Rantanplan.

Nero Wolfe séduit parce que les affaires humaines qu'on lui soumet, crimes, chantages affreux, sombres drames familiaux et autres turpitudes, ne l'étonnent jamais, l'intéressent à peine, ou juste d'un point de vue anthropologique et philosophique. Il règle ça du bout des neurones, pour retourner au plus vite à son livre (par exemple, *La Connaissance de l'homme dans le monde moderne*) et alimenter son stock de citations d'Homère et de Shakespeare. »

Geneviève BRISAC, Le Monde, 4 novembre 1983.

E. KINSEY MILLHONE

« Je me présente : Kinsey Millhone, trente-deux ans, détective privé immatriculé dans l'État de Californie, deux fois divorcée, sans enfant. Avant-hier, j'ai tué quelqu'un, et depuis je ne pense plus qu'à ça, ça m'obsède parce que je suis plutôt une personne respectable. Tous mes amis vous le diront. J'ai longtemps vécu en caravane ; aujourd'hui, je loue un petit studio, vraiment petit, mais j'aime me sentir à l'étroit. Je n'ai ni homme, ni animaux, ni plantes, et avec la vie que je mène ça vaut mieux. On ne peut pas être toujours sur les routes et s'imposer ces contraintes-là. Exception faite pour les risques qui tiennent à mon métier, je mène une vie normale et plutôt agréable. Bref, je suis une jeune femme sans histoires. »

Sue GRAFTON, *A comme alibi.*

F. LEMMY CAUTION

« Cigarettes, whisky et p'tites pépées », c'est la devise de l'agent du Federal Bureau of Investigations (FBI), Lemuel H. Caution, Lemmy pour ces dames et, désormais, pour la postérité. Lorsque la génération de l'après-guerre découvrit le héros de Peter Cheney au fond des caves de Saint-Germain-des-Prés, entre deux solos de trompette de Boris Vian, même les spécialistes avaient oublié que le plus célèbre titre de la collection, *Les femmes s'en balancent*, datait de l'avant-guerre. La fin d'un long cauchemar, l'engouement pour tout ce qui venait d'outre-Atlantique, le désir de vivre intensément les années perdues, avaient créé l'équivoque d'où devait naître le succès de Peter Cheney.

Flegmatique, plein d'un humour très particulier, quasiment rustique, toujours coincé entre les formes rebondies d'une bouteille de whisky et celles d'une blonde platinée, Lemmy Caution se présente comme l'as du FBI, organisme encore tout auréolé de la gloire de la victoire de 45 et non encore terni par quelque Watergate.

Pourtant, le personnage a beaucoup moins de personnalité qu'un Slim Callaghan ou qu'un Nick Bellamy, autres héros du romancier anglais (car, contrairement à une légende tenace, Peter Cheney n'est pas américain). En fait, le phénoménal succès du vieux Lemmy tient à son incarnation à l'écran par le chanteur Eddie Constantine, dans une série de films de Bernard Borderie dont le plus connu reste : *La Môme vert-de-gris.*

Tout comme Tarzan est inséparable de Johnny Weissmuller ou Robin des Bois d'Errol Flynn, Lemmy Caution ne figure désormais pour la génération des années 50 que sous les traits burinés et avec l'accent traînant du « crooner » américain.

III - VIE ET AVENTURES
DE NESTOR BURMA

1. LES ANNÉES NOIRES

On a déjà, ici et là, dans cette édition repéré des traces de la France occupée dans l'œuvre de Malet. Voici quelques textes, courts la plupart du temps, qui montrent la présence – discrète – de la guerre.

C'est dans Le Cinquième Procédé *(1947), à la fois roman policier et roman d'espionnage, que le climat de l'époque est le mieux restitué. Burma a volé des documents convoités par l'Intelligence Service et par la Gestapo : c'est un nouveau procédé d'extraction du pétrole. Passant pour mort, il se réfugie dans une clinique psychiatrique...*

« Je gagnai ma chambre. Le chauffage central fonctionnait et elle était agréablement tiède. Je me coulai dans les draps et fis l'obscurité.

Contrairement à mes prévisions, mon voisin l'aliéné ne troubla aucunement mon repos, mais je n'en dormis pas mieux pour cela.

Il y avait à peine dix minutes que j'étais au lit. Je commençais à m'assoupir. Un ronron de moteur attira mon attention.

Je me dis que ça, c'était un coup des Anglais, que tout à l'heure le paysage environnant allait subir quelques modifications et qu'il me restait encore un tas de chances de recevoir une pêche sur la figure, pourvu que le bon Dieu fût mal luné. Mais les avions passèrent sans me faire de mal. Ils volaient bas, dans un tintamarre épouvantable. Trop bas et trop bruyamment pour être des Anglais. Dans un sens, c'était rassurant, mais c'était quand même une foutue berceuse.

Quelques secondes de silence, et ce fut sur la route que se produisit un bouzin infernal. Des pétarades, un roulement, quelque chose comme un tremblement de terre qui parut fondre sur la clinique, la faisant trembler sur ses bases. Les carreaux de la fenêtre vibrèrent longuement.

Je me levai. Sans faire la lumière, j'écartai les rideaux et ouvris silencieusement la fenêtre. La nuit était claire. À travers les barreaux, j'aperçus la route, derrière le transparent rideau d'arbres.

Elle était sillonnée par de grosses voitures, marchant un train d'enfer, leurs phares voilés éclairant à peine le sol. De lourds camions suivaient, et puis des tanks de tous calibres, et des pièces d'artillerie.

Je pensais que Marc Covet devait avoir utilisé son *Ausweis* tout neuf. Car, maintenant, ça y était.

Les forces de l'Axe franchissaient la ligne. »

[Burma attend un message de Radio-Londres.]

« J'ouvris la fenêtre. La nuit était froide. Le ciel luisait d'étoiles. Je n'eus pas le loisir de le contempler longtemps. Un coup de sifflet strida. "Lumière", gueula un agent de la défense passive qui se trouvait juste à proximité. La poésie est incompatible avec la guerre. Je me recalfeutrai et poursuivis mes réflexions, bourrant pipe sur pipe et asticotant le poêle.

Le timbre de la porte résonna. J'allai ouvrir. Rosbeefsaignant se tenait sur le palier. Il n'était pas seul. Florimond Faroux l'accompagnait.

— Eh bien, dis-je, ennuyé, une drôle de surprise, hein ?

— J'espère, sifflota l'homme aux joues écarlates, que le commissaire et la radio seront des garanties suffisantes.

— Certainement. Entrez donc. La bibliothèque est chauffée.

Les deux hommes s'assirent. Je restai debout, les mains dans les poches.

— Vous faites une drôle de tête, remarqua l'agent secret.

— C'est que je n'aime pas passer pour une andouille. Alors, comme ça, vous vous connaissiez ?

— Seulement depuis quelques jours. Il s'est trouvé qu'à la suite de la mort de Sdenko Matitch, M. Faroux a été chargé d'une certaine mission... Voyez-vous, certains services français s'occupaient aussi de la découverte de Fernèse. Des concurrents, en quelque sorte, mais en raison de l'état de guerre et de notre lutte commune contre les nazis, nous sommes parvenus à un accord et c'est ce que M. Faroux vous certifiera.

— Vous devez remettre un projet à monsieur, dit le policier.

— Oui, à l'heure des messages personnels. En attendant... Dites donc, commissaire, vous m'avez caché un tas de trucs. Vous n'alliez pas tellement à l'aveuglette.

— Je devais recueillir le plus de renseignements possible sur Matitch et ses relations. C'était tout.

— Dans ce genre d'opérations, on n'est pas prolixe de détails, remarqua Rosbeef-saignant, en type du bâtiment.

Je tournai les boutons moletés du poste de radio.

— Ici Londres, nasilla la boîte.

— Mais vous n'ignoriez pas l'existence de Fernèse ?

— Je ne l'ignorais pas. Je savais que le secret d'une invention lui avait été dérobé par le Croate.

— À un moment, puisque Bonvalet avait des tuyaux particuliers sur Saint-Gaudens, j'ai été sur le point de lui parler de l'ingénieur. Je me suis abstenu. C'est aussi bien car vous auriez alors compris que j'en savais plus que je ne disais et les événements ne se seraient pas déroulés comme ils se sont déroulés.

— Sacré bonsoir, fulmina Faroux. Et vous avez le culot de me reprocher ma réserve ! D'où connaissiez-vous Fernèse ?

Je racontai le drame de l'asile. Sa moustache frémit.

— Eh bien, alors ! Toujours aux premières loges, Nestor Burma ! Les événements de Saône-et-Loire, je ne les ai sus qu'à mon retour. Puisque Frédéric Delan était votre ami, vous apprendrez peut-être avec plaisir que son assassin a été arrêté. Ce n'était pas un complice de Jackie Lamour. Un homme de main, seulement. Un bavard, d'ailleurs, et c'est comme ça que nous l'avons eu. Déjà, j'avais été rappelé et nanti d'autres ordres. Ceux, notamment, d'accompagner monsieur ici ; monsieur qui n'est pas *vraiment* de la Gestapo, j'ai été fort aise de l'apprendre...

— Nous allons le sa...

Le poste de radio, qui crachouillait terriblement sous l'effet du "brouillage", lança :

— Et voici les messages personnels.

Nous nous fîmes attentifs.

— Le chapeau de la gamine ressemble au facteur Cheval... Cléopâtre ira au Bar Vert sur un vélocipède... Très particulier... *Les fantômes n'ont pas de patrie*... Nous répétons. Très particulier... *Les fantômes n'ont pas de patrie*... Ne laissez pas les en...

J'arrêtai l'émission. J'allai à la serviette de cuir, l'ouvris, en retirai un rouleau de pellicule, le tendis à Rosbeef-saignant.

– Voici la copie des lettres, dis-je.

– Nom de Dieu ! jura Faroux.

Rosbeef-saignant souriait et ouvrait lui aussi une serviette.

– Oh, ça va, grommelai-je, m'adressant au commissaire. Ne jurez ni ne parlez. Pensez ce que vous voudrez, mais ne dites rien. Ça m'ennuie déjà assez que vous soyez témoin de cette combine. Ce n'est pas un truc très reluisant, mais... merde, éclatai-je, cachant ma confusion sous la colère, il faut bien vivre. J'ai eu ces lettres à ma disposition toute une nuit. Elles étaient d'un bon rapport, paraît-il. Il faut penser à mes vieux jours. Je les ai photographiées.

– Et vous avez eu fichtrement raison, approuva l'homme aux joues rouges, qui ne se prétendait pas pour rien autre chose qu'un enfant de chœur. Finissons-en, ajouta-t-il, je suis assez pressé. Ainsi que je vous l'ai déjà laissé entendre, monsieur Burma, la copie des lettres a moins de valeur que les originaux, à cause du ruban noir qui contenait la clé en permettant la lecture. Nos services cryptographiques auront certainement beaucoup de difficulté avec le déchiffrage. Ils y parviendront ou ils n'y parviendront pas, cela ne vous regarde plus. Ce que je vous paie, c'est la copie des lettres. Voici une somme très importante. La moitié de la somme, plutôt. L'autre moitié vous sera remise lorsque, après développement et tirage de la pellicule, nous nous serons assurés que ce sont bien les photos des lettres de Fernèse.

Il tira de sa serviette de nombreuses liasses de billets de banque coupés en deux et les étala sur la table.

– Un billet de ce genre a été fatal à Triple B, remarquai-je, rêveusement.

– Pas d'idées noires, ricana-t-il. Lorsque vous aurez les autres bouts, vous pourrez vous payer une douzaine de danseuses encore plus excitantes que Jackie Lamour. »

Le Cinquième Procédé, 10/18, pp. 66-67 et 212-215.

Dans Pas de bavard à la Muette *(1956), Burma découvre que sa cliente a été la maîtresse d'un truand devenu collabo et dont les anciens complices tentent de retrouver un trésor de guerre. C'est une bonne occasion pour lui de rappeler au commissaire qui juge le quartier « tranquille » : « Tranquille, c'est oublier un peu vite qu'entre 1940 et 1944, le XVIe arrondissement a été le siège de deux équipes de la Gestapo française, rue Lauriston* *(la bande Bony-Laffont) et avenue Henri-Martin (la bande de Masuy dont quelques restes interviennent dans le roman).*

Enfin, dans Nestor Burma *intervient (une nouvelle de 1985), il y a une ultime allusion à la période et même à* 120, rue de la Gare *:*

« J'avais tellement transpiré qu'il me fallut me changer. Et je m'aperçus alors que j'avais dégagé une si forte chaleur que la photo de Muriel, glissée dans une poche de poitrine, avait subi, sinon quelque transformation (la fille était toujours aussi belle), mais quelque chose s'y était ajouté. Au dos de la photo. Là où il n'y avait rien, lorsque je l'avais retournée pour la première fois, apparaissaient maintenant des signes, des chiffres, des lettres. Tout cela, très indistinct, mais en l'examinant de près... J'examinai. Et après éliminations, soustractions, interprétations, suppositions, je crus comprendre le message. Il disait : Rendez-vous à Denfert. Comme, jadis, le prisonnier amnésique du Stalag XB avait murmuré en mourant : 120, rue de la Gare.

Rendez-vous à Denfert.

Denfert !

Le lion... le XIVe... Montsouris... un endroit où poussaient les matraques destinées à rencontrer le crâne de Burma, "Nes" pour les dames. Je n'étais pas très chaud pour aller traîner mes guêtres dans le coin. Mais cette Muriel était si jolie ! Je pris le métro pour Denfert-Rochereau... Je devenais poète. »

Dans *Solution au cimetière*, 10/18, pp. 122-123.

2. NESTOR BURMA DÉTECTIVE DE CHOC

Nestor Burma échange souvent des propos désabusés sur son métier. Son slogan, « Je mets le mystère knock-out », s'applique avant tout à lui-même ! Le détective le reconnaît, son métier est un métier fatigant : il faut beaucoup marcher :

« Burma. – Vous avez entendu, Covet ?... Il s'appelle Maunier... Mau... Mau... Hélène avait raison.

Covet. – Je ne le perds pas de vue. Il occupe la troisième place dans la cinquième rangée, à l'orchestre... Vous prévenez Faroux ?

Burma. – Inutile... Je veux l'agrafer moi-même.

Covet. – Vous êtes armé ?

BURMA. – Jusqu'aux dents.

COVET. – Vous ne voulez pas que je vous donne un coup de main ?

BURMA. – Non. Pas la peine.

COVET. – Il a l'air balèze... Téléphonez-moi aussitôt, hein, que je mette l'édition en route.

Un petit silence.

BURMA, *confidentiel.* – Ce qui me dégoûte, dans mon métier, c'est le footing. Moi, je suis un peu comme les mathématiciens qui n'aiment pas le calcul. Inventer des théories, d'accord. Mais pour faire les opérations, il y a les machines ! Tandis que pour faire une enquête, filer un type, il ne faut compter que sur ses gambettes. Et il habitait au feu de Dieu. Je lui filai le train discrètement. Il perchait dans une maison cossue. Forcément ! Avec mes cinquante billets ! Je me faufilai derrière lui, et j'y allai bille en tête. C'est la meilleure façon. Je serrais ma pipe dans ma poche comme un revolver. Et quand je dis ma pipe... En réalité, c'était celle de Léo Malet, sa plus belle pipe dont le fourneau est une tête de vache avec les cornes et tout... Bref, j'aurais préféré être ailleurs... Au moment où le truand allait refermer sa lourde, je mis le pied dans l'entrebâillement.

MAUNIER. – Quoi ? Qu'est-ce que c'est ? *Il garde son accent polonais.*

BURMA, *doucement.* – Les mains en l'air, mon petit vieux... Plus vite que ça... Là... Recule doucement... N'aie pas peur, je sais refermer les portes avec le pied. *On entend claquer la porte.* Croise tes mains sur la nuque... Tu pourrais te sentir fatigué et je serais désolé d'abîmer ta jolie gueule.

MAUNIER. – Qu'est-ce que vous me voulez ? De l'argent ?

BURMA. – Tu es donc bien riche ?... L'argent du Crédit Italien, peut-être ?

MAUNIER. – Il y a sûrement une méprise.

BURMA. – Sûrement. Je suis Pierrot le Fou et toi l'ange Gabriel.

MAUNIER. – Je ne comprends rien à votre histoire.

BURMA. – Tu as barboté la caisse du Crédit Italien, avec tes deux complices, et ensuite, tu les as fait descendre ainsi que Donnitz. Dis voir le contraire... Veux-tu que je fouille cette valise, là, près de l'armoire... *Il crie.* Bouge pas ! »

Détective privé, pièce radiophonique écrite
avec Thomas Narcejac, diffusée le 26 janvier 1954.

« Et soudain, nous perçûmes comme des pas qui raclaient le sol, mais en une sorte de doux froissement de suaire... qui mettait le cœur au bord des lèvres. L'instant d'après, une lueur rougeâtre naquit du fond des ténèbres poisseuses. Et vinrent vers nous une douzaine d'encagoulés porteurs de cierges allumés. Les "familiers" de l'Inquisition ! Cette procession sinistre était précédée du nain sautillant et d'une blonde de toute beauté, vêtue seulement de bas noirs retenus par un porte-jarretelles de même couleur. MURIEL ! J'avais enfin retrouvé Muriel !

Le cri de joie et de triomphe que je m'apprêtais à pousser se mua brusquement, dans ma gorge, en un affreux et désespéré sanglot. Car, devant mes yeux horrifiés, mes yeux verts, car c'étaient ceux de la chatte à Combes... mes yeux horrifiés, à la lueur tremblante des cierges odoriférants, Muriel se transformait. Ses seins orgueilleux se fondaient en une espèce de gélatine visqueuse, d'un gris toxique. Puis, tout le corps y passa... Et je n'eus devant moi qu'un spectre, une larve, une... je n'osai pas prononcer le nom cent fois maudit... une lémure... Car Muriel était l'anagramme approximative de... de LÉMURE, ce revenant qui vient tourmenter les vivants !

Je reculai.

Je comprenais tout, mais trop tard.

Cette fois-là, ce fut un tibia qui entra dans la danse. Il dut se détacher tout seul du mur suitant pour me frapper l'occiput avec une violence inouïe. Je m'écroulai. »

Nestor Burma intervient (1905), dans *Solution au cimetière*,
10/18, pp. 126-127.

Mais la posture la plus fréquente de Burma est à plat ventre, assommé !

« Je gisais à plat ventre, les bras dans le prolongement du corps, la face contre le tapis. Je changeai la position de ma tête et la première chose que je vis fut, non loin de moi, des débris de verre, un disque cassé et une seringue de Pravaz, intacte. Un peu plus loin dans la perspective, à côté du phono bousculé, mes vêtements s'entassaient. Selon toute apparence, j'étais nu comme un ver. Je remuai les doigts, sans bouger mes bras engourdis. Ma main gauche emprisonnait un sein de Marion ; l'autre se crispait sur un morceau de cuir. [...] Je ramenai mon bras, provoquant un tintamarre de métal entrechoqué. Un cercle de fer, relié par une chaîne à une des entraves portées par Marion, m'enserrait le poignet. Mon autre bras était libre, mais je dus produire un véritable effort pour détacher mes doigts ankylosés du morceau de cuir qu'ils étreignaient. Ce morceau de cuir formait à la fois la garde et le manche de la pointe acérée qui y était fixée... et tout entière enfoncée dans le cœur de la malheureuse. [...]

Je me mis sur les genoux et restai ainsi un bon moment, à me frictionner nerveusement les mains comme pour effacer de ma paume droite le souvenir du poignard improvisé mais efficace. À chacun de mes mouvements, les chaînes se heurtaient avec ce sale bruit qui fait grincer les dents. À genoux, contre le corps glacé de la fille en travesti "Tantale", comme en prière. Prier n'est pas mon fort, mais il n'y avait peut-être rien de mieux à faire...

Si. Il y avait à foutre le camp.

Je me hissai sur mes jambes flageolantes, mais ne pus me redresser de toute ma hauteur. La chaîne qui me liait au cadavre était trop courte et me l'interdisait. Je retombai sur les genoux et essayai de me débarrasser de mon bracelet. Des clous. J'avais trop les jetons pour accomplir un travail utile et je me sentais malade comme trente-six chiens ; une sueur malsaine m'inondait des pieds à la racine des cheveux. Il me fallait quitter cette pièce, de n'importe quelle manière et en n'importe quel équipage, mais il le fallait. Traînant après moi le corps de Marion, je m'approchai de mes vêtements et en passai l'inspection. On ne m'avait rien fauché, ni fric, ni revolver, rien. Comme je pus et tant bien que mal, j'enfilai mon falzar et mes godasses, coiffai mon galure, et fis du reste un paquet que je serrai sous mon bras. Je regardai autour de moi, tâchant de me remémorer les objets que j'avais pu toucher et les endroits où j'avais posé mes doigts. Puis, allant et venant à travers la pièce, traînant toujours le cadavre nu de Marion, hérissé de ses pointes, j'essuyai avec mon mouchoir tout ce qui pouvait conserver mes empreintes. Et je me dirigeai enfin vers la sortie, raflant au passage ma blague à tabac et ma pipe abandonnée sur une chaise. Parvenu devant la porte, je m'arrêtai pour souffler et prêter l'oreille. Aucun bruit. Rien de suspect. Je pouvais peut-être tenter de chercher refuge dans le débarras poussiéreux repéré en arrivant. Ça me ferait toujours gagner du temps. Ma main vola vers la serrure...

Je frissonnai.

L'ignoble sueur de tout à l'heure, qui semblait avoir cessé

de sourdre de ma peau, reprit de plus belle. Elle me dégoulina le long de l'échine, en épaisses gouttes gluantes et chatouilleuses. La porte était fermée à clé et la clé n'était pas dans la serrure, ni à proximité. »

Des kilomètres de linceuls,
1955, Fleuve Noir, pp. 95-97.

« J'entendis mettre en marche un camion. Je l'entendis s'éloigner. Puis, le silence. J'abandonnai ma poubelle et m'approchai de la porte. Sur la porte émaillée, on lisait : *Imprimerie.* Je prêtai l'oreille. Aucun bruit. Je tâtai la porte. Du métal. Hum... Difficile à forcer, sans doute. Et était-ce bien nécessaire ? Était-ce bien prudent ? Était-ce...

Ça fit bing dans mon ciboulot. Je saluai cette sensation comme une vieille connaissance. Bon sang ! On allait l'oublier, celui-là. Le bon coup d'instrument contondant, le bon coup de matraque des familles. »

Ibid., p. 174.

« Pour me mettre tout à fait de bonne humeur, un violent orage, qui menaçait depuis longtemps, éclata comme j'étais sur la route du domaine de Paoli. Je passai devant des pavillons endormis. Le vent soufflait en bourrasques, m'apportant dans la distance le roulement du chemin de fer de ceinture. Parvenu sur le plateau, je vis dans le fond de la cuvette la grande lueur rougeâtre des lumières de Paris, parfois obscurcie par le violet des éclairs.

Je parvins rapidement à l'endroit du mur d'enceinte le plus proche de la cabane-atelier et m'y hissai avec précaution. Les arbres gouttaient, mais me préservaient du gros du déluge. Ça n'avait d'ailleurs aucune importance ; j'étais trempé jusqu'aux os. Aucune lumière ne filtrait de l'habitation ou de la tour. L'atelier était également obscur.

Je sautai sur une terre meuble qui amortit ma chute. Je restai un moment aux aguets, puis m'aventurai. Soudain, un sentimental de mon espèce, qui devait rêver à sa mie dans ce décor romantique, braqua sur moi un rayon lumineux. Il ne m'aveugla pas, car j'avais mon chapeau fortement baissé sur les yeux à cause de la pluie. Estimant la hauteur de sa figure à la position de la lampe, je ne lui laissai pas le temps d'ouvrir la bouche. Je lui assenai quelque part entre les deux yeux un de ces coups de crosse de revolver qui font date dans la vie d'un veilleur de nuit.

Il s'effondra, et comme la Nature estimait qu'il n'en avait peut-être pas assez, elle disposa une souche d'arbre au point de chute de sa nuque. Cela fit un sale bruit, et je m'assurai en vitesse que le type n'était pas mort. Rassuré, je cherchai des yeux le rayon de la lampe électrique. En valsant, elle avait dû s'éteindre. J'abandonnai et revins au génie des bois. Je le bâillonnai avec mon mouchoir et lui liai les mains avec une ficelle, malheureusement pas assez longue pour que j'en pusse faire autant des jambes. Cette besogne expédiée sans qu'un autre poète soit venu voir ce que je goupillais, je me dirigeai vers la cabane que j'atteignis sans encombre.

Ce que je vis, entre deux planches mal jointes, je ne le compris pas, sur le moment, tout à fait. C'était quand même intéressant et ça n'avait aucun rapport avec l'arsenic. J'aurais peut-être mieux compris si j'étais resté plus longtemps. Mais un énorme berger allemand se leva d'un coin sombre de l'atelier, donnant des signes d'inquiétude. Au même instant, un hurlement s'éleva dans le bois, et j'entendis un corps froisser les fourrés en bondissant. Je ne fis ni une ni deux. J'entrepris de me prouver à moi-même qu'à côté de Nestor Burma, Ladoumègue était un escargot.

Arrivé au mur, la preuve était faite. Me restait maintenant à battre le record du saut en hauteur. Derrière moi, on commençait à s'agiter. J'ignore comment je fis mon compte, mais il est bien regrettable que les arbitres de la Fédération athlétique ne se soient pas trouvés sur le plateau de Malabry, cette nuit-là. Je me ramassai sur le chemin boueux, l'obstacle franchi les doigts dans le nez. Je pris du champ en vitesse.

La nuit était d'un noir d'encre. La pluie continuait à tomber, mais les éclairs avaient cessé. Le tonnerre roulait sourdement dans le lointain. Le vent m'aidait dans ma fuite.

Soudain, il m'apporta une succession de détonations étouffées et je compris aussitôt que j'allais emporter de mon expédition nocturne quelques souvenirs dont je me serais volontiers passé. De son pétard muni d'un silencieux mon poursuivant tirait au jugé, mais la fidélité de sa femme ne devait pas être à toute épreuve. Je ressentis de violentes brûlures dans diverses parties du corps. Souffrant atrocement je parvins, à force de volonté, à continuer ma course. Je défilai entre deux rangées de pavillons. Mes oreilles bourdonnaient, mes yeux se voilaient. Je détalais toujours. Je n'aurais jamais cru qu'on puisse aller si vite, ainsi lesté de plomb. La pesanteur, quelle rigolade ! J'entendis un

affreux grincement métallique et je me dis que j'étais bon, que
je me disloquais, que mes membres devenaient autonomes, qu'ils
se détachaient de moi, qu'ils me laissaient en plan... Et je roulai
devant un gigantesque dieu ronronnant, qui me regardait appro-
cher de ses deux immenses yeux ronds et jaunes.

Je revins à moi sur un lit d'hôpital. Une blanche infirmière
papillonnait dans la chambre. Dès mes premiers efforts pour
parler, elle mit un doigt sur ses jolies lèvres et sourit.
– Chut !
La porte s'ouvrit, livrant passage à Florimond Faroux, le feutre chocolat en bataille.
– Alors, mon vieux Nestor Burma ? tonitrua-t-il. J'ai appris
que vous aviez reçu un sale coup. Est-ce que notre Tanneur est
dans la course ? Vous allez être gentil et me dire de quoi il
retourne. Vous savez bien que je suis comme qui dirait votre
grand frangin. Vous pouvez constater que je suis seul. Pas de
témoin. Rien qu'entre copains. Vous pouvez l'ouvrir. Tout ce
que vous direz restera entre nous. Alors, où vous a-t-on transformé en écumoire ?
– Porte d'Orléans, balbutiai-je, dans un souffle.
– Porte d'Orléans ? ricana-t-il. C'est sans doute pourquoi
vous avez failli rouler sous les roues d'une bagnole occupée par
des gardes mobiles, à Malabry ? Enfin... Et qui vous a ainsi
assaisonné, à la porte d'Orléans ?
Je crus répondre que je ne savais pas, mais aucun son ne
passa mes lèvres. J'étais épuisé, trop faible. Faroux s'emporta :
– Depuis que nous nous connaissons, Nestor Burma, vous
me rendez enragé. Cette fois, je sens que je vais mordre.
– Ce blessé n'est pas en état de subir un interrogatoire, inspecteur, articula la voix ferme d'un nouveau venu.
J'aperçus à travers une brume les lèvres gourmandes de
l'infirmière et je m'évanouis en songeant qu'on faisait bien les
choses, à l'Assistance publique, question personnel. »

Nestor Burma et le monstre, Fleuve Noir, pp. 300-304.

« Je découvris ainsi une garde-robe féminine au grand complet et, enfin, sur les étagères du dernier réduit, quantité de films
dans leurs boîtes métalliques. Restait maintenant à dégotter, dans
le tas, celui qu'avait tourné Marguerite Chevry. Je commençai
à les déménager, jetant un coup d'œil aux étiquettes. On ne sait
jamais. Une, marquée *Chev*, retint mon attention.

À ce moment, une voix ricaneuse, tombant du ciel, ou presque, articula :

– Pourriez-vous me dire ce que vous faites ici, monsieur ?

Au sommet du court escalier, se tenait une bonne femme – et pas en cire, celle-là – une bonne femme sans âge dont je n'attendais pas la venue et qui, le plus naturellement du monde, me menaçait d'un revolver.

Maquillée à la diable, avec trop de rouge à lèvres, mais très élégante dans sa robe de cocktail bien dessinée. Ses cheveux gonflants lui faisaient une tête de loup.

Si l'employé déluré, zélé et observateur de la gare de Lyon avait été là, il l'aurait sûrement identifiée pour la particulière qui avait déposé la valcase à la consigne, samedi. C'était comme ça. Le monde est petit.

– Mettez les mains en l'air, s'il vous plaît, dit la femme.

J'obéis, brandissant la bobine de film, comme les employés du métro font de leur disque, sur le quai des stations, pour donner le départ. Et le fait était que j'étais en train de partir pour un drôle de voyage.

Son soufflant braqué ne déviant pas d'un poil, elle descendit les marches.

– Tournez-vous ! ordonna-t-elle quand nous fûmes tous deux au même niveau.

J'obéis encore, avec plaisir, mon pied droit tout frémissant de la ruade maison qu'il mijotait... J'envoyai la ruade en question dès que je me rendis compte, par le truchement des miroirs, que la cible était à bonne portée. Pour faire bon poids, je fis entrer aussi la bobine de film dans la danse. Rrrrran !... Ah ! oui, zéro ! La bonne femme esquiva et riposta aussi sec en m'assenant un coup de crosse.

J'esquivai à mon tour, et ce fut l'épaule qui prit, au lieu du crâne visé. La douleur se propagea tout au long du bras avec un petit bonjour pour les muscles du cou.

Je m'écroulai, en un élégant mouvement de rotation et, réunissant mes forces, attrapai à pleins bras les guibolles nylonneuses de mon adversaire.

Nous roulâmes à terre, enlacés et emmêlés consciencieusement, tantôt l'un dessus, tantôt l'autre, au jeu du tonneau. Elle n'avait pas lâché son flingue et, d'ici qu'il parte tout seul, il n'y avait pas des kilomètres. J'essayai de lui saisir le poignet, tout en continuant à lui enserrer les quilles, mais c'était vraiment un sport au-dessus de mes moyens. Là-dessus, un des mannequins, ne voulant pas être en reste, m'atterrit sur les reins.

Au même instant, boum ! ça éclata à mes esgourdes. Une détonation assourdissante, suivie d'un fracas de verre brisé. La surprise ou l'émotion me fit relâcher mon étreinte. L'autre en profita pour se dégager complètement et, avant que j'esquisse la moindre parade, mon crâne dégusta, comme prévu au programme des réjouissances, avec tout juste un léger retard sur l'horaire...

... Pendant quelques secondes, je ne fus plus là... »

Drôle d'épreuve pour Nestor Burma,
1968, Fleuve Noir, pp. 198-201.

3. BURMA ET LES FEMMES

Burma passe son temps à sauver des héroïnes en détresse. Ses amours sont presque toujours tragiques, rares sont les fins heureuses.

« La jeune fille qui vint sonner à ma porte, deux ou trois jours plus tard, sur le coup de 17 heures, donnait l'impression de sortir du lit, ou peu s'en fallait. Elle portait, sous un trench-coat boutonné de travers, un chemisier enfilé à la diable et aux pans mal rentrés dans la ceinture d'une minijupe, elle-même pas très d'équerre. C'était une brunette mal peignée aux yeux bleus, pas maquillée, mais faisant très propre, ce qui devient de plus en plus rare. Elle était jambes nues dans des bottes de cuir. Il me semblait l'avoir déjà vue quelque part, mais ce n'était qu'une illusion. De nos jours, toutes ces filles se ressemblent, modelant silhouette et visage d'après les canons du jour, imposés par la presse féminine. On a eu, comme ça, la fournée Bardot. Aujourd'hui, c'est une autre.

– Vous êtes..., vous êtes... M. Nestor Burma ? demanda-t-elle, dès que je lui eus ouvert.

Sa voix douce était haletante, comme si elle venait de soutenir une longue course. Sa poitrine se soulevait tumultueusement. Je répondis que j'étais Nestor Burma.

– Il faut que je vous parle.

– Entrez donc.

Elle franchit le seuil sur des guibolles en mou de veau, ne fit pas plus de trois pas à l'intérieur, devint brusquement livide, son nez se pinça... Je me précipitai, juste à temps pour la recevoir dans mes bras, évanouie.

Comme apéro vespéral, c'était gratiné.

Je l'installai dans un fauteuil et entrepris de la ranimer. Je lui tapai dans les mains, la giflai légèrement, tout ce cirque pour des haricots. Finalement, j'estimai qu'il lui fallait peut-être un peu d'air et, après lui avoir déboutonné l'imperméable, je lui dégrafai son chemisier.

Deuxième tournée d'apéro de même qualité que le précédent, avec un zeste, celui-là : la jeune fille ne portait pas de soutien-gorge, mais, au-dessus du sein droit, une blessure occasionnée par un instrument tranchant : couteau ou rasoir-sabre.

Quoique relativement profonde, c'était une blessure sans gravité, et déjà en voie de cicatrisation. N'empêche qu'un panse-ment, même sommaire, n'y aurait pas fait de mal. Je m'en fus chercher tout le bazar nécessaire dans la salle de bains et me mis au boulot, après avoir, toutefois, examiné les vêtements de la brunette. Il me semblait avoir remarqué une bizarrerie, tout à l'heure. Oui, le sang avait légèrement taché le chemisier, mais c'était tout. Il n'était déchiré ou entamé par une lame nulle part. Conclusion : lorsqu'elle avait été frappée, ma visiteuse devait porter d'autres frusques ou être à poil.

Tout en rêvant là-dessus, je me déguisai en infirmier. J'étais en plein boum, me bagarrant avec un serpentin d'albuplatz des plus colle-aux-pattes, lorsque la môme sortit de son évanouisse-ment. M'apercevant penché sur sa gorge dénudée, elle jeta un faible cri, me repoussa brusquement et protégea ses beaux petits nichons de ses mains en éventail. J'eus toutes les peines du monde à la convaincre que je ne m'apprêtais nullement à la violer, que j'étais tout bonnement en train de soigner son esta-filade. Elle me crut plus ou moins et s'apaisa. Je commençais tout de même à en avoir un peu marre, moi, de tout ce cirque. J'aurais bien aimé comprendre un peu. Mais autant attendre qu'elle ait complètement récupéré. Pour le moment, elle était vannée et à bout.

– Reposez-vous, dis-je. »

Un croque-mort nommé Nestor, 1969,
Fleuve Noir, pp. 23-25.

« La jeune fille s'agitait sur le divan. Elle s'était assise et essayait de se débarrasser des liens que des nœuds compliqués retenaient autour de ses membres. Ne pouvais-je pas espérer trouver une alliée en elle ? Je l'avais tirée de bien sales draps. Ces hommes n'étaient pas ses amis. Nous deux, jusqu'à présent, nous n'avions pas exagérément sympathisé, mais nous pouvions conclure un accord limité et...

– Tournez-vous, ordonnai-je aux deux lascars. Face à la demoiselle.

– C'est plus agréable de voir sa binette que la vôtre, observa "La Fuite", en s'exécutant.

– Ça va, dis-je. Pas d'esprit.

Le canon de mon feu toujours dans l'axe des deux hommes, je m'approchai du divan, posai mon genou gauche dessus et parlai à l'occupante, les yeux fixés sur le boxeur et son copain. Elle comprit très bien ce que je voulais et la conclusion du pacte de non-agression ne demanda que quelques secondes. Ce ne fut, toutefois, pas sans une accélération des battements de mon cœur que je fis passer le revolver de ma main à la sienne. Qu'allait-elle faire ? Elle tint très correctement le browning braqué sur les deux hommes et me dit :

– Allez-y !

Je passai derrière "La Fuite" et soulevai son pardessus pour visiter sa poche revolver. Souple comme un chat, il abattit son bras droit en arrière. Je reçus le coude pointu en pleine joue et chancelai. Je n'avais mangé qu'un sandwich de toute la journée et pas mal bu ; je ne tenais pas très bien le choc. Un formidable coup au menton me redressa. C'était le boxeur qui se rajeunissait en revalorisant ses muscles. Se croyant revenu dans le cercle enchanté, il me gratifia encore d'un coup à l'estomac qui calma instantanément mes crampes. J'allai au tapis.

Dans ma chute, je m'accrochai aux jambes de "La Fuite" comme à une bouée de sauvetage. En crachant des ordures, le boxeur me fit lâcher prise d'un coup de soulier.

Je restai à terre deux secondes. C'était suffisant pour leur permettre de fuir. Et dire que j'en avais surnommé un : "La Fuite" ! On m'y reprendrait à décerner des sobriquets !

Je me levai, me ruai sur la porte, dégringolai le perron, plongeai dans la nuit noire. Tous phares éteints, une auto déboucha en trombe de la ruelle champêtre, manqua de me renverser et se perdit dans les ténèbres pluvieuses, laissant dans son sillage une odeur d'essence, non sans avoir soulevé une gerbe de boue dont je reçus ma part. Écumant de rage, je criai une insulte que l'écho répercuta.

La lumière qui brillait sous le double rideau mal ajusté d'une fenêtre de la villa d'en face s'éteignit. Un petit prudent qui ne voulait pas d'histoire. Je rentrai au 32.

La jeune fille tentait toujours sans succès de se défaire de ses liens. Elle avait posé mon revolver à côté d'elle. Je le récupérai sans difficulté. (S'était-elle aperçue qu'il... qu'il n'était pas chargé ? Car il n'était pas chargé ! En en menaçant les hommes, j'avais bluffé ; mais je ne pouvais indéfiniment bluffer et espérer pour mon effet de surprise des prolongements excessifs, c'est pourquoi j'avais eu tellement hâte de m'approprier les moins inoffensifs eurékas qu'ils devaient posséder. C'est parce qu'il n'était pas chargé, que je l'avais confié à la femme, et pour cette raison encore que je craignais que cela leur parût louche, de me voir si facilement me déposséder de mon arme. Et je crois que "La Fuite" s'était douté de quelque chose de ce genre, il était rusé, et qu'en conséquence, il avait agi sans hésitation.)

Elle s'arrêta dans sa besogne et fixa sur moi ses yeux marron, au regard alourdi par les longs cils.

— Ils... ils sont partis ? demanda-t-elle.

Sa voix était chaude et troublante.

— Pensez-vous, ricanai-je. Ils sont toujours là, figés de peur devant votre browning... (J'ôtai mon trench-coat.) Pourquoi n'avez-vous pas tiré ? ajoutai-je doucement, le ton empreint d'une dose de reproche convenable.

Elle baissa la tête sans répondre et s'activa après ses liens. Si elle avait manœuvré la détente et constaté l'innocuité de l'arme, elle n'aurait pas eu cet air de gamine prise en faute.

— Pourquoi n'avez-vous pas tiré ? répétai-je, en m'asseyant à ses côtés.

— Je... je ne sais pas.

— Je vous avais recommandé de tirer, s'ils faisaient le moindre geste. Ils en ont fait toute une série. (Je me frictionnai l'estomac et le menton.) Vous n'avez pas tiré.

— Non.

— Pourquoi ?

— Je ne sais pas... Oh ! zut !

Elle venait de se casser un ongle sur les cordes.

— Vous n'y arriverez pas, dis-je. Permettez que je vous aide. (Je sortis mon couteau et tranchai les liens.) Vous vouliez en épargner un ?

Elle pivota sur son séant et posa ses pieds sur le parquet. Tout en rétablissant la circulation dans ses membres endoloris, son visage encadré de cheveux défaits tourné vers moi, elle dit, un éclair de colère dans les yeux :

– Épargner qui et pourquoi ? Je ne connaissais pas ces hommes... et ils m'avaient malmenée...

– Justement. Que vous voulaient-ils ?

– Je ne sais pas.

– Vous paraissez ne pas savoir grand-chose.

– Non, je ne sais pas grand-chose. Je ne sais même pas ce que vous faites ici.

– Moi ? Mais je suis venu vous délivrer... Je suis le sauveur attitré des petites filles, l'ange gardien des poupées, le Don Quichotte 42..., un peu produit de remplacement, mais d'assez bonne qualité. Mon petit doigt m'ayant dit que vous couriez un danger, je suis venu vous en sortir... »

Nestor Burma contre CQFD,
1945, Fleuve Noir, pp. 40-43.

« NESTOR BURMA, *regardant la blonde*. – Enfin, seuls.
  La blonde ne répond pas. Un temps, puis la blonde...
LA BLONDE. – Qu'est-ce que c'était que ces bruits, tout à l'heure ?

NESTOR BURMA. – Tiens, tu n'es pas muette ? J'aime mieux ça. Je craignais que toutes ces émotions... Les bruits de tout à l'heure... eh bien, c'étaient des revolvers qui aboyaient... J'ai cru que c'était la police mais il faut perdre cet espoir...

LA BLONDE, *avec un frisson*. – La police...

NESTOR BURMA *la regarde un moment, puis...* – T'es une drôle de môme.

LA BLONDE. – Oh, je vous en prie, m'sieu, ne prononcez pas ce mot-là...

NESTOR BURMA. – Quel mot ?... Môme ?

LA BLONDE. – Oui.

NESTOR BURMA. – Pourquoi ?

LA BLONDE. – Parce que.

  La blonde ne dit plus rien. Petit silence.
NESTOR BURMA. – Faut pas bouder Nestor. Il n'a rien fait, Nestor.

LA BLONDE. – Oh, je ne vous en veux pas.

NESTOR BURMA. – Tant mieux. Et tu sais, le mot en question, je le raie de mon vocabulaire. J'écarte tout ce qui pourrait compromettre nos relations futures... parce que, nous n'allons pas nous quitter comme ça, hein ? nous nous reverrons, nous deux.

LA BLONDE. – À quoi bon !

NESTOR BURMA. – Comment à quoi bon ? T'en as de bonnes, avec tes à quoi bon, toi... Tu verras, je t'expliquerai, quand on se reverra... Mais pour se revoir, faut d'abord qu'on s'en aille... Il me reste encore pas mal de boulot à terminer... et je ne voudrais pas retomber sous la coupe de Robert...

LA BLONDE. – Vous croyez qu'ils vont encore vous faire du mal ?

NESTOR BURMA. – Ah, toi, t'es une vraie mô... gosse... une vraie gosse... oui... Tu crois que c'est fini, le turbin ? Mais ça ne fait que commencer... J'ai toujours des nuits agitées, moi, qu'il s'agisse de bagarres ou d'autre chose...

LA BLONDE. – Mais je ne veux pas qu'on vous fasse du mal, moi !

NESTOR BURMA. – Ça, c'est gentil. Tu le diras à Robert. Remarque qu'une fois qu'il aura trouvé ce qu'il cherche, il ne me fera peut-être pas du mal. Il se contentera de réunir mes poignets à mes chevilles et de m'expédier en cet équipage explorer le fond de la Seine.

LA BLONDE. – Je vous en prie, ne parlez pas comme ça.

NESTOR BURMA. – Je disais ça pour rigoler... Il y a peut-être plus délicat, comme plaisanterie, mais ce soir je ne suis pas en pleine forme... Nom de Dieu, faudrait que je la récupère ma forme... Parce qu'il va falloir trouver un moyen de se débiner d'ici... Ce n'est pas tant pour moi... Moi, j'exerce un métier dangereux où l'on reçoit plus de coups de marteau derrière les oreilles que d'oseille... un métier dans lequel on est enquiquiné par les vrais flics quand les gangsters vous laissent un peu de repos... »

La Nuit d'Austerlitz, Téléfilm écrit avec Stellio Lorenzi,
diffusé le 31 août 1954.

« Marion, elle aussi, était nue, mais moins que la dernière fois que je l'avais vue. Par-dessus son porte-jarretelles, une ceinture lui ceignait la taille, une large ceinture de cuir jaune, hérissée de longues pointes d'acier. En plus d'un collier, elle avait aux poignets et aux chevilles des entraves en métal clouté, reliées par des chaînes. Je connaissais cet accoutrement pour partenaire de masochiste. C'était le travesti "Tantale", qui figurait au catalogue d'une maison spécialisée dans la fourniture de lingerie libertine et autres articles érotiques, avant-guerre. Ainsi attifée, Marion reposait sur le dos, la figure cachée par la chevelure en désordre, ses jambes gainées de nylon écartées selon un angle impudique. Qu'est-ce que ça pouvait foutre ? Elle n'exciterait plus personne, désormais. Les employés de la morgue, en dépit du métier qu'ils ont choisi, ne sont pas nécrophiles. [...] je me penchai sur Marion et lui fermai les yeux. Vivante et morte, elle avait vu assez de saloperies. »

Des kilomètres de linceuls, 1955,
Fleuve Noir, pp. 95-96, 102.

« Il tira sur Geneviève, mais la manqua. Pendant deux secondes, il m'avait quitté des yeux. Je sortis mon feu à mon tour et lui envoyai ça dans l'autre jambe, la valide. C'était mon jour de veine. Je le loupai. Il braqua son calibre sur mon abdomen et cracha des flammes, tressautant sous le recul de l'arme et grimaçant des douleurs fulgurantes que ce staccato communiquait à sa patte esquintée. Avec un grand cri, un cri épouvantable, un cri d'agonie, de plusieurs agonies – tant de choses mouraient d'un coup –, Geneviève se précipita dans l'enfer. Elle tomba à mes pieds, se comprimant la poitrine, comme si elle tendait encore ses seins en offrande à l'amour, ses seins dont elle surveillait avec terreur le lent mais sûr vieillissement. Dans le bond qu'elle avait fait, sa robe s'était déchirée sur toute la longueur. La pince de strass fixée à la dentelle du bas semblait mordre la chair de la cuisse et luisait sous les éclairs des détonations. [...] Je me penchai sur Geneviève. Je la pris dans mes bras et la portai sur son lit. Un peu de son sang poissa mes mains. C'était hier, que j'avais couché avec elle. Elle ramena lentement sur sa poitrine sanglantée et palpitante une main aux longs doigts effilés. L'ongle de l'index, cassé, n'avait pas repoussé encore. Elle remua faiblement les lèvres :
– Mon chéri. » [...]

Le ciel de Paris pâlissait lentement.
Elle agonisait dans la pièce voisine. Personne ne connaîtrait jamais rien de ses actes. Pas de discours. Burma pour Geneviève. La mémoire de Larpent supporterait le poids de ses crimes. Celle de l'élégant mannequin de la place Vendôme serait sauvegardée. On pleurerait la splendide créature dont un criminel international avait, dans le décor doré d'une chambre de palace, percé de projectiles le corps adorable. Mais on ne dirait pas ce que je

savais, qu'elle avait protégé de ce corps adorable, parfumé, chaud et tendre, celui d'un détective besogneux, toujours fauché et sentant la pipe. Mais peut-être étais-je comme elle, moi aussi. Je m'imaginais. Je me sentais fatigué, brisé. Elle agonisait dans la pièce voisine...

Quelqu'un me toucha l'épaule. Je me retournai sur l'infirmière. Je ne dis rien. La femme en blanc ne dit rien non plus. Elle avait des yeux. Il suffisait. Je me détournai, avançai sur le balcon et regardai poindre l'aube dans le ciel de Paris.

Le soleil naissait derrière le Louvre. »

Le soleil naît derrière le Louvre, 1954,
Fleuve Noir, pp. 215-216.

« Quelques jours plus tard, tout réglé au mieux des intérêts de tout le monde (sauf ceux de Marceau Bernadet), l'espérance de legs de Mme Chambaud partie en fumée (car la brave dame, infidèle à sa promesse, m'a oublié dans son testament, ce qui ne m'a pas surpris), mais pas mal de fric virtuellement en poche, tout de même, la compagnie d'assurances des perles Nosselov ayant décidé de se montrer reconnaissante envers moi, je repassai devant la station-service de Paulot le mécano et Tino-Mercuro, le pompiste-chanteur de charme amateur.

J'avais laissé ma Dugat 12 dans son garage de la Pointe-Frome. C'est Bat qui me la ramènerait un jour prochain. Pour le moment, le factotum de *La Plage* était resté à Men-Bahr où il allait piloter Marc Covet, lequel se proposait de compléter son enquête par un reportage photographique maison qui allait rendre verts de rage les mecs d'*Objectif*.

En conséquence, la voiture que je conduisais, c'était la Jaguar de Mme Éliane Dorset, avec Mme Dorset elle-même à mes côtés, parfumée et adorable.

– Eh bien !... Eh bien !... bégaya Tino-Mercuro, lorsqu'il me reconnut.

– Oui, dis-je. Elle te plaît, celle-là ? Je parle de la bagnole, bien entendu.

Il répéta, abasourdi :

– Eh bien !... Eh bien !...

– Le plein, si tu as de quoi.

– Bien, m'sieur.

Il se mit au boulot, sans cesser de reluquer la voiture. Là-dessus, Paulot rappliqua et, lui aussi, il ouvrit des yeux ronds, devant la Jaguar. Décidément, j'avais le chic pour piloter des engins qui excitaient leur curiosité. Le mécano hésita un moment, puis :

— Vous venez de Men-Bahr ?

— Oui.

— Il s'est passé de drôles de trucs, là-bas.

— On le dit. À propos, toujours des clients choisis, ici ?

— Qu'est-ce que vous voulez dire ? fit Tino-Mercuro.

— Je pensais à tes deux de l'autre jour : le type à la DS et mézigue.

— Et alors ?

— Eh bien !... le premier était un voleur. Il allait là-bas rencontrer un autre voleur, et il en est mort.

— Nous avons appris tout cela.

Il ricana.

— Et le second ? Un flic privé, ou un voleur aussi ? De bagnoles...

Ils digéraient mal la Jaguar.

— Non, dis-je, en coulant un regard entendu en direction de ma passagère. Pas voleur de bagnoles... Ça fait combien ?

Il me le dit. Je casquai, puis, la main sur le démarreur et m'adressant à Tino :

— Ça repousse ?

— Quoi donc ?

— La barbe.

— Oui.

— Tant mieux. Ça t'évitera de t'habiller en gonzesse, comme semblait te le conseiller Paulot, et de commettre des bêtises.

Il hocha la tête.

— Je ne vous propose pas de boire un coup, dit-il, faisant allusion à son arrière-boutique-cagibi-bar. Le plein est fait, on dirait. Prenez garde aux arbres. On en a planté des deux côtés de la route.

J'embrayai.

— Pas d'erreur. Il vous a pris pour un cinglé, mon chou, dit ma passagère, un peu plus loin.

— Ne le suis-je pas un peu, chérie ?

— Nous le sommes tous les deux.

Je l'embrassai, au risque de me ficher dans un des arbres annoncés. Elle sourit :

— C'est égal. Si jamais on m'avait dit qu'un jour, un détective...

— Oh ! minute, madame. Il y a détective et détective. Vous

m'avez vu à l'œuvre, n'est-ce pas ? Rien de commun avec les collègues vidés par Bat. Le mystère le plus épais, par Nestor Burma, est mis K.-O. et dissipé... Si, parmi vos relations, il en est qui ont besoin d'un homme de confiance...

– C'est ça. Je communiquerai ton adresse à mon mari. »

Nestor Burma dans l'île, 1970,
Fleuve Noir, pp. 215-218.

Mais les relations les plus intéressantes sont celles que Burma entretient avec sa secrétaire Hélène Chatelain, relations amicales, tendres parfois, ambiguës toujours et sur lesquelles Malet a refusé de s'expliquer, laissant planer le doute. Quelques extraits du marivaudage du patron et de sa secrétaire.

« Il faisait meilleur chez Hélène que dehors. Meilleur que partout ailleurs. Et ça sentait bon. Ça ne sentait pas la cordite et l'essence, comme chez Mauffat. Ça sentait son parfum, son odeur chaude de femme arrachée au sommeil. Ça embaumait aussi le café, dont nous avions déjà bu deux tasses. Comme il aurait été agréable, dans cette atmosphère satinée, quasi voluptueuse, d'échanger des propos badins et de se laisser aller à un sentiment de sécurité. Mais, au-dehors, la tempête régnait sur Paris assoupi, et je n'avais à raconter qu'une histoire de bruit et de fureur, cependant que, quelque part, les verges que j'avais fabriquées moi-même étaient en train de se réunir pour me caresser les endosses.

Assise en face de moi, enveloppée dans une robe de chambre qu'elle avait passée sur sa chemise de nuit – une robe de chambre unie, ne rappelant en rien le vêtement tapageur du sieur Mauffat –, ses cheveux en un charmant désordre, Hélène me regardait, les yeux empreints d'une certaine crainte.

Je venais de terminer mon récit.

– Mais, enfin, dit-elle, quelle idée d'aller chez ce type, en pleine nuit. Évidemment, c'est un don. Il faut que vous soyez toujours aux premières loges, mais tout de même ! Vous croyiez pouvoir le coincer, à propos de la petite Bonamy ?

– Oh ! pas du tout, dis-je. Je savais bien qu'en ce qui concernait Yolande, il n'y avait rien à chiquer. Mais ce mec, plutôt sujet à caution, il m'a semblé que mon étoile me l'envoyait tout rôti dans la casserole. L'argent ne fait pas le bonheur, hein, Hélène ? Tous les millionnaires vous le diront, ricanai-je.

– Ça va, dit-elle. J'ai compris.

— Tant mieux. J'aime autant ne plus parler de ça. De ce détail, je veux dire.

Elle se pencha et me tapota le genou.

— Pauvre Nes, fit-elle, avec un petit sourire triste.

Dans le mouvement, sa robe de chambre s'entrebâilla, laissant apercevoir le museau rose d'un de ses seins. Elle se rejeta vivement en arrière sur son siège et, des deux mains, se rajusta.

— Vous regarderez ça un autre jour, fit-elle. Quand vous sortirez de prison.

— C'est pour ne pas y aller que je suis venu vous voir.

— C'est quand même extraordinaire ! s'exclama-t-elle. Pas un instant, pendant que vous assistiez à cette corrida, la pensée du commissaire Faroux ne vous a effleuré ?

— J'étais pris par l'action, sans doute. Comme quand on voit un film passionnant. Je n'ai songé à Faroux que plus tard, sur le chemin du retour.

— Et vous vous êtes dit...

— Je me suis dit que lorsqu'ils apprendraient, à la Tour Pointue, qu'un certain Mauffat, de Boulogne, s'était fait descendre, ils se souviendraient que j'étais venu demander des renseignements sur le zigue, et que, sans me fourrer au ballon, ils allaient certainement me mener la vie dure. J'aimerais, quand même, autant écarter tout de suite les soupçons, quels qu'ils soient, de ma tête.

— En quoi faisant ?

— En me construisant un alibi. Nous avons passé la nuit ensemble, ici même, Hélène. Voilà ce qu'il faudra raconter à ce vieux Faroux.

— Ah ? Très bien ! Et ma réputation, qu'est-ce que vous en faites ?

— Voyons, petit chat ! Ça fait des années qu'un tas de braves gens se posent la question : Nestor Burma couche-t-il avec Hélène ? On leur fournit une réponse. Tout le monde sera content.

Elle haussa les épaules et la robe de chambre, qu'elle ne maintenait plus fermée, glissa. Mais, cette fois, elle laissa glisser.

— Bon. Ça va, patron. Je plaisantais. Aussi bien pour ma réputation que pour votre éventuelle mise en cabane. »

Nestor Burma court la poupée, 1971,
Fleuve Noir, pp. 99-101.

« Je m'éveillai dans un lit et une chambre inconnue [...]. Trop parfumée, féminine. À moins que je n'aie changé de sexe, comme c'est la mode depuis quelque temps. Je faisais de telles folies de mon corps... Avec Marion, par exemple ! Bon Dieu ! Marion ! Pas possible ! J'avais été la proie d'un horrible cauchemar, provoqué par ce changement de plumard, à la suite d'une cuite carabinée. Ma fièvre et mon mal au cigare en témoignaient éloquemment. Je m'aperçus alors que la cause de mon réveil était l'entrée de quelqu'un dans la pièce. Je grognai. Ce quelqu'un, qui était une quelqu'une, s'approcha du lit et me prit la main.

– Ça va mieux, patron ? s'enquit la douce voix d'Hélène.

– Ça va... enfin, presque... parce que... hum... alors, je n'ai pas rêvé ?

– Hélas, non.

Je me revis, descendant l'escalier de la maison tragique, comme dans une brume, soutenu par ma secrétaire et appuyé à la rampe, drôlement flagada, et bravant tant bien que mal mes vertiges nauséeux. Nous n'avions, je crois, rencontré personne. [...]

– ... Et je suis chez vous, si je comprends bien ?

– Vous pigez toujours tout de suite.

Je ricanai.

– Tu parles ! Surtout depuis quelques jours... [...]

Elle alla tirer les rideaux. Le jour blessa mes yeux fatigués.

– Alors, comme ça, je suis chez vous, dans votre joli petit dodo de petite fille bien sage ? Eh ben, vrai...

– N'allez pas vous imaginer des choses. Je vous ai hébergé pour vous soustraire aux éventuelles tracasseries de Florimond Faroux. On ne sait jamais. D'ailleurs, j'en suis pour mes précautions et une paire de draps propres. Faroux ne s'est pas manifesté. Du moins, au bureau...

– Oh ! je ne m'imagine rien, je suis trop flapi pour ça. »

Des kilomètres de linceuls, 1955,
Fleuve Noir, pp. 103-104.

« Je sentis une main légère promener sur mon visage un linge frais et odorant. J'ouvris les yeux. J'étais chez moi, dans mon plumard. Une adorable chevelure châtain aux doux reflets roux d'automne, doux roudoudoux roux, me veillait. Je me fais veiller par des chevelures, moi. C'est plus original. Chevelure et main appartenaient à Hélène, la bien connue poupée jolie. Être malade devenait un plaisir.

– J'ai l'impression d'avoir drôlement dégusté, dis-je.

Ma voix sonnait franchement, avec toute sa force habituelle. Ma voix me plaisait.

– Oui, dit Hélène. Mais vous avez surtout commis des imprudences. Vous avez voulu jouer les Nestor Burma plus vrais que nature. À l'accoutumée.

– Comment cela, mon amour ?

– Il paraît que si vous vous étiez gentiment laissé aller à partir en digue-digue sans tenter de lutter... si vous étiez resté tranquillement allongé dans le couloir, à attendre un retour naturel à la conscience... ou plus simplement qu'un locataire vous trouve... ç'aurait été infiniment mieux pour votre santé. C'est le docteur qui dit ça.

– Et qu'est-ce que j'ai fait, alors ? J'ai dansé le jitterburg ?

– Presque. Vous vous êtes traîné jusqu'à l'ascenseur, vous avez réussi à vous y introduire, à l'actionner, à vous faire hisser jusqu'à l'étage de Grandier [le client du moment] et vous avez sonné à sa porte. »

Le sapin pousse dans les caves, 1955,
Fleuve Noir, pp. 151-152.

« Je n'allai tout de même pas lui reprocher sa jalousie, provoquée par une indigestion de chou, si je comprenais bien. Pour une fois que la jalousie portait des fruits bénéfiques... Mais c'était un monde, quand même ! Nous ne sommes pas mariés, bon sang ! Nous n'avons jamais couchaillé ensemble, comme ça peut se produire entre copains. Sacré nom ! Je me demande si je ne devrais pas essayer, un jour. Il y a trop d'années que les gens s'imaginent des tas de choses, à notre sujet. Autant leur donner satisfaction. Je ne suis pas un égoïste. [...]

Et ce fut tout pour ce jour-là. Il ne se passa rien. Florimond Faroux ne se manifesta pas. À sept heures, Hélène me rejoignit. Nous dînâmes ensemble, puis elle m'envoya me coucher chez moi.

Elle ne savait vraiment pas ce qu'elle voulait, cette fille. »

Des kilomètres de linceuls, 1955,
Fleuve Noir, pp. 107, 113.

« Elle prend son charmant petit air buté :

– Vous vous moquez de moi, hein ?

– Un peu. Très, très peu.

– Bon. Eh bien, écoutez-moi. Vous m'écoutez ?

– Oui.

– Non. Vous lorgnez mes jambes.

– Ça ne m'empêche pas d'écouter.

– Si.

« Fini le ciné. Elle tire sa jupe, jusqu'à bien recouvrir presque les pieds. Elle échoue dans sa tentative peu gentille, parce que la jupe est courte, mais, enfin, la mauvaise intention y est, et dans le coup, je perds quand même pas mal du point de vue. » [...]

« – Dites-moi, hasarde Hélène, au bout d'un petit silence. Et cette conversation, tout de suite après le drame de la rue Alphonse-de-Neuville, elle rimait à quoi ?

– Il était inquiet. Il ne voyait pas ce que je venais faire dans le tableau. Il voulait me sonder. Savoir exactement ce que m'avait dit sa fille. Il a insisté là-dessus. Je sais ce qu'il craignait maintenant. Il craignait que sa fille n'ait flairé du louche, aussi bien en ce qui concernait son mari et son père, et qu'elle m'en ait déjà trop dit.

– Et c'était le cas ?

– Elle ne m'avait rien dit du tout, vous le savez, mais il est possible qu'elle se soit doutée de quelque chose. Nous ne le saurons jamais, Désiris ayant décidé de tuer sa femme et de se suicider, la nuit précédant le jour où j'avais rendez-vous. Peut-être ont-ils eu une discussion ? Peut-être a-t-il découvert, à un indice quelconque, qu'elle avait fait appel à un privé, et cela a-t-il précipité les choses ? Nous ne le saurons jamais.

– Et les assassins de Brousse ?

– Faroux a bon espoir de les alpaguer, lorsqu'ils essaieront de négocier l'émeraude fauchée à Yolande. Elle ne leur portera pas bonheur, à eux non plus.

– Et Consuelo ?

– Aucune trace.

– Et vous, comment vous sentez-vous ? Puisque je demande des nouvelles de tout le monde... Cette blessure ?

– Ça va. C'est fini, la corrida. Je vais pouvoir me reposer sans remords.

– Oui, c'est fini, soupire-t-elle, et je suis bien contente. Une affaire comme ça, je m'en souviendrai. Écoutez, je ne suis pas une femme d'argent, mais enfin, tout de même... Qu'est-ce que ça vous a rapporté ?

Je rigole et comptant sur mes doigts, j'énumère :

– Des haricots, des clopinettes, des clous, des cailloux...

– Et un morceau de plomb dans la viande. En plus, du fait du coup de poing que vous avez administré au type de *Frissons Très Parisiens*, vous avez fait perdre définitivement son travail à votre amie Régine.

– Tant mieux. C'était un métier immoral. Moi, je suis pour la morale. Les méchants doivent être punis et les bons récompensés.

Brusquement, je la prends en traître, je glisse un doigt dans son décolleté et je tire. De l'autre main, je balance quelque chose dans l'échancrure. Elle pousse un cri et me repousse :

– Qu'est-ce que vous m'avez mis dans mon... mes... ce...

– Entre vos jolis roberts ? Allez-y voir. À moins que vous ne m'autorisiez à jouer les hommes-grenouilles ?

– Bas les pattes !

Elle m'écarte, se lève, recule. Elle plonge sa main en direction de son soutien-gorge et ramène à la lumière le corps du délit.

– Mon Dieu ! chuchote-t-elle. Je... ce... caillou !

– Il est à vous, dis-je. Vous l'avez bien gagné. Et en voici deux autres bien mérités également...

Je sors deux diamants de ma poche et les dépose sur le bureau.

– Cestuy-là pour Régine... Cestuy-là pour mézygue...

– Mais comm... comm... ?

– Ah ! comment ? Eh bien ! Vous vous souvenez de la valise 1900 dans laquelle j'avais mis le sac, n'est-ce pas ? Une valise à l'intérieur capitonné ? Je ne sais pas comment ça s'est fait. Ces trois cailloux se sont glissés sous le capiton. Marrant, n'est-il pas vrai ? »

L'Envahissant Cadavre de la plaine Monceau, 1959,
10/18, p. 140 et pp. 246-249.

4. BURMA EN CHANSONS

A. CHANSON DE NESTOR BURMA

Écrite vers 1954-1955 pour les Éditions Micro. Non enregistrée, non éditée. Publiée pour la première fois en mai 1974 dans les « Cahiers du Silence ». En 1982, elle a été mise en musique et interprétée par Gérard Dôle ; et enregistrée sur disque 45 tours, sous une pochette illustrée par Tardi, aux « Éditions de Minuit moins cinq ».

1

M'sieur Burma, Nestor pour les dames,
se promène au milieu des drames.
Son métier, c'est d'les éclaircir.
M'sieu Nestor, c'est un détective
à qui des tas de trucs arrivent.
Il s'en fout ; ça lui fait plaisir.
Il n'est pas, dans la capitale,
un meurtre ou autre action brutale,
où il n'aille fourrer son nez.
Et chaqu' matin, dans son burlingue,
lui faut quelqu'un mort d'un coup d'lingue,
en guise de p'tit déjeuner.

REFRAIN

C'est le détective de choc,
M'sieu Nestor, qui ne craint pas d'choquer les
                                    [convenances.
Dans les mystères de Paris,
ne fonctionnant qu'au tabac gris, il avance.
Sa pipe à tête de taureau
l'aide à mettr' le mystèr' K.-O.
Car c'est toujours lui l'matador,
M'sieu Nestor.

2

Blond's platinées, brunes ou rousses,
il les aime tout' et n'repousse
nulles lèvres, brûlant cadeau.
Mais à tout's ces môm's, en artiste,
il préfèr', dans un décor triste,
la fille coupée en morceaux.

Non que m'sieu Nestor soit sadique,
il a plutôt l'âm' romantique,
mais son sacré cochon d'métier
lui fait se dir' devant ce crime :
Le mystère, comm' la victime,
ne rest'ra pas longtemps entier.

(Refrain)

3

Des Buttes-Chaumont à Grenelle,
Opéra, Passy, La Chapelle,
et d'la Foir' du Trôn' à Denfert,
Monsieur Nestor se silhouette,
la pipe au bec, toujours en quête,
d'une bizarrerie dans l'air.

De relations très éclectiques,
il connaît hommes politiques,
Trottins, tapins, maîtres chanteurs.
De nombreux assassins, il traque,
jusqu'à ce qu'un coup de matraque
mette le comble à son bonheur.

                             (Refrain)

4

Fidèle au poste, c' détective !
Même à celui où il arrive
que les gars de la Tour Pointu'
l'envoient moisir quelques broquilles,
car il est souvent en bisbille
avec ces dragons de vertu.

Dans l' printemps d'la Ville Lumière,
aux ombr', il règle leur affaire
aux lèvres un air de java,
et l'regret parfumé d'un' fille
qui, avant d' clamser, fut gentille
pour le petit Nestor Burma.

REFRAIN

C'est le détective de choc,
irrévérencieux, tout d'un bloc, gouailleur, sarcastique.
Il ne s'estime satisfait
que lorsqu'il nag' dans l' plus épais jus de chique.
De sa pipe dont le fourneau
représente un' têt' de taureau,
il fait les cornes à la mort,
   M'sieu Nestor.

B. LA COMPLAINTE DE NESTOR BURMA

Interprétée par l'auteur lui-même (sur l'air de la complainte de Fualdès) au cabaret de L'Écluse, quai des Grands-Augustins, le 23 juin 1955. C'était au cours du cocktail offert par les Éditions Laffont pour célébrer la sortie du nouveau Mystère de Paris : Le Sapin pousse dans les caves *(retiré en 1973 :* La Nuit de Saint-Germain-des-Prés*). Ce texte, égaré par l'auteur pendant trente ans, est resté inédit jusqu'à l'édition 10/18.*

Écoutez les aventures
(en détail ou bien en bloc)
du détective de choc
Nestor Burma qui, m'assure-
t-on, va s' prom'ner à travers
Pantruche et tous ses mystèr's.

Donc, d'Auteuil à La Villette,
Montmartre ou Ménilmontant,
on verra pendant longtemps
s' profiler la silhouette
d'une pipe dont l'fourneau
forme une têt' de taureau.

C'est d'ailleurs avec ces cornes
que notre petit Nestor
fait les cornes à la mort
parmi d'affreuses bigornes
dont il sort toujours vainqueur
car c'est un gars qui a du cœur.

C'est en compagnie d'Hélène,
secrétaire au frais minois ;
Covet, reporter matois,
que ses enquêtes il mène,
fonçant d'autor' dans l'brouillard
et réfléchissant plus tard.

Il arrive qu'au burlingue
de la rue des Petits-Champs
où il guette les clients
pour leur presser le morlingue
un visiteur tombe mort.
V'là du boulot pour Nestor.

Faut alors qu'y s'dépatouille
avec les gars moustachus
rappliquant d'la Tour Pointu'
mais il les met dans sa fouille
avec beaucoup moins d'lenteur
qu'il ne paie son percepteur.

Lorsqu'un ennemi il traque
il récolte plus souvent,
en guise de bel argent,
deux ou trois coups de matraque.
C'est presque pour son plaisir,
car ça l'aide à réfléchir.

Il fréquente des escarpes,
des filles au corps joli,
des témoins pleins d'appétit
ou muets comme des carpes.
Il lui faut, coûte que coût'
mettre le mystèr' nokout'.

Connaissant comme sa poche
(de pécune démuni')
ce grandiose Paris,
ses beautés et ses trucs moches,
d'un bout à l'autre il ira
l'astucieux Nestor Burma.

On l'verra au Pèr'Lachaise
chez les accoucheurs à r'bours
déterrer et r'mettre au jour
une affair' des plus mauvaises
pour les parents survivants
d'un homme riche et puissant.

Contemplant la Tour Eiffele,
il est fier d'êtr' parisien
(d'adoption, mais ça n'fait rien),
et voilà que soudain elle
laisse choir comme un fruit mûr
un suicidé au cœur pur.

Un cercueil descend la Seine
et comm' par hasard Nestor
se promène sur le port

des Usines Citroenne
où le macabre canot
est repoussé par les eaux.

Si on subtilise au Louvre
un tableautin de valeur
Nestor berne le voleur,
puis avec la clé qui ouvre
la chambre d'un grand palac'
il dénoue tout comme un as.

Mais jovial, tendre et sensible,
il lui arrive parfois,
de succomber aux émois ;
alors son cœur sert de cible.
Son ancêtre est plus ou moins
monsieur Arsène Lupin.

La nuit, passage du Caire,
sous le regard de mann'quins
de cire il bute contre un
cadavr' de célibataire,
démasquant ainsi l'auteur
du meurtr' du maître chanteur.

D'hôtel historique en bouge,
chez les fondeurs, cétéra...
Nous suivons Nestor Burma
en quartier des Enfants-Rouges.
Non, chez la Reine Isabeau
le spectacle n'est pas beau.

En été, place du Trône,
musique, illuminations,
tirs, manèges, attractions,
clowns et lutteurs de Charonne.
Dans une odeur de graillon,
il poursuit la femme-tronc.

Bref, de Passy à Plaisance,
de Belleville à Montreuil,
de La Chapelle à Auteuil,
il ira avec aisance
d'un crime à l'autre et avec
toujours sa bouffarde au bec.

Et lorsque les vingt volumes,
relatant ses vingt exploits,
auront paru, ben, ma foi !
Léo Malet de sa plume
retracera de son mieux
les mystèr's de la banlieu'.

Paris, 1955.

Dans *Solution au cimetière*, 10/18, pp. 229-236.

IV - LÉO MALET, ÉCRIVAIN COMPLET

1. TREIZE QUESTIONS À LÉO MALET

Nous reproduisons intégralement les réponses de Léo Malet à un entretien avec Jacques Baudou, entretien qui sert de préface à l'édition de la Trilogie noire *(Fleuve Noir, 1992). La pertinence des questions et la qualité des réponses font de ces pages un témoignage irremplaçable sur l'écrivain Malet.*

« *1 – Quel a été votre premier contact avec la littérature policière en tant que lecteur ?*

Tout jeune, certainement, et attiré par les couvertures des bouquins. Vers 10-12 ans, j'avais été séduit par l'*Arsène Lupin* de Léo Fontan, et je n'eus de cesse de me procurer cette publication. J'ai lu, ensuite, les Sherlock Holmes, évidemment. Mais je suis venu assez tard au rompol... disons contemporain. Toujours séduit par les couvertures, j'ai dû me procurer un ou deux titres du Masque dès leur parution, mais leur lecture n'a pas déchaîné mon enthousiasme. (Je n'ai lu *Le Meurtre de Roger Ackroyd* que bien plus tard, sous l'Occupation, je crois.) La découverte de Simenon (Les *Maigret* de chez Fayard) a été une révélation. Et c'est dans la foulée que j'ai lu *L'Empreinte*. En même temps (1931-1932), j'ai pris contact avec *Fantômas*, grâce à André Breton et Yves Tanguy qui m'ont généreusement fait don de quelques exemplaires à 65 centimes. Là aussi, les somptueuses couvertures de Starace ont joué. Je les guignais depuis ma dixième année.

2 – Comment avez-vous été amené à écrire votre premier roman policier Johnny Metal *?*

En 1941, revenant de captivité, et ne sachant trop que faire...
Il était hors de question que je reprenne mon ancien "métier"
de crieur de journaux... Sous une occupation, mieux vaut ne pas
faire figure de "marginal"... J'ai eu la chance que Louis Cha-
vance, que j'avais connu avant-guerre dans l'entourage de Jac-
ques Prévert et Marcel Duhamel, soit – pour survivre et laisser
passer l'orage – directeur d'une collection policière qu'allait
lancer l'éditeur populaire Georges Ventillard. Il s'agissait de
confectionner de faux romans anglo-saxons, signés d'un pseu-
donyme de même... métal. J'ai écrit Johnny Metal (justement)
et je l'ai signé Frank Harding. Accepté, bien payé pour l'époque,
tiré à 40 000 exemplaires, pourquoi n'aurais-je pas continué ?
J'ai continué, d'autant que, depuis toujours, j'avais envie d'écrire
des romans d'aventures. Mais les quelques essais que j'avais
faits n'avaient pas dépassé la dixième page. Ça a bien failli
m'arriver avec Johnny Metal. Mais, cette fois, je ne travaillais
pas dans le vide. Le bouquin écrit, il prendrait le chemin de
l'éditeur. Je me suis accroché. Ce Johnny Metal est vraiment le
bouquin qui m'a donné le plus de mal. Et je ne sais toujours pas
s'il est bon. Des experts disent que oui. Acceptons-en l'augure.

3 – Comment avez-vous été amené à créer Nestor Burma,
et à utiliser le type du détective privé (rarissime dans la litté-
rature policière française) ?

Mes romans sous pseudo bénéficiant de quelque succès
auprès de mes copains du *Café de Flore*, je me suis dit qu'après
tout je ne risquais pas grand-chose d'essayer d'en écrire un,
légèrement plus "sérieux", se passant en France, dans des décors
qui m'étaient plus familiers que l'Amérique de fantaisie où évo-
luait Johnny Metal, et signé (vaniteusement) de mon vrai nom.
J'ai écrit *L'homme qui mourut au stalag* (premier titre de *120,
rue de la Gare*). Il était destiné aux éditions Jean Renard (maison
qui a disparu à la Libération), qui avaient fondé un prix du
Roman policier, décerné sur manuscrit. Il y avait deux mois que
cet *Homme* agonisait, non plus au stalag, mais chez Jean Renard,
lorsque Henri Filipacchi, père de Daniel, que je rencontrais souvent au *Flore*, me demande si je n'avais pas un manuscrit dans
mes tiroirs. Une nouvelle collection ("Le Labyrinthe") allait voir
le jour et on recherchait des textes. Je fonce chez Jean Renard,
je récupère mon manuscrit et je l'apporte à la SEPE. Comme on
dit dans certains romans : vous connaissez la suite !...

Quant à Nestor Burma, j'ai raconté déjà ailleurs comment ce
nom m'était venu à l'esprit. Je ne crois pas utile d'y revenir,

mais si vous jugez différemment, voici le texte paru dans diverses revues :

"Le premier volume des *Exploits du docteur Fu-Manchu* s'ouvre sur le docteur Petrie, au travail sous la lampe, seul dans son cabinet d'un faubourg de Londres, nimbé de brouillard et plongé dans le sommeil et le silence. Soudain, on sonne à la porte. Le docteur va ouvrir. Un homme bien charpenté, engoncé dans son pardessus, se tient sur le palier. "Smith !" s'exclame Petrie. "Nayland Smith, de Burma !"

"De tous les romans policiers que j'ai lus, c'est cette scène, absolument dépourvue d'originalité et de sensationnel, qui m'a, je ne sais pourquoi, de beaucoup le plus profondément frappé. Et plus particulièrement les sonorités de cette phrase : "Nayland Smith, de Burma !"

"Aussi, lorsque je décidai d'écrire une série de récits comportant un personnage central[1], ce personnage avait déjà un nom : Burma. Et comme Smith, je le voyais apparaître dans le silence nocturne. Un homme de la nuit, tant soit peu onirique. Il fallait le doter d'un prénom. Sans hésiter, mon choix se porta sur Nestor (j'ignore pourquoi). Nestor Burma. Cela claquait et faisait un tantinet baraque foraine. (On me l'a reproché, mais j'aime les baraques foraines et leurs 'peintures idiotes', comme disait Arthur Rimbaud. Peintures idiotes non exemptes de poésie.) Choix heureux que celui de Nestor. J'ai appris plus tard que ce mot venait du grec 'noir' (honni soit...) ou 'celui qui se souvient' (excellent pour un détective). Enfin, comme son homonyme le roi de Pylos (et tant qu'on y est, Pylos est l'anagramme approximatif de police), mon héros est enclin aux longs discours."

Au moment où je voulus écrire un roman se passant en France, et qu'il me fallut faire choix d'un héros central, il n'était pas question que je reprenne Johnny Metal sous un autre nom. Mon journaliste U.S., fortement calqué sur les reporters de cinéma, ne ressemblait certainement pas aux journalistes français. Je ne savais d'ailleurs pas à quoi pouvaient ressembler un journaliste. Je savais un peu mieux à quoi ressemblait un ins-

---

1. Ce n'est pas tout à fait exact. Je ne pensais pas, en écrivant *120, rue de la Gare*, y donner une suite. Pour moi, *120, rue de la Gare* n'était qu'un exercice. Mais devant le succès de ce premier roman, Jacques Catineau me demanda d'en écrire d'autres avec le même personnage.

pecteur de police, mais un pareil personnage ne m'inspirait pas. Je dois avouer que quand il m'est arrivé de dire : "Maigret ne daigne", ça ne correspond pas tout à fait à la réalité. L'idée même d'employer un flic officiel ne m'a jamais effleuré. J'aurais aimé camper un nouvel Arsène Lupin, mais la place était vraiment trop bien tenue.

Alors, me souvenant peut-être de John Strobbings, le détective-cambrioleur (j'avais lu quelques aventures de ce gars dans *L'Épatant*... était-ce *L'Épatant* ou le *Cri-cri* ?), d'autres personnages, aussi (le Félodias, entre autres, du roman de Jean Rochon *Calvaire d'amante*, roman populaire de chez Fayard, qui avait enchanté ma douzième année. Félodias est un ex-inspecteur de la Sûreté, révoqué pour ivrognerie, et auxiliaire de l'Agence Boijeau, officine louche.)... Me souvenant aussi, sans doute, de quelques individus pittoresques rencontrés dans l'entourage du maître chanteur à qui, un temps, j'avais servi de porte-plume, je me suis dit : "Je vais en faire un détective privé." Mais, dans mon esprit, c'était autre chose qu'un détective privé. J'en ai fait un détective privé pour la commodité. Je voulais un type libre. Le journaliste, attaché à une rédaction, ne l'est pas. L'inspecteur de police, qui dépend d'une administration, non plus. Un type libre (un peu dans mon genre) sans attache ni lien d'aucune sorte, disons un aventurier, peut aller et venir comme bon lui semble. J'aurais pu mettre en scène un dilettante. Une sorte de Lord Peter. Les romans policiers en étaient pleins. Il fallait quelqu'un qui réagisse un peu comme moi, devant certains événements. Non pour lancer des messages, mais simplement parce que ça me facilitait le boulot. Alors, va pour Nestor Burma, détective de choc !

(En passant, qu'on me permette de dire que les détectives privés, les vrais, ceux qui refusent cette appellation, d'ailleurs, que l'on a pu voir récemment aux "Dossiers de l'écran" me débectent profondément. Je préfère conserver l'image du détective privé de roman et oublier la triste et sordide réalité des autres. Jacques Sadoul, qui participait au débat, a excellemment dit ce que je pensais moi-même.)

4 – 120, rue de la Gare paraît dans la collection "Le Labyrinthe", une collection très importante. Pouvez-vous nous parler de ceux qui la dirigeaient, Jacques Catineau, Jacques Decrest ?

C'est à André Simon, avocat et gérant de la SEPE que j'ai apporté, de la part de Filipacchi, le manuscrit de *L'homme qui mourut au stalag*. Le titre ne parut pas l'emballer outre mesure et je le changeai immédiatement en *120, rue de la Gare*. Je savais que le directeur de collection était Jacques Decrest et j'étais un peu inquiet sur le sort de mon ours, car il était très loin, par la forme et le fond, des enquêtes de M. Gilles. En outre – c'était Filipacchi qui me l'avait appris –, Jacques Decrest était le descendant du général Faure-Biguet, filleul de Napoléon. Je craignais que mon nom ne le prévint contre moi, le général Malet ayant à lui tout seul ou presque – un vrai Nestor Burma ! –, dans la nuit du 22 au 23 octobre 1812, fait vaciller l'Empire. Mes alarmes étaient vaines ; tout se passa très bien. (D'ailleurs, moi-même, n'ai-je pas épousé une demoiselle Doucet ? Or, Doucet, c'est le nom du gendarme qui, ne s'en laissant pas conter par le général, arrêta celui-ci et mit un terme à la conspiration la plus originale de l'Histoire.) Tout se passa très bien, sauf qu'à un moment, je le sus par Filipacchi, on (qui ?) manifesta l'intention de me faire "revoir" mon argot, mais finalement, on laissa tomber.

Quand le livre sortit en librairie, je n'avais pas encore aperçu Catineau, qui semblait diriger son affaire de loin. Mais lorsque la maison de productions cinématographiques Sirius acheta les droits d'adaptation, il tint à me rencontrer et je dois dire que, jusqu'au bout, nos relations furent des plus amicales. J'ai toujours trouvé auprès de lui compréhension et sympathie. Catineau était une sorte de "roi de Paris", aux relations les plus étendues. À son enterrement (la date m'échappe), on ne comptait plus les ministres, anciens ou en exercice, qui y assistaient. Quant à Faure-Biguet, j'ai toujours été en excellents termes avec lui.

5 – Comment est née l'idée d'une série de romans mettant en scène le même héros Burma ?

Voir plus haut.

6 – Vous collaborez sous des pseudonymes divers à la collection "Minuit" des Publications Georges Ventillard, à la collection "Carré d'as" des éditions et revues françaises, au "Verrou" chez Ferenczi, à la collection "Allô Police" de la SEG. Pouvez-vous nous parler de ces collections, de ceux qui les éditaient, des auteurs qui y travaillaient ?

Je suis un solitaire. Sauf au Fleuve Noir où j'ai fini, à l'occasion du banquet annuel qui nous réunissait, par connaître quelques auteurs de la maison, j'ai rarement (je puis dire jamais) frayé avec mes confrères. Cela n'a rien de surprenant. On écrit chacun de son côté, on apporte son texte et on s'en va. En plus,

je le répète, je suis un solitaire et pas tellement curieux des autres
écrivains. Ça ne facilite pas les rapports. Finalement, dans toutes
ces maisons, je n'ai connu que les patrons ou les directeurs de
collection : Mme Germaine Ramos, chez Ventillard ; M. Niquet,
au "Carré d'as" et Mme Huin, à la SEG. Ils se sont tous correctement conduits à mon égard. Le seul dont j'ai eu plus ou moins
à me plaindre est Ferenczi. Je ne parle que pour mémoire de
celui qui a procédé à une édition pirate de *120, rue de la Gare*
et de l'*Ombre du grand mur*. Il croyait peut-être que je me lais-
serais faire. Grave erreur ! Ça lui a coûté plus cher, en dommages
et intérêts, que s'il m'avait normalement payé des droits. Quant
au dernier en date qui a voulu m'entruander, et dont je cèlerai
le nom, je lui accorde quelques circonstances atténuantes. Il est
vrai qu'à moi, il ne doit pas un rond.

Cela dit, je reviens un petit peu sur votre question. À part le
Fleuve Noir, où comme dit plus haut, je connais quelques confrères, c'est à la collection "Minuit" que j'en ai connu le plus. Pour
l'excellente raison que c'étaient, en gros, des copains du *Flore* :
Louis Chavance, qui signait Irving Ford ; Louis Daquin et Émile
Cerquant, qui signaient Lewis Mac Dakin ; Maurice Nadeau,
alias Joe Christmas.

*7 – En 48-49 vous publiez les deux premiers volets de votre
Trilogie noire. Que tentiez-vous de faire avec ces romans ?*

Je ne nourrissais aucune ambition particulière, en écrivant
ces deux romans. Il s'est simplement trouvé que je voulais exprimer certains sentiments ou préoccupations qui m'habitaient
depuis longtemps, et que le roman policier, avec Nestor Burma,
ne se prêtait pas à leur "véhiculation". Alors, j'ai écrit *La vie
est dégueulasse*. Un bide noir, chez Catineau. Mais Jean d'Halluin, l'éditeur de Boris Vian, a racheté le tirage et procédé à une
nouvelle édition. "Avais-je autre chose du même genre ?" Ç'a
été *Le soleil n'est pas pour nous*, mélange d'inventions, de faits
divers authentiques et de souvenirs personnels. J'avais qualifié
mes romans de "doux", par antiphrase. En 1946, déjà, j'avais
publié des "contes doux" dans *La Rue*, l'original journal de Léo
Sauvage. L'un d'eux, intitulé *Un bon petit diable* (celui qui défe-
nestre sa mère), a d'ailleurs été repris dans *Le soleil...* Dans la
foulée, j'ai écrit *Sueur aux tripes*, qui n'est, d'ailleurs, que le
développement d'une nouvelle *(On ne tue pas les rêves)*, publiée,
deux ans auparavant, dans *Lectures de Paris*, une revue qu'édi-
tait Catineau. Mais cette sueur... a, si j'ose dire, séché sur pied,
Jean d'Halluin recommençant à éprouver des difficultés finan-

cières. Ce roman est resté vingt-deux ans dans mes tiroirs. De 1947 à 1969. Il y était tout seul car, dans mes tiroirs, rien ne traîne. Il ne doit sa résurrection qu'à Jean-Claude Romer, l'animateur de la revue cinématographique *Midi-Minuit Fantastique*. Romer me demanda un jour où on pouvait se procurer cette *Sueur...* annoncée par le Scorpion au dos de tous ses livres et introuvable chez les bouquinistes plus débrouillards. Je lui répondis qu'il était resté à l'état de manuscrit. Alors, Romer se fit l'artisan de la réédition, chez Éric Losfeld, de *La vie...* du *Soleil...* auxquels on adjoignit cette fameuse *Sueur...* et ce fut *Trilogie noire*.

8 – Comment vous est venue l'idée des Nouveaux Mystères de Paris *?*

Un jeudi que, passablement déprimé, je me promenais, avec mon fils âgé de dix ans, dans les environs du Vel'd'Hiv', je m'étais dit, devant le paysage parisien qui s'offrait à ma vue (le métro aérien sur le pont de Passy, la Seine, la tour Eiffel), qu'il y avait certainement quelque chose à faire avec un si prestigieux décor, plutôt négligé depuis que les auteurs de *Fantômas* et Louis Feuillade, au cinéma, l'avaient vraiment utilisé. (À cette époque, l'ignoble Front de Seine, sur lequel j'appelle le feu des bombes, n'existait pas encore.) L'idée me vint d'une série de romans policiers se passant chacun dans un arrondissement, sans en franchir les limites administratives. Ce serait – paradoxe –, le roman en vase clos, mais en plein air. Je m'en ouvris à Maurice Renault, qui trouva l'idée bonne et, spontanément, baptisa la série : *Les Nouveaux Mystères de Paris*. Par la suite, il s'ingénia à intéresser, non sans mal, un éditeur. Ce fut Robert Laffont [1].

9 – Pouvez-vous nous dire la genèse d'un ou plusieurs romans de cette série ? À partir de quoi partiez-vous ?

Je travaille sans plan. Je suis trop paresseux (ou nerveux) pour en établir un et m'y tenir. Je pars d'une vague idée. Prenons par exemple, *M'as-tu vu en cadavre*. Dixième arrondissement,

---

1. Cette phrase est ambiguë (c'est ce qui arrive quand on écrit vite), et pourrait laisser supposer que Maurice Renault a dû faire longtemps le siège de Robert Laffont pour le décider. C'est exactement le contraire. Après avoir essuyé plusieurs refus de divers éditeurs, Maurice Renault proposa le sujet à Robert Laffont, lequel accepta d'emblée, trouvant l'idée amusante et très « intellectuel germano-pratin ». Je me devais de lui rendre cette justice.

le faubourg Saint-Martin, le Saint-Denis, les chansons. Je songe à Fragson, tué par son père. Crime passionnel : ils partageaient la même maîtresse. Les chanteurs de charme, les clubs des admiratrices. Je n'ai pas besoin d'autres éléments. Des péripéties se grefferont en cours de route. Je fonce. Et j'arrive... ou je n'arrive pas. En ce qui concerne *M'as-tu vu...*, je suis arrivé.

Je suis arrivé aussi avec *Le soleil naît derrière le Louvre*, où je n'avais dans l'idée qu'une promenade nocturne aux Halles, parmi les légumes et les tapins, et la phrase qui termine le bouquin : "Le soleil naissait derrière le Louvre."

Arrivé également avec *Boulevard... ossements*, inspiré par un squelette unijambiste, vendu à l'Hôtel Drouot, et le souvenir livresque que j'avais d'un fabricant d'une sorte d'ancêtre des poupées gonflables, passage de l'Opéra.

10 – Par rapport au roman américain noir, votre œuvre (et surtout la série des "Nouveaux Mystères") amène une dimension supplémentaire au thème urbain. En aviez-vous conscience en écrivant ? (Cette nouvelle dimension c'est bien sûr la dimension poétique.)

Non, aucune conscience. Mais puisque je suis poète (c'est une de mes faiblesses de l'avouer..., et m'en prévaloir), quoi d'étonnant ? J'ajouterai qu'il y a quand même, dans la construction de l'intrigue et son déroulement *(supplément de réponse à la question 9)*, une sorte d'automatisme contrôlé.

11 – Vous publiez ensuite au Fleuve Noir une troisième série Nestor Burma. Comment cela est arrivé ? Burma a-t-il évolué ?

On ne peut pas dire que les *N.M. de P.* eurent un très grand succès public. Une presse unanimement élogieuse, certes, mais le public ne suivit pas. (Il se rattrapera plus tard... lorsque les rééditions seront un peu mieux distribuées.) Bref, outre que vinrent se greffer là-dessus des emmerdements personnels briseurs d'enthousiasme, la série fut interrompue. Quelques années passèrent, meublées par divers travaux de "ressemelages littéraires", et Maurice Renault me décrocha un contrat au Fleuve Noir. J'étais trop découragé pour continuer la série. Je me contentai d'écrire des romans qui pourraient – si on voulait les classer –, prendre la suite de ceux publiés au "Labyrinthe". Nestor Burma n'a pas évolué... Enfin, il a vieilli, en même temps que moi. Il est resté le même... Du moins, je le crois... Je dois dire que certains de mes lecteurs ont fait la fine bouche. Ils avaient remarqué, paraît-il, une baisse de qualité. Et puis..., hum..., le Fleuve

Noir, hein ?... hum !... Je refuse ce reproche et je ne comprends pas cet ostracisme à l'égard du Fleuve. Mes romans du Fleuve diffèrent des *Nouveaux Mystères de Paris* par le "contenant". Ils éclatent, ils se passent ailleurs que dans des limites parisiennes, mais j'ai mis autant de cœur, de sincérité, de respect du lecteur et de moi-même à écrire ces bouquins que les précédents. Aujourd'hui, alors que l'inspiration est morte, je donnerais cher pour pouvoir écrire encore des bouquins comme *Nestor Burma revient au bercail* ou *Drôle d'épreuve pour Nestor Burma*, pour ne citer que ces deux textes.

12 – Lisez-vous toujours des romans policiers ? Comment vous situez-vous par rapport aux autres grands du polar français Pierre Véry et Georges Simenon ?

Pratiquement pas. Et puisque je flaire que vous voulez mon opinion sur le néopolar, je vous dirai que je ne comprends rien à ce genre de littérature. En tout cas, sa lecture m'emmerde plutôt. C'est un critère. Il m'arrive de relire les "anciens". Mais assez rarement. Le plus clair de mon temps se passe à écouter le bruit que fait l'infernal sablier.

J'ignore quelle place j'occupe entre Pierre Véry et Georges Simenon. C'est aux critiques de le dire, en admettant que cela représente un quelconque intérêt. Mais, enfin, je crois que je suis assez éloigné de l'un et de l'autre. J'admire la fantaisie de Véry, encore qu'il n'ait pas toujours l'air de croire à ce qu'il écrit. Quant à Simenon, tout a été dit sur lui. Qu'ajouter sinon que, personnellement, sa mythologie et son "climat" me séduisent, parce que, dans une certaine mesure, ils sont assez proches des miens. Nous sommes quasi contemporains, il ne faut pas l'oublier. Il ne faut pas oublier, non plus, que je suis sur le chemin du déconnage. J'arrête.

13 – Pour quitter la littérature policière et uniquement pour le plaisir de vous entendre parler d'écrivains qui me sont chers, avez-vous une anecdote sur vos rapports avec André Breton, avec Raymond Queneau ?

J'ai connu et fréquenté André Breton de 1931 à 1940, mais je n'ai pas d'anecdotes particulières à rapporter. Attention ! N'inférez pas de cette réponse que Breton, "pape" et se "sachant pape", était au-dessus de ces incidents qui arrivent au commun des mortels. Il faudrait en finir avec cette légende. André Breton était quelqu'un qui avait conscience de sa valeur, certes, mais ne se prenait pas pour André Breton. Du moins, à l'époque où je l'ai connu. J'ignore comment il était, les dernières années de sa vie, la vieillesse s'ingéniant à jouer de si vilains tours. Mais moi, je puis dire que j'ai entendu André Breton éclater du rire le plus franc, le plus enfantin, à l'écoute des paroles de certains disques d'Offenbach.

J'ai très peu connu Raymond Queneau. Nous nous sommes rencontrés quelquefois seulement, chez Jean d'Halluin. Il connaissait mes bouquins et paraissait les apprécier.

Pour terminer sur une véritable anecdote, je vous rapporterai les propos qu'échangèrent un jour, en ma présence, Georges Hugnet et Marcel Duchamp. Nous étions tous les trois en train de boire un verre dans un bistrot de la rue de Buci. Georges Hugnet exposait un projet qui lui tenait à cœur et que, je crois, il ne réalisa jamais. Il se proposait de faire insérer, dans un journal galant comme il en existait à l'époque, une petite annonce, mais sous une identité féminine. "Pierre de Massot (un ex-dada) a fait l'expérience, disait Hugnet, et il a reçu des lettres invraisemblables, accompagnées, le plus souvent, de photos de bites, aux divers stades de l'érection..." Marcel Duchamp retire lentement sa pipe de sa bouche, fait une petite moue et déclare : "Cela ne veut rien dire. On n'envoie jamais la photo de sa propre bite. C'est toujours celle d'un copain."

Quand on sait que Marcel Duchamp s'était fait une spécialité d'élever à la dignité d'œuvre d'art n'importe quel objet manufacturé *(ready made)*, on ne peut qu'applaudir au fait que, dans la vie courante, il restait fidèle à ses doctrines et théories. »

2. LE ROMANCIER DE L'AVENTURE MARITIME

A. *VACANCES SOUS LE PAVILLON NOIR* (1943, publié en 1982)

PREMIER CHAPITRE
*dans lequel je me présente aux lecteurs
mais avec modestie, sans me nommer*

« D'où j'étais, l'auberge de mon oncle m'apparaissait fantastique, descendue toute vivante des couvertures en couleurs des magazines d'aventures dont mon âge est friand.

Trapue, plongée dans la nuit, bien campée sur ses quatre murs de grosses pierres, elle s'offrait au vent marin avec l'insolence

d'une péronnelle, le narguant comme une qui en a vu d'autres
– et c'était vrai.

Derrière son dos, deux pins, les branches emmêlées et grin-
çantes comme des agrès, entamaient une conversation avec
l'enseigne, que je ne pouvais voir se balancer, mais dont j'enten-
dais, malgré le vacarme de la mer proche, les répons aigus de
sa tringle oxydée.

Les fenêtres aux rideaux carrelés rouge et blanc projetaient
sur le chemin caillouteux, et désert à cette heure, des rectangles
de lumière jaune, tout irisés de pluie.

Derrière les vitres ruisselantes, dans la chaude salle commune, ornée de réclames pour apéritifs, je devinais les buveurs
de cidre attardés, dont j'aurais pu, sans risque d'erreur, décrire
les attitudes et rapporter les propos.

Assis sur des escabeaux, tassés devant l'âtre, une main tenant
le bol de cidre, l'autre la courte pipe de bruyère, lorsqu'ils ne
l'encastraient pas entre deux dents pour en tirer une énorme
bouffée bleue, ils contaient, d'une voix monotone et au rythme
familier du tic-tac de l'horloge, les aventures de mer que personne n'écoutait plus, tellement elles avaient été rabâchées et
que moi-même savais par cœur, pour les avoir entendues une
bonne centaine de fois depuis trois semaines que j'étais en vacances chez Yves Le Cloaredec, mon oncle.

Car, la description hâtive et bien maladroite que j'ai tenté
d'esquisser plus haut, de cette île noyée sous les embruns, ne le
laisserait peut-être pas supposer, mais nous étions en août, époque bénie des écoliers.

Trois mois auparavant, mes parents se creusaient la tête pour
me trouver un lieu idéal de vacances. Un rigoureux hiver parisien, que je n'avais pas traversé sans déboires, avait incité le
docteur à préconiser un séjour prolongé à la campagne. Originaire du Midi, mon père ne possédait plus, dans ces régions,
aucune famille à laquelle il eût pu me confier. Ce fut alors que
ma mère se souvint fort à propos de son propre frère.

Ce digne et brave homme, qui ne répondait jamais aux lettres
et dont on ignorait s'il était encore de ce monde, tenait, autant
que ma mère pût s'en souvenir, une auberge dans l'île de Bréhat
(Côtes-du-Nord).

Je viens d'écrire qu'il ne répondait jamais aux lettres.
Nonobstant, ma mère, qui aurait pour moi bravé le ciel et l'enfer,
se mit en rapport avec lui. (Que le lecteur veuille bien ne point
voir, dans cette parenthèse, je ne sais quelle tentative de déni-

grement, mais force m'est d'avouer que ma mère joignait à son dévouement une certaine inconscience. Par exemple, Bretonne, elle ne se demanda pas si le climat maritime dont elle connaissait les inconvénients me conviendrait. Elle ne voyait qu'une chose : que la végétation de l'île était surtout constituée de pins, aloès et cactus, toutes plantes que l'on trouve sur la Côte d'Azur. Un syllogisme primaire donnait le résultat : Bréhat égale Cannes.)

Ma mère, donc, écrivit à son frère une épître instante, que l'émotion lui fit plus que de coutume saupoudrer de fautes d'orthographe. Lorsqu'elle voulait se donner la peine de verser dans le genre attendrissant, ma mère parvenait assez facilement à arracher des larmes aux portes de prison.

La réponse se fit désirer et je dois à la vérité de dire que nous ne l'attendions plus, lorsqu'elle arriva tout de même, à notre grand étonnement.

L'oncle Yves avait dû perdre sa dextre dans un accident et ne pas apprendre pour autant à utiliser sa main gauche, car la lettre avait été dictée à sa femme.

Écrite sur du papier quadrillé, agrémentée dans le coin nord-ouest d'une empreinte digitale au beurre, elle acceptait presque avec enthousiasme la proposition de mes parents. Tout le monde serait content, à l'île, de voir, de recevoir et de choyer le petit neveu parisien.

Ce fut ainsi que, exactement le jour anniversaire de mes treize ans, je descendis, à la Pointe de l'Arcouest, du car que j'avais pris à Paimpol.

Paraissant plus que mon âge et plutôt grand pour celui-ci, l'allure décidée, en dépit des tendances à la rêverie dont je parlerai plus loin, j'offrais, de l'avis général, une frappante ressemblance physique avec ma mère. Mon oncle, qui ne me connaissait que par des photographies d'amateur, ne s'y trompa pas. Il quitta le siège qu'il occupait à la terrasse du café de l'Écrevisse devant un bol de cidre et me héla avec force gestes.

Il avait des yeux bleus rieurs et bienveillants dans un visage couleur de brique cuite. Ses joues mal rasées s'ornaient de quelques poils blancs qui me piquèrent lorsqu'il m'embrassa. Il tenait un nombre honnête de mains. J'en conclus que s'il n'avait pas lui-même écrit la réponse à la lettre de ma mère, c'est qu'il éprouvait pour ce genre d'exercice une répugnance marquée. Son aspect était engageant et sympathique.

Pour atteindre l'île, dont on apercevait à un peu plus d'un mille marin les caractéristiques rochers roses scintiller sous le soleil, nous n'empruntâmes pas la vedette à moteur. Mon oncle avait traversé avec son « canote », comme il disait, et je pris place avec mes deux valises dans la petite embarcation.

Quelques vigoureux coups d'avirons nous firent sortir du môle. À l'extrémité de la jetée nous dépassâmes la vedette, toute frémissante de sa machinerie, haletante d'impatience, mais dont ce n'était pas encore l'heure du départ, et mon oncle échangea au passage quelques phrases rapides avec l'homme de barre qui me parut un authentique loup de mer.

Notre esquif dansait sur les flots, escorté par les mouettes jacassantes. Cramponné à mon banc de bois humide et rugueux, je pris contact avec la mer. Elle était calme, mais n'en roulait pas moins de grosses vagues, du moins me parurent-elles telles à mes yeux inexpérimentés de petit citadin. Je regardais avec avidité l'immensité aqueuse. Un émoi sourd s'emparait de mon être.

Dès à présent, et de façon à ce que le lecteur ne soit point pris en traître et puisse aborder sans étonnement le récit que j'entreprends de l'aventure qui m'advint, il importe de l'informer de mon tempérament d'apparence bizarre.

Peu liant, d'esprit rêveur et taciturne, je n'évitais à l'école d'être... ne disons pas le souffre-douleur, le mot serait trop fort et inexact, mais la tête de Turc de condisciples plus délurés, que grâce à la protection dont je bénéficiais de la part de mes maîtres qui m'entouraient d'une certaine estime.

Non que je fusse un si brillant élève.

Avouons-le, dût mon prestige en pâtir : je n'étais pas très fort en géographie, encore moins en physique, je ne m'intéressais à l'histoire que dans la mesure où elle se rapprochait du roman, et quant à l'arithmétique... Deux et deux faisaient quatre, m'avait-on assuré. Après tout, c'était bien possible...

Mais la mélancolie inexplicable et inexpliquée dont j'étais la proie aux heures crépusculaires, et dont j'ai su plus tard qu'elle était l'apanage des esprits poétiques, avec le goût du mystère, du merveilleux et de l'aventure que je possédais également, faisait que les plus banales "compositions françaises" prenaient sous ma plume, et presque à mon corps défendant, les couleurs très vives et enchanteresses de l'émotion littéraire.

Et c'était à ces dons que je devais l'estime et la protection de mes professeurs... et aussi leur indulgence quant à la fragilité de mon savoir en ce qui concernait les autres matières.

Pour achever de me dépeindre, et après avoir dit que j'écrivais en cachette des ballades et des sonnets, je citerai un dernier trait de mon caractère émotif. Un dernier trait relatif à la mer, que je vis pour la première fois au cours d'une excursion en groupe avec toute l'école.

Alors que mes caramades ne songeaient à utiliser le sable chaud et fin de la plage que pour jouer, je ressentis devant cette immensité scintillante de paillettes d'or une impression qui me fit monter les larmes aux yeux. Et profitant d'un moment d'inattention du surveillant, je me retirai à l'écart, derrière une dune, où je passai la journée seul, à pleurer à grands coups, face à la majesté des flots, pantelant d'émotion inexprimable... Je crois qu'il avait raison, le camarade à qui je confiai sur le chemin du retour l'emploi, plutôt curieux pour un gamin de onze ans, de ma journée, et qui me dit d'un air entendu et tout naturellement : "Que veux-tu... Tu n'es pas comme les autres..."

Certes non, je n'étais pas comme les autres. Et dès que le soleil, s'éloignant de l'île de Bréhat, céda la place à une pluie persistante, fine et monotone, je me le prouvai à moi-même.

Reçu avec transports par tout le monde... aussi bien par Brigitte, ma tante, que par Maryvonne, la domestique... je n'en fus pas moins tenu d'observer, et ce dès le premier jour, la discipline relativement stricte qui de tout temps avait régné à l'auberge de la Longue Vue – ainsi se nommait l'établissement Le Cloaredec. Il était de règle, dans cette maison, que les enfants fussent au lit à neuf heures. Sur ce chapitre, mon oncle ne badinait pas et rares furent les fois où il me permit un retard de quelques minutes, consacré à ouïr la fin d'une de ces aventures maritimes dont j'ai dit plus haut qu'elles constituaient le fond sempiternel des conversations des clients chenus.

En général, passant mes journées à aider Maryvonne dans son service, à courir la lande et les rochers, lorsque je ne m'offrais pas une épuisante promenade en mer dans le "canote" de mon oncle, le soir me surprenait vacillant de fatigue, et les grands draps rugueux, au parfum de lavande, étaient les bienvenus. À peine y étais-je coulé, que je m'endormais du sommeil de l'innocence.

Mais tout changea avec le temps.

Un soir, je fus long à m'endormir, comme dans l'attente d'un événement. Et je me livrais à une curieuse danse de Saint-Guy sur ma couche, lorsque la pluie crépita contre les vitres de la fenêtre. Cette sorte d'appel fut suivi d'un autre : celui du vent, qui agita les pins d'un long frémissement.

Alors, je fus littéralement possédé du désir romantique de contempler la Longue-Vue battue par le grain.

Me glissant hors du lit avec précaution, je me vêtis à la hâte, enfila un ciré mis à la retraite et de protection illusoire, et par une pièce inhabitée du fond du couloir, à laquelle on accédait aussi par un escalier extérieur aux marches vermoulues, je gagnai le dehors.

Je fus un moment avant de trouver le poste idéal d'observation. Enfin, une petite éminence, distante de l'auberge d'environ deux cents mètres, me donna l'angle de vue parfaitement désirable. Le spectacle, banal pour tout autre, de cette bâtisse sous la pluie, avec les feux de ses ouvertures, était empreint d'une poésie à laquelle j'étais extrêmement sensible, et chaque nuit de mauvais temps, je n'eus garde de le manquer.

C'est là que me surprend le lecteur, au début de ce récit.

Drôles de jeux ! Ce ne fut pas impunément que je regagnai, quatre nuits de suite, trempé jusqu'aux os, mon lit refroidi. Un matin, je me réveillai grelottant et fiévreux. Le docteur de Paimpol qui vint m'examiner diagnostiqua une forte grippe. Il n'était plus question de sortir. Je gardai le lit une semaine.

J'entrai en convalescence.

Le mauvais temps persistait.

Aucune escapade ne m'était permise et... chat échaudé... je n'en envisageais d'ailleurs pas.

Pour tromper l'ennui, je rôdai dans la maison, l'explorant de la cave au grenier. Dans ce dernier endroit, je découvris une édition jaunie et mutilée de *L'Île au trésor*.

Pour si extraordinaire que cela paraisse, je n'avais jamais lu ce roman d'aventures, le plus célèbre de R. L. Stevenson.

Je le dévorai en quelques heures, d'une traite.

C'était un livre merveilleux que je relus par la suite jusqu'à le savoir par cœur. »

B. *GÉRARD VINDEX, GENTILHOMME DE FORTUNE* (1944)

CHAPITRE PREMIER

« Février 1715. Le galion *Belle-Espérance*, battant pavillon du Roy de France, cingle, toutes voiles dehors, vers la Jamaïque. Il a à son bord M. de Chaibrune, nommé gouverneur d'une des possessions françaises et qui rejoint son poste, accompagné de sa femme, Catherine, et de sa fille, Béatrice, une ardente créature de dix-neuf ans. C'est une personne droite et fine, de corps comme d'esprit, rompue à tous les exercices physiques.

Vingt-deux ans auparavant, un très grand malheur avait frappé la famille de Chaibrune. Au cours de l'incendie de leur demeure, leur fils Charles, âgé de quinze mois, avait disparu vraisemblablement sous les décombres du castel. Inconsolable, M. de Chaibrune avait longtemps pleuré son fils. L'oubli ne s'était jamais fait dans son cœur, ses esprits, ébranlés par ce tragique incendie, ne s'étaient jamais complètement remis et, lorsque sa femme lui donna Béatrice, il vit en elle, moins sa fille que son cher fils. Aussi lui avait-il fait donner une éducation toute masculine, fantaisie à laquelle la jeune fille s'était pliée de bonne grâce, sans rien perdre de sa sensibilité et de son charme féminins.

Mlle Béatrice de Chaibrune monte à cheval, tire l'épée comme un spadassin, et le recul du pistolet ne meurtrit pas trop sa paume délicate. En dépit de toute cette science guerrière – qui lui sera bien utile dans l'île à demi sauvage où le bon plaisir du prince expédie sa famille – elle n'en reste pas moins femme. Et récemment, son cœur s'est ouvert, en son dix-neuvième anniversaire. Elle aime Gérard de Saide et est payée de retour. Le jeune homme est un officier de la suite de son père. Comble de bonheur, en cette qualité il est du voyage.

Alors, c'est décidé depuis plusieurs jours – encore que M. et Mme de Chaibrune ne soient au courant de rien – c'est là-bas, sur la terre exotique et paradisiaque où flamboient sous l'astre radieux les fleurs de lys de France, que les jeunes gens feront leur demande et seront unis pour toujours.

Pour l'instant, accoudés à la lisse du vaisseau fendant les flots argentés d'écume, suivant distraitement les évolutions gracieuses des poissons volants, ils échangent des paroles tendres.

Qu'elle est belle, Béatrice...

Le vent fait voleter la plume d'autruche rouge qui orne son chapeau à larges bords. Les boucles d'or de ses cheveux tombent sur ses épaules. Ses yeux rient, ses lèvres gourmandes n'attendent que le baiser.

– Voile sous le vent.

Le cri de la vigie se répercute le long du lourd vaisseau.

Un officier saisit sa lorgnette marine et inspecte l'horizon. Le fin voilier qu'il aperçoit semble faire route sur le *Belle-Espérance*.

On ne distingue pas son pavillon de nationalité. Ce détail laisse l'officier songeur.

Peu après, une sorte de conférence se tient sur le gaillard d'avant.

Encore qu'à une assez bonne distance, le voilier mystérieux s'est rapproché. Maintenant, aucun doute n'est possible : ce bâtiment a dévié de la route ordinairement suivie par les navires pour venir couper le chemin au galion.

Ce manège ne dit rien qui vaille à l'état-major du *Belle-Espérance*, tous hommes avertis des choses de la mer.

— Vous m'avez fait demander, messires ? questionne M. de Chaibrune en hissant sa lourde masse sur l'étroit escalier du château d'avant.

— Je crains fort que nous soyons obligés de combattre, Excellence, répond le commandant. Le voilier qui vient sur nous m'a tout l'air de naviguer sous le pavillon noir.

— Un pirate ?

— Et un fameux, appuie l'officier qui tient la lunette d'approche. Je crois que c'est là le *Ranger*, de Vaner Sample...

— Puissiez-vous dire vrai, souhaite étrangement le chirurgien.

— Ah çà, monsieur ! s'exclame le futur gouverneur en fronçant les sourcils, pourriez-vous m'expliquer votre prière, pour le moins insolite ? Vous appelez la venue de ce forban, ce me semble.

— Loin de moi cette idée, se justifie l'homme de l'art. Mais pirate pour pirate, et si pirate il y a, j'aime autant tomber sous le grappin de Vaner Sample que sous celui de tout autre gentilhomme de fortune. Voyez-vous, Excellence, j'ai déjà eu affaire à lui et si j'y ai perdu deux orteils du pied gauche, j'ai conservé la vie... Sample n'est pas un ogre comme Morgan Tête-Rouge ou Kennedy-le-Sanguinaire...

— C'est bien le *Ranger*, s'écrie l'officier à la lunette. Je lis distinctement son nom... *anger*. Il manque l'*R* ; sans doute l'a-t-il laissé dans un récent combat...

— Eh bien, nous allons faire en sorte que sa lettre terminative saute aussi, ricana le commandant. Et nous ferons de ce démon, un *ange*...

Sur cette plaisanterie, il quitte la société et s'en va donner des ordres en prévision de l'engagement.

Au bas de l'escalier, il manque heurter Mlle de Chaibrune qu'il salue poliment. La jeune fille a entendu la plus grande partie de la conversation. Elle sait que des événements tragiques se préparent. Cependant que le *Belle-Espérance* s'anime et retentit des ordres brefs et des cliquetis d'armes, la jeune fille s'accoude au parapet et suit des yeux les évolutions de l'élégant voilier dont elle vient d'apprendre le nom : *Ranger*, et qu'elle sait commandé par un certain Vaner Sample, bandit chevaleresque.

Le voilier s'est encore rapproché. Béatrice en distingue le nom, puis quelque chose de sombre qui court sur la drisse.

L'écumeur d'Océan démasque ses batteries et hisse ses couleurs de mort.

Le combat fut violent, rapide, inégal et terrible.

Les hommes de Vaner Sample avaient changé, depuis le temps de leur première rencontre avec le chirurgien du *Belle-Espérance*. Ils ne faisaient plus de quartier.

La horde de brutes déchaînées passa sur le pont comme un ouragan. Autour de Béatrice qui faisait le coup de feu, des râles s'élevaient. Son père tomba, frappé d'une balle en plein front.

En peu d'instants, les pirates furent maîtres du navire.

Jugeant désormais toute résistance inutile, la jeune fille se réfugia dans une cabine. Par la fenêtre de ce réduit, elle pouvait contempler le spectacle désolant qu'offrait le pont.

Soudain, elle se raidit pour ne pas crier.

Poussés avec force bourrades, sa mère et son fiancé passaient devant elle. Ils étaient enchaînés et blessés. Les insultes et les coups pleuvaient sur eux.

Ils furent ligotés à ce qui restait d'un mât et un grand escogriffe s'approcha d'eux en se dandinant sur ses jambes torses. On l'appelait capitaine. Béatrice en conclut que c'était là le fameux Vaner Sample.

Il parla aux prisonniers, mais sans élever la voix et la jeune fille ne comprit pas ce qu'il disait. Toutefois, elle remarqua que sa mère, déjà pâle, devenait livide. Quant à Gérard de Saide, il ne put se contenir plus longtemps. Crachant des injures, il interrompit le discours du flibustier. Celui-ci, très calme et sans s'émouvoir, le fit taire en le fouettant à coups redoublés.

À cette vue, devant cette lâche cruauté, Béatrice manqua défaillir. Impuissante, elle assista à des scènes atroces. L'eût-elle voulu qu'elle n'eût pu fermer les yeux. Tout en elle lui criait de regarder et de se souvenir.

Son malheureux fiancé fut détaché du mât et jeté par-dessus

bord, après avoir été dépouillé de ses vêtements par un groupe de forbans avinés.

Ensuite, ce fut le tour de sa mère.

Béatrice, si forte et maîtresse d'elle-même qu'elle fût, n'en put supporter davantage. Gémissant, elle s'écroula comme une masse sur le coffre qui garnissait le coin de la cabine. Le couvercle de ce bahut bascula et la jeune fille roula dans une sorte de cabinet secret, sentant la moisissure. Le couvercle se remit en place. Elle était prisonnière. »

C. *LE VOILIER TRAGIQUE* (1944 ou 1945, publié en 1989, Laffont, Bouquins, V)

CHAPITRE PREMIER
J'embarque à bord du Jane-Rosine. *– Intrigues autour d'une cargaison. – Les « changayés »*

« En novembre 1872, exactement le 4, pour préciser le quantième, la trépidante ville de New York recelait en ses flancs, et plus particulièrement dans le port, divers personnages aussi différents moralement et physiquement que de tenue, d'extraction, de rang et de profession, et qui allaient, par le seul fait que le hasard ou le diable voulut qu'ils se rencontrassent, donner naissance au plus grand mystère de la mer.

Le *deus ex machina* de l'affaire, celui grâce à qui il ne se serait rien produit si, dix jours auparavant, pris d'on ne sait quelle lubie, il n'avait quitté l'aciérie de Pittsburgh pour venir à New York respirer l'air salé, se nommait Frédéric Celleneuve.

C'était un Français bâti en armoire à glace, mesurant certainement un mètre quatre-vingts, tout en muscles.

Sa face, déformée par les nombreuses bagarres auxquelles il avait participé, s'éclairait parfois lorsque, aux approches de l'ivresse, y brillaient des yeux reflétant une indéniable intelligence. Et pourtant, tout l'aspect extérieur de cet homme le désignait pour une brute.

Moi, Lionel Rouquette, qui l'ai approché, peux témoigner qu'il n'en était rien. Certes, c'était une brute physique, mais non morale. Dès notre première rencontre – notre nationalité commune nous avait rapprochés – je le soupçonnai de cacher sous son apparence toute de dureté, de grossièreté, l'âme d'un être d'une autre condition.

Il était bavard, jovial, mais tout cela sonnait faux. J'ai dit qu'il était bavard. C'est exact, à cette restriction près qu'il parlait, comme on dit vulgairement, pour ne rien dire. Je ne sus jamais à la suite de quelles circonstances il avait échoué en Amérique. Il parlait de tout, sauf de cela. Non, sur ce chapitre, il était rien moins que prolixe.

C'est peut-être idiot, mais je le soupçonnais d'être la proie de chagrins intimes. Et ce n'était pas tellement idiot, la suite de l'histoire le prouva.

Cet hercule offrait une particularité étonnante. Ses mains, d'une force redoutable, étaient fines comme des mains de femme. Au cours de nos conversations, j'eus l'occasion de constater qu'il connaissait des choses ignorées de la totalité de ceux qu'il fréquentait, manœuvres, ouvriers, rats de quais et autres individus de sac et de corde.

Mon opinion fut que c'était un homme instruit, d'une classe supérieure au commun, et que l'ivrognerie, chez lui, n'était que le résultat d'une longue préméditation. J'avais aussi des doutes sur l'authenticité de son patronyme. Celleneuve, c'est un village à côté de Montpellier, ville du midi de la France où je suis né. Je n'avais jamais connu personne portant ce nom peu commun. Et je ne sus jamais de quelle région il était originaire.

Bref, ce dévoyé, ce déclassé, qu'un remords, un dépit, une désillusion ou une haine terrible avait jeté dans les bas-fonds, et en avait fait une brute alcoolique, ne m'était pas antipathique. Et je le suivais souvent de taverne en taverne, ne prenant congé de lui que lorsque, ayant fait son plein de whisky frelaté, il commençait à toiser les autres consommateurs d'un œil où toute intelligence était, à ce moment-là, absente. J'avais appris à le connaître. Je savais que la rixe n'était pas loin. Prudemment, je regagnai mon galetas, car je ne suis ni très fort ni très courageux. Et Fred, l'Éléphant aux mains de duchesse, comme on le nommait aussi, ne m'en voulait pas de ce lâchage. Il était assez grand pour se débrouiller tout seul. Il sortait toujours victorieux de ces bagarres, à condition que ses adversaires ne fussent pas plus de dix. Mais il rentrait au logis la face marbrée de coups, car les autres non plus n'étaient pas manchots.

Si ce Fred Celleneuve était resté à se brûler aux flammes de hauts fourneaux de Pittsburgh, il ne serait rien arrivé à bord du voilier *Jane-Rosine*, capitaine Connington, mais le diable en avait décidé autrement.

Voici à peu près ce que faisaient les acteurs du drame dont j'ai entrepris la narration en cette journée du 4 novembre 1872, pluvieuse et triste.

Moi qui vous parle, Lionel Rouquette, je me levai fermement décidé à ne pas rester dans cette ville plus de huit jours encore. Je descendis vers le port. Je voulais embarquer. J'avais navigué un petit peu déjà et le salaire que je demandais était modeste. Je voulais voir d'autres pays. J'entendis dire qu'on avait besoin d'hommes à bord du *Jane-Rosine.* Je m'y rendis, au moment où le second, un type énorme, dépassant de deux bonnes largeurs de main la taille de Fred, congédiait avec des injures et des gestes de menace un équipage, fourni par la commission de navigation, qui ne donnait pas l'impression d'avoir jamais fait autre chose que cambrioler les entrepôts. C'était peu engageant, mais j'étais déjà sur le pont, ma coiffure à la main. Le second se rua sur moi. Que voulais-je ? Je le lui dis. Il cracha des injures, puis me posa quelques questions d'ordre nautique. Je dus satisfaire plus ou moins brillamment à cet examen, car le second me dit :

– J'aurais au moins toujours un matelot. Je t'engage, mais ici il ne faut pas être fainéant. Mon nom est Tom Dunstan, dit le Taureau de Baltimore. Quel est le tien ?

Je le dis, ajoutai que je ne possédais pas de sobriquet et que l'ouvrage ne me rebutait pas. Et je quittai le Taureau de Baltimore pour aller faire mes adieux à Fred. Il n'était pas chez lui, il était parti en bombe.

À l'heure où j'avais été embauché à bord du joli voilier, son capitaine, Elmer Connington, jeune marié, se demandait s'il mettrait jamais à la voile et quitterait un jour le damné quai où il était embossé. L'équipage avec lequel il avait effectué le précédent voyage avait mis sac à terre, les hommes fournis par la commission de navigation ne plairaient certainement pas à Tom Dunstan, il faudrait s'adresser aux racoleurs et appareiller avec une cargaison humaine de la plus basse catégorie.

Pendant que Connington tournait dans sa tête ses mornes pensées, sa jeune femme, dans un hôtel de la ville haute, attendait l'instant du départ en jouant du piano. C'était une jeune et jolie personne de vingt ans. Lorsqu'elle fut à bord, ceux qui entendirent sa voix la surnommèrent l'Étrangère, car elle parlait un fort mauvais américain.

Charlie Manning, un marchand de chair humaine, tenancier d'un bouge à matelots, qui avait, on ne sait pourquoi, une dent contre Connington, mijotait une vengeance digne de sa rancœur.

Un autre capitaine, Arthur Spender, dont le bateau *Rose-Noire* faisait toutes sortes de besognes, sans parvenir à extraire de ses gains l'argent nécessaire à l'achat du savon pour laver la voilure, le capitaine Spender, donc, convoitait la cargaison du *Jane-Rosine* et faisait des vœux pour que son concurrent ne trouvât aucun équipage.

L'armateur, un certain Bill Sharper, commençait à trouver saumâtre que son voilier ne prît pas le large.

J'embarquai le soir même, sans avoir trouvé Fred. Je laissai un mot d'adieu sur mon grabat et ralliai le *Jane-Rosine*. À part le cuisinier et le second, il n'y avait personne à bord.

Le lendemain matin arrivèrent Bob Blake, Jimmy Loy et Andy Chesil. C'étaient des matelots du *Rose-Noire*, obligeamment prêtés par Spender à son collègue. Le *Jane-Rosine* était trop petit pour contenir toute la cargaison, il était resté cent cinquante barriques d'huile sur le quai. Spender avait sauté sur l'occasion, s'était mis en rapport avec l'armateur et avait été chargé d'embarquer ce reliquat. Les deux navires devaient naviguer à quelques jours d'intervalle. Mais le *Rose-Noire*, qui jaugeait le double du *Jane-Rosine*, aurait bien aimé transporter la cargaison entière. Spender prêta trois hommes à Connington, espérant que ceux-ci trouveraient peut-être un moyen d'arranger les choses.

Le soir même, le Taureau de Baltimore nous dit qu'on appareillerait le lendemain, Charlie Manning le racoleur devant, dans la nuit, lui fournir la viande à naviguer.

À peine nous avait-il informé de cela, qu'une voiture s'arrêta sur le quai à la hauteur de la passerelle. En descendirent le capitaine Connington et sa jeune femme. Je surpris le regard que lança Tom Dunstan à celle-ci. Il ne promettait rien de bon. En vrai marin, il estimait que la place d'une femme n'était pas à bord d'un voilier. Et il jura une grossièreté entre ses dents, lorsqu'il aperçut, accroché à la voiture, un piano. Ces instrument de musique, dont la jeune femme ne voulait point se séparer, fut d'emblée considéré comme un intrus maléfique. Nous le montâmes à bord et l'arrimâmes dans la cabine de Mme Connington. À nous non plus, il ne plaisait pas.

Dans la nuit, les hommes promis par Charlie Manning arrivèrent. Ivres morts et drogués, bien entendu, on les jeta comme des paquets sur le pont. Il y avait là Jack Briggs, Bill Drissell et... Fred Celleneuve.

Une femme l'avait vendu pour cent sous au trafiquant. »

D. *LE CAPITAINE CŒUR-EN-BERNE* (1945)

II

Le naufrage

« Tout était calme à bord de la *Belle-Régine*. Sauf les hommes de quart, l'équipage dormait. Le navire glissait silencieusement sur la mer. Par instants, le gréement gémissait. Accoudé au parapet, je livrais mon visage au vent violent qui venait brusquement de se lever. Au ciel, la lune sombrait à chaque instant dans des nuages de tempête.

Un pas léger retentit sur le pont. Un homme fumant une courte pipe en terre noire s'approcha.

– Mauvais temps, dit-il, hein, Laurent ?

– Je ne saurais dire, capitaine, répondis-je. Il me semble bien qu'un grain se prépare, mais...

– Je flaire les ouragans, m'interrompit-il. C'est un don ! Je ne pouvais pas dormir. Je sentais confusément les nuages s'amonceler sur ce navire... Mon instinct ne m'a pas trompé...

Les nuages noirs qui inquiétaient si fort Cœur-en-berne s'effilochèrent sous le vent. Mais quelques heures plus tard, ils revinrent, plus gros, plus nombreux et plus menaçants, et la tempête éclata dans toute sa sauvage beauté.

Un vent furieux souffla du nord-ouest. Il grossissait et mugissait par accès plus ou moins violents. L'obscurité se fit totale. Alors, des éclairs qu'on eût dit émanant de l'enfer la zébrèrent, cependant que le tonnerre éclatait au-dessus de nos têtes comme si la voûte nocturne se fut entrouverte.

Les coups de vent qui se succédaient semblaient redoubler de fureur. Des paquets de mer balayaient le pont. Des hommes furent précipités par-dessus bord. Les voiles, arrachées, flottaient au bout des vergues, comme de dérisoires drapeaux blancs demandant grâce. La force de la lame arracha la barre des mains de l'homme qui était au gouvernail. Et il sombra dans l'élément en furie en poussant un long cri déchirant.

Cependant, une voie d'eau s'était déclarée dès le commencement de la tempête. La *Belle-Régine*, qui avait déjà perdu la moitié de son équipage, ne pouvait plus être sauvée.

Je fis mettre les embarcations à la mer. Les hommes qui y prirent place eurent un triste sort. À peine avaient-elles touché les vagues, qu'elles se retournèrent, précipitant leur cargaison humaine vers les abysses.

Il restait un canot. Nous étions cinq à y prendre place. Avant de quitter le bord, Cœur-en-berne accomplit une chose folle.

Son regard s'étant porté vers le grand mât, il aperçut à son sommet, à la lueur violette d'un éclair, le pavillon funèbre paraissant narguer la colère de Dieu.

Cœur-en-berne n'hésita pas. Il saisit les haubans, s'y cramponna avec une énergie farouche, grimpa le long de l'échelle de misaine. Cent fois, sous les terribles secousses que la mer en furie imprimait au navire en perdition, il faillit être précipité dans le vide. Sous la lueur fulgurante des éclairs, il m'apparut, acrobate infernal, progressant à chaque illumination. Enfin, sa main se tendit vers le pavillon qu'il amena.

S'aidant des cordages qui subsistaient encore, agile comme un démon, il entreprit le voyage de retour, aussi dangereux que l'autre, serrant sur sa poitrine, ruisselante d'eau de pluie, le cœur rouge percé du tibia qui était ses couleurs de gentilhomme de fortune.

À peine touchait-il le pont, qu'avec un craquement sinistre, le mât s'écroula, tuant sous lui un de nos compagnons. Le navire, qui penchait déjà dangereusement, se cabra sous ce dernier coup, et accentua son inclinaison.

Et comme si c'eût été là l'unique but cherché par cette prodigieuse tempête, le vent faiblit tout d'un coup, le tonnerre se tut, la foudre s'éteignit.

Et sur l'épave se leva une lune claire et tranquille.

Tous quatre, dans le canot, étions aux avirons. La mer était redevenue d'huile. Nous souquions ferme, filant à sa surface de toute la force de nos bras. Soudain, une vague nous atteignit, nous hissa, comme un vulgaire fétu de paille, à son sommet frangé d'écume, pour, l'instant d'après, nous faire plonger dans les profondeurs enténébrées d'un gouffre.

Mais nous étions de rudes marins et rétablîmes vite la situation. Et, jetant un regard en arrière, nous comprîmes la cause de ce remous tardif et inattendu. La *Belle-Régine* venait de s'engloutir dans les flots.

Nous voguâmes ainsi plusieurs heures, nous orientant tant bien que mal. Nous étions très loin des côtes, lorsque l'ouragan nous avait surpris, et il restait peu d'espoir de les atteindre avant plusieurs jours.

J'émis l'avis que la solution qui me paraissait la meilleure était de se faire recueillir par le premier navire que nous croiserions sur notre route. À cet effet, et pour parer à toute surprise, car nous pouvions tomber sur des chasseurs de pirates, ou à tout le moins, des gens ne les portant pas dans leur cœur, nous nous séparâmes de nos armes à feu, d'ailleurs rendues inutilisables du fait du contact prolongé de la poudre avec l'eau du ciel et de la mer. Mais sous nos haillons nous conservâmes nos poignards et Cœur-en-berne son épée, et nous convînmes d'une fable pour justifier cet arsenal et la présence sur nos épaules de vêtements aisément identifiables comme étant ceux de coureurs d'océan.

Prisonniers de pirates, nous avions réussi à fuir à la faveur de la tempête. Jetés nus dans un réduit de la cale, nous nous étions emparés des premiers vêtements qui nous étaient tombés sous la main, ainsi que d'armes pour nous défendre pendant notre évasion.

Les rôles distribués – précautions superflues car nous n'eûmes pas à conter notre sornette – nous n'échangeâmes plus un mot, nous nous remîmes aux avirons et recommençâmes à les actionner ferme, sous la clarté blafarde de la lune et aux accents sourds et monotones d'une chanson de la flibuste : *Ô jolie fille d'Hispaniola.* »

E. *LA SŒUR DU FLIBUSTIER* (1945)

CHAPITRE PREMIER

« Le 15 mars 1716, un combat naval acharné mettait aux prises quatre vaisseaux, dans l'archipel Caraïbe.

Trois de ces navires arboraient le pavillon sang et or du royaume d'Espagne ; mais à la cime du grand mât du quatrième, flottait un drapeau noir, effrayant d'aspect avec sa tête de mort, qui de sa bouche de spectre, ricanait en son centre.

Au moment même où le vent dispersait la fumée des canonnières, un des navires castillans se pencha fortement sur le côté, tandis que ses bouches à feu se taisaient.

Cependant, le combat atteint son plus haut degré de furie. Mais la confusion règne parmi l'équipage de l'écumeur. Que se passe-t-il ?

À bord du *Savannah* – c'est le nom du voilier au pavillon funèbre – la voix du chef ne résonne plus dans le porte-voix. Sur la passerelle de commandement, où se tenait, tragiquement sombre, un homme à cheveux gris, une cohue se presse ; on traîne quelqu'un sur le pont et le désordre augmente.

À bord des deux Espagnols s'élèvent des clameurs de joie.

– Le maudit chien Palvas est tombé !

– Abordons le pirate !

Le vent emplit les voiles des Espagnols. Ils laissent porter le navire au pavillon noir, dans le dessein de la couler.

Alors, du groupe qui entoure le corps du vieux flibustier se détache un beau jeune homme. Ses yeux d'un bleu sombre jettent des éclairs de rage et de douleur.

– Mon père ! Ô mon père ! s'écrie-t-il. Lui, l'invaincu, ils l'ont couché bas ! Je tirerai vengeance de ces Espagnols damnés !

À pas précipités, le jeune homme arrive au canon de proue, longue pièce d'artillerie qui, jusqu'ici, n'a pas été d'un grand usage. Elle est là, abandonnée ; ses servants gisent autour, sanglants et sans vie.

Le jeune homme s'assure que la pièce est chargée. Il la manœuvre et un fracas de tonnerre emplit l'air.

Avec une force épouvantable, le boulet s'enfonce dans la proue de l'Espagnol. Une explosion formidable ébranle tout.

– Vengé ! Je suis vengé ! s'écrie le jeune homme, d'une voix tonnante et levant le poing vers le ciel. Ah ! maudits, vous n'aurez pas la joie de voir amener le pavillon noir de Palvas.

Le troisième navire assaillant, le seul qui subsiste encore, s'arrête dans sa course menaçante et, brusquement, fuit, toutes voiles dehors.

Le jeune homme revient au milieu de l'équipage :

– Courons-leur sus ! crie-t-il. Il faut avoir le troisième. En avant !

Un pirate, les cheveux blancs dépassant du mouchoir rouge qui lui enserre la tête, s'avance vers le jeune homme. Il est le pilote du vaisseau et d'un ton de morne douleur, il dit :

– Laissez les poltrons se retirer, Gontran de Palvas. Ça va mal pour nous : notre vieux *Savannah* va sombrer.

Le jeune homme – le fils du célèbre flibustier, du légendaire Palvas – a sursauté.

– Aux pompes, crie le jeune homme. Il faut sauver le *Savannah*.

– C'est inutile, répond le vieux loup de mer, accablé. Les appareils sont hors d'usage.

Sur le pont sanglant du navire, Gontran de Palvas était à genoux près de son père blessé à mort.

– Père ! Père ! s'écria-t-il, oh ! dis-moi que tes blessures ne

sont pas dangereuses... Il faut que tu restes pour nous sauver...
Tu le vois, il le faut...

— Inutile, mon garçon, fit le boucanier d'une voix entrecou-
pée. Ç'en est fait de moi, aussi bien que de mon vieux *Savannah*... La mitraille des Espagnols a frappé juste... J'ai une de
leurs balles au cœur, je le sens. Ah ! te voilà capitaine, Gontran,
mais capitaine sans bâtiment !...

La confusion grandissait ; les hommes, effarés, couraient çà
et là. Le jeune Gontran restait toujours agenouillé auprès du
blessé. Le vieux pirate lui prit la main et dit d'une voix faible :

— Songe à tes devoirs, Gontran... Tu es le chef, maintenant...
Pourvois à la sûreté de nos gens... Arme les embarcations de
sauvetage et cingle vers l'île... elle n'est pas loin et la mer est
calme... tu l'auras vite atteinte...

Un regard impérieux fit lever Gontran en hâte. Le jeune
homme donna ses ordres.

— Les chaloupes à la mer, cria-t-il. Inutile d'emporter des
vivres et de l'eau. Nous en trouverons dans l'île. Les armes et
la poudre, voilà l'important.

Les pirates s'activèrent fiévreusement, transportant fusils,
sabres, pistolets, poudre et plomb. Mais ce qu'on installa tout
d'abord dans la grande chaloupe, ce fut le vieux chef blessé.

Gontran de Palvas quitta le dernier navire en perdition qui
donnait fortement de la bande. Le jeune homme portait à la main
le pavillon noir qu'il était allé décrocher à la corne du mât.

Il était temps.

Creusant un épouvantable tourbillon, le *Savannah*, désemparé, avec les cadavres des pirates tués dans le combat, coula au
fond.

Pour la dernière fois, le regard de Gontran de Palvas, gentilhomme de fortune, se porta sur la pomme du grand mât, seul
point encore visible du navire submergé :

— Adieu, *Savannah* ! s'écria-t-il.

Et les pirates répétèrent d'une voix sourde, sur un accent de
bizarre mélopée :

— Adieu, *Savannah*, adieu !

Cependant, le vieux capitaine se souleva péniblement et, ras-
semblant ses dernières forces :

— Garçons, dit-il, s'adressant à l'équipage tout entier, pendant de nombreuses années j'ai navigué avec vous, vous conduisant au combat et à la victoire... Maintenant, je m'en vais vers

le sombre au-delà... Mais je ne vous quitte pas tout entier...
Celui-là...

Sa main débile désigna son fils.

– ... Celui-là vous conduira et, je le sens à mon heure
suprême, il sera plus grand que moi...

Un silence de mort régna. Les matelots fixaient leurs yeux
sur Gontran, comme s'ils attendaient de lui, désormais, leur
bonne et leur mauvaise destinée.

– Garçons, reprit le moribond, je vous remercie pour tout le
passé. Vous m'avez été fidèles ; soyez-le à mon fils. Voulez-
vous lui obéir comme à votre capitaine ?

Ce fut un chœur unanime qui répondit :

– Gontran de Palvas sera notre chef !

Les yeux du blessé jetèrent une flamme orgueilleuse.

Lorsque les clameurs se furent apaisées :

– Viens plus près de moi, mon fils. Je veux te remettre mon
legs suprême.

Les pirates alors se remirent aux avirons. L'embarcation parut
voler vers l'île qu'on apercevait dans le lointain. Gontran
s'approcha plus près encore de son père et le vieux gentilhomme
de fortune parla :

– Gontran, chuchota-t-il, mon beau navire, mon *Savannah*
est englouti, mais je ne te laisse pas pour cela pauvre et dépourvu
de tout. Là-bas, dans l'île, sont cachés tous nos biens... ce qui
t'appartient et ce qui appartient aux hommes.

Il y eut un court silence que le moribond rompit enfin :

– Et maintenant, Gontran, mon fils, autre chose...

Il saisit la main de son fils.

– Gontran, reprit-il, d'un accent plus sourd, je ne sais si ta
mère est encore vivante... Un drôle, qui a empoisonné toute ma
vie, a été cause qu'elle s'est séparée de moi... que notre union
a été rompue... Comme un démon, il a détruit mon bonheur...
Dans l'île, tu trouveras l'histoire de mes malheurs et de mes
peines, que tu pourras lire...

Une quinte de toux secoua l'agonisant.

– Ma parole s'embarrasse, balbutia-t-il. Pourtant, j'ai une
dernière chose à te dire, Gontran, et cela concerne encore ta
mère... Elle s'est détournée de moi, mais je ne puis supporter la
pensée qu'elle pourrait se trouver dans le besoin... Cherche-la...
Dans mes papiers, tu trouveras tous les renseignements nécessaires... Au cas où elle serait morte, informe-toi si elle a laissé
de la famille... Elle s'est mariée une seconde fois, aussitôt après

notre séparation, mais pas avec le gredin qui en était la cause...
Non, c'est à un honnête homme qu'elle a accordé sa main... Je
ne lui en veux pas, bien qu'elle ait refusé de m'entendre... Gontran, veux-tu exaucer aussi ce dernier désir de ton père ?

— Oui, je le jure, répondit le jeune homme, d'une voix étouffée par l'émotion.

Le vieil écumeur de mer serra encore une fois la main de son
fils ; ses yeux jetèrent un suprême regard sur la mer qu'il aimait
tant ; ses membres furent parcourus d'un léger spasme et se
raidirent.

Il était mort !

Les traits contractés, Gontran se releva. Il s'empara du pavillon noir frappé de l'attribut funèbre et en enveloppa le cadavre
du chef auquel il succédait. Puis, se dressant de toute sa taille
dans la chaloupe :

— Garçons, dit-il, vous m'avez juré fidélité. Et je suis maintenant, moi, Gontran de Palvas, votre capitaine. À mon tour, je
vous fais serment de fidélité. Nous avons, en un combat inégal,
perdu le *Savannah*, garçons, mais je vous le jure, je vous don-
nerai un autre vaisseau et de multiples occasions de faire flotter
à son mât, sur toutes les mers caraïbes, le pavillon des Frères de
la Côte.

— Hourra ! répondirent les matelots d'une seule voix.

Et souquant ferme, ils firent bondir les embarcations vers
l'île qui devenait de plus en plus visible sous la lumière du
soleil. »

3. LE POÈTE SURRÉALISTE

*Nous avons choisi quelques textes des années 1941, 1942,
1943.*

OPÉRA (1941)

Le changement de climat
est recherché pour meurtre
il s'étale
en quelque sorte sous le doigt
et permet
le libre usage de vos corps.

LA MÂCHOIRE DU CAÏMAN (1941)

De la naissance de ta gorge
à l'agonie de tes yeux
dont un simple regard
putréfie les drapeaux
il y a place
pour une vie comme la mienne
la corde du pendu
la raréfaction de l'air.

ROMAN POLICIER (1941)

Un dernier mot
c'est un oiseau volant noir
et le diable toujours à l'Y des chemins
où la maison isolée avec le Z de ses volets verts
constitue l'X du problème humain.

SOUHAIT (1942)

Sur l'eau d'or
sur l'herbe de charbon
sur le feu d'argile
sur l'air de mica
sur la terre de brûlure

Aimons.

SECRET (1942)

Quand je murmure le mot de passe aux Grandes Anonymes
                                              [inconnues
qui enfantent la terre
et que je déchire l'air
du symbole de l'épouvantement
je t'appelle
de tous les noms
mêlant l'injure à l'eau et le pain au plaisir

très calmement
sans élever le débat du bout de la langue
Prêtresse d'un Culte Rénové
où la croix romaine est tout juste bonne
à servir de support à un épouvantail
dont se gaussent les moineaux.

HOURRA DADA ! (1942)

En hommage à la pure mémoire
de Monsieur Désiré-Athanase Dada
et en souvenir de ma première communion

« À l'heure matinale mutinée cochon-dinde où la ligne droite des sourcils se repose sur la barre d'appui des lunettes et où le fly-tocsin fait des « Heu » comme une poule, Carmilla de la Nuit tira de toutes ses forces pour entraîner son partenaire dans le tourbillon des saisons qui changent et à cause de quoi, aucune plante ne poussant sur l'asphalte des villes, elle osa suivre, les yeux fermés, cette mode gaie et audacieuse qui la conduisit insensiblement au point d'intersection des collections de couture, au carrefour des falbalas, au cimetière des défenses d'afficher, d'uriner et d'éléphant, marché aux puces sentimental, évocateur du Mouvement Nana, qui la conduisit dis-je, à la véritable palette de peintre-teinturier-coiffeur, qui a un coup à faire, justement, ou un cou, ce qui précipita Carmilla au cœur d'un grand drame en vingt épisodes s'orientant vers le rococo, la déformation du style, la parodie ancestrale, pour aboutir à un sommet celui de la tête, où les cheveux ramenés par la bride en un casque vaporeux ont des airs penchés, péchés de mer montée, remontée, démontée, linceuls multicolores et fins préludant à la résurrection du peigne, majestueux érotique trident de N.E.P. thune.

Nous parlions plus haut du cou et voici que la tête des pingres, les cheveux de bois, les yeux-dieux ou les yeux à poches des poètes, avares collectionneurs d'images, les peignes d'empeigne, tous ces accessoires ont craché dans la sciure boulevard Louis-Aragon (sans prénom – comme le chocolat Menier ; et sans N – comme sans amour). Curieuse thérapeutique pour un complexe de castration, c'est le moins qu'on puisse dire.

Et, Carmilla de la Nuit ne sut trop pourquoi, cela lui remit en mémoire une certaine Charlotte Chaudepisse Corday, vicieuse petite fille, gironde, disaient les voyous en leur langage secret, qui se fit souffleter en public de magistrale façon pour avoir passé sa tête à la chattière et, bien avant cela, voulu contempler l'ami du peuple alors qu'il prenait son bain et se plaçait sur le front l'éponge de vinaigre dérobée à Christ qui n'en avait que faire.

Donc, exeat la tête, le cap, de bonne ou Malet espérance, Carmilla de la Nuit parla de la poitrine dont on nous assure qu'il n'en existe pas deux de semblables et d'abord du corset, du corset corsaire qui jette ses grappins de soie par bâbord et tribord, après avoir hissé comme il se doit le pavillon rose et noir de la Fli-Buste. [...] »

LE FRÈRE DE LACENAIRE (1943)

À la mémoire de Maurice Heine

Prends l'ennui à deux mains à grands coups comme on aime
comme une grande lâcheté prends l'ennui
prends l'ennui tout seul prends l'ennui par ta main
à la gorge
marque l'ennui à la nuque prends l'ennui à deux mains
comme un grand courage prends l'ennui dans tes douces mains
alors que la neige tombe en soleil sur la Voulzie
entourée de roses et d'arbres
comme un vrai printemps moral
au milieu duquel
tu dors
grand fétichiste brun aux yeux abyssaux
tu t'éveilles
pour placer le roman-feuilleton dans la réalité de chair et d'os

Prends le cercle vicieux d'un volant d'automobile
la ligne droite monotone des kilomètres
le bruit toujours pareil des coups de feu
l'exaspérante ressemblance des meurtres
tuer n'est pas vivre
et pourtant
l'ennui

Sors du bois pour recevoir l'aumône
le jeu de la lumière qui tombe de bas sur ton front haut
découvert comme un gisement aurifère

À travers ce monde amorphe qui se lève
s'arrache gémissant hébété à tes pieds
tu vas
grand fétichiste brun venu de l'Est
les jambes gainées de soie
vers ta destinée aux senteurs de chypre au goût du bois brûlé
vers les prostituées aux tempes de cristal
inscrire ton cœur dans l'astre sombre
écouter
l'oreille au vent
le murmure caressant du sang du sang qui coule
le murmure caressant du sang qui descend
dans le dos
du sang lassant
et faire la mort

Compte les bornes de la route
aux tournants dangereux que toi seul connais
toi seul
même étant deux tu es toujours tout seul
insurgé au chef d'hydrophile
marqué du sceau de Bertillon

Dans ton être il fait clair comme en plein jour
dans ton regard *danse* la flamme de décembre
et il ne se passera pas un noël
sans que les hommes qui t'auront reconnu
déposent en ton honneur
aux pieds des grandes cheminées d'usines
les souliers à hauts talons de l'aimée
ô réalité des nuages

Yeux clairs profonds offerts comme viande à l'étal
voix fraîche souillée d'aube versaillaise
chevilles de soie entravées
un matin vint
où tu apparus aux chiens
comme un grand soleil réchauffant
et toujours seul
comme une flamme dévastatrice.

CHUCHOTÉ (1943)

Comme la mer
ô Méditerranée ta soif
les lourds cheveux gros de cyclones
où sont allés combien d'amants
boire l'écume du suicide

Comme le vent
œufs du désir et des caresses
gonflant la voile du corsage
ma goélette appareillons

Comme la pluie
nos deux plaisirs assouvis tombent
en gouttelettes de vie.

NUIT VASTE ET SOMBRE (1943)

À Lila

Nuit vaste et sombre
c'est d'après la couleur de nos mains qu'on te juge
à te combattre
on se noircit le cœur

Faux-monnayeur le masturbateur visible
a la main détachée du bras
les ongles lourds de la vie du cercueil

Elle tombe sûre d'elle
au point de rencontre des maxillaires
au carrefour Vavin où
la tête de Gorgone
faisait tache de vie

Une bobine l'imageait comme
au garde-à-vous
la phalangette sur le fémur
le sergent Bertrand murmure
Vaste et sombre.

V – REPÈRES BIBLIOGRAPHIQUES

1. Le roman policier

Dans une imposante bibliographie, on a simplement voulu choisir des titres récents, en général accessibles. L'ordre est chronologique.

Josée DUPUY, *Le Roman policier*, Larousse, Textes pour aujourd'hui, 1974. (Une bonne initiation scolaire.)

Francis LACASSIN, *Mythologie du roman policier*, 2 vol., 10/18, 867-868, 1974. (Capital.)

BOILEAU-NARCEJAC, *Le Roman policier*, PUF, Que sais-je ?, 1623, 1975. (Un classique.)

La Fiction policière, Europe, 871-872, nov.-déc. 1976.

Gabriel VÉRALDI, *Le Roman d'espionnage*, PUF, Que sais-je ?, 2025, 1983. (Le seul ouvrage du genre.)

Le Roman policier, Littérature, 49, février 1983.

Jean-Paul SCHWEIGHAEUSER, *Le Roman noir français*, PUF, Que sais-je ?, 2145, 1984. (Un des rares ouvrages sur le sujet.)

Le Roman noir américain, Europe, 664-665, août-sept. 1984.

Denis FERNANDEZ RECATALA, *Le Polar*, MA éditions, Le monde de..., 12, 1986.

Robert DELEUSE, *Les Maîtres du roman policier*, Bordas, Les compacts, 24, 1991.

Marc LITS, *L'Énigme criminelle*, Didier/Hatier, Séquences, 1991.

Jacques DUBOIS, *Le Roman policier ou la modernité*, Nathan, Le texte à l'œuvre, 1992. (Par un spécialiste, un ouvrage universitaire.)

François RIVIÈRE, *Le Club de la rue Morgue. L'art de filer les livres à l'anglaise*, Hatier, Brèves Littérature, 1995. (Amusant et vivifiant.)

Franck ÉVRARD, *Lire le roman policier*, Dunod, 1996.

Yves REUTER, *Le Roman policier*, Nathan, coll. 128, 162, 1997.
(La meilleure synthèse récente.)

Marc LITS, *Le Roman policier : introduction à la théorie et à l'histoire du genre littéraire*, Éd. du Céfal, 2ᵉ éd. 1999.

2. Le film noir

Deux titres suffiront à faire le tour du sujet.

Alain SILVER et Elizabeth WARD, *Encyclopédie du film noir*, 1979, trad. fr. Rivages, 1987.

François GUÉRIF, *Le Film noir américain*, 1979, 2ᵉ éd. Denoël, 1999.

3. La vie littéraire française

Il n'a pas paru inutile de signaler quelques œuvres accessibles sur les courants littéraires des années Burma.

Francine DE MARTINOIR, *La Littérature occupée. Les années de guerre 1939-1945*, Hatier, Brèves Littérature, 1995.

Jean-Pierre RIOUX éd., *La Vie culturelle sous Vichy*, Éd. Complexe, Questions au XXᵉ siècle, 18, 1991.

Georges SEBBAG, *Le Surréalisme*, Nathan, coll. 128, 70, 1994.

4. Léo Malet et son œuvre

On trouvera l'essentiel de ce qu'il faut savoir dans la remarquable étude d'Alfu : *Léo Malet, Parcours d'une œuvre*, Encrage, Références, 8, 1998.

On pourra, à la rigueur, lire :

Léo Malet, Nestor Burma, détective de choc, un monde étrange, Ouvrage collectif dirigé par Jacques Baudou, éd. de la Butte aux Cailles, *Enigmatika 18 Spéciale 81*, octobre 1982.

Sous le masque de Léo Malet : Nestor Burma, par Francis Lacassin, Encrage, Portraits, 4, décembre 1991.

Pratiquement tous les ouvrages cités dans le chapitre 1 de cette bibliographie font allusion à Malet.

Par ailleurs l'édition Laffont, Bouquins, en 5 volumes, contient de très utiles renseignements. Tout comme les préfaces toujours très savantes de Francis Lacassin pour les Malet édités en 10/18.

VI – FILMOGRAPHIE

1945, *120, rue de la Gare*. D'après le roman du même titre. *Adaptation et dialogues :* Jacques Daniel-Norman, Arthur Arfaux, Maurice Henry. *Réalisation :* J. Daniel-Norman. *Interprètes :* René Dary (Nestor Burma), Sophie Desmarets (sa secrétaire Hélène Chatelain), Jean Parédès (le journaliste Marc Covet), Jean Clarens (inspecteur principal Faroux), Dissan (Bébert), Jean Tielmest (Kimurs), Pierre Juvenet (Maître Montbrison), Jean Heuzé (le détective lyonnais Lafalaise), Manuel Gary (Bob Colomer), Léo Leroy (Paul Carhaix alias Jalome), Daniel Mendaille (Georges Parry dit Jo Tour Eiffel), Gaby Andreu (Suzanne Parmentier), Charles Lemontier (un inspecteur de police). *Images :* H. Tiquet. *Décors :* Quignon et Boutie. *Musique :* Vincent Scotto. *Production et distribution :* Société des Films Sirius. *Date de sortie à Paris :* 6 février 1946.

VII – RADIOGRAPHIE

1982 : *120, rue de la Gare*. Adaptation et dialogues : Pierre Dupriez et Serge Martel. Mise en ondes : Jean-Jacques Vierne. Bruitage : Louis Amiel. Diffusion : France-Culture, les 20 et 22 novembre 1982.

VIII – BÉDÉGRAPHIE

1987 : *120, rue de la Gare*, adaptation et dessins de Tardi. *(À suivre)* n°s 97 à 105 et 112 à 117 (fév.-oct. 1987). Casterman, 1997.

TABLE DES MATIÈRES

I – AU FIL DU TEXTE

   • La date
   • Le titre
   • Composition

   • ●◆ Droit au but
     - *Meurtre sur un quai de gare*
     - *Le cryptogramme*
     - *La belle Hélène*
     - *Tout s'explique*

   • ◌◆ En flânant
     - *Il suffit de passer le pont*
     - *Florimond Faroux*
     - *La scène du crime*
     - *120, rue de la Gare*

   • Les thèmes clés
     - *Roman policier ou roman historique ?*
     - *Naissance d'un privé à la française*

Cet ouvrage a été composé par
PCA - 44400 REZÉ

Impression réalisée sur Presse Offset par

BRODARD & TAUPIN

GROUPE CPI

16236 – La Flèche (Sarthe), le 29-11-2002
Dépôt légal : mai 2001

POCKET – 12, avenue d'Italie - 75627 Paris cedex 13
Tél. : 01.44.16.05.00

Imprimé en France